# O faz-tudo

## GRANDES TRADUÇÕES

Esta coleção reúne livros fundamentais, de ficção e não-ficção, que nunca foram lançados no Brasil, tiveram circulação restrita ou estão há décadas fora de catálogo e agora chegam ao mercado em edições traduzidas e comentadas pelos melhores profissionais em atividade no país.

### Outros títulos

MIDDLEMARCH, de George Eliot, por Leonardo Fróes
A CONDIÇÃO HUMANA, de André Malraux, por Ivo Barroso
A CIÊNCIA NOVA, de Giambattista Vico, por Marco Lucchesi
O GATTOPARDO, de Tomasi di Lampedusa, por Marina Colasanti
OS SETE PILARES DA SABEDORIA, de T. E. Lawrence, por C. Machado
A ESPERANÇA, de André Malraux, por Eliana Aguiar
JOANA D'ARC, de Mark Twain, por Maria Alice Máximo
CONTOS DE AMOR, DE LOUCURA E DE MORTE, de Horacio Quiroga, por Eric Nepomuceno
RAINHA VITÓRIA, de Lytton Strachey, por Luciano Trigo
DOUTOR JIVAGO, de Boris Pasternak, por Zoia Prestes
RETRATOS LONDRINOS, de Charles Dickens, por Marcello Rollemberg
O GRANDE GATSBY, de Scott Fitzgerald, por Roberto Muggiati
O MORRO DOS VENTOS UIVANTES, de Emily Brontë, por Rachel de Queiroz
A ECONOMIA POLÍTICA DA ARTE, de John Ruskin, por Rafael Cardoso
A PRINCESA DE CLÈVES, de Madame Lafayette, por Léo Schlafman
MULHERES APAIXONADAS, de D. H. Lawrence, por Renato Aguiar
AS GRANDES PAIXÕES, seleção de contos de Guy de Maupassant, por Léo Schlafman
A MATRIZ, de T. E. Lawrence, por Fernando Monteiro

# BERNARD MALAMUD

# O faz-tudo

Tradução e apresentação
Maria Alice Máximo

Posfácio
Moacyr Scliar

EDITORA RECORD
RIO DE JANEIRO • SÃO PAULO
2006

CIP-Brasil. Catalogação-na-fonte
Sindicato Nacional dos Editores de Livros, RJ.

M196f    Malamud, Bernard, 1914-1986
         O faz-tudo / Bernard Malamud; tradução de Maria
Alice Máximo. – Rio de Janeiro: Record, 2006.

Tradução de: The fixer
ISBN 85-01-07191-9

1. Judeus – Ucrânia – Ficção. 2. Romance
americano. I. Máximo, Maria Alice. II. Título.

06-0088            CDD – 813
                CDU – 821.111(73)-3

Título original norte-americano:
THE FIXER

Capa: Victor Burton

Copyright © Bernard Malamud, 1966

Os direitos morais do autor foram assegurados.

Todos os direitos reservados.
Proibida a reprodução, no todo ou em parte,
através de quaisquer meios.

Direitos exclusivos de publicação em língua portuguesa para o Brasil
adquiridos pela
EDITORA RECORD LTDA.
Rua Argentina 171 – 20921-380 – Rio de Janeiro, RJ – Tel.: 2585-2000
que se reserva a propriedade literária desta tradução

Impresso no Brasil

ISBN 85-01-07191-9

PEDIDOS PELO REEMBOLSO POSTAL
Caixa Postal 23.052
Rio de Janeiro, RJ – 20922-970

EDITORA AFILIADA

Para Paul

*Irracionais correntes de sangue mancham a terra...*
(Yeats)


*Ó jovem Hugh de Lyncoln — assassinado também*
*Com os judeus malditos, como se sabe,*
*Pois pouco tempo faz —*
*Rogamos que vele por nós, instável povo pecador...*
(Chaucer)

# SUMÁRIO

Introdução, *Maria Alice Máximo*   11

O faz-tudo, *Bernard Malamud*

Posfácio, *Moacyr Scliar*   393

# INTRODUÇÃO

"O shtetl é uma prisão como nos tempos do Khmelmitski. Isso aqui vai apodrecendo e os judeus vão apodrecendo junto. Somos todos prisioneiros deste lugar... Tudo que eu tive até hoje nesta aldeia miserável foi uma existência miserável. Agora vou tentar Kiev. Se puder levar uma vida decente por lá, é o que farei. Se não, farei sacrifícios, economizarei o que puder e parto para Amsterdã, onde pegarei um navio para a América."

Iákov Bok, faz-tudo

"Todo homem é judeu embora talvez não o saiba."

Bernard Malamud

O *faz-tudo* é, a um só tempo, uma fábula judaica e universal. Iákov Bok, seu anti-herói moderno, recusa as condições mesquinhas que a vida lhe destina e parte em busca não de aventuras, mas de um emprego de marceneiro, talvez, e de uma compreensão melhor do mundo. Seu desejo de saber é instigado pela leitura quase que acidental e ingênua de um livro sobre a vida do filósofo Spinoza. "Quero saber o que se passa pelo mundo", diz ele ao despedir-se do velho ex-sogro, rejeitando os limites impostos pelo shtetl e pela Torá. "Que possibilidades tem um homem que desconhece suas possibilidades?"

Iákov parte. A distância é curta — pouco mais de um dia em seu decrépito cavalo — entre o shtetl e Kiev. A verdadeira viagem, porém, é a que ele fará para dentro de si — uma viagem longa, penosa, e profundamente reveladora da condição humana. O leitor acompanha, em suspense, a cada página, a trajetória de seu amadurecimento político-ético-espiritual, sua transformação de homem simplório e fatalista em autêntico revolucionário. "O homem não político inexiste", descobre ele. A história o homem faz.

Conquanto o protagonista seja um judeu perseguido na Rússia czarista e obscenamente anti-semita do início do século XX, às vésperas da Revolução, e tenha tido por inspiração um caso real — o de Mendel Beilis, acusado do assassinato ritual de um menino cristão — os temas de que a história trata são universais e pertinentes à condição humana. "Todo homem é judeu" na obra de Malamud porque ela trata da perplexidade do ser humano diante da vida e de suas tentativas desesperadas de superação — de fracassos e de redenção, de solidão, de escolhas, de compaixão e de medo, de revolta contra um deus incompreensível e indiferente, eternamente em sua montanha distante "onde o tempo não passa, com o olhar perdido no espaço... sem nos ver e sem se importar conosco".

Filho de imigrantes russos, Bernard Malamud nasceu no Brooklyn, Nova York, em 1914. Os muitos judeus pobres com quem conviveu, principalmente na modesta mercearia deficitária onde ele ajudava o pai, serviram-lhe de inspiração em sua carreira literária tardiamente iniciada. Eram sapateiros, balconistas, açougueiros, mascates e também homens sem ocupação definida, principalmente durante a Grande Depressão. Os personagens, alguns dos quais inesquecíveis, de seus contos e romances são homens terrivelmente comuns às voltas com circunstâncias desfavoráveis. São construídos, porém, sem sentimentalismo e freqüentemente com um humor judaico-chapliniano. "Fui muito influenciado pelos filmes de Charlie Chaplin", escreveu Malamud, "pelo ritmo, pelas súbitas rupturas de suas comédias e por sua maneira maravilhosa de misturar comédia e tragédia." As pinceladas precisas e contidas com que pinta seus personagens, bem como a maestria em criar diálogos são características da obra de Malamud. Nas palavras do próprio autor, porém, em se tratando de ficção o que realmente importa é "a história, a história e a história..." É ela o elemento básico da ficção.

Esse exímio contador de histórias recebeu praticamente todos os principais prêmios literários de seu país ao longo de três décadas, entre 1950 e 1970, dentre os quais os cobiçados Pulitzer e o National Book Award. Na década de 1940 seus primeiros contos começaram a aparecer nas principais revistas e em 1952 seu primeiro romance, *The Natural*, é publicado. O segundo, *The Assistant*, data de 1957. Em 1958, Malamud publica *The Magic Barrel*, um verdadeiro barril mágico de onde saem contos memoráveis como "Angel Levine", "Take Pity", "The Last Mohican" e o que serve de título ao livro.

A essa altura Malamud já se inscrevia entre os principais ficcionistas norte-americanos de sua geração. Seu terceiro romance, *A New Life* (1961) é seguido de um segundo livro de contos, *Idiots First* (1963) e de *The Fixer* (1965). Malamud publicou ainda *Pictures of Fidelman* (1969), *The Tenants* (1971), *Rembrandt's Hat* (1973), *Dubin's Lives* (1979) e *God's Grace*. *The People and Uncollected Stories* (1989) e *Complete Stories* (1997) são publicações póstumas. Malamud morreu em 1986.

O *faz-tudo* (*The Fixer*), considerado por muitos sua melhor obra, rendeu-lhe um segundo National Book Award e o

Pulitzer Prize em 1966. Transformada em filme de sucesso — *O homem de Kiev* — a história de Iákov Bok foi lançada por Hollywood mundo afora.

Ao longo de mais de três décadas, Bernard Malamud foi um dos ficcionistas mais admirados por leitores e críticos do seu e de outros países. Com o passar do tempo, porém, sua obra foi caindo no esquecimento, apagando-se aos poucos da paisagem literária. Seu nome já não costuma ser prontamente lembrado quando se discutem os autores americanos importantes do século XX.

Por quê?

Esta é uma pergunta que se faz e a Editora Record ao reunir na coleção *Grandes Traduções* alguns dos "livros fundamentais... que nunca foram lançados no Brasil, que tiveram [aqui] circulação restrita ou estão há décadas fora de catálogo..."

Ao lado de *Middlemarch*, de George Eliot, de *A condição humana*, de André Malraux, de *O gattopardo*, de Lampedusa, de *Joana D'Arc*, de Mark Twain e de outras importantes obras "resgatadas" por esta coleção, *O faz-tudo* ocupa agora seu lugar. O leitor saberá decidir se valeu a pena mais esta redescoberta.

Maria Alice Máximo

# PARTE UM

## 1

Pela pequena janela envidraçada de seu quarto acima do estábulo da fábrica de tijolos, Iákov Bok viu as pessoas, em seus longos casacos de frio, a correr numa mesma direção naquele início de manhã. Vey iz mir, pensou ele preocupado, alguma coisa ruim aconteceu. Sob a neve da primavera que caía, os russos, vindos das ruas próximas ao cemitério, apressavam-se, sozinhos ou em grupos, em direção às grutas da ravina. Alguns corriam pelo meio da rua de paralelepípedos onde a neve já meio derretida formava, aqui e ali, poças de lama. Iákov escondeu apressadamente a pequena lata onde guardava seus rublos de prata e desceu correndo para o pátio da fábrica a fim de descobrir o motivo de toda aquela excitação. Perguntou a Prochko, que caminhava vagarosamente perto dos tijolos recém-assados e ainda fumegantes, mas o capataz apenas deu uma cusparada e nada respondeu. Já fora do pátio, uma camponesa enrolada em um xale preto, com um rosto ossudo e roupas pesadas, disse-lhe que o cadáver de uma criança havia sido encontrado perto dali. "Onde?", quis saber Iákov. "Que idade tinha?", mas ela disse que não sabia e afastou-se apressada. No dia seguinte o *Kievlianin* publicou uma reportagem sobre o assassinato de um menino russo de doze anos, Jênia

Gólov, cujo cadáver foi encontrado em uma caverna úmida na ravina, a menos de uma versta e meia da fábrica de tijolos. Dois meninos, Zazimir Selivanov e Ivan Shestinski, ambos de quinze anos, o haviam encontrado. Jênia, morto havia mais de uma semana, tinha o corpo todo perfurado a facadas e sangrara até morrer. Depois do enterro no cemitério próximo à fabrica de tijolos, Richter, um dos cocheiros, chegou com um punhado de panfletos que acusavam os judeus do assassinato. Haviam sido impressos, Iákov viu ao examinar um dos panfletos, por uma instituição que se chamava Centúrias Negras. Seu emblema, a águia imperial de duas cabeças, estava impresso na parte da frente e, abaixo dele: SALVEMOS A RÚSSIA DOS JUDEUS. Em seu quarto naquela noite, Iákov leu, perplexo, que o menino havia sido sangrado até morrer por motivos religiosos, para que os judeus pudessem coletar seu sangue e levá-lo para a sinagoga, onde entraria na confecção de matzos para a celebração da Páscoa judaica. Embora aquela história fosse ridícula, ele ficou amedrontado. Levantou-se, sentou-se, tornou a levantar-se. Foi até a janela e voltou apressadamente para continuar a ler o jornal. Estava preocupado porque a fábrica de tijolos onde trabalhava ficava em Lukianovski, um dos distritos nos quais os judeus eram proibidos de morar. Ele já morava ali havia vários meses usando um nome falso e sem certificado de residência. O pogrom de que o jornal falava o deixava amedrontado. O pai de Iákov havia sido morto em um incidente menos de um ano depois do seu nascimento — algo que não chegara a ser um pogrom e uma morte absolutamente inútil: dois soldados bêbados decidiram atirar nos três primeiros judeus que encontrassem pelo caminho, e seu pai foi o segundo. Mas o filho havia vivido a experiência de um pogrom quando menino, um ataque de surpresa feito pelos cossacos que durou três dias. Na manhã do terceiro dia, quando as casas ainda fumegavam, ele foi levado, com meia dúzia de crianças, para fora do porão onde estiveram escondidos. Foi então que o menino Iákov viu um judeu de barbas negras com um salsichão branco enfiado na boca, atirado sobre um monte de penas ensangüentadas. Um porco devorava seu braço.

# 2

Cinco meses antes, em uma agradável sexta-feira do início de novembro, antes que os primeiros flocos de neve caíssem sobre o shtetl, o sogro de Iákov, um homem tenso e extremamente magro com roupas muito puídas, que parecia feito de gravetos e de brisa, chegara com sua carroça desconjuntada puxada por um cavalo esquelético. Os dois se sentaram na casa fria de paredes finas — que se degradara desde que Raisl, a esposa infiel, fugira dois meses antes — e, juntos, tomaram a última xícara de chá que ainda restava. Shmuel, que já passava havia muito dos sessenta, tinha uma barba branca desgrenhada, olhos lacrimejantes e sulcos profundos na testa, tirou do fundo do bolso de seu cafetã meio torrão de açúcar amarelado e ofereceu-o a Iákov, que o recusou balançando a cabeça. O mascate — único dote que a filha levara consigo no casamento, que nada tinha a oferecer e por isso oferecia seus préstimos quando possível — sugou seu chá através do torrão de açúcar. O genro tomou o seu sem adoçar. O sabor era amargo e ele culpou a vida. De tempos em tempos o velho fazia comentários sobre a vida sem acusar pessoa alguma, ou fazia perguntas inofensivas, porém Iákov permanecia em silêncio ou dava respostas monossilábicas.

Depois de beber lentamente metade de seu chá, Shmuel deu um suspiro e disse: — Ninguém precisa ser profeta para saber que você está me culpando pelo que minha filha Raisl fez. — Sua voz era triste. No alto da cabeça ele usava um solidéu duro que havia encontrado em uma lata de lixo em uma cidade próxima. Quando ele suava, o solidéu lhe grudava à cabeça, mas, como era um homem religioso, usava-o mesmo assim. Usava também um cafetã remendado de cujas mangas saíam suas mãos descarnadas. Os sapatos — ele usava botas — eram grandes demais para os pés.

— Quem falou alguma coisa? É você mesmo que está se culpando por ter criado uma prostituta.

Shmuel, sem dizer uma só palavra, puxou do bolso um lenço azul e pôs-se a chorar baixinho.

— Mas por que, não me leve a mal, você parou de se deitar com ela há vários meses? É assim que se trata uma esposa?

— Foram algumas semanas, mas por quanto tempo um homem tem que se deitar com uma mulher que não lhe dá filhos? Eu me cansei de tentar.

— Por que você não foi falar com o rabino, como eu pedi?

— Melhor que ele não se meta na minha vida e eu não me meta na dele. Ele não passa de um ignorante.

— A caridade é uma virtude que sempre fez falta a você — disse-lhe o mascate.

Iákov pôs-se de pé, enraivecido. — Não me venha falar de caridade. O que foi que me deram a vida toda? E o que é que eu tenho para dar a alguém? Eu já nasci praticamente órfão — minha mãe morreu dez minutos depois e você sabe o que aconteceu com meu pobre pai. Se alguém disse o Kadish por eles fui eu mesmo, mas só alguns anos depois. Se estavam esperando junto aos portões do paraíso, foi uma espera longa e fria do lado de fora, se é que não continuam esperando. Toda a minha infância miserável foi vivida em orfanatos fedorentos onde mal sobrevivi. Nos meus sonhos eu comia e aí eu devorava meus sonhos. Da Torá pouco me ensinaram e do Talmude, menos ainda. O hebraico eu aprendi porque tenho bom ouvido para línguas. Os salmos, pelo menos, eu aprendi. Lá me ensinaram uma profissão e no dia mesmo em que completei dez anos passei a ser aprendiz. Disso eu não me queixo. De lá pra cá eu trabalho — vamos chamar isso de trabalho — com minhas mãos e as pessoas dizem que sou um homem "comum", mas a verdade é que poucos sabem o que é ser realmente comum. Essa gente que parece ter classe, basta olhar bem para elas. Viskover, o Nogid, para mim é um homem comum. Só o que ele tem são rublos e, quando abre a boca para falar, pode-se ouvi-los tilintar. Eu estudei vários assuntos por conta própria, e antes mesmo que me levassem para o exército já tinha aprendido, sozinho, um pouco de história e geografia, um pouco de ciência, aritmética e um livro ou dois de Spinoza. Não é muito, mas é melhor que nada.

— A maior parte disso é treyf mas eu reconheço seu esforço e... — foi interrompido.

— Ainda não terminei. Sempre tive que suar sangue para ganhar a vida. O que é que se pode fazer sem dinheiro? O que é possível fazer eu faço, mas não é grande coisa. Conserto qualquer coisa quebrada — menos coração partido. Neste shtetl está tudo caindo aos pedaços — mas quem se importa com as goteiras do teto? Se elas fizerem um buraco, vai dar para espiar Deus. E quem pode pagar pelo conserto, supondo-se que alguém quisesse, o que não é o caso? Além do mais, quando alguém quer um conserto, o mais provável é que não me pague. Se eu tiver sorte, ganho um prato de macarrão e olhe lá! As possibilidades de se ganhar alguma coisa aqui já nascem mortas. Hoje estou mesmo de mau humor.

— Isso de falta de oportunidades na vida eu sei o que é...
— Eles me recrutaram para a guerra contra o Japão, mas antes mesmo que eu entrasse, ela acabou. Graças a Deus. Quando adoeci, deram-me um chute na bunda. Um judeu asmático não tem serventia para o exército russo. Graças a Deus. Quando voltei, comecei a suar sangue de novo para conseguir alguma coisa na vida. Foi quando conheci sua filha, que não conseguiu engravidar em cinco anos e meio e não me deu um filho. Como é que eu posso olhar os outros nos olhos? E agora, ainda por cima, fugiu com um estranho qualquer que conheceu na taberna — um gói, com toda certeza. Então basta — quem agüenta aturar mais? Não quero ninguém com pena de mim ou perguntando o que foi que eu fiz para ser amaldiçoado assim. Eu não fiz nada. Ganhei tudo isso de mão beijada. Não contribuí para nada disso. Fui órfão a vida inteira. Só o que possuo depois de trinta anos neste cemitério que é minha vida são dezesseis rublos que consegui vendendo tudo que tinha. Então, por favor, não me venha falar em caridade, porque eu não tenho caridade para dar.

— Caridade se pode dar mesmo quando não se recebe. Não estou falando de dinheiro. Estou falando de caridade com a minha filha.

— Sua filha não merece caridade alguma.

— Ela foi de um rabino a outro, aflita, em todas as cidades onde a levei, mas nenhum deles pôde garantir que ela teria um filho. Foi, aflita, a médicos também, quando conseguia algum rublo, mas eles lhe diziam a mesma coisa. Com os rabinos não gastou tanto. E então ela fugiu — que Deus a proteja. Até mesmo uma pecadora pertence a Ele. Ela pecou, mas estava desesperada.

— Espero que continue fugindo para sempre.

— Ela foi uma esposa fiel por vários anos. Compartilhou com você todos os seus infortúnios.

— Dos infortúnios que ela causou, recebeu a parte dela também. Ela foi uma esposa fiel até o último minuto, ou o último mês, ou o penúltimo, mas isso não significa que ela não tenha se tornado infiel. O que eu desejo para ela é a cólera negra!

— Que Deus não o ouça! — exclamou Shmuel pondo-se de pé. — Que a cólera seja para você!

Com o olhar agitado, ele amaldiçoou o outro e saiu apressadamente.

Iákov havia vendido tudo exceto a roupa do corpo, que vestia à moda dos camponeses — camisa bordada usada para fora da calça e ajustada por um cinto, e botas em cujos canos altos enfiava as pernas da calça. O casaco remendado de camponês feito de pele de ovelha marrom em certas ocasiões exalava mesmo um cheiro de ovelha. Suas ferramentas também foram mantidas, bem como uns poucos livros: *Gramática russa*, de Smirnovski, um livro de biologia elementar, *Seleções de Spinoza* e um atlas caindo aos pedaços, de pelo menos vinte e cinco anos de existência. Os livros foram amarrados com um pedaço de barbante, formando um pequeno volume. As ferramentas estavam em um saco de farinha de cuja boca amarrada saía a ponta de um facão. Havia também um pouco de comida embrulhada em um cone de jornal. Iákov deixava para trás seus móveis, quase que imprestáveis — um catador de lixo havia cobrado para levá-los — e dois conjuntos de louça rachada, que tampouco encontrariam comprador. Shmuel podia fazer com aqueles pertences o que bem entendesse — usá-los, acabar de quebrá-los ou fazer uma fogueira com eles —, vendê-los seria impossível. Raisl fizera questão de dois conjuntos de louça por causa do pai, pois ela mesma não se importava com aquelas coisas. Mas em troca do cavalo e da carroça o mascate receberia uma vaca bem razoável. Poderia assumir o pequeno comércio de venda de leite da filha. Não ganharia menos com ele do que com seu negócio de mascate. Ele era a única pessoa que Iákov conhecia que era capaz de vender o que não tinha. Vendia em quantidades ínfimas e recebia copeques de verdade. Às vezes recebia dos camponeses cerda de porco, lã, grãos, beterrabas, e lhes vendia peixe seco, sabão, lenços e balas em quantidades muito pequenas. Era esse seu talento e com ele sobrevivia miraculosamente. "Aquele que nos deu dentes, nos dará pão." Mas seu hálito não cheirava a pão nem a comida alguma.

Iákov, com suas roupas frouxas e seu chapéu pontudo, era um homem longilíneo. Tinha as orelhas grandes, as mãos ásperas e manchadas, as costas largas e uma expressão atormentada no rosto, um pouco suavizada pelos olhos cinzentos e os cabelos castanhos. Seu nariz às vezes parecia de judeu, às vezes não. Ninguém se surpreendeu quando — depois da fuga de Raisl — ele raspou a barba curta e avermelhada. "Raspe sua barba e você não se parecerá com seu criador", dizia Shmuel. Desde que a raspara, mais de um judeu já o havia censurado por parecer-se com um gói, mas tal observação não o afetava de maneira alguma. Tinha a aparência jovem, mas sentia-se velho e por isso não culpava pessoa alguma, nem mesmo a esposa; punha a culpa no destino e eximia a si mesmo. Era através de seus movimentos que se percebia seu nervosismo. Em geral movia-se mais rapidamente que o necessário, considerando-se o quão pouco que tinha a fazer, mas tinha-se a impressão de que estava sempre ocupado com algo. Afinal, era um homem que consertava coisas e precisava manter as mãos ocupadas.

Ao atirar seus pertences na carroça aberta, com um balde enferrujado pendente entre as rodas traseiras, ele observou, com desagrado, a aparência do cavalo. Era um animal descarnado, de pernas compridas, corpo marrom e ossudo e grandes olhos estúpidos. O animal e Shmuel entendiam-se muito bem. Esperavam pouco um do outro e viviam em paz. O cavalo fazia o que bem entendesse e Shmuel não se importava. Afinal de contas, que diferença fazia um pequeno atraso em um mundo louco? O dia de amanhã não o encontraria mais rico que hoje. O homem que consertava coisas teve raiva de si mesmo por estar adquirindo aquele animal decrépito, mas achara melhor fazer negócio com Shmuel do que acabar deixando a vaca para um camponês que estava de olho nela. O sogro, afinal, era alguém mais próximo. Embora não houvesse uma estação ferroviária perto dali e somente de duas em duas semanas um charreteiro passasse para transportar os viajantes até a estação mais próxima, Iákov poderia ter chegado a Kiev sem aquele cavalo com a carroça. Shmuel havia se oferecido para levá-lo, mas Iákov preferiu fazer sozinho as trinta e poucas verstas e se livrar logo do velho. Pensava em, tão logo chegasse a Kiev, vender o animal e aquela ruína de carroça, se não a um açougueiro, pelo menos a um comprador de coisas velhas por alguns rublos.

Dvoira, a vaca branca de úbere escuro, estava no campo atrás do casebre, pastando sob um choupo desfolhado, e Iákov foi até ela. O animal ergueu a cabeça e o observou aproximar-se. Ele lhe acariciou brevemente o flanco magro. — Adeus, Dvoira — disse —, e boa sorte. Dê o que ainda tem a Shmuel, que também é um homem pobre. — Tinha vontade de dizer mais alguma coisa, mas não conseguiu. Arrancou um talo de grama amarelado e deu à vaca. Depois voltou para o cavalo e a carroça. Shmuel havia reaparecido.

Por que será que ele age como se fosse ele quem me abandonou?

— Eu não voltei para brigar com ninguém — disse Shmuel. — O que ela fez eu não vou defender — ela me magoou tanto quanto a você. A mim mais ainda. Mas, quando o rabino diz que ela agora está morta, a minha voz concorda, porém meu coração não. Em primeiro lugar, ela é minha única filha e, além disso, quem precisa de mais mortos? Já a amaldiçoei mais de uma vez, mas sempre peço a Deus para não me escutar.

— Bem, já estou indo — disse Iákov —, cuide bem da vaca.

— Não vá ainda — pediu Shmuel, com os olhos tristes. — Se você ficar, pode ser que Raisl volte.

— Se ela voltar, quem se importa?

— Se você tivesse sido mais paciente, ela não o teria deixado.

— Cinco anos, quase seis, é paciência bastante. Agora chega. Eu podia ter esperado os dez anos que a lei manda, mas ela saiu por aí com um estranho qualquer, por isso basta. Não, obrigado, para mim chega.

— Quem pode culpá-lo por isso? — suspirou Shmuel com tristeza. Depois de um breve silêncio, perguntou: — Você tem fumo para eu fazer um cigarrinho, Iákov?

— Minha bolsa está vazia.

O mascate esfregou as palmas das mãos ressecadas.

— Se não tem, não tem. Mas o que não entendo é o que você vai fazer em Kiev. É uma cidade perigosa, cheia de igrejas e de anti-semitas.

— Eu nunca tive nada na vida — disse Iákov, amargurado —, e você sabe disso. A não ser nos poucos meses em que estive no exército, passei minha vida inteira aqui. O shtetl é uma prisão, como no tempo do Khmelnitski. Isso aqui vai apodrecendo e os judeus vão apodrecendo junto. Somos todos prisioneiros deste lugar e você sabe bem disso, não precisa que eu lhe diga. Então decidi finalmente que era hora de tentar outro lugar. Eu quero ganhar a vida. Quero conhecer um pouco do mundo. Li alguns livros nesses últimos anos e é espantoso o que está acontecendo sem que nenhum de nós aqui saiba. Não estou falando em ir para o Tibete, mas o que se passa em São Petersburgo me interessa. Quem já ouviu falar nas noites brancas por aqui? Mas elas existem, são um fato científico. Lá eles têm noites brancas. Quando saí do exército, planejava deixar isso aqui o mais rápido possível, mas as coisas foram me prendendo, inclusive sua filha.

— Minha filha queria fugir daqui logo que vocês se casassem, mas foi você quem não quis ir.

— É verdade — disse Iákov —, a culpa foi minha. Achei que as coisas não tinham como piorar, portanto só podiam mudar para melhor. E me enganei redondamente, mas agora basta. Agora eu me vou daqui.

— Fora destes limites, somente os judeus ricos e profissionais liberais conseguem certificado de residência. O Czar não quer judeus pobres espalhados por toda parte e Stolipin — que uma praga seque seus pulmões! — o instiga cada vez mais.
— Shmuel deu uma cusparada para assinalar seu desprezo.

— Já que não posso ser profissional liberal por falta de instrução, não ficaria aborrecido em entrar para a categoria dos ricos. Como diz o ditado, para ser milionário não me importo em vender minha última camisa. Quem sabe eu não tenha sorte e fique rico lá fora.

— O que há no mundo lá fora — disse Shmuel —, há também no shtetl — há apenas gente com seus problemas, suas aflições, suas circunstâncias. Mas aqui, pelo menos, Deus está conosco.

— Ele está conosco até a hora em que os cossacos chegarem galopando. Nessa hora ele já estará em outro lugar. No que me diz respeito, ele está mesmo é em alguma latrina longe daqui, é lá que ele está.

O mascate fez uma careta mas deixou passar o comentário. — Quase cinqüenta mil judeus vivem em Kiev — disse ele —, confinados em uns poucos distritos, e é lá que recairão os primeiros ataques se houver um novo pogrom. E o estrago será maior nos lugares grandes do que aqui. Quando ouvirmos seus gritos, correremos para o bosque. Por que você quer ir ao encontro das Centúrias Negras, aqueles miseráveis que eu gostaria de ver pendurados pelas malditas línguas?

— A verdade é que eu sou um homem cheio de desejos que jamais conseguirei satisfazer, pelo menos não aqui. Chegou a hora de eu sair e me arriscar. Mude de lugar e sua sorte mudará, como diz o povo.

— Você ficou diferente de um ano e pouco para cá, Iákov. Que desejos tão importantes são esses?

— São desejos que não dormem nem me deixam dormir para lhes fazer companhia. Eu já lhe falei dos meus desejos: um estômago cheio de vez em quando. Um trabalho que me pague com rublos e não com pratos de macarrão. Até mesmo um pouco de instrução, se possível, e não estou falando dessas aulas de Torá que dão aos trabalhadores tarde da noite. Já tive minha cota dessas aulas. O que quero saber é o que está acontecendo no mundo.

— Está tudo na Torá e não se termina nunca de estudá-la. Fique longe dos maus livros, Iákov, dos livros impuros.

— Não existem livros maus. Mau é ter medo deles.

Shmuel desgrudou o solidéu da cabeça e enxugou a testa com seu lenço.

— Iákov, se você quer mesmo ir para terras estrangeiras, apesar dos turcos, por que não vai para a Palestina, onde os judeus podem ver árvores e montanhas judaicas e respirar o ar judaico? Se eu tivesse um mínimo de possibilidade, era para lá que eu iria.

— Tudo que eu tive neste lugar miserável foi uma existência miserável. Agora vou tentar Kiev. Se puder levar uma vida decente por lá, é o que farei. Se não, farei sacrifícios, economizarei o que puder e parto para Amsterdã, onde pegarei um navio para a América. Em resumo, o que possuo é pouco, mas tenho planos.

— Com planos ou sem planos, o que você está procurando é problema.

— Nunca tive que procurar por eles — disse o faz-tudo.
— Bem, Shmuel, boa sorte para você. A manhã já se foi e é melhor eu pegar a estrada logo.

Ele subiu na carroça e pegou a rédea.

— Eu vou com você até os moinhos. — Shmuel subiu pelo outro lado da carroça e sentou-se também.

Iákov tocou o cavalo com uma vara de vidoeiro que o velho mantinha em um furo na extremidade do assento, mas o animal, depois de um breve galope assustado, estancou subitamente e assim ficou, imóvel, na estrada.

— Na verdade, eu nunca uso isso — observou o mascate.
— A vara fica aí só para que ele não se esqueça. Se ficar molengando, eu só mostro a ele. Acho que ele gosta de me ouvir falar da vara.

— Se for assim, é melhor que eu vá a pé.

— Paciência. — Shmuel estalou os lábios. — Upa, upa, beleza — ele é muito vaidoso. Sempre que puder, Iákov, dê um pouco de aveia a ele. Capim demais provoca gases nele.

— Se ele tiver gases, que peide. — Iákov sacudiu a rédea. O faz-tudo não olhou para trás. A carroça foi seguindo por uma estradinha cheia de curvas entre campos arados de terra escura com montes arredondados de palha empilhada aqui e ali.

Ao longe via-se a igreja dos camponeses. Mais lentamente, a carroça subiu a estradinha de pedras do cemitério com seus salgueiros amarelados entre os túmulos. Passaram por uma colina onde os túmulos eram assinalados por lápides baixas. Era lá que os pais de Iákov, um homem e uma mulher de pouco mais de vinte anos, estavam enterrados. Ele havia pensado em fazer uma visita àquele túmulo coberto de capim, mas no último instante faltou-lhe disposição. O passado era uma ferida aberta. Iákov pensou em Raisl e sentiu-se deprimido.

Bateu então com a vara nas costelas do cavalo, mas não conseguiu que ele apressasse o passo.

— Desse jeito, só chego a Kiev no Hanucá.

— Se você não chegar lá, é porque essa é a vontade de Deus. Não perderá coisa alguma.

Um shnorrer em andrajos gritou para o faz-tudo de junto de uma lápide prestes a cair. — Ei, Iákov, hoje é sexta-feira. Que tal uma moeda de dois copeques para que seu sábado seja abençoado? A caridade salva da morte.

— A morte é a última das minhas preocupações.

— Empreste-me um copeque ou dois, Yákov — disse Shmuel.

— Não ganhei um único copeque hoje.

O shnorrer, um homem com pés horríveis, chamou-o de gói, com a boca retorcida e os olhos brilhantes de ódio.

Iákov cuspiu na estrada.

Shmuel fez uma oração para afastar o mau agouro.

O cavalo se pôs a trotar, puxando a carroça desconjuntada com o balde a sacudir pendurado no eixo. Deixaram para trás a colina do cemitério descendo por uma estradinha tortuosa. Passaram pelo asilo de indigentes, um prédio decadente com um anexo para órfãos. Iákov desviou o olhar e atravessou a ponte de madeira que levava à parte mais populosa da cidadezinha. Passaram pelo casebre de Shmuel, mas nenhum dos dois olhou em sua direção. Uma casa de banhos de paredes escurecidas e janelas fechadas por tábuas ficava junto a um riacho e o faz-tudo foi acometido de um súbito desejo de um banho. Imaginou-se envolvido pela densa fumaça daquela sala a massagear o corpo ensaboado com um esfregão grosso enquanto o atendente derramava água sobre sua cabeça. Água e sabão são coisas abençoadas por Deus, costumava dizer Raisl. Dentro de poucas horas a casa de banhos, soltando vapor pelas fendas, estaria apinhada de judeus a se lavarem para a noite de sexta-feira.

Seguiram sacolejantes por uma rua esburacada e poeirenta com casinhas de teto de palha de um lado e, do outro, um campo aberto onde o mato crescia. Uma judia usando uma grande peruca, sentada no degrau à frente de sua casa, depenava uma galinha de pescoço ensangüentado que prendia entre os joelhos, enquanto tentava afastar, com xingamentos, uma porca que insistia em procurar o que ainda havia de batatas em seu canteiro. Uma poça de sangue na vala da rua era testemunha do ritual com que fora morta a galinha. Pouco adiante um bode negro e barbudo, com um chifre torto e amarrado a um toco baliu para o cavalo, arremessando-se contra ele, mas a corda que lhe prendia o pescoço impediu-o de se aproximar. O toco foi arrancado, mas o bode caiu de costas com o tranco. As portas de algumas das casas soltavam-se dos alisares e, onde havia degraus, estes estavam quebrados. As cercas estavam arrebentadas, algumas prestes a cair, mas ninguém parecia se importar com toda aquela decadência que deixava irritado o homem que consertava as coisas e gostava de vê-las em ordem e funcionando.

Naquela noite, velas brancas seriam acesas em todas as janelas, menos na sua.

O cavalo seguiu em ziguezague em direção ao mercado, e a qualidade das casas por onde passavam foi melhorando. Algumas eram grandes e bonitas e seus jardins ainda tinham flores de verão.

— Que esses ricos nojentos fiquem por aí com suas casas — murmurou o faz-tudo.

Shmuel não fez comentários. Sua mente, como ele já dissera várias vezes, havia esgotado aquele assunto. Ele não invejava os ricos e queria apenas compartilhar um pouquinho da riqueza deles — o suficiente para manter-se vivo, dinheiro ganho com seu trabalho.

O mercado, uma praça aberta com prédios de madeira em dois de seus lados, alguns com lojas no segundo pavimento, estava repleto de camponeses com suas carroças cheias de grãos, verduras, madeira, couro e sabe-se lá o que mais. Ao redor das barracas e das lojas, uma freguesia constituída principalmente de mulheres fazia as compras para o sábado. Embora o mercado fosse o lugar onde ele costumava ficar à procura de trabalho, o faz-tudo não acenou para pessoa alguma e ninguém acenou para ele.

Parto daqui sem saudades, pensou. Já deveria ter partido há anos.

— A quem você contou? — perguntou Shmuel.

— A quem contaria? Praticamente ninguém. Seja como for, não é da conta de ninguém. Na verdade, sinto um peso no coração — não quero mentir —, mas já não agüento mais este lugar.

Ele havia se despedido de seus dois companheiros, Leibish Polikov e Haskel Dembo. O primeiro encolhera os ombros e o outro, sem dizer uma só palavra, o havia abraçado — isso fora tudo. Um açougueiro, erguendo pelas patas grossas e amarelas uma galinha que se debatia batendo as asas, viu quando a carroça passava e comentou alguma coisa com as freguesas. Uma delas, uma jovem que se voltou para olhar, gritou para Iákov, mas àquela altura a carroça já saía do mercado, assustando galinhas que se aninhavam nos buracos da estrada e alguns patos ruidosos, e seguia adiante.

Já se aproximava da sinagoga, com sua cúpula e seu galo de ferro que indicava a direção dos ventos. O prédio, de paredes amarelas manchadas e uma porta de carvalho, ainda não tinha movimento algum. Já havia sido saqueado mais de uma vez. O jardim estava vazio, à exceção de um judeu de chapéu negro sentado em um banco ao sol a ler um jornal dobrado. Nos últimos anos haviam sido raras as vezes em que Iákov estivera na sinagoga, mas não teve dificuldade em lembrar-se daquele salão comprido de teto alto com seus candelabros de bronze, suas janelas ovais de vidro pintado e seus lugares de oração, com bancos e castiçais de madeira. Ali ele havia passado — quase sempre desperdiçado — muitas horas de sua vida.

— Eeeeia! — disse ele, puxando as rédeas.

Haviam chegado ao outro lado da cidade — um shtetl era uma ilha cercada pela Rússia — e estavam diante de um moinho que girava lentamente suas pás remendadas. O homem que consertava coisas fez o cavalo parar.

— Aqui nos despedimos — disse ele ao mascate.

Shmuel tirou do bolso uma sacolinha de pano bordada.

— Não se esqueça disso — disse ele encabulado. — Encontrei-a em sua gaveta antes de sairmos. — Dentro da sacolinha havia uma outra contendo filactérios. Havia também um xale para orações e um livro de orações. Raisl, antes de se casarem, tinha feito a sacolinha de um pedaço de vestido seu e a bordara com as tábuas dos Dez Mandamentos.

— Obrigado. — Iákov atirou a sacolinha junto a seus outros pertences na carroça.

— Iákov — disse Shmuel com a voz embargada —, não se esqueça do seu Deus!

— Quem é que se esquece de quem? — retrucou o outro com raiva. — O que é que recebo dele além de pancadas na cabeça e mijadas na cara? O que é que ele tem para ser adorado?

— Não fale como um meshummed. Continue a ser judeu, Iákov, e não abandone nosso Deus.

— Um meshummed troca um Deus por outro. Eu não quero Deus algum. Nós vivemos em um mundo onde o relógio se move rapidamente enquanto Ele fica lá no alto de sua montanha onde o tempo não passa, a olhar para o nada. Ele não nos vê, Shmuel, e não se importa conosco. Eu quero meu pedaço de pão hoje, não no Paraíso.

— Ouça-me, Iákov, aceite meu conselho. Já vivi mais tempo que você. Há uma shul no Podol, em Kiev. Faça seu Shabbos e se sentirá melhor. "Abençoados aqueles que confiam em Deus."

— Onde eu deveria ir mesmo era às reuniões do Partido Socialista. É lá que eu deveria ir, não a um shul. Mas a verdade é que não gosto de política e não me pergunte por quê. De que adianta, quando não se é um ativista? Acho que é porque minha índole é outra. Eu me inclino para coisas filosóficas, apesar de também não saber coisa alguma de filosofia.

— Tome cuidado — disse Shmuel aflito —, nós vivemos no meio de nossos inimigos. A melhor maneira de se proteger é ficar sob a proteção de Deus. Lembre-se, se Ele não é perfeito, nós também não o somos.

Abraçaram-se rapidamente e Shmuel desceu da carroça.

— Adeus, meu querido — disse ele ao cavalo. — Adeus, Iákov. Vou pensar em você quando disser as Dezoito Bênçãos. Se algum dia se encontrar com Raisl, diga-lhe que seu pai está esperando por ela.

Shmuel voltou lentamente em direção à sinagoga. Quando já estava bem distante, Iákov sentiu um profundo pesar por ter se esquecido de enfiar um rublo ou dois no bolso do velho.

— Agora vamos. — O cavalo mexeu uma orelha e deu início a um trote que logo se transformou em passos lentos.

Esta viagem não vai ser fácil, pensou Iákov.

O cavalo parou de súbito quando um rato do campo atravessou a estrada rapidamente.

— Ande, seu idiota! — mas o animal continuou parado.

Um camponês passou com um novilho de chifres longos, tocando o animal com uma vara.

— A língua que o cavalo entende é a do chicote — gritou ele em russo do outro lado da estrada.

Iákov açoitou o animal com a vara de vidoeiro até sangrá-lo. O cavalo relinchava, mas continuava imóvel no meio da estrada. Depois de observá-los um pouco, o camponês seguiu seu caminho.

— Seu filho de uma puta — disse Iákov ao cavalo —, assim nós nunca vamos chegar a Kiev.

Ele já estava a ponto de desesperar-se quando um cão marrom surgiu de uma pilha de folhas secas sob uma árvore e avançou para a estrada, latindo para o cavalo, que partiu em disparada. Iákov mal teve tempo de agarrar as rédeas. O cão os perseguiu com latidos agudos, tentando morder os cascos do cavalo, e subitamente, em uma curva da estrada, desapareceu. Mas a carroça seguiu adiante com seu balde a chocalhar, as rodas bambas e o cavalo a trotar o mais rápido que podia.

Assim se foram pela estrada de terra batida que tinha de um lado um barranco inclinado que dava para um riacho e, do outro, espalhadas, cabanas dos camponeses da aldeia com seus telhados de palha apodrecendo. Apesar da pobreza e dos muitos porcos correndo soltos, aquelas cabanas tinham aparência melhor que as do shtetl. Um camponês de barba cortava madeira com um machado, uma mulher bombeava água do poço da aldeia. Ambos pararam o que estavam fazendo para olhá-lo com atenção. A apenas uma versta de sua cidade ele já era um estranho no mundo.

O cavalo seguia trotando e Iákov ia apreciando os campos, alguns já arados, onde aveia, feno e beterrabas haviam sido colhidos. As pilhas de feno destacavam-se, escuras, contra o verde dos bosques. Um corvo sobrevoou lentamente um campo onde o trigo havia sido colhido. Iákov descobriu-se contando os carneiros e as cabras que pastavam no campo comunal sob volumosas nuvens que se moviam lentamente. O outono havia sido úmido e desagradável e as folhas mortas ainda pendiam de muitas árvores dos bosques que delimitavam os campos. No ano anterior, já havia nevado àquela época. Embora sempre lhe desse prazer apreciar a paisagem, Iákov sentia um peso no coração. Os sons e as cores do verão já haviam desaparecido. Ao longe, as estepes de tonalidade violeta pareciam melancólicas e infindáveis.

No flanco do cavalo o sangue já começava a secar, mas algumas gotas avermelhadas ainda brotavam, atraindo moscas que Iákov tentava afastar sem tocar no animal. Esperava que seu estado de espírito melhorasse tão logo se visse fora do shtetl, mas não se sentia aliviado. Sentia-se amargurado pela sensação cada vez mais intensa de que sua decisão de partir havia sido menos livre do que ele gostaria de admitir. Seus poucos amigos tinham ficado para trás. Seus hábitos, suas melhores recordações pertenciam ao lugar que ele estava deixando. Mas sua vergonha também fazia parte daquele lugar. Ele partia porque suas condições de vida eram piores que as de muitas pessoas que conhecia dotadas de menos inteligência e menos habilidade que ele. Tentara de tudo, só não chegara a ser coveiro. Partia porque era um marido cuja esposa não lhe dera filhos — "vivo porém morto" era como o Talmude se referia a homens assim — e também porque era um marido amargurado e abandonado. Se ela tivesse sido fiel, ele teria ficado. Pensando bem, era melhor que ela não tivesse sido fiel. Ele devia mesmo era estar feliz com aquela oportunidade de livrar-se de uma vida estéril. Mas sentia-se apreensivo por estar a caminho de uma cidade de desconhecidos — judeus ou não, seriam todos desconhecidos —, um lugar que, de certa forma, lhe parecia interdito. A maravilhosa Kiev, mãe de todas as cidades russas! Ele conhecia as cidades que ficavam a menos de doze verstas de Kiev, mas apenas uma vez, por uma semana no verão, havia estado em Kiev. Agora tinha a sensação desagradável de não saber o que encontraria lá, de não poder prever ou visualizar o que seria dele naquela cidade. Só conseguia pensar nas fileiras de cortiços decadentes e superpovoados no Podol. Seria ele mais um daqueles judeus pobres a levar uma existência inútil e estúpida, ou, de alguma maneira, conseguiria melhorar de vida? Mas como, com a idade que tinha? Já havia completado trinta anos. As oportunidades de trabalho seriam poucas. Com os poucos rublos que levava no bolso, quanto tempo agüentaria até começar a passar fome? O que lhe daria o direito de pensar que amanhã seria melhor que hoje? Alguma coisa boa havia acontecido?

Eram muitos os medos que o afligiam e, como tinham sido poucas as suas viagens longas, ele temia a viagem também. As plantas de seus pés coçavam, o que significava, dizia-se, que ele faria uma viagem longa. Tudo bem, mas conseguiria chegar lá? O maldito cavalo já seguia lentamente de novo, o idiota. E se aquelas nuvens ficassem pesadas e escuras e, de uma hora para outra, despejassem neve sobre a terra? Aquele cavalo conseguiria chegar a Kiev? Ele imaginou a neve caindo pesadamente e, em poucos minutos, cobrindo de branco a estrada e os campos, de tal maneira que não se soubesse onde um terminava e o outro começava. A carroça se encheria de neve. O cavalo certamente pararia. Iákov poderia chicoteá-lo até que seus ossos aparecessem, mas o animal era do tipo que se deitaria na neve só para chateá-lo. "Quer saber de uma coisa? Estou cansado. Se você quiser prosseguir nessa tempestade, que vá. Boa viagem. Mas eu não. Vou dormir aqui mesmo e, se não acordar mais, tanto melhor. Pelo menos a neve é aconchegante." O homem que consertava coisas imaginou-se caminhando perdido na neve até cair morto.

Mas o cavalo não parecia se importar e nada indicava que fosse nevar ou chover, tampouco. O dia estava claro e fresco e uma brisa começava a soprar, fazendo voar a crina do cavalo, que, sem pressa, seguia adiante. Porém, ao atravessar um bosque de árvores escuras cujos galhos desfolhados se enlaçavam acima da cabeça de Iákov, a claridade reduziu-se rapidamente e ele, que procurava qualquer sinal de mudança do tempo, foi ficando aflito de novo. Esforçando-se por enxergar melhor naquela estranha luminosidade, ele viu à sua frente uma estrada cheia de curvas sem qualquer vestígio de neve. Agora basta, pensou ele. É melhor parar para comer. Como se tivesse lido seu pensamento, o cavalo parou antes mesmo que ele lhe puxasse as rédeas. Iákov desceu da boléia e, segurando o bridão, puxou a montaria para um lado da estrada. O cavalo afastou as pernas traseiras e soltou uma torrente amarela de urina. Iákov urinou sobre umas plantas já marrons pelo adiantado da estação. Aliviado, ele puxou alguns punhados de capim seco e, como não encontrou uma bolsa para alimentar o cavalo, deu-lhe de comer com as mãos. O animal, arquejante, pôs-se a mastigar com seus dentes amarelos e gastos, espumando pela boca. O estômago do homem que consertava coisas roncou. Ele se sentou sob uma árvore iluminada por uma réstia de sol, ergueu sua gola de pêlo de carneiro e abriu o embrulho de comida. Comeu parte de uma batata cozida mastigando-a lentamente e em seguida metade de um pepino salpicado de sal grosso com um pedaço de pão preto. Um pouco de chá cairia muito bem agora, pensou ele, ou, pelo menos, um pouco de água morna açucarada. Iákov adormeceu encostado à árvore, mas logo acordou e, apressado, subiu na carroça.

— Já está tarde, infeliz, ande, vamos logo.

O cavalo não saiu de onde estava. Iákov pegou a vara que servia de chicote. Depois mudou de idéia e desceu da carroça, desamarrou o balde enferrujado e saiu à procura de água. Quando encontrou um pequeno regato, descobriu que o balde estava furado. Encheu-o mesmo assim e ofereceu-o, já pela metade, ao cavalo. O animal não quis beber.

— Não estou aqui para brincadeiras. — Iákov derramou o resto da água, tornou a amarrar o balde sob a carroça e subiu à boléia novamente. Brandiu a vara no ar até que ela assobiasse. O cavalo, baixando as orelhas, partiu lentamente. Pelo menos se movia. O homem que consertava coisas fez a vara assoviar de novo e o cavalo, após um minuto de indecisão, pôs-se a trotar. A carroça seguiu adiante, a chocalhar.

Passado algum tempo, alcançaram uma mulher velha que seguia pela estrada. Era uma peregrina que caminhava lentamente, apoiando-se em um bastão comprido. A camponesa gorda, vestida de preto, usava sapatos de homem, levava uma mochila e tinha um xale grosso envolvendo a cabeça.

Iákov desviou-se um pouco para passar por ela, mas mudou de idéia e gritou: — Quer uma carona, vovó?

— Que Jesus o abençoe, meu filho. — A velha tinha apenas três dentes cinzentos.

De Jesus ele não precisava. Que azar, pensou ele. Iákov ajudou-a a subir na carroça e tocou o cavalo com a vara. Para surpresa sua, o cavalo saiu trotando. Quando a estrada fez uma curva, a roda direita bateu numa pedra e, com um estalido, quebrou-se. A carroça pendeu para trás com a roda esquerda inclinada para dentro.

A velha persignou-se, desceu lentamente da carroça e continuou a caminhar pela estrada, apoiando-se em seu pesado bastão. Não olhou para trás.

Iákov amaldiçoou Shmuel por ter insistido em dar-lhe a carroça. Saltou para o chão e examinou a roda partida. O aro de metal, gasto, havia se soltado. A borda de madeira estava afundada e dois eixos haviam se quebrado. Do eixo rachado vazava graxa. Iákov rosnou de raiva.

Depois de cinco minutos de absoluta perplexidade, ele tirou da carroça seu saco de ferramentas, desamarrou-o e espalhou seu conteúdo na estrada. Mas, com um machado, um serrote, uma plaina, um cortador de latão, um esquadro, betume, arame, uma faca de ponta e dois furadores o homem que consertava coisas não podia consertar o que havia se partido. Ainda que dispusesse de tudo de que precisava, levaria um dia inteiro para fazer o trabalho. Pensou em comprar outra roda se algum camponês tivesse uma que servisse, mesmo que não servisse perfeitamente. Mas onde estaria o camponês? Quando não se precisa deles estão por toda parte. Iákov atirou os pedaços da roda quebrada dentro da carroça. Amarrou novamente suas ferramentas e ficou à espera de alguém que passasse. Ninguém passou. Ele pensou em voltar para o shtetl, mas lembrou-se de que já não agüentava mais aquele lugar. O vento, já agora mais frio e penetrante, entrava por seu casaco e deixava-lhe as costas geladas. O sol se punha e o céu já escurecia.

Se eu for bem devagar, talvez consiga chegar à aldeia mais próxima com três rodas apenas.

Ele tentou fazer isso sentando-se cuidadosamente bem na ponta esquerda da boléia. Agora queria que o cavalo seguisse bem devagar. Sentiu-se aliviado quando a carroça pôs-se em movimento, com a única roda traseira a ranger, e assim percorreu meia versta. Alcançou novamente a peregrina e já ia dizer que não poderia levá-la quando a roda traseira, com um forte ranger do eixo, partiu-se também, fazendo com que a parte de trás da carroça batesse no chão, esmigalhando o balde. O cavalo lançou-se para a frente, deu um relincho e empinou. O homem que consertava coisas mal conseguiu se equilibrar, assustado.

Desceu então da boléia. — Quem será que inventou esta minha vida? — Às suas costas estava a estepe deserta e sem árvores e à sua frente estava a velha. Ela parou diante de um grande crucifixo à beira da estrada, persignou-se e ajoelhou-se lentamente. Em seguida, pôs-se a bater com a testa no chão duro. Bateu tanto que até Iákov sentiu doer-lhe a cabeça. A estepe era desabitada naquela região e a noite caía. Ocorreu-lhe a possibilidade de um nevoeiro ou de uma tempestade de vento e ele teve medo. Iákov desatrelou o cavalo da carroça, segurou as rédeas e, aproximando-o da boléia, conseguiu montar no animal. Mal montou, apeou. Colocou sua sacola de ferramentas, seu amarrado de livros e uns embrulhos na sela do cavalo, agarrou as rédeas com a mão direita e tornou a montar. Pendurou então a sacola de ferramentas no ombro e, com a mão esquerda, equilibrou o resto de seus pertences no lombo do cavalo. O animal partiu a galope. Iákov ficou surpreso ao ver que conseguia manter-se sobre o cavalo.

Passaram junto da velha, que continuava prostrada diante do crucifixo. Ele se sentia pouco seguro sobre a sela, mas mantinha-se nela. O animal passou do galope para o trote e, em seqüência, para um passo cambaleante. Parou. Iákov amaldiçoou-o por toda a eternidade. Passado algum tempo, ele voltou a dar sinais de vida e seguiu adiante, lentamente. Quando se punham em movimento, o faz-tudo, que jamais havia montado um cavalo antes — não existira um motivo especial, a não ser o fato de ele nunca ter possuído um cavalo —, punha-se a sonhar com a boa sorte, com realizações, com riqueza. Teria uma casa confortável, um bom negócio — quiçá uma pequena fábrica qualquer —, uma esposa fiel, de cabelos escuros, bonitinha, e três filhos saudáveis, que Deus os abençoe. Mas, quando o cavalo se recusava a prosseguir, ele se enchia de ódio pelo sogro, dava socos no animal e antevia para si um futuro sombrio. Iákov tinha pressa — já estava escuro e o vento da estepe era cortante. O cavalo, porém, livre da carroça, preferia examinar o mundo à sua volta. Parava para comer capim, mastigando-o ruidosamente com seus dentes gastos, indo de um lado para o outro da estrada. Vez por outra, dava meia-volta e trotava um pouco no sentido oposto. Iákov, desatinado, ameaçava chicoteá-lo, mas ambos sabiam que já não havia chicote algum. Já tomado de desespero, ele passou a bater com os calcanhares na barriga do animal. O cavalo corcoveou e por alguns minutos o cavaleiro se sentiu como um pequeno barco a remo no mar agitado. Passado o susto, Iákov desistiu de chutar o animal. Chegou a pensar em jogar fora todos os seus pertences na esperança de que, mais leve, o cavalo se dispusesse a ir mais depressa, mas não teve coragem.

— Eu sou um homem cheio de ódio, seu filho da puta. Se você não tomar jeito, vai sofrer as conseqüências.

A ameaça não surtiu efeito algum.

Àquela altura a escuridão já era total. O vento rugia. A estepe era um mar negro cheio de vozes estranhas. Ali ninguém falava ídiche e o animal, provavelmente sentindo também a estranheza do lugar, começou de súbito a trotar e logo passou a galopar. Embora o homem não fosse supersticioso, havia sido, quando menino. Lembrou-se de Lilith, Rainha dos Maus Espíritos, e da bruxa-peixe que matava os viajantes com cócegas, mas também podia lhes ser útil. A Ucrânia era um lugar povoado de fantasmas. De vez em quando ele sentia por trás de si uma presença, mas não se voltava para ver. Então, uma lua amarela surgiu como uma flor e, subindo ao céu, iluminou a estepe erma até as sombras distantes. Podia-se agora ver ao longe. A noite será longa, pensou o homem. Atravessaram a galope uma aldeia de camponeses com sua igreja de torre alta colorida de amarelo pela luz da lua. As cabanas de teto de palha estavam escuras e não se via uma só luz em lugar algum. Embora ele sentisse no ar o cheiro de madeira queimando, não viu fumaça saindo de nenhuma casa. Iákov pensou em apear do cavalo, bater à porta de um estranho qualquer e pedir-lhe permissão para passar a noite. Mas sentiu que, se descesse do cavalo, jamais conseguiria montá-lo novamente. Teve medo de que também lhe roubassem os poucos rublos, portanto continuou montado e seguiu adiante. O céu estava coalhado de estrelas e o vento soprava gelado em seu rosto. Adormeceu por alguns segundos e acordou assustado com um pesadelo. Tinha a impressão de estar perdido para sempre mas, para seu espanto, viu surgir ao longe uma grande elevação palidamente iluminada pelo luar, onde piscavam esparsos pontos de luz. Aos pés da colina passava um rio largo e escuro que refletia a lua parcialmente encoberta. O cavalo reduziu a velocidade. Eles levariam ainda uma hora para percorrer a meia versta até o rio.

# 3

O ar estava gelado mas o vento já não era tão intenso à margem do Dnieper. — Não tem balsa — disse o barqueiro. — Fechada. Está fechada. Não tem balsa. — Ele gesticulava com os braços como se estivesse falando com um estrangeiro, apesar de Iákov ter se dirigido a ele em russo. O fato de não haver balsa aguçou em Iákov o desejo de atravessar o rio. Ele esperava alugar uma cama numa hospedaria e acordar cedo para sair em busca de trabalho.

— Eu te atravesso em um barco a remo por um rublo — disse o barqueiro.

— Muito caro — respondeu Iákov, embora se sentisse extremamente cansado. — Onde fica a ponte?

— Seis ou oito verstas daqui. Um bom pedaço de chão.

— Um rublo — resmungou o viajante. — Quem tem tanto dinheiro assim?

— É isso ou nada feito. Não é nada fácil atravessar a remo um rio perigoso desses numa noite escura como breu. Podemos nos afogar os dois.

— E o que eu faria com o meu cavalo? — O homem que consertava coisas perguntou mais a si do que ao seu barqueiro.

— Problema seu. — O barqueiro, de ombros largos e fortes como um grande tronco de árvore e barbas grisalhas em desalinho, assoou uma narina cheia sobre uma pedra e, em seguida, a outra. Seu olho direito estava congestionado.

— Escuta aqui, companheiro, por que é que você está criando tanto caso à toa? Mesmo se eu pudesse levar seu cavalo para o outro lado, coisa que não posso, este bicho ia acabar morrendo mesmo. Não precisa olhar muito para ver que ele já deu o que tinha pra dar. Veja como treme. Ouve só essa respiração de boi agonizando.

— Eu esperava vendê-lo em Kiev.

— Que maluco compraria esse saco de ossos velhos?

— Talvez um açougueiro ou, sei lá, alguém que se interessasse pelo couro.

— Repito que este bicho está morto — disse o barqueiro —, mas, se for esperto, vai conseguir economizar um rublo.

Fico com ele pelo preço da viagem. Vai ser uma chateação para mim e, se eu conseguir cinqüenta copeques pela carcaça, ainda terei sorte. Isso é um favor que faço a um forasteiro.

Ele só me deu trabalho até agora, pensou o homem que consertava coisas.

Entrou então no barco com sua saca de ferramentas, seus livros e seus outros embrulhos. O barqueiro desamarrou o barco, enfiou os dois remos na água e partiram.

O cavalo, amarrado a uma estaca, ficou observando a partida da margem iluminada pelo luar.

Um judeu velho, é o que ele parece, pensou o viajante.

O cavalo deu um relincho tão forte que fez com que lhe escapassem gases ruidosos.

— Não consigo identificar o seu sotaque — disse o barqueiro remando com força. — É russo, mas de que província?

— Eu morei na Letônia, mas em outros lugares também — murmurou o outro.

— A princípio pensei que o senhor fosse um maldito polaco. Pan whosis, Pani whatsis. — O barqueiro deu uma risada e depois baixou a voz e fez uma careta. — Ou talvez um judeu filho da puta. Mas, apesar de se vestir como um russo, você parece mais um alemão, que o diabo os carregue a todos, menos você e sua família, naturalmente.

— Letão — disse Iákov.

— Seja como for, que Deus nos livre desses malditos judeus — disse o barqueiro enquanto remava —, aqueles narigudos, bexiguentos, trapaceiros, sanguessugas parasitas. Nos roubariam a luz do dia se pudessem. Eles empesteiam o ar com o fedor de seus corpos e seu bafo de alho e a Rússia ainda vai acabar morta pelas doenças que eles espalham se não pusermos um fim nisso. Um judeu é o diabo em forma de gente — isso é fato sabido —, e se algum dia você puder ver um deles tirando suas botas fedorentas, vai ver um par de cascos fendidos. Isso eu garanto. Sei porque — Deus é testemunha — já vi com meus próprios olhos. Ele pensava que ninguém estivesse olhando, mas eu vi seu casco como quem vê a luz do dia.

Ele olhou fixamente para Iákov com seu olho injetado. Este sentiu o pé coçar, mas não o tocou.

Deixe-o falar, pensou ele, mas sentiu que tremia.

— Dia após dia eles vêm se amontoar em nossa terra — continuou o barqueiro com sua fala monótona —, e a única maneira de nos salvarmos é acabarmos com eles de uma vez por todas. Não estou falando em matar um deles de vez em quando com uma paulada ou um chute na cabeça. Estou falando em acabar com eles de uma vez por todas, limpar o mundo dessa gente. Já tentamos fazer isso algumas vezes, mas nunca como deveria ser feito. Por mim, a gente convocava todos os nossos homens, armava bem todos eles — arma de fogo, faca, espeto, porrete — ou qualquer coisa que matasse um judeu. E, quando os sinos da igreja começassem a tocar, nós partiríamos para o bairro deles, que é fácil reconhecer por causa do fedor. Aí era só desentocar o bando todo de onde quer que se escondessem — sótãos, porões ou buracos de rato — e estourar seus miolos, furar aquelas barrigas cheias de arenque, arrancar à bala aqueles narigões melequentos. E nada de abrir exceção para crianças e velhos, porque se sobrarem alguns eles vão procriar como ratos e o trabalho vai ter que ser feito de novo.

"E quando a gente tiver acabado com todos aqueles malditos e o mesmo for feito em todas as províncias da Rússia, desentocando toda a tribo amaldiçoada — pra nós aqui vai ser fácil porque estão todos amontoados no gueto —, vamos empilhar os cadáveres, dar um banho de benzina e fazer fogueiras que vão dar alegria à gente de todo o mundo. Feito isso, lavamos com mangueiras as cinzas fedorentas e dividimos os rublos, as jóias, as pratarias, as peles e tudo mais que eles roubaram, ou então podemos devolver tudo para os pobres coitados que foram roubados por eles e que são os donos de direito. Pode acreditar no que digo — não falta muito para tudo isso que eu lhe falei acontecer. E nós vamos fazer isso porque o nosso Senhor, que eles crucificaram, deseja vingança. Nós devemos isso a Ele."

O barqueiro soltou um dos remos e persignou-se.

Iákov resistiu a um impulso de fazer o mesmo. Sua sacola com coisas para oração caiu com um leve ruído no rio Dnieper e afundou como se contivesse chumbo.

## PARTE DOIS

## 1

Para onde se pode ir quando não se vem de lugar algum? A princípio ele se escondeu no bairro judeu, saindo sorrateiramente de vez em quando para ver o mundo à sua volta, explorá-lo, experimentar a firmeza do chão. Kiev, "a Jerusalém da Rússia", ainda o assombrava e inquietava. Ele só havia estado lá por alguns dias quentes de verão, quando foi convocado para o exército, e tinha agora aquelas mesmas sensações. Ainda assim, ao caminhar sem destino pelas ruas, achou as cores da cidade belas e suaves. A bruma iluminava-se com a luz dourada dos fins de tarde. As avenidas movimentadas eram cheias de gente — camponeses ucranianos com suas vestimentas típicas, ciganos, soldados, padres. À noite, os globos brancos da iluminação a gás brilhavam nas ruas e junto ao rio formava-se um denso nevoeiro. Kiev situava-se em três colinas, e ele se lembrava da primeira visão que tivera da cidade, quando estava na ponte Nicholas — a cidade era pontilhada de casinhas brancas com telhados verdes, igrejas e mosteiros com suas cúpulas douradas e prateadas surgindo acima do verde da folhagem. Ele sabia apreciar uma cena bonita, apesar de tal gosto não lhe trazer qualquer benefício de ordem prática. Mas, como o povo costumava dizer, um homem não é um cavalo de carga.

Na outra direção, do outro lado do rio barrento e frio — a estepe se espalhava, verde, até onde a vista alcançava. Trinta verstas apenas, e o shtetl já havia desaparecido — puf! —, sumira, deixara de existir, talvez. Embora sentisse saudades, ele sabia que jamais voltaria lá. Mas — e daí? O que seria dele? Mais de uma vez Raisl o havia acusado de ter medo de deixar aquele lugar e talvez ela tivesse razão. Mas agora que deixei, pensou ele, de que me adiantará? Teria ela voltado?, perguntou-se. Ele a amaldiçoou, como sempre fazia ao pensar na mulher.

Iákov caminhava por lugares aonde nunca tinha ido, respondendo em russo quando alguém falava com ele — estava se testando, disse a si mesmo. Por que um homem teria medo do mundo? Mas ele tinha. Morrendo de medo de descobrirem que ele era judeu e que o mandassem sair dali, entrou sorrateiramente em uma igreja e ficou observando. Os camponeses, alguns com mochilas às costas, ajoelhavam-se e rezavam diante de um altar onde havia um grande crucifixo dourado e um ícone da Madona incrustado de pedras preciosas, enquanto o sacerdote, um homenzarrão ricamente paramentado, entoava os cânticos da liturgia ortodoxa. O homem que consertava coisas estremeceu e o estranho odor do incenso aumentou sua tensão. Ergueu-se de um salto quando alguém lhe tocou o braço. A seu lado um corcunda de barbas escuras apontou para os camponeses que batiam com suas cabeças na laje do chão e a beijavam. — Vá você fazer aquilo também! Coma pão feito com sal e ouça as palavras da verdade! — Iákov saiu apressadamente.

Ainda perplexo com sua ousadia, ele desceu as catacumbas de Lavra — sob o antigo mosteiro da colina de Pecherski junto ao Dnieper —, em meio a um grupo de camponeses assustados e pálidos que levavam velas acesas. Eles caminhavam em filas por passagens de pouca altura onde era forte o cheiro da umidade. Através de janelas protegidas por barras, podiam entrever, de passagem, santos da Igreja Ortodoxa em seus caixões destampados, cobertos com panos vermelhos e dourados já puídos pelo tempo. Nas paredes, sob ícones, brilhavam pequenas luzes vermelhas. Em uma cela iluminada por velas por onde a fila passou, um monge com cabelos em desalinho até os ombros apresentava uma relíquia da "mão de Santo André" para que os fiéis a beijassem. Um a um eles se punham de joelhos e tocavam com os lábios a mão envolta em pergaminho. Iákov decidiu que beijaria rapidamente aqueles dedos ossudos, mas, quando chegou sua vez de ajoelhar, ele soprou a vela que levava e seguiu às pressas pelo corredor escuro, tateando à procura da saída.

Do lado de fora havia uma multidão de mendigos, alguns sem os braços ou as pernas, perdidos na última guerra. Três eram cegos. Um deles tinha os olhos voltados para dentro das órbitas. O outro tinha a aparência de um peixe, com os globos oculares protuberantes. O terceiro "lia" em voz muito alta, "por inspiração divina", um evangelho que tinha em mãos. Este voltou para Iákov seu olhar perdido e Iákov olhou-o fixamente também.

## 2

Ele ficou morando no centro do bairro dos judeus no distrito do Podol, em uma casa de cômodos superlotada onde se viam estendidos por toda parte colchões para arejar e roupas puídas secando acima de um pátio cheio de oficinas nas quais se trabalhava muito por quase nada. As pessoas ali conseguiam o mínimo para se manterem vivas. O homem que consertava coisas desejava algo melhor, algo além do que tivera até então, que era pouco mais que nada. Durante algum tempo, enquanto caíram as chuvas frias do fim do outono, ele não saiu do bairro judeu, mas, quando a primeira neve cobriu a cidade — cerca de um mês depois de sua chegada —, começou a dar umas saídas novamente, já então à procura de trabalho. Com sua sacola de ferramentas pendurada no ombro, pôs-se a caminhar pelas ruas do Podol e do Plosski, distritos comerciais na zona baixa junto ao rio. Depois passou a freqüentar os bairros das colinas, onde judeus não podiam trabalhar. Iákov dizia a si mesmo que ia ali à procura de alguma oportunidade, mas por vezes se sentia como um espião no campo do inimigo. O bairro judeu, sempre igual havia muito tempo, era superpovoado e cheirava mal. A riqueza que porventura houvesse lá era de natureza espiritual, pois prosperidade não havia. O homem que consertava coisas, já longe de seu shtetl, começou a se preocupar seriamente com a falta de dinheiro. Ele havia tentado trabalhar para um fabricante de vassouras, um homem de barbas revoltas que prometera ensinar-lhe o ofício. Seu salário era pago com sopa. Por isso ele voltou a ser um faz-tudo, mas tampouco conseguiu ganhar algum dinheiro assim. Sopa, somente sopa, era o que lhe davam em troca por seu trabalho, e ainda assim, nem sempre. Se uma janela se quebrava, tapavam-na com panos velhos e davam graças a Deus. Ele se oferecia para consertá-la por uma quantia ínfima, mas, quando o trabalho estava concluído, agradeciam-lhe, abençoavam-no e davam-lhe um prato de sopa de massa. Ele vivia frugalmente em um cubículo de pouca altura no apartamento de um auxiliar de impressor — Aaron Latke — e dormia sobre um banco coberto por um saco de aniagem; o apartamento era cheio de crianças e de colchões de pena fedorentos. À medida que seus copeques iam saindo sem que algum outro entrasse, o homem que consertava coisas ia ficando cada vez mais ansioso. Ele precisava ir aonde pudesse ganhar a vida ou mudar de ofício. As duas coisas, se possível. Quem sabe não tivesse mais sorte com os goim? Pior não podia ser. Além do mais, que alternativa tem um homem que ignora as alternativas que existem? Era em um mundo mais amplo que ele pensava. Por isso saía do gueto quando ninguém estava olhando. Em meio à neve ele se sentia anônimo, como se não pudesse ser visto com sua boina de lã e seu casaco russo — era um desempregado como qualquer outro. Os russos passavam por ele sem sequer o olhar e ele fazia o mesmo. Já lhe haviam dito que ele não parecia judeu e agora ele acreditava. Iákov subia cuidadosamente a ladeira coberta de neve até o alto da colina, onde ficava a Krechtchatik, a larga rua principal, oferecendo seus serviços em todos os quiosques, todas as lojas e repartições públicas, mas quase nada encontrava para fazer. Um ou outro pequeno serviço era pago com algumas moedas de cobre esverdeadas. À noite, em seu cubículo, aquecendo as mãos vermelhas ao segurar o copo de chá, ele pensava em voltar para o shtetl, pensava em morte.

Latke, ao ouvi-lo falar em morte certa vez, arregalou os olhos horrorizado. Era um homem com as mãos deformadas pela artrite e oito filhos famintos. A dor prejudicava seu trabalho, mas ele não se deixava desanimar.

— Pelo amor de Deus, homem, paciência! — exclamou ele. — Você não é desprovido de cérebro e isso já é um bom começo. É preciso dar tempo ao tempo. Sua sorte vai acabar mudando.

— Para ser um homem de sorte é preciso ter sorte. Eu nunca tive sorte.

— Você acaba de chegar do interior, sem experiência. Seja paciente pelo menos até encontrar seu caminho.

O homem que consertava coisas saiu então à procura da sorte.

Certa noite, quando caminhava desesperado pelas ruas cobertas de neve do distrito de Plosski, onde as lâmpadas a gás lançavam sua luz esverdeada na calçada, Iákov deparou-se com um homem caído com o rosto enfiado na neve. Ele hesitou por um minuto antes de desvirá-lo, temendo envolver-se em alguma encrenca. O homem era um russo gorducho e calvo de cerca de sessenta e cinco anos e seu capuz de pele estava caído adiante. Seu rosto inchado tinha manchas vermelhas e azuladas e seu bigode estava cheio de neve. O velho respirava e seu hálito cheirava a bebida. O homem que consertava coisas notou imediatamente o emblema preto e branco preso ao casaco do outro — a águia de duas cabeças das Centúrias Negras. Que se dane aí sozinho, pensou. Assustado, correu até a esquina e depois correu de volta. Agarrou o anti-semita pelas axilas e começou a arrastá-lo para a entrada da casa em frente à qual ele havia caído. Nesse momento, ouviu um grito de alguém que se aproximava. Uma jovem, com um xale verde sobre um vestido também verde, corria, mancando, na direção deles. A princípio ele pensou que se tratasse de uma criança aleijada, mas logo viu que era uma mulher jovem com uma perna aleijada.

Ela se ajoelhou, passou a mão pelo rosto do velho gordo para tirar a neve, sacudiu-o de leve e disse, ainda com a respiração entrecortada pela corrida: — Papai, levante-se! Papai, você não pode ficar assim!

— Eu devia ter ido buscá-lo — disse ela voltando-se para Iákov e batendo com a mão no peito. — É a segunda vez este mês que ele cai na rua. Quando bebe na taberna, a situação se torna insuportável. Por favor, ajude-me a levá-lo para casa, senhor. Nós moramos a poucas casas daqui.

— Segure pelas pernas — disse Iákov.

Com a ajuda da moça ele meio que carregou, meio que arrastou o russo gordo pela rua acima até chegarem a uma casa amarela de três andares com enfeite de ferro batido acima da porta. A moça chamou o porteiro e os dois carregaram o pai dela escada acima até um apartamento amplo e bem mobiliado no primeiro andar. Ela os seguiu mancando. Colocaram o homem em um sofá de couro próximo a uma lareira de tijolos no quarto de dormir. Um cão pequinês começou a dar latidos agudos e a rosnar para Iákov. A moça pegou o cachorro no colo e levou-o para outro cômodo, voltando logo em seguida. O cão continuou a dar latidos agudos por trás da porta fechada.

Quando o porteiro tirou os sapatos molhados do homem gordo, ele se mexeu.

— Com a ajuda de Deus — balbuciou ele com a voz roufenha.

— Papai — disse a moça —, precisamos agradecer a este bom homem que o ajudou em seu acidente. Ele o encontrou com o rosto enfiado na neve. Se não fosse ele, o senhor teria morrido sufocado.

O pai abriu os olhos lacrimejantes. — Louvado seja Deus. — Ele se persignou e pôs-se a chorar baixinho. Ela também fez o sinal-da-cruz e enxugou os olhos com um lenço.

Enquanto a moça desabotoava o casaco do pai, Iákov inspirou uma última vez aquele ar cálido, saiu do apartamento e desceu a escada, aliviado por estar fora de lá.

Do alto da escada a moça chamou por ele com uma voz tensa e aguda e desceu rapidamente manquejando atrás dele, agarrando-se ao corrimão. Seu rosto tinha uma expressão intensa e seus olhos verdes eram ansiosos. Parecia ter cerca de vinte e cinco anos, era esguia, tinha o torso bem delineado e usava solto sobre os ombros seus fartos cabelos cor de mel. Não era bonita, mas tampouco era desgraciosa e, embora lhe inspirasse pena pela perna aleijada, ele teve por ela um estranho sentimento de repulsa.

Ela perguntou como se chamava e de onde vinha sem fixar seus olhos nos dele. Mantinha-os baixos, mas subitamente os ergueu. Olhou então fixamente para o saco de ferramentas sobre seu ombro.

Ele lhe disse pouco: não era dali, chegara havia pouco do interior. Ocorreu-lhe então tirar o gorro.

— Volte amanhã, por favor — pediu ela. — Papai disse que gostaria de agradecer-lhe quando estiver se sentindo melhor, mas quero dizer-lhe, francamente, que o senhor pode contar com algo mais que um simples agradecimento. Meu pai é Nikolai Maximovitch Lebedev e está semi-aposentado. Já estava aposentado, mas teve que assumir os negócios do irmão que morreu. Eu sou Zinaida Nikoláievna. Por favor, venha ter conosco na parte da manhã, quando papai se encontra em seu estado normal. Ele em geral está bem na parte da manhã, embora nunca mais tenha sido o mesmo desde que minha pobre mãe faleceu.

Iákov, sem dizer seu nome, disse que voltaria na manhã seguinte e se foi.

De volta a seu cubículo no apartamento de Aaron Latke, ele se perguntou o que significaria "algo mais do que um simples agradecimento". Era óbvio que a moça se referia a algum tipo de recompensa, possivelmente um rublo ou dois. Se ele tivesse sorte, talvez fossem cinco. Mas Iákov tinha dúvida quanto a voltar lá. Seria correto aceitar uma recompensa de alguém que proclamava odiar judeus? Em nem um instante sequer ele se sentiu à vontade na presença daquele velho e da filha. Então era melhor não ir, ou ir para dizer ao velho a quem ele devia a vida e sair em seguida. Mas não era isso que ele tinha vontade de fazer. Iákov sentiu o suor lhe brotar na testa ao pensar naquela águia de duas cabeças do bêbado olhando fixamente para ele. Dormiu mal e acordou com uma nova idéia. Por que não aceitar um ou dois rublos se isso ajudaria a manter vivo um judeu? Que serviço melhor que esse poderia prestar um anti-semita? Iákov lembrou-se de um ditado russo: "Um lobo amedrontado deve ficar longe da floresta", mas decidiu ir assim mesmo. Se não se arriscasse, como saberia o que se passava no mundo?

Assim, ele retornou à casa do Plosski sem sua saca de ferramentas mas com a mesma roupa. Não tinha como vestir-se melhor e tampouco o desejava. Zinaida Nikoláievna, usando uma blusa e uma saia de camponesa, com duas fitas verdes trançadas nos cabelos e um colar com algumas fileiras de contas amarelas rente ao pescoço, conduziu-o ao quarto de dormir do pai. Nikolai Maximovitch, vestido em um robe acolchoado com uma gola de pele, estava sentado a uma mesa junto a uma janela com pesadas cortinas. Tinha à frente um enorme livro aberto. Na parede por trás dele via-se um grande quadro com uma árvore genealógica em cujos galhos escuros havia fendas com os nomes impressos dos antepassados de Nikolai a partir de Adão. Um retrato do Czar sentado ao lado da pálida Czarina ficava acima da árvore genealógica. A casa estava superaquecida. O cãozinho rosnou para Iákov e teve que ser carregado para fora do quarto pela empregada.

Nikolai Maximovitch ergueu-se lentamente — um velho com muitas rugas ao redor dos olhos vermelhos e melancólicos — e deu as boas-vindas a Iákov sem qualquer constrangimento. O homem que consertava coisas lembrou-se do broche das Centúrias Negras e sentiu desprezo pelo outro e por si mesmo. Sentiu sua garganta apertar.

— Nikolai Maximovitch Lebedev — disse o velho russo oferecendo-lhe a mão rechonchuda e macia. A grossa corrente de ouro do relógio pendia-lhe sobre a barriga protuberante e seu colete estava empoeirado de rapé.

Iákov, após breve hesitação, apertou sua mão e, como havia planejado, respondeu: — Iákov Ivanovitch Dologuchev. — Se tivesse dado seu nome verdadeiro, teria acabado ali mesmo qualquer possibilidade de recompensa. Mas ele se sentia envergonhado e suarento.

Zinaida Nikoláievna ocupava-se com o samovar. O pai indicou uma cadeira para que a visita se sentasse.

— Tenho muito a agradecer-lhe, Iákov Ivanovitch — disse ele, sentando-se novamente. — Perdi o equilíbrio na neve, certamente havia gelo sob ela. O senhor foi muito gentil em ajudar-me — algumas pessoas não o teriam feito. Certa vez, em circunstâncias bem diferentes — comecei a beber somente depois da morte de minha amada esposa, uma mulher de excepcionais qualidades, e Zina é testemunha do que lhe digo —, desmaiei por culpa de uma doença na rua Fundukleievski, em frente a um café, e fiquei caído na calçada com um corte na cabeça por um tempo inimaginável até que alguém — naquele caso uma mulher que havia perdido um filho em Porto Arthur — se dignou a vir em meu auxílio. Hoje em dia as pessoas se importam bem menos com os demais seres humanos do que antigamente. O sentimento religioso encolheu em todo o mundo e a bondade é coisa rara. De fato, muito rara.

Iákov, esperando que ele chegasse logo ao assunto da recompensa, continuou em silêncio, tenso, em sua cadeira. Nikolai Maximovitch olhou para o casaco de couro de ovelha surrado do homem que consertava coisas. Tirou do bolso sua caixinha de rapé, introduziu uma pitada em cada narina, assoou vigorosamente o nariz em um grande lenço branco, espirrou duas vezes e então, após algumas tentativas frustradas, conseguiu colocar de volta a caixinha no bolso do robe.

— Minha filha me diz que o senhor estava carregando um saco de ferramentas ontem. Em que trabalha o senhor, se me permite perguntar?

— Consertos, coisas assim, de todo tipo — respondeu Iákov. — Faço também trabalhos de carpintaria, pintura e telhado.

— É mesmo? E encontra-se empregado no momento?

O faz-tudo, sem pensar, disse que não.

— De onde é o senhor, se não se importa que eu pergunte? — indagou Nikolai Maximovitch. — Pergunto porque sou curioso por natureza.

— Do interior — disse Iákov após um momento de hesitação.

— Oh... — é mesmo? Um jovem interiorano? Isso é muito bom, permita-me dizer. As virtudes do homem do campo não podem ser negadas. Eu mesmo sou da região do Kursk. Empilhei muita palha no meu tempo. O senhor veio a Kiev como peregrino?

— Não, vim à procura de trabalho. — Fez uma pausa. — E também, se possível, para me instruir um pouco.

— Excelente. O senhor fala bem, apesar do sotaque do interior. Refiro-me à gramática. Freqüentou alguma escola?

Malditas perguntas, pensou Iákov.

— Leio alguma coisa por conta própria.

A moça o observava disfarçadamente.

— O senhor lê também as Sagradas Escrituras? — perguntou Nikolai Maximovitch. — Suponho que sim, não é verdade?

— Sei os Salmos.

— Maravilhoso. Ouviu isso, Zina? Os Salmos, maravilhoso! O Antigo Testamento é admirável, é a verdadeira profecia da vinda de Cristo e da redenção que nos trouxe com sua morte. Entretanto, nada se iguala aos ensinamentos e às parábolas de Nosso Senhor que se encontram no Novo Testamento. Eu estava justamente lendo isto. — Nikolai Maximovitch olhou para o livro aberto à sua frente e leu em voz alta: — "Abençoados sejam os pobres de espírito; pois a eles pertence o reino do céu."

Iákov, empalidecendo, assentiu em silêncio.

Os olhos de Nikolai Maximovitch estavam marejados de lágrimas. Ele precisou assoar o nariz novamente.

— Ele sempre chora quando lê o Sermão da Montanha — disse Zinaida Nikoláievna.

— Eu sempre choro. — Nikolai Maximovitch pigarreou e prosseguiu a leitura: — "Abençoados sejam os misericordiosos; pois a eles será dada misericórdia."

Misericórdia, pensou o homem que consertava coisas, o faz chorar.

— "Abençoados sejam os que são perseguidos por sua retidão; pois a eles pertence o reino do céu."

Chegue logo à parte da recompensa, pensou Iákov.

— Oh, isto é absolutamente comovedor — disse Nikolai Maximovitch, precisando enxugar os olhos novamente. — Saiba, Iákov Ivanovitch, eu sou, de certa maneira, um homem infeliz, melancólico, chegado a beber muito, mas não sou apenas isso. Faz pouco tempo ateei fogo às minhas vestes quando uma brasa de meu cigarro caiu nas minhas calças e, se Zina não tivesse prontamente derramado uma jarra d'água sobre mim, eu seria agora um cadáver queimado. Bebo porque sou mais sensível que a maioria das pessoas — sinto de maneira intensa demais as tristezas desta vida. Minha filha é testemunha disso.

— É verdade — disse ela, com os olhos marejados de lágrimas.

— Digo-lhe estas coisas para que saiba o tipo de pessoa que sou — disse Nikolai Maximovitch a Iákov. — Zina, por favor, sirva o chá.

Ela trouxe o chá para a mesa de tampo de mármore em uma pesada bandeja de prata, com dois potes de cerâmica contendo geléias de amora e de pêssego; pães doces recheados e manteiga.

Isso é uma loucura, eu sei, pensou Iákov. Eu aqui tomando chá com estes goim ricos! Mas ele comeu com apetite.

Nikolai Maximovitch colocou um pouco de leite em seu chá e comeu ruidosamente um pãozinho doce como se fosse bebida. Depois tomou um gole da bebida quente, repôs a xícara sobre a mesa e tocou levemente com o guardanapo de linho os lábios inchados pelo uso do rapé.

— Gostaria de oferecer-lhe uma modesta recompensa pelo grande auxílio que me prestou.

Iákov apressadamente colocou a xícara sobre a mesa e pôs-se de pé.

— Não espero coisa alguma. Obrigado pelo chá. Preciso ir-me.

— É assim que fala um cristão, mas, por favor, sente-se e ouça o que tenho a dizer. Zina, sirva mais chá ao senhor Iákov Ivanovitch e passe bastante manteiga e geléia em um pãozinho para ele. Iákov Ivanovitch, o que tenho a dizer é o seguinte: possuo um apartamento no andar acima que está vago faz pouco tempo — os inquilinos mostraram-se absolutamente inaceitáveis —, quatro belos cômodos que necessitam de pintura e de novos papéis nas paredes. Se quiser aceitar o empreendimento ofereço-lhe quarenta rublos, o que é mais do que o que normalmente eu pagaria, considerando-se que fornecerei a tinta e outros materiais; mas as circunstâncias nesse caso são diferentes. Trata-se, naturalmente, de uma questão de gratidão, mas o senhor não prefere trabalhar a simplesmente receber de mim algumas moedas de prata? Que valor tem o dinheiro se não for resultado de trabalho? Uma oferta de trabalho é um reconhecimento de seu mérito. Embora o senhor me tenha prestado o maior dos favores — eu podia ter me sufocado na neve, como diz Zina —, a minha oferta de trabalho não é uma recompensa melhor do que um mero pagamento em dinheiro? — Ele olhou para Iákov ansioso. — E então, aceita?

— Da maneira como o senhor coloca as coisas, sim — disse Iákov. Levantou-se então apressadamente e disse que precisava ir, o que fez não sem antes tropeçar em um móvel, confuso.

Embora aflito por estar se envolvendo em algo tão inesperado e tendo mudado de idéia a cada meia hora da noite insone em seu banco-leito, na manhã seguinte lá estava ele de volta. Voltava pelo mesmo motivo que na véspera o levara lá — receber sua recompensa. O que ganhasse por seu trabalho, naquele caso, seria sua recompensa. Quem podia se dar ao luxo de dizer não para quarenta rublos, uma quantia enorme daquelas? Então, por que se preocupar? Vou, faço o trabalho rapidamente, recebo o dinheiro e, quando ele estiver no meu bolso, parto daqui de uma vez por todas e esqueço essa história. Afinal de contas, é apenas um trabalho; não estou vendendo minha alma. Quando acabar tudo, tomo um bom banho e me vou daqui. Eles não são má gente. A moça, à sua maneira, é sincera, apesar de me causar um certo mal-estar. Quanto ao velho, talvez eu o tenha julgado mal. Quantos goim eu já conheci em minha vida? Talvez alguém tenha espetado aquele broche das Centúrias Negras no casaco dele quando ele estava bêbado na taberna. Ainda que o broche seja mesmo dele, eu gostaria de perguntar-lhe cara a cara, "Nikolai Maximovitch, você me faria o favor de me explicar como é possível o senhor chorar por um cão morto e pertencer a uma sociedade de fanáticos que prega a morte de seres humanos que, por acaso, nasceram judeus? Explique-me a lógica disso". E aí vou querer ouvir o que ele tem a dizer.

O que também o incomodava era o fato de, tão logo ter começado a trabalhar — apesar de a "recompensa" tornar aquele trabalho, ainda que tal, algo diferente —, lembrar-se de que seu passaporte poderia ser solicitado, um documento no qual estava carimbado "Religião: judaica". Isso de pronto revelaria a Nikolai Maximovitch o que ele tentava ocultar. Jákov mordeu os lábios, apreensivo, mas decidiu dizer, se lhe fosse pedido, que seu passaporte estava com a polícia no Podol; caso Nikolai Maximovitch insistisse, então seria hora de largar tudo, pois teria sérios problemas. Tratava-se, portanto, de um jogo, mas quem se opõe a jogos deve abandonar as cartas. Imaginou que talvez o russo fosse atabalhoado demais para pedir o passaporte, apesar de isso ser requerido por lei. Afinal, tratava-se de uma retribuição, e talvez ele não pedisse. Iákov já estava se arrependendo de não ter se identificado como judeu de nascimento logo de início. Se por isso ele perdesse a recompensa, pelo menos não teria motivo para desprezar a si mesmo. Quanto mais uma pessoa esconde, mais precisa esconder.

Ele fez um excelente trabalho no apartamento — raspou todo o papel das paredes e toda a pintura do teto, que estava descascando. Passou argamassa onde era necessário e depois várias camadas de impermeabilizante — tudo do melhor para Nikolai Maximovitch. Em seguida colocou o papel de parede com perfeição, apesar de ter pouca experiência nesse serviço — no shtetl apenas Viskover, o Nogid, dispunha daquele luxo. Iákov trabalhava o dia inteiro e entrava pela noite, quando acendia a luz amarela a gás. Queria acabar logo o serviço, receber seus rublos e desaparecer. O proprietário, parando no meio do caminho para recuperar o fôlego, subia as escadas toda manhã para ver o andamento da obra e expressava grande satisfação com o que via. À tarde, tirava do armário uma garrafa de vodca, na qual havia colocado tiras de casca de laranja, e quando o sol se punha já estava bêbado. Zina, que não era vista durante o dia, mandava a cozinheira levar-lhe algo de comer na hora do almoço — uma torta de peixe, uma tigela de borche ou bolinhos recheados de carne tão deliciosos que Iákov pensou que seria capaz de trabalhar em troca apenas daquela comida.

Certa noite Zina subiu as escadas, claudicante, e demonstrou surpresa por vê-lo ainda trabalhar àquela hora. Perguntou a Iákov se ele havia comido alguma coisa desde o almoço, e, quando ele disse que não tinha fome, ela sugeriu, rindo, nervosa, que ele jantasse com ela. O pai já se havia recolhido e ela não gostava de comer sozinha. O convite deixou-o muito surpreso e ele se desculpou por não poder ir. Explicou-lhe que tinha ainda muito a fazer e que suas roupas não eram adequadas. Zina disse não se importar com aquilo. — As roupas podem ser despidas em um minuto, Iákov Ivanovitch, mas, quer o sejam ou não, elas não podem mudar a natureza de quem as veste. A pessoa é boa ou não é, a despeito do que vista. Além do mais, não gosto de formalidades excessivas. — Ele agradeceu mas disse que não podia interromper o trabalho. Havia ainda dois cômodos a serem recuperados. Na noite seguinte, ela subiu novamente e, um tanto aflita, confessou-lhe que se sentia só; assim, os dois jantaram juntos na cozinha do apartamento dela. Ela havia dispensado Lídia e, durante a refeição, falou quase sem parar, principalmente sobre sua infância, sobre a escola para moças que havia freqüentado e sobre as delícias de Kiev na época do verão.

— Os dias são longos e quentes, mas as noites são langorosas e estreladas. As pessoas ficam em seus jardins floridos a se refrescar e algumas caminham pelos parques, bebem kvás e limonada e ouvem sinfonias. Você já ouviu *Pagliacci*, Iákov Ivanovitch? Acho que você adoraria o parque Marinski.

Ele disse que não ligava muito para parques.

— Há uma feira na primavera que é muito divertida. Ou, se você gostar, há um cinematógrafo ao qual se pode ir no Krechtchatik.

Os olhos dela revelavam emoção enquanto falava, mas quando ele a olhava ela os desviava. Terminado o jantar, o homem que consertava coisas, nervoso de tanto ouvi-la falar, pediu permissão para voltar ao trabalho, mas Zina o seguiu escada acima para vê-lo colar o papel de parede com ramos de rosas azuis que ela havia escolhido. Sentou-se em um banco de cozinha com as pernas cruzadas, a sã por cima da aleijada, e ficou quebrando e comendo sementes torradas de girassol, balançando a perna de maneira ritmada enquanto o observava trabalhar.

A certa altura, acendeu um cigarro e fumou-o desajeitadamente.

— Sabe de uma coisa, Iákov Ivanovitch, eu não poderia tratá-lo como se fosse um operário comum pela simples razão de você não o ser. Aos meus olhos, certamente não é. Na verdade, você é um convidado nosso que está trabalhando aqui por causa da maneira idiossincrática de ser de meu pai. Espero que você se dê conta disso.

— Se a pessoa não trabalhar, não come.

— Isso é verdade, mas você é mais inteligente e até mesmo mais refinado — seja como for, é mais sensível, por favor não sacuda a cabeça negando isso — do que a média dos trabalhadores russos. Eles são absolutamente insuportáveis, em especial os ucranianos, e nós morremos de medo de precisar do trabalho deles. Não, por favor não negue isso, qualquer pessoa percebe que você é diferente. E você disse a papai que acredita na necessidade de educar-se e que gostaria de aprimorar sua educação. Eu o ouvi dizer isso e concordo plenamente. Eu também adoro ler, e não apenas romances. Tenho certeza de que você encontrará excelentes oportunidades pela frente e, se souber aproveitá-las, algum dia estará levando uma vida confortável como a do meu pai.

Iákov continuou a colar os papéis na parede.

— Pobre papai, ele sofre terrivelmente de melancolia. Embriaga-se ao cair da noite e não tem apetite para jantar. Geralmente adormece em sua poltrona. Lídia tira-lhe os sapatos e, com a ajuda de Alexei, nós o levamos para a cama. À noite ele acorda e faz suas orações. Às vezes troca de roupa sozinho e é quase impossível encontrá-las de manhã. Certa vez guardou as meias embaixo do tapete e eu encontrei suas ceroulas encharcadas, no vaso sanitário. De um modo geral, só acorda no meio da manhã. Tudo isso é muito pesado para mim, mas, é claro, não posso me queixar porque a vida de papai foi muito dura. E não tenho quem me faça companhia à noite a não ser Lídia e, vez por outra, Alexei, quando acontece de ele estar consertando alguma coisa. Porém, francamente, Iákov Ivanovitch, nenhum dos dois tem coisa alguma na cabeça. Alexei dorme no porão e o quartinho de Lídia fica nos fundos do apartamento, depois do terraço para o qual dá o quarto de papai; e, como prefiro ler à noite a ouvi-la falar sem parar, dispenso-a cedo. Às vezes até sinto prazer em ser a única pessoa acordada em casa à noite. É bem aconchegante. Acendo o samovar, leio, escrevo cartas a velhos amigos e faço crochê. Papai diz que meus paninhos de mesa rendados são lindos. Ele fica maravilhado com a complexidade da trama. Porém, na maior parte do tempo, para dizer a verdade, sinto-me terrivelmente solitária.

Ela mastigou uma semente de girassol, pensativa e triste, e então acrescentou que, embora fosse aleijada desde criança em conseqüência de uma enfermidade, sempre havia sido considerada atraente pelo sexo oposto e havia tido mais de um admirador.

— Não digo isso para me gabar ou por imodéstia, mas porque não quero que você me julgue em desvantagem em relação às experiências normais da vida. Seria um equívoco. Tenho um corpo bem atraente e muitos homens se voltam para mim, principalmente quando estou bem-vestida. Certa vez em um restaurante um homem ficou me olhando de tal maneira que papai foi até ele tomar satisfações. O homem desculpou-se humildemente e — quer saber de mais, Iákov Ivanovitch? —, quando voltei para casa, chorei de soluçar.

Certamente havia cavalheiros que a visitavam, continuou Zina, porém, por azar, nem sempre os mais sensíveis e dignos, situação que mais de uma de suas amigas era obrigada a suportar. Os mais sensíveis e confiáveis eram raros, embora tais pessoas pudessem ser encontradas em todas as classes, não necessariamente nas classes mais educadas.

Ele a ouvia sem se concentrar no que ela dizia, ciente de que os olhos dela seguiam cada movimento seu. O que será que ela quer?, perguntou a si mesmo. O que pode ver em um homem como eu, que nada tem a oferecer-lhe a não ser desvantagens? Meu conhecimento de russo não é grande coisa, é uma língua difícil para mim. E se dissesse em voz alta a palavra "judeu" ela sairia correndo em seis direções ao mesmo tempo. Entretanto volta e meia pensava nela. Não se deitava com uma mulher havia bastante tempo e perguntava a si mesmo como seria deitar-se com ela. Ele nunca tinha possuído uma mulher russa, mas Haskel Dembo tinha dormido com uma camponesa e dissera que era a mesma coisa que com qualquer judia. Aquela perna aleijada, pensou Iákov, não me incomodaria.

Naquela noite ele acabou de colocar papel em todos os cômodos e só ficou faltando o trabalho de madeira. Dois dias depois, quando já estava quase tudo pronto, Nikolai Maximovitch subiu as escadas com seu passo pouco firme para inspecionar o apartamento. Percorreu cômodo por cômodo, passando os dedos pelo papel e examinando o teto.

— Excelente — disse ele. — Simplesmente excelente. Um trabalho atraente e honesto, Iákov Ivanovitch. Dou-lhe meus parabéns.

Perguntou, então, como numa reflexão tardia: — Desculpe-me a pergunta, mas quais são suas predileções políticas? Certamente não é um socialista, não é verdade? Manterei o mais completo sigilo e a minha pergunta nada tem de intromissão ou de acusação. Pergunto, em suma, porque me interesso por seu futuro.

— Não sou uma pessoa politizada — respondeu Iákov. — O mundo está cheio disso, mas não é para mim. A política realmente não me interessa.

— Muito bem. Muito bem, mesmo. Tampouco eu me interesso e estou bem melhor assim. Iákov Ivanovitch, saiba que não me esquecerei do bom trabalho que você fez. Se você quiser continuar a trabalhar para mim, embora seja num outro tipo de trabalho — haveria, digamos assim, uma certa promoção —, eu ficaria muito feliz em contratá-lo. Na verdade, sou proprietário de uma pequena indústria de tijolos perto daqui, embora seja em um distrito contíguo. Herdei-a de meu irmão mais velho, que jamais se casou e que partiu para a outra vida há seis meses depois de muito sofrer com uma doença incurável. Tentei vender a fábrica, mas as ofertas foram tão ultrajantes que, embora me falte disposição e, a esta altura da vida, até mesmo cabeça para tocar um negócio, mantive-a funcionando, apesar, confesso, de quase não dar lucro. Meu capataz Prochko é quem está à frente do negócio, um excelente técnico apesar de ignorante em tudo o mais e, cá entre nós, os operários que trabalham sob suas ordens não estão prestando contas de todos os tijolos que deixam o pátio. Eu gostaria que você fosse trabalhar lá como uma espécie de supervisor encarregado da contabilidade e que fosse, em última análise, alguém que cuidasse de meus interesses na olaria. Meu irmão se envolvia com todas as etapas da produção, mas eu tenho pouca paciência para cuidar de tijolos.

Iákov, embora tivesse ouvido a proposta com grande interesse, confessou que não tinha experiência em negócios. — Eu não sei coisa alguma de contabilidade.

— Bom senso é o que se precisa ter em negócios, partindo-se do princípio de que a pessoa seja honesta — disse Nikolai Maximovitch. — O que há para ser aprendido, você aprenderá no próprio trabalho. Geralmente faço uma visita à olaria uma ou duas vezes por semana na parte da manhã, e o que você não souber tentarei ensinar-lhe, embora, para ser sincero, deva confessar que meus conhecimentos são limitados. Não há motivo algum para protestos, Iákov Ivanovitch. Minha filha, cuja opinião sobre esses assuntos eu respeito, julga-o um homem de grandes méritos e creia que compartilho o julgamento dela. Ela o considera um homem sério e de bom senso, e estou certo de que, tão logo domine os fundamentos do ofício, fará um bom trabalho. Durante o período em que estiver como, bom... como aprendiz, eu lhe pagarei quarenta rublos por mês. Espero que seja satisfatório. Porém há uma outra vantagem para você que devo mencionar e que, para ser franco, será do meu interesse também. Meu irmão transformou parte do andar acima do estábulo da olaria em um quarto aquecido e confortável, e você pode morar lá sem ter que me pagar aluguel se aceitar minha proposta.

Os quarenta rublos deixaram o faz-tudo atônito e tentado.

— O que faz exatamente um supervisor? Desculpe-me a pergunta, mas sei pouco das coisas do mundo.

— Quem diz saber muito é vaidoso e gente vaidosa não me agrada. O supervisor cuida da parte comercial do empreendimento. Nós fabricamos cerca de dois mil tijolos por dia — muito menos do que costumávamos fabricar —, uns mil e poucos a mais quando é época de construções e um pouco menos nesta época do ano. Ultimamente, tem sido bem menos, apesar de termos um contrato com o Conselho Municipal de Kiev para produção de alguns milhares de tijolos. O Czar, pessoalmente, deu ordens para que fossem feitos melhoramentos cívicos na cidade antes do Jubileu Romanov e a municipalidade está arrancando as calçadas de madeira para fazer ruas inteiras com calçadas de tijolos, mas é claro que isso é feito quando o clima permite, não no inverno, quando está tudo coberto de neve. E temos ainda um pequeno contrato de fabricação de tijolos para restauração de certas fortificações ao longo do Dnieper, acima daqui. Sim, eu gostaria que você fizesse o controle das encomendas recebidas e, certamente, da quantidade exata de tijolos produzidos e dos que deixam o depósito. Essas quantidades lhe serão informadas por Prochko, mas há maneiras de verificar sua exatidão. Você também enviará faturas e anotará os pagamentos feitos em um livro de registro. Uma ou duas vezes por semana me entregará extratos de bancos e outros documentos financeiros que, enquanto estiverem sob sua responsabilidade, ficarão guardados em um cofre. Prochko, naturalmente, continuará responsável pela parte técnica da olaria e eu lhe disse que espero que todas as encomendas de matéria-prima se façam por seu intermédio.

Você também fará o cálculo dos salários e pagará aos operários ao fim de cada mês.

Embora tomado de insegurança e de medo de todo tipo, Iákov pensou que aquela talvez fosse sua grande oportunidade. Alguns meses de experiência naquele tipo de trabalho, e outras oportunidades poderiam se abrir para ele. — Vou pensar em sua proposta com muito cuidado — disse ele, mas antes mesmo que Nikolai Maximovitch descesse as escadas ele já havia aceitado.

O senhorio retornou com uma garrafa de vodca para brindar o trato entre eles. Iákov tomou duas doses e suas preocupações desapareceram. Estaria se preparando para um futuro melhor, disse a si mesmo. Depois descansou um pouco dormindo no chão e, ao acordar, terminou o que ainda restava do trabalho nas partes de madeira. Já então havia sido dominado pela incerteza novamente.

Anoitecia. Mal acabou de varrer e limpar tudo, colocar os pincéis de molho em benzina e os lavar, ouviu os passos mancos de Zina, que subia as escadas. Ela usava um vestido de seda azul, tinha os cabelos presos por uma fita branca e seus lábios e faces tinham um leve colorido rosado. Convidou Iákov para jantar com ela novamente. — Para comemorarmos o término do seu belo trabalho e, acima de tudo, suas futuras relações profissionais com papai, embora ele já tenha se recolhido e tenhamos que comer sozinhos.

Ele apresentou as mesmas desculpas de sempre e até se sentiu um pouco irritado com o convite. Queria escapar daquele jantar, mas ela não aceitava desculpas. — Vamos, Iákov Ivanovitch, a vida não é só trabalho.

Aquilo era novidade para ele. Pensando bem, a obra já havia terminado e aquela seria a última vez que a veria. Então, por que não se despedir?

Sobre a mesa da cozinha, Zina havia disposto um banquete com algumas comidas que ele jamais vira. Pepinos recheados, arenque cru do Danúbio, gordas salsichas, esturjão ao vinagrete com cogumelos, vários tipos de carne, vinhos, bolos e brande de cereja. O homem que consertava coisas, perplexo diante de tudo aquilo, sentiu-se, a princípio, acanhado. Quando nunca se teve coisa alguma, teme-se o excesso. Mas pôs de lado seus sentimentos e comeu, esfaimado, coisas que nunca havia comido, e sorveu do vinho tinto com grandes pedaços de um delicioso pão branco.

Zina, muito feliz e descontraída, parecendo mais atraente que das outras vezes em que ele a vira, beliscava daqui e dali, coisas doces e outras carregadas no tempero, e enchia com freqüência sua taça de vinho. Seu rosto de traços marcantes estava enrubescido e ela falava sobre si mesma, rindo a todo instante por qualquer motivo. Embora ele tentasse pensar nela como uma possível amiga, ela continuava a ser uma estranha para ele. Ele também se sentia estranho. Por alguns instantes, com o olhar perdido na toalha de mesa branca, ele pensou em Raisl, mas logo afastou-a do pensamento. Terminou a refeição — jamais havia comido tanto em sua vida — com dois cálices de brande. Só então relaxou e pôde aproveitar a "festa".

Quando Zina acabou de tirar a mesa, seu hálito estava carregado. Ela foi buscar um violão e pôs-se a dedilhá-lo enquanto cantava com uma voz alta e forte. "Ai, meu fardo é pesado." A canção era triste e deixou-o levemente melancólico. Ele pensou em levantar-se e partir, mas a cozinha estava agradavelmente aquecida e era bom estar ali ouvindo-a cantar ao violão. Depois ela cantou: "Venha, venha, meu anjo querido, venha dançar comigo." Quando pôs de lado o violão, Zina olhou-o como jamais o havia olhado antes. Iákov compreendeu imediatamente a natureza daquele momento. Excitação e temor fundiram-se em uma única emoção. Não, pensou ele, ela é uma mulher russa. Caso se deitasse comigo e descobrisse quem eu sou, ela cortaria o próprio pescoço. E então pensou: nem sempre é assim, algumas não se importariam. Quanto a ele, sentia-se disposto a experimentar o que havia para ser experimentado. Mas caberia a ela tomar a iniciativa.

— Iákov Ivanovitch — disse Zina servindo-se novamente de vinho e bebendo-o de uma só vez —, você acredita em amor romântico? Pergunto porque acho que você se protege dele.

— Quer acredite ou não, isso não é algo que chegue a mim facilmente.

— Concordo plenamente que não seja algo corriqueiro — disse Zina —, mas a mim parece que as pessoas muito sérias diante da vida — sérias demais, talvez — reagem de maneira lenta a certas mudanças em relação a sentimentos. O que estou querendo dizer, Iákov Ivanovitch, é que é possível que se deixe o amor passar voando como uma nuvem ao vento quando se é tímido demais ou talvez incapaz de acreditar que mereça tão boa sorte.

— É possível — disse ele.

— Você me ama — só um pouquinho, Iákov Ivanovitch? — perguntou ela baixinho. — Às vezes percebo que você olha para mim como se talvez me amasse. Por exemplo, você sorriu para mim de um jeito encantador há poucos minutos, e isso me encheu o coração de alegria. Ouso perguntar assim porque você é muito modesto e tende a ser um tanto preocupado — preocupado demais, se me permite dizer — com o fato de pertencermos a classes sociais distintas, embora eu nos ache bem semelhantes como pessoas.

— Não — disse ele —, não posso dizer que a ame.

Zina corou subitamente e pestanejou, recompondo-se. Passado um longo minuto, ela deu um suspiro e disse com um fiapo de voz: — Muito bem, então. Mas pelo menos gosta um pouquinho de mim?

— Sim, você tem sido gentil comigo.

— E eu também gosto realmente de você. Acho que é uma pessoa séria e bem informada.

— Não, eu sou um sujeito ignorante.

Ela se serviu de brande de cereja, sorveu um pequeno gole e colocou o cálice sobre a mesa.

— Ah, Iákov Ivanovitch, por favor, deixe de lado por um instante esse seu jeito sério e me dê um beijo. Desafio-o a me beijar.

Eles se puseram de pé e se beijaram. Ela o abraçou com emoção, colando seu corpo ao dele. Por um breve instante ele sentiu, aflito, pena dela.

— Vamos ficar aqui mais um pouco — sussurrou ela com a respiração arfante —, ou você gostaria de conhecer meu quarto? Você já viu o quarto de papai, mas não o meu.

Ela o olhava bem de frente e seus olhos verdes brilhavam, escuros, enquanto seu corpo, quente, continuava colado ao dele. Ela lhe pareceu uma mulher mais velha, de uns vinte e oito ou vinte e nove anos, acostumada a cuidar de si.

— Como você quiser.

— Por que não como *você* quiser, Iákov Ivanovitch?

— Zinaida Nikoláievna — disse ele —, desculpe-me por fazer esta pergunta, mas não quero cometer um grave erro. Já cometi o suficiente em minha vida — de todo tipo que você puder imaginar —, mas há alguns que não desejo cometer novamente. Se você for inocente — disse ele constrangido —, seria melhor pararmos por aqui. Digo isso por respeito a você.

Zina enrubesceu, mas encolheu os ombros e disse francamente: — Sou tão inocente quanto a maioria das mulheres, nem mais nem menos. Quanto a isso você não precisa se preo-

cupar. — Ela deu um sorriso meio sem graça e acrescentou:
— Vejo que você é um homem à moda antiga e isso me agrada, embora a pergunta que me fez nada tenha de discreta.
— Se já fiz uma, por que não fazer outra? E seu pai? Pergunto porque gostaria de saber se ele poderá descobrir se eu for para o seu quarto.
— Ele nunca descobriu — respondeu ela. Por um instante Iákov ficou surpreso com a resposta, mas aceitou-a sem mais perguntas. Por que lutar contra um fato?

Seguiram em silêncio pelo corredor, Zina manquejando e Iákov nas pontas dos pés atrás dela, até o perfumado quarto de dormir da moça. O pequinês, deitado na cama, olhou para ele e deu um bocejo. Zina pegou-o e voltou novamente pelo corredor para prendê-lo na cozinha.

O quarto dela era cheio de pequenos enfeites espalhados sobre pequenas mesas e nas paredes viam-se vários quadrinhos representando jovens com os cabelos cobertos por lenços. Penas de pavão surgiam por trás de um espelho emoldurado. Em um canto do quarto havia um ícone de Nossa Senhora com uma pequena lamparina vermelha acesa à sua frente.

Fico ou vou embora daqui?, perguntava-se Iákov. Por um lado, a estação da seca tem sido muito longa. Afinal não é sem motivo que homem é homem. O que dizem os hassidas? "Não negue sua própria carne." Por outro lado, o que isso significa para mim? Na minha idade, não é novidade alguma.

Quando ela voltou, ele estava sentado na cama. Havia tirado a camisa e a camiseta de baixo.

Iákov observou, constrangido, Zina tirar os sapatos, ajoelhar-se diante do ícone, persignar-se e orar por alguns instantes.
— Você tem fé? — perguntou ela.
— Não.
— Eu gostaria que tivesse, Iákov Ivanovitch.

Então ela se ergueu e pediu que ele se despisse no lavatório enquanto ela se arrumava no quarto.

É por causa da perna dela, pensou ele. Ela estará sob a coberta quando eu voltar. Melhor assim.

Ele se despiu no lavatório. Suas mãos ainda fediam a tinta e benzina e ele as ensaboou duas vezes com o sabonete rosa e perfumado dela. Cheirou-as novamente e agora elas tinham um cheiro forte de perfume. Se houver alguma possibilidade de fazer alguma insensatez, certamente a farei, pensou ele.

Ao se ver nu no espelho, sua primeira reação foi de constrangimento e, em seguida, de repugnância pelo que estava prestes a fazer.

Minha situação já está ruim o suficiente, portanto por que piorá-la ainda mais? Isto não é para mim. Não sou desse tipo de homem e, quanto mais cedo disser isso a ela, melhor. Voltou para o quarto carregando suas roupas.

Zina havia trançado os cabelos. Estava de pé, nua, com seus seios fartos, lavando-se com uma esponja com a água de uma bacia branca, iluminada pela luz a gás. Ele viu um leve fio sangrento escorrendo pela perna aleijada e exclamou, estupefato: — Mas você não está limpa!

— Iákov! Você me assustou. — Ela se cobriu com a toalha. — Pensei que fosse esperar que eu o chamasse.

— Eu não sabia que você estava desse jeito. Desculpe-me. Eu não tinha a menor idéia. Você não disse nada, embora eu saiba que isso é uma coisa íntima.

— Mas você também deve saber que esta é a época mais segura, não? — disse Zina. — E não há inconveniente algum. O fluxo pára no instante em que começarmos.

— Desculpe-me. Alguns homens não se importam, mas este não é o meu caso.

Ele pensava na discrição de sua mulher quando estava menstruada e até que houvesse se purificado nos banhos, mas não podia dizer isso a Zina.

— Desculpe-me, é melhor que me vá.

— Eu sou uma mulher solitária, Iákov Ivanovitch — disse ela chorando —, tenha um pouco de misericórdia! — Mas ele já estava se vestindo e logo partiu.

# 3

Uma noite, no auge do inverno, na escuridão espessa e gelada das quatro horas da madrugada, Iákov ouviu quando os carroceiros Serdiuk e Richter foram buscar duas parelhas de cavalos — deixando ainda seis animais em suas baias. Ouviu o estalar dos cascos no chão do estábulo e em seguida o som abafado das patas no calçamento coberto de neve. Iákov, que estava na olaria havia dois dias, saltou da cama, acendeu um toco de vela e vestiu-se apressadamente. Desceu sem ser visto pela escada externa de seu quarto acima do estábulo e esgueirou-se pela cerca, passando pelos fornos de tijolos até chegar ao galpão de resfriamento. Imóvel no ar frio e úmido, ficou observando os carroceiros e os ajudantes, em seus casacos de pele de carneiro dos quais parecia sair uma névoa, assim como os flancos dos cavalos aos quais foram atreladas grandes carroças que estavam sendo carregadas com grandes tijolos amarelos. O trabalho prosseguia lentamente, com um ajudante atirando um tijolo para o outro e este, por sua vez, atirando-o para o carroceiro, que o acomodava na carroça. Depois de um tempo que lhe pareceu infindável, a soprar as mãos e bater com as botas no chão sem fazer barulho para aquecer-se, Iákov havia contado os trezentos e quarenta tijolos que tinham sido colocados em uma carroça e os quatrocentos e três colocados na outra. As três outras carroças que havia no galpão não tinham sido usadas. Mas de manhã, quando Prochko, o capataz, apresentou-lhe o recibo — uns garranchos em um pedaço de papel de embrulho —, o total era de seiscentos e dez tijolos, em vez de setecentos e quarenta e três. Estavam no pequeno prédio mal-arejado e de teto baixo onde Iákov se sentava diante de uma mesa atulhada de livros de registro e pilhas de papéis inúteis de contas antigas. Ele cerrou os dentes com raiva ante o descaramento daquele furto.

Embora Iákov estivesse desesperado à procura de trabalho, tinha sido com grande relutância que aceitara a oferta de Nikolai Maximovitch. Já no último minuto havia ficado em pânico e tentara voltar atrás ao saber que Lukianovski, onde a olaria se situava, era um distrito interditado a judeus. Era lá que ele passaria a morar e trabalhar, próximo a um cemitério, onde havia apenas algumas casas e árvores aqui e ali, no ponto mais afastado do distrito. Ao saber disso, dissera ao proprietário da olaria que não aceitaria o emprego porque não se sentia à altura de exercê-lo bem. Porém Nikolai Maximovitch, aconselhando-o a não se deixar levar por conclusões apressadas, não dera importância alguma àquelas preocupações.

— Tolices. Você vai se sair melhor do que supõe. Precisa aprender a ter mais confiança em sua capacidade, Iákov Ivanovitch. Basta que siga o método do meu falecido irmão com seus registros — antiquado porém preciso — e você dominará o sistema com o passar do tempo. — Sem compreender o motivo de tanta indecisão, ele havia aumentado em três rublos sua proposta e Iákov, tentando convencer-se a aceitar o emprego, havia proposto então que poderia continuar morando no Podol — ele não disse em que lugar do distrito — e ir trabalhar bem cedo todas as manhãs. Não seria uma caminhada muito longa de onde ele morava. O bonde elétrico, que passava perto da olaria, não funcionava depois que escurecia.

— Infelizmente você não me será muito útil morando no Podol — disse Nikolai Maximovitch. Encontravam-se na olaria em um dia nublado de janeiro. Plumas de fumaça negra erguiam-se das chaminés dos fornos de tijolos e Nikolai Maximovitch usava preso ao casaco um broche das Centúrias Negras. Iákov tinha dificuldade para desviar o olhar daquela águia de duas cabeças e tentava, em vão, ignorá-las. Mas o broche o deixava aflito.

— Não é o que se passa aqui durante o dia que me preocupa — disse o anti-semita —, embora eu lhe assegure que isso me preocupe também; mas fico profundamente preocupado com o que acontece nas primeiras horas da manhã, quando as carroças estão sendo carregadas para as primeiras entregas. A luz do dia é intensa demais para um ladrão. É na escuridão, quando os maus espíritos voam à solta e as pessoas de bem estão dormindo em suas camas, que ele faz seu trabalho sujo. Meu falecido irmão, que Deus o tenha, tinha pouco respeito pelo sono — devemos respeitar as horas de sono ou elas não nos respeitarão —, estava aqui às três da madrugada, em qualquer estação do ano, para supervisionar o carregamento da cada carroça. Não estou lhe pedindo que faça o mesmo, Iákov Ivanovitch. Esse tipo de dedicação a um empreendimento comercial é fanático e, no caso dele, estou convencido de que causou sua morte prematura. — Nikolai Maximovitch havia se persignado com os olhos fechados. — Mas, se você os observar nas primeiras horas da manhã e também, inesperadamente, durante outros carregamentos, contando em voz alta o número de tijolos colocados nas carroças, pode levá-los a não roubar demais. Eu já conto com algum roubo — afinal são seres humanos —, mas é preciso haver algum limite. Seria impossível conseguir um preço razoavelmente justo por esta fábrica se ela falisse.

— Como é que eles roubam? — perguntara o homem que consertava coisas.

— Suspeito dos carroceiros sob a supervisão ou com a conivência de Prochko. Eles retiram mais do que a quantidade registrada.

— Então por que o senhor não os despede?

— Isso é mais fácil dizer do que fazer, meu caro jovem. Se eu fizesse isso, teria que fechar a fábrica. Ele é um excelente técnico — um dos melhores, segundo meu irmão. Confesso que não é minha intenção pegá-lo roubando. Como homem religioso que sou, desejo evitar que ele faça isso. Não acha que essa é a atitude mais sensata e cuidadosa? Vamos fazer como estou propondo. Fique com o quarto acima do estábulo, Iákov Ivanovitch. É seu sem que tenha que me pagar um único copeque de aluguel.

Já que ele não havia feito qualquer menção a documentos de identidade — nem ao passaporte nem ao certificado de residência — de que necessitaria para contratá-lo, Iákov decidira arriscar-se e, temeroso, aceitara o emprego. Por um brevíssimo instante havia pensado novamente em dizer que era judeu — em informar, discretamente, a Nikolai Maximovitch: "Bem, o senhor precisa saber qual é a situação. O senhor diz que gosta de mim; sabe que sou um trabalhador honesto e que não desperdiço o tempo do patrão. Então talvez não se surpreenda ao saber que sou judeu de nascença e que por esse motivo não posso morar neste distrito." Mas teria sido impossível falar-lhe assim, naturalmente. Mesmo supondo-se — uma suposição fantástica — que Nikolai Maximovitch, com seu broche de águia com duas cabeças e tudo, não desse maior importância àquela confissão, até mesmo por interesse próprio, Lukianovski continuaria a ser um distrito interditado a judeus, com certas raras exceções, e se um pobre faz-tudo fosse descoberto morando lá, estaria em uma grande encrenca. Seria complicado demais. A cada dia da primeira semana Iákov decidia abandonar tudo e fugir dali, mas acabava ficando porque ouvira de Aaron Latke que era possível comprar documentos falsos de todo tipo em uma determinada gráfica no Podol. O preço era acessível e, apesar da idéia de adquirir tais documentos deixá-lo com a testa banhada de suor, ele concluiu que talvez fosse necessário levá-la avante.

Quando Prochko entregou-lhe o recibo com quantidades falsas naquela manhã em que Iákov observara sem ser visto os carroceiros carregando as carroças, o coração do homem que consertava coisas bateu descompassado. Ele informou ao capataz que Nikolai Maximovitch lhe dera ordem para estar presente de madrugada, quando as carroças estivessem sendo carregadas, e que portanto ele lá estaria a partir de então. Prochko, um homem corpulento, com orelhas carnudas e barba desgrenhada, que usava botas altas de borracha enlameadas de barro amarelo e um longo avental de couro sujo, fixou em Iákov seus pequenos olhos penetrantes.

— O que você acha que acontece nas carroças à noite? Acha que os carroceiros ficam lá de joelhos fodendo as mães deles?

— Não me importa o que aconteça — disse Iákov, nervoso —, mas o número de tijolos que vocês carregaram ontem à noite não corresponde ao que está no seu papel, se me permite dizer.

Logo desejou não ter falado daquela maneira, mas de que outra maneira falar a um ladrão?

— E como você sabe quantos tijolos foram levados?

— Eu estava junto do galpão ontem à noite e os contei, como Nikolai Maximovitch me mandou fazer. Em outras palavras, eu estava cumprindo ordens. — Sua voz estava embargada de emoção, como se os tijolos pertencessem a ele, não a um russo anti-semita.

— Então você contou errado — disse Prochko. — Esta é a quantidade de tijolos que carregamos. — Ele bateu com um dedo gordo no papel sobre a mesa. — Escute aqui, meu amigo, quando um cachorro enfia o focinho na merda, fica com ele sujo. Você tem um nariz bem grande, Dologuchev. Se não acredita em mim, olhe-se no espelho. Um homem com um nariz desses deve tomar cuidado com o lugar onde o enfia.

O capataz saiu do escritório, mas à tarde retornou. — O que me diz de seus documentos? — perguntou ele. — Já os registrou? Se não registrou ainda, entregue-os a mim, que os levarei para serem carimbados no distrito de polícia.

— Agradeço a gentileza — disse Iákov —, mas isso já foi providenciado. Nikolai Maximovitch cuidou disso. Você não precisa se preocupar.

— Diga-me uma coisa, Dologuchev — disse Prochko —, por que é você fala russo como um turco?

— E se eu for turco? — retrucou Iákov com um sorriso forçado.

— Aquele que corre depressa demais, leva o vento atrás de si. — Prochko ergueu uma perna e soltou um ruidoso peido.

Iákov sentiu-se inquieto demais para jantar. Sou o homem errado para fazer trabalho de polícia, pensou ele. Isso é trabalho para um gói.

Entretanto, fez o que lhe foi ordenado. Aparecia no galpão todas as madrugadas enfrentando o frio que fazia às quatro horas e contava os tijolos que estavam sendo colocados nas carroças. E, quando olhava de sua janela e via carregamentos sendo feitos à luz do dia, aproximava-se para observar. Fazia isso ostensivamente para evitar que os ladrões roubassem. Quando Iákov surgia no galpão, ninguém falava, mas às vezes os carroceiros interrompiam o trabalho e se punham a olhá-lo fixamente.

Prochko deixou de apresentar recibos todas as manhãs, portanto Iákov passou, ele mesmo, a fazer o registro. A contabilidade não era tão difícil como ele havia imaginado — ele logo compreendeu o sistema e, além do mais, não havia muitas encomendas. Uma vez por semana Nikolai Maximovitch, cada vez mais melancólico, chegava de trenó para pegar os recibos que levava para o banco. Ao se passar um mês, Iákov recebeu dele uma longa carta de congratulações. "Seu trabalho é diligente e eficiente, como eu previ, e continuarei a depositar em você toda a minha confiança. Zinaida Nikoláievna manda-lhe lembranças. Também ela aplaude seu trabalho." Porém, ninguém mais o aplaudia. Nem os carroceiros nem seus ajudantes prestavam atenção a ele, nem mesmo quando ele tentava puxar conversa. Richter, o alemão de cara abrutalhada, cuspia na neve quando ele se aproximava, e Serdiuk, um ucraniano alto que cheirava a suor de cavalo e feno, observava-o respirando pesadamente. Prochko, ao passar por ele no pátio, murmurava: "Puxa saco filho da puta!" Iákov fingia não ouvir. Se ouvisse a palavra "judeu", desapareceria dali imediatamente.

À exceção desses, ele se relacionava de maneira mais ou menos satisfatória com os demais operários da olaria. Pagava pontualmente os salários de cinqüenta operários que restavam dos quase duzentos dos tempos em que a olaria produzia seis a sete mil tijolos por dia. Dava-se relativamente bem com eles, apesar das histórias perversas que Prochko espalhava a seu respeito. Uma dessas histórias, da qual ficaria sabendo por intermédio de Skobeliev, o vigia, contava que ele havia cumprido pena por roubo. Porém, ninguém se interessava em ser seu amigo ou lhe fazia companhia quando a olaria estava fechada, portanto ele vivia sozinho a maior parte do tempo. Depois de um dia de trabalho, Iákov permanecia em seu quarto. Lia por várias horas à luz de um lampião, apesar de Nikolai Maximovitch haver prometido instalar ali um ponto de luz elétrica. Suas leituras, no passado, se haviam limitado ao que por acaso encontrasse para ler; agora ele lia coisas de seu interesse. Continuou a estudar russo, fazendo longos exercícios de gramática e lendo-os em voz alta. E devorava dois jornais por dia, embora às vezes eles o deixassem assustado com coisas relatadas como fatos e outras apenas sugeridas nas entrelinhas. Eles falavam de Rasputin e da imperatriz, de atentados terroristas, de ameaças de pogroms e da possibilidade de uma guerra dos Bálcãs, por exemplo. Tanta coisa era novidade para ele, que Iákov se perguntava como seria possível alguém saber tudo de que precisava saber. Começou então a freqüentar livrarias no Podol em seu tempo livre, à procura de livros baratos. Comprou a *Vida de Spinoza* para ler nas noites solitárias em seu quarto acima do estábulo. Seria possível aprender com a experiência de vida de outra pessoa? A história russa o fascinava. Ele leu pilhas de folhetos que encontrou nas prateleiras das salas ao fundo das livrarias. Leu algumas coisas acerca da servidão, acerca do sistema penal siberiano — um relato assustador que encontrara em um cesto de livros aos quais o livreiro atribuía pouco valor. Leu sobre a revolta e a destruição dos dezembristas e um fascinante relato sobre os narodniki, idealistas da década de 1870 que tinham se dedicado a melhorar as condições de vida dos camponeses incitandoos à revolta social e que, rechaçados por eles, haviam se transformado de místicos em terroristas. Iákov leu também uma breve biografia de Pedro, o Grande, e, depois dela, um assustador relato do sangrento massacre de Novgorod por Ivan, o Terrível. O louco cismou que a cidade planejava traí-lo, portanto ordenou que fosse construída uma muralha de madeira a seu redor a fim de impedir que a população fugisse. Marchou então sobre a cidade com seu exército e, depois de submeter seus súditos às mais cruéis torturas, passou a matar milhares deles por dia. A selvageria tornou-se cada vez maior e os gritos de dor subiam aos céus, como os das mães desesperadas por verem seus filhos serem assados vivos e atirados aos cães selvagens. Ao fim de cinco semanas, sessenta mil pessoas mutiladas e diaceradas jaziam mortas nas ruas empesteadas de fedor e de doenças. Iákov sentiu náuseas. Aquilo tinha sido como um pogrom — dos piores. Os russos fazem pogroms contra os próprios russos — e isso se repetia várias vezes ao longo de sua história. Que país triste, pensava ele, perplexo com o que lia, com todas as possíveis combinações de experiências, onde o preto era branco e o branco era preto; e se os russos também eram massacrados por seus próprios governantes e morriam como moscas, quem seria então o Povo Eleito? Cansado de tanta história, ele voltou para Spinoza, relendo capítulos sobre exegese, superstição e milagres que já conhecia quase que de cor. E, se houve um Deus, depois de ler Spinoza, ele havia fechado seu negócio e se transformado em idéia.

Quando não estava lendo, Iákov escrevia pequenos ensaios sobre uma variedade de temas — "Estou na história", escreveu ele, "mas não faço parte dela. De certa maneira estou bem fora dela e ela simplesmente passa por mim. Isso é bom, ou falta alguma coisa em minha constituição? Que pergunta! Falta, é claro, mas o que posso fazer a respeito? Além do mais, isso é assim tão terrível? É melhor que se fique quieto onde está, a não ser que se tenha algo com que contribuir para a história, como, por exemplo, Spinoza. Isso porque ele compreendia a história e porque tinha idéias com as quais contribuir. Ninguém pode queimar uma idéia, ainda que queime o homem que a teve. Por outro lado, houve também o ativista Jan De Witt, amigo e benfeitor de Spinoza. Um grande homem, um homem bom que foi feito em pedaços por uma turba de holandeses quando suspeitaram dele apesar de ele ser inocente. Quem gostaria de ter um destino desses?" Alguns dos pequenos ensaios eram críticas de "Certos Assuntos" sobre as quais havia lido nos jornais. Esses ele relia depois de terminados e os queimava na lareira. Queimava também os folhetos que não conseguia revender.

Algo que o deixou subitamente incomodado foi o fato de não estar mais usando suas ferramentas. Ele havia feito para si uma cama, uma mesa, uma cadeira e também colocado algumas prateleiras na parede, mas isso fora em alguns poucos dias ao chegar à olaria. Teve receio de perder a prática da carpintaria e achou melhor não arriscar. Certo dia recebeu uma outra carta, esta de Zina, cuja caligrafia era cheia de surpreendentes floreios. Ela o convidava — com a permissão do pai — a ir visitá-la. "Você é uma pessoa sensível, Iákov Ivanovitch", escreveu ela, "e eu respeito suas idéias e sua maneira de agir; mas, por favor, não se preocupe com suas roupas, embora certamente já possa comprar novas com o salário melhor que está recebendo." Ele se sentou para responder, mas não sabia o que dizer, portanto não respondeu.

Em fevereiro o homem que consertava coisas passou por um período de grande nervosismo. Atribuiu-o a seus medos. Ele havia estado no lugar onde poderia obter documentos falsos, tinha descoberto que não eram absurdamente caros, ainda que não custassem pouco, e estava pensando em mandar fazer um passaporte e um certificado de residência com seu nome falso. Quando acordou, horas antes do que precisava para verificar a quantidade de tijolos colocada nas carroças, seus músculos estavam tensos, o peito o oprimia e a respiração tornava-se difícil. Teve dificuldade em trocar algumas palavras com Prochko, até mesmo em fazer-lhe as perguntas de rotina. Ficou irritado o dia todo e se maldizia ao cometer pequenos enganos em suas contas, questão de um ou dois copeques. Ao anoitecer, expulsou dois meninos do pátio. Ele sabia que aqueles meninos eram travessos — um deles, com cerca de doze anos, tinha o rosto pálido e cheio de espinhas e o outro, que tinha a aparência de ser filho de camponês, com os cabelos parecendo palha, tinha aproximadamente a mesma idade. Eles costumavam entrar no pátio da olaria ao regressarem da escola no final da tarde e ficavam atirando bolas de barro um no outro, quebravam tijolos bons, e assustavam os cavalos no estábulo. Iákov já os havia advertido que não entrassem no pátio. Naquele dia ele os viu pela janela de sua salinha. Eles haviam entrado no pátio sorrateiramente com suas mochilas de escola e brincavam de atirar pedras na fumaça que saía dos fornos. Em dado momento, passaram a atirar pedaços de tijolos nas chaminés. Iákov saiu às pressas de seu escritório e ordenou que se fossem dali, mas eles não arredaram os pés de onde estavam. Iákov então correu na direção deles para assustá-los. Ao verem-no se aproximar, os meninos puseram-se a vaiá-lo e a sacudir os próprios genitais. Depois saíram correndo, subiram por uma pilha de tijolos junto à cerca, atiraram por cima suas mochilas e pularam para fora.

— Diabos de meninos! — gritou Iákov, brandindo as mãos fechadas.

Ao voltar para sua salinha, ele percebeu que Skobeliev o observava de maneira estranha. Depois o vigia foi acender as lâmpadas a gás, que logo passaram a brilhar na penumbra como velas de luz verde.

Prochko, de pé à porta do galpão de resfriamento, também o estivera observando. — Você corre como um porco velho, Dologuchev.

Na manhã seguinte um inspetor da polícia procurou o faz-tudo para perguntar se alguém da fábrica de tijolos tinha atitudes políticas suspeitas. Iákov disse que não. O inspetor fez-lhe mais algumas perguntas e se foi. O homem que consertava coisas não conseguiu concentrar-se na leitura naquela noite.

Como vinha tendo dificuldades para dormir, tentou deitar-se logo depois do jantar. De fato adormeceu rapidamente, porém acordou antes da meia-noite, totalmente desperto, com a sensação de estar em perigo iminente. No escuro ocorria-lhe pensar em calamidades das quais mal se lembrava à luz do dia — o estábulo em chamas e seu quarto ruindo com ele dentro, incapaz de mover-se, pois tinha mãos e pés atados, enquanto cavalos, desatinados, eram consumidos pelo fogo. Ou então se via morrendo tuberculoso ou sifilítico, tossindo ou urinando sangue. E o pensamento que mais temia era descobrirem que ele era judeu. "Gevalt!", gritava ele, e então procurava ouvir, assustado, algum som vindo do estábulo que indicasse a possibilidade de um carroceiro tê-lo ouvido gritar. Certa vez sonhou que Richter, levando às costas um enorme saco negro, seguia-o pela estrada junto ao cemitério. Quando se voltou para perguntar ao alemão o que carregava naquele saco, o carroceiro piscou um olho e disse: "Você." E assim Iákov encomendou e pagou pelos documentos falsos, embora várias semanas se passassem sem que ele os fosse buscar. Por algum motivo que não sabia precisar, ele começou a se sentir mais tranquilo.

Passou por um período de maior confiança em si quando, pela primeira vez na vida, foi capaz de gastar dinheiro como se aquilo não fosse mais que dinheiro. Comprou livros, papéis para escrever, fumo, um par de sapatos para aliviar os pés das botas, um belo pote de geléia de morangos e um quilo de farinha para fazer pão. O pão não cresceu, mas ele o comeu assim mesmo, como se fosse uma broa. Comprou também um par de meias, cuecas, uma camisa barata e uma camiseta para usar sob ela. Somente coisas necessárias. Certa noite, sentindo uma vontade irresistível de comer algo doce, entrou em uma confeitaria e pediu bolo com chocolate quente. Levou para casa um grosso tablete de chocolate. Quando, depois, contou seus rublos, descobriu que havia gastado mais do que supunha e ficou preocupado. Por isso, retornou à frugalidade. Alimentava-se de pão preto, creme azedo, batatas cozidas, um ovo de vez em quando e, quando se sentia tentado, um pedacinho de halvah. O homem que consertava tudo remendava suas meias e suas camisas velhas até já não haver lugar para remendos. Economizava cada copeque que recebia. "Vamos deixar que as moedinhas se acumulem", murmurava. Ele tinha planos importantes.

Certa noite, em abril, quando o gelo espesso do Dnieper já começava a rachar, Iákov, depois de vender os livros que havia lido recentemente e de passear um pouco pelo distrito de Plosski, voltava já tarde da noite para a olaria. A neve começou a cair inesperadamente. Ao subir a ladeira que passava pelo cemitério, viu alguns meninos agredindo um velho e os pôs a correr com um grito. O velho era um judeu, um hasside que usava o cafetã até os joelhos, um chapéu rabínico redondo com a aba de pele e longas meias brancas. O velho curvou-se lentamente e pegou do chão coberto de neve uma sacolinha preta amarrada com barbante marrom. Havia sido ferido na têmpora e o sangue escorria por sua barba grisalha e desgrenhada que terminava em duas pontas. Ele estava aturdido. — O que foi que houve, vovô? — perguntou Iákov em russo. O hasside, assustado, deu alguns passos atrás, mas Iákov esperou e o velho respondeu, em um russo claudicante, que estava chegando de Minsk para visitar um irmão doente no bairro judeu, mas que havia se perdido. E então os meninos o atacaram com bolas de neve contendo pedras.

Os bondes já não circulavam àquela hora e a neve caía em grandes flocos molhados. Iákov ficou preocupado, mas achou que poderia levar o velho para a olaria, deixar que ele descansasse um pouco enquanto lavava com água fria seu talho e depois tirá-lo de lá antes que os carroceiros e os auxiliares chegassem.

— Venha comigo, vovô.

— Para onde está me levando? — perguntou o hasside.

— Vamos limpar este sangue e, quando a neve parar, eu lhe mostro o caminho para o bairro judeu no Podol.

Iákov levou o velho judeu para a olaria, onde os dois subiram a escada até o quarto dele. Depois de acender o lampião, Iákov rasgou sua camisa mais velha, molhou um pedaço e limpou a barba do velho. A ferida ainda sangrava, mas o hasside parecia não sentir dor. Estava sentado na cadeira de Iákov com os olhos fechados e suspirava como se sussurrasse. Iákov ofereceu-lhe pão e uma xícara de chá com açúcar, mas o velho não aceitou. Tinha uma aparência solene com seus longos cachos de cabelo sobre as orelhas e pediu apenas um pouco d'água. Despejou um pouco nas pontas dos dedos sobre um potinho e em seguida tirou do bolso de seu cafetã um pequeno embrulho — eram alguns pedaços de matzos enrolados em um lenço. Recitou a bênção dos matzos e, dando um suspiro, pôs-se a mastigar um pedaço. Iákov ficou surpreso ao se dar conta de que estavam na Páscoa judaica. Foi tomado de uma forte emoção e precisou afastar-se um pouco até que ela passasse.

Olhou então pela janela e viu que a neve ainda caía, mas que já se podia perceber o círculo pálido da lua por entre os flocos. Logo vai parar de nevar, pensou. Mas não parou. A claridade da lua desapareceu novamente e lá fora era só escuridão e neve caindo. Iákov pensou então em esperar que os carroceiros chegassem, contar os tijolos e, quando parasse de nevar, fazer com que o velho saísse sem ser visto, depois que as carroças partissem e antes que Prochko chegasse. Se não parasse de nevar, o velho teria que sair assim mesmo.

O hasside adormeceu na cadeira, despertou, olhou fixamente para o lampião, depois para a janela, e dormiu novamente. Quando os carroceiros abriram a porta do estábulo, ele despertou e olhou para Iákov, mas o faz-tudo fez-lhe um sinal pedindo-lhe silêncio e desceu para o galpão. Ele havia oferecido sua cama ao outro, mas quando voltou ele continuava sentado, acordado. Os carroceiros tinham carregado as carroças e aguardavam no galpão que o dia clareasse. Haviam passado correntes ao redor das patas dos cavalos, mas Serdiuk dissera que, se a camada de neve ficasse ainda mais espessa, eles não sairiam do pátio. Iákov ficou aflito.

De volta ao quarto, agasalhado em seu casaco de pele de ovelha, ele ficou observando a neve. Depois enrolou e fumou um cigarro e preparou para si um chá quente. Tomou um pouco, adormeceu na cama e sonhou que havia encontrado o hasside no cemitério. No sonho, o hasside perguntou-lhe: "Por que está se escondendo aqui?" e ele deu um golpe de martelo na cabeça do hasside. Foi um sonho horrível, que o deixou com dor de cabeça.

Ao acordar, viu que o velho o olhava fixamente e ficou nervoso de novo.

— Qual é o problema? — perguntou.
— O problema é o mesmo — disse o velho. — Mas agora parou de nevar.
— Eu disse alguma coisa enquanto dormia?
— Eu não estava prestando atenção.

O céu clareava e era hora de partir, mas o hasside mergulhou as pontas dos dedos na água e em seguida desfez os nós que amarravam sua sacola, abriu-a e tirou de dentro dela um grande xale de orações listrado. Do bolso de seu cafetã tirou um saquinho de filactérios.

— Para que lado fica o oriente? — perguntou o velho.

Iákov, impaciente, apontou para a parede da janela. Dizendo as orações dos filactérios, o hasside lentamente enrolou um deles em seu braço esquerdo e o outro na testa, prendendo cuidadosamente o fio acima da ferida que secava.

Cobriu então a cabeça com o grande xale de orações depois de abençoá-lo e, voltado para a parede, pôs-se a orar, balançando o corpo levemente para a frente e para trás. Iákov ficou aguardando de olhos fechados. Quando o velho acabou de fazer suas preces matinais, retirou o xale, dobrou-o cuidadosamente e guardou-o. Soltou então os filactérios, beijou-os e guardou-os também.

— Que Deus o recompense — disse ele a Iákov.
— Muito obrigado, mas vamos logo. — O faz-tudo estava suando apesar do frio que fazia.

Pediu ao velho que aguardasse um instante, desceu a escada coberta de neve e fez a volta ao estábulo. O pátio estava branco e silencioso e os telhados dos fornos, cobertos de neve. Mas as carroças carregadas de tijolos ainda estavam lá e os carroceiros continuavam no galpão. Iákov subiu apressadamente a escada e pegou o hasside com sua sacola. Atravessou o portão às pressas. Levou o hasside ladeira abaixo até o ponto do bonde, mas enquanto aguardavam passou por eles um trenó com seus guizos a chocalhar. Iákov fez sinal para que parasse e o condutor sonolento comprometeu-se a levar o judeu até a rua aonde desejava ir no Podol. Quando Iákov retornou à olaria, tinha a sensação de ter passado por uma longa noite. Sentia-se mal-humorado e inesperadamente deprimido. A caminho do estábulo, encontrou-se com Prochko, que estava muito alegre.

Quando entrou em seu quarto, teve a súbita impressão de que alguém havia estado lá enquanto ele saíra com o hasside. Pareceu-lhe que algumas coisas haviam sido tiradas de onde estavam e depois recolocadas não exatamente no mesmo lugar. Ele desconfiou do vigia. O cheiro de estrume de cavalo e de palha apodrecida subia do estábulo. Iákov verificou rapidamente suas coisas de algum valor, e estava tudo lá — objetos da casa, seus poucos livros, seus rublos na latinha. Ficou feliz ao lembrar-se de que tinha vendido alguns de seus livros e queimado os folhetos; eram livros e folhetos sobre história, mas determinados tipos de história eram perigosos. No dia seguinte, ouviu dizer que um cadáver havia sido encontrado em uma caverna próxima e depois leu no jornal, aterrorizado, o relato do assassinato de um menino de doze anos que morava em uma das casas de madeira perto do cemitério. O corpo fora encontrado sentado, com as mãos amarradas às costas. Vestia roupas de baixo, estava sem sapatos, e de seu pé esquerdo pendia uma meia preta. Espalhados à sua volta havia uma camisa manchada de sangue, um boné de menino, um cinto e vários cadernos rabiscados a lápis. Tanto o *Kievlianin* como o *Kievskaia Misl* traziam uma fotografia do menino, Jênia Gólov, e Iákov reconheceu o garoto de espinhas no rosto que ele havia posto a correr do pátio com seu amigo. Um dos jornais dizia que o menino estava morto havia uma semana e o outro falava em duas. Quando o inspetor de polícia examinou o rosto inchado do menino e seu corpo mutilado, encontrou trinta e sete ferimentos feitos com um instrumento fino e perfurante. O menino, segundo o professor I. A. Tcherpunov, do Instituto de Anatomia de Kiev, havia sido perfurado e sangrado até morrer, "possivelmente para fins religiosos". Marfa Vladímirovna Gólov, a mãe viúva, havia reconhecido o cadáver do filho. Ambos os jornais traziam uma fotografia dela apertando a cabeça do pobre menino de encontro ao peito e gritando, desesperada: "Diga-me, Jeniuchka, quem fez isso com meu filhinho?"

Naquela noite o rio transbordou e inundou as partes mais baixas da cidade. Dois dias depois, o menino foi enterrado no cemitério, a poucos passos da casa onde havia morado. Iákov pôde ver de sua janela as árvores ainda cobertas com a neve fina do fim de abril e, passando por entre elas e os túmulos, uma multidão vestida de negro, em meio à qual havia alguns peregrinos com seus bastões. Quando o caixão baixou ao túmulo, centenas de folhetos voaram pelos ares: NÓS ACUSAMOS OS JUDEUS. Uma semana depois, a União do Povo Russo de Kiev, juntamente com os membros da Sociedade da Águia de Duas Cabeças, colocou uma enorme cruz no túmulo do menino. Iákov observou de longe o movimento. Segundo os jornais daquela noite, essas sociedades conclamavam os bons cidadãos para uma nova cruzada contra os inimigos israelitas. "Eles desejam nada menos que nossas vidas e nosso país! Povo da Rússia! Tenhamos piedade de nossas crianças! Vinguemos nossos pobres mártires!" Isso é terrível, pensou Iákov, eles querem começar um pogrom. Na olaria, Prochko passou a exibir um broche das Centúrias Negras em seu avental de couro. Na manhã seguinte, logo cedo, o faz-tudo apressou-se em ir buscar seus documentos falsos na pequena gráfica, mas ao chegar lá descobriu que ela havia sido totalmente destruída por um incêndio. Iákov correu de volta para o estábulo e contou apressadamente seus rublos a fim de ver se eram suficientes para o levar a Amsterdã ou, talvez, Nova York. Embrulhou seus parcos pertences, pendurou no ombro sua sacola de ferramentas e já ia descer a escada quando por ela viu subindo, com pistolas e espadas em riste, o coronel I. P. Bodianski, chefe da Polícia Secreta de Kiev, com vários outros oficiais, quinze soldados com alamares brancos no peito de suas fardas, um destacamento de polícia, vários detetives à paisana e dois representantes da Promotoria da Corte Superior do Distrito — cerca de uns trinta homens.

— Em nome de Sua Majestade Nicolau II — disse o coronel de cabelos e bigodes ruivos —, esteja preso. Se resistir, morrerá.

O homem que consertava coisas confessou que era judeu. Quanto ao mais, era inocente.

# PARTE TRÊS

# 1

Em uma cela comprida de teto alto no porão do Tribunal Distrital de Justiça, um prédio triste de estuque desbotado na zona comercial de Plosski, a poucas verstas da olaria de Lukianovski, Iákov, em profundo desespero, não conseguia apagar da mente a visão dele próprio marchando algemado entre duas fileiras de soldados a cavalo, com seus sabres desembainhados e as esporas emitindo sons metálicos ao fazê-lo apertar o passo pelas ruas cobertas de neve já misturada com lama pelas lâminas dos trenós.

Ele havia pedido ao coronel que o deixasse andar pela calçada para aliviar seu constrangimento, mas fora obrigado a seguir pelo centro das ruas enlameadas, e as pessoas a caminho do trabalho paravam para vê-lo passar. Olhavam curiosas em profundo silêncio, logo rompido por sussurros, murmúrios e algumas vaias esparsas. A maioria parecia perguntar-se qual o motivo da parada. Mas quando um menino com uniforme escolar, boné azul e casaco de botões prateados pôs os dedos indicadores na testa como se fossem chifres e saiu dançando atrás do prisioneiro e cantando "Jid, Jid", provocou uma enxurrada de gritos, ofensas e zombarias. Uma pequena turba, onde havia algumas mulheres, passou a segui-lo, gritando-lhe ofensas, xingando-o, chamando-o de "judeu assassino". Iákov teve vontade de sair correndo mas faltou-lhe coragem. Alguém atirou nele um pedaço de pau, mas atingiu um cavalo que saiu a galope jogando neve para todos os lados e só foi controlado dois quarteirões adiante. O coronel, então, um homem enorme com um gorro de pele, ergueu seu sabre e a turba se desfez.

Ele levou o prisioneiro primeiramente para o quartel da Polícia Secreta, um prédio marrom de um só andar em uma rua lateral; depois de uma longa e aborrecida conversa telefônica, partes da qual ouvidas pelo prisioneiro sentado em um banco cercado por soldados na ante-sala, o coronel escoltou Iákov até uma cela no porão do Tribunal Distrital de Justiça, lá deixando também dois soldados que ficaram patrulhando o corredor com seus sabres desembainhados. Iákov, sozinho na cela, apertava as mãos e exclamava: "Meu Deus, o que foi que eu fiz? Estou nas mãos dos inimigos!" Batia no peito com os punhos cerrados, lamentava sua sorte, imaginava as coisas terríveis que aconteceriam com ele, seu fim destroçado por uma turba. Porém, havia momentos de súbita esperança, quando ele achava que, se pudesse *explicar* por que havia feito o que fez, seria imediatamente libertado. Cometera a estupidez de fingir ser alguém que não era, na esperança de criar "oportunidades", mas aprendera uma lição e agora pagava por ela. Se o soltassem agora, ele já teria pagado o suficiente com seu sofrimento. Culpava-se de egotismo e de ambições tolas, sendo ele quem era, e prometia a si mesmo ser diferente no futuro. Havia aprendido aquela lição também. De um salto, pôs-se de pé e gritou: — Mas que futuro? — Ninguém respondeu. Quando um servente lhe trouxe chá e pão preto, ele não conseguiu se alimentar, embora nada tivesse comido naquele dia. Com o decorrer das horas, passou a gemer, a arrancar os cabelos com ambas as mãos e a bater com a cabeça na parede. Um dos guardas o viu e proibiu-o de fazer aquilo.

Já anoitecia quando o prisioneiro, sentado imóvel em um colchão ralo no chão, ouviu passos no corredor. Eram distintas as passadas regulares do guarda armado que havia substituído os dois soldados. Iákov pôs-se de pé rapidamente. Um homem de altura mediana, segurando um chapéu preto e um casaco de peles, aproximou-se a passos rápidos pelo corredor mal iluminado. Deu ordens ao guarda para trancá-lo na cela com o prisioneiro e deixá-los a sós. O guarda hesitou. O homem aguardou pacientemente. — Recebi ordens para não sair daqui, excelência. Queira me desculpar — disse o guarda. — O promotor-chefe recomendou que não perdesse o judeu de vista porque este é um caso da maior importância. Foi isso que o assistente dele me disse.

— Estou aqui em uma missão oficial e o chamarei quando precisar. Aguarde do lado de fora da porta do corredor.

O guarda abriu a cela com relutância, trancou o homem lá dentro com Iákov e saiu. O homem observou o guarda que saía e depois tirou do bolso um toco de vela, acendeu-o e fixou-o em um pires sobre algumas gotas de cera derretida. Com o pires na mão, examinou Iákov demoradamente e depois colocou-o sobre a mesa. Ao ver a névoa de seu próprio hálito à luz da vela, ele vestiu seu casaco de peles. — Sou propenso a resfriados — disse. Tinha uma barba escura, usava pince-nez e um cachecol espesso ao redor do pescoço. Encarando o faz-tudo, que permanecia imóvel sem demonstrar que tremia, ele se apresentou com uma voz grave e tranqüila.

— Sou B. A. Bibikov, Magistrado de Investigações para Casos de Extraordinária Importância. Por favor, identifique-se.

— Iákov Chepsovitch Bok, excelência, embora nada haja de extraordinária importância nas tolices que cometi.

— O senhor não é Iákov Ivanovitch Dologuchev?

— Que impostura estúpida essa minha. Admito isso de pronto.

Bibikov ajustou o pince-nez e ficou olhando para ele em silêncio. Ergueu a vela para acender um cigarro, mas mudou de idéia, depositou-a novamente sobre a mesa e enfiou o cigarro no bolso.

— Diga-me a verdade — disse o magistrado com voz severa —, você matou aquela pobre criança?

Uma névoa negra turvou a visão de Iákov.

— Não! Não! — gritou ele com a voz rouca. — Por que eu haveria de matar uma criança inocente? Como poderia ter feito isso? Por muitos anos desejei ter um filho mas não tive sorte e minha mulher não pôde me dar um. Se não de outra forma, pelo menos de coração eu sou pai. Como poderia matar uma criança inocente? Jamais pensaria em tal coisa. Preferia morrer.

— Há quanto tempo está casado?

— Cinco anos, quase seis, embora não esteja realmente casado agora porque minha esposa me abandonou.

— É mesmo? E por que ela o abandonou?

— O motivo é simples: ela me foi infiel. Fugiu com um desconhecido e é por isso que estou na cadeia agora. Se ela não tivesse feito aquilo, eu teria ficado no meu lugar, isto é, no lugar onde eu nasci. A uma hora dessas estaria me sentando para jantar. Apesar de tudo, lá não era tão ruim assim. Quando o sol se punha, quer eu tivesse ganhado um copeque, quer não, eu ia direto para minha casinha. Pensando bem, não era um lugar tão ruim assim.

— O senhor não é de Kiev?

— Não da cidade, da província. Deixei minha aldeia poucos meses depois que minha esposa me deixou e estou aqui desde novembro. Eu tive vergonha de ficar lá naquela situação. Havia outros motivos, mas este era o que mais me incomodava.

— Que outros motivos?
— Eu já estava cansado da minha profissão — que não era profissão alguma. E esperava, com um pouco de sorte, conseguir me instruir um pouco. Dizem que na América há escolas onde um homem feito pode estudar à noite.
— O senhor estava pensando em emigrar para a América?
— Essa era uma das idéias que eu tinha, excelência, embora tenha tido várias outras que também não levaram a coisa alguma. Mas nunca deixei de ser um súdito leal do Czar.

O magistrado encontrou o cigarro no bolso e acendeu-o. Fumou em silêncio, de pé, do lado oposto da mesa, estudando o rosto atormentado de Iákov à luz da vela.

— Vi, entre seus pertences, alguns livros, entre os quais um de textos selecionados da obra do filósofo Spinoza.
— É verdade, excelência. Posso tê-los de volta? Estou preocupado também com minhas ferramentas.
— Quando for chegada a hora, se o senhor não for condenado. Conhece bem a obra dele?
— De certa maneira, apenas — disse o faz-tudo, preocupado com aquela pergunta. — Apesar de ter lido o livro, não entendi tudo muito bem.
— O que o agrada nele? Primeiro deixe-me perguntar-lhe sobre o que o levou a ler Spinoza. Foi o fato de ele ser judeu?
— Não, excelência. Eu não sabia quem ou o que ele era quando deparei com o livro — ele não é bem-visto na sinagoga, como o senhor sabe se leu a história da vida dele. Eu o encontrei em um sebo perto daqui, paguei um copeque e na hora me arrependi de ter gastado uma quantia tão difícil de ganhar. Depois de algumas páginas, continuei a ler e foi como se um furacão passasse a me carregar. Como já disse, não compreendi todas as palavras, mas, quando a pessoa está às voltas com idéias como aquelas, é como se estivesse voando na vas-

soura de uma bruxa. Depois de ler aquele livro, eu não era mais o mesmo homem. Isso é maneira de falar, é claro, porque mudei muito pouco desde os tempos de jovem.

Embora tenha respondido livremente, conversar sobre um livro com um magistrado russo deixava um faz-tudo intimidado. Ele está me testando, pensou. Seja como for, é melhor que me faça perguntas sobre um livro do que sobre o assassinato de uma criança. Vou dizer a verdade, mas aos poucos.

— O senhor se importaria em me explicar o que acha que significa a obra de Spinoza? Em outras palavras, se é uma filosofia, o que afirma ela?

— Isso não é fácil dizer — respondeu Iákov como que se desculpando. — A verdade é que sou meio ignorante e é muito pouco o que sei. Perco muito do que leio, por mais que preste atenção.

— Vou dizer-lhe o motivo da minha pergunta. Pergunto porque Spinoza é um dos meus filósofos prediletos e estou interessado em saber o que ele significa para outros.

— Nesse caso — disse o faz-tudo, já mais aliviado —, digo-lhe que o livro significa coisas diferentes, dependendo do assunto de que trata cada capítulo, apesar de, no fundo, estar tudo unido. Mas o que eu acho que significa é que ele decidiu transformar-se em um homem livre — até onde fosse possível, de acordo com sua filosofia, se é que me explico bem —, e para isso ele pensava nas coisas até conseguir compreendê-las e ia ligando as idéias umas às outras — se é que dá para me entender, excelência.

— Essa abordagem não é nada má — disse Bibikov —, partindo do homem em vez de partir da obra. Mas quero que me explique um pouco a filosofia dele.

— Não sei se sou capaz — disse Iákov. — Talvez seja que Deus e a Natureza são a mesma coisa, e também o homem, algo assim, seja ele pobre ou rico. A mente do homem é parte de Deus, pelo menos foi assim que eu entendi. E então, se a pessoa está na mente de Deus, ela é livre, desde que saiba disso. Ao mesmo tempo, o problema é que ela está limitada pela Natureza, embora isso não se aplique a Deus, porque, afinal, Deus e Natureza são a mesma coisa. Há também algo chamado Necessidade, que está sempre presente, embora ninguém a queira, e que se tem que procurar vencer. No shtetl, Deus está sempre correndo de um lado para outro com a Lei em ambas as mãos, mas esse outro Deus, embora ocupe mais espaço, acaba tendo menos trabalho. Seja lá em qual deles a pessoa acabar acreditando, nada muda muito se ela não tem trabalho. Mas chega de falar da Necessidade. Acho também que ele quis dizer que vida é vida e não faz sentido chutá-la para dentro do túmulo. Ou é isso que ele quis dizer, ou eu não entendi, como já disse.

— Se o homem é cerceado pela Necessidade, de onde vem sua liberdade?

— Ela está no pensamento, excelência, se seu pensamento faz parte de Deus — isto é, se ele acredita nesse tipo de Deus, se pensou e concluiu que seja assim. É como se o homem pudesse voar acima de sua própria cabeça com as asas da razão, ou coisa parecida. O sujeito se integra ao universo e se esquece de seus problemas.

— O senhor acredita que se possa ser livre dessa maneira?

— Até certo ponto — suspirou Iákov. — Isso me parece possível, mas minha experiência é muito limitada. Vivi quase toda a minha vida em aldeias.

O magistrado sorriu.

— Isso que você descreveu é a verdadeira liberdade, a seu ver, ou uma pessoa não pode ser livre se não for politicamente livre?

Aqui é melhor que eu pense bem no que digo, pensou o faz-tudo. Essas coisas de política sempre complicam. Não se deve abanar o carvão quente quando se tem que passar por cima dele.

— Não sei ao certo, excelência. É em parte uma coisa e em parte outra.

— É verdade. Pode-se dizer que há mais de um conceito de liberdade na filosofia de Spinoza. Filosoficamente, o conceito de liberdade tem a ver com o da Necessidade; em termos práticos, tem a ver com o Estado, isto é, situa-se no campo da política e na ação política. Spinoza admitia uma certa liberdade de escolha política, semelhante à liberdade de optar por pensar, se fosse possível fazer tais escolhas. Pelo menos é possível pensar sobre elas. Talvez ele julgasse que a razão de ser do Estado — do governo — fosse garantir a segurança e a relativa liberdade do homem racional. Isso permitiria ao homem pensar o melhor que pudesse. Ele também achava que o homem era mais livre quando participava da vida em sociedade do que quando vivia isolado como ele. Achava que um homem livre em sociedade tinha um interesse positivo em promover a felicidade e a emancipação intelectual dos que lhe eram próximos.

— É bem possível que sim, excelência, se é isso que o senhor acha — disse Iákov —, mas, no que me diz respeito, devo pensar mais, embora quando se é pobre tenha-se a vida toda ocupada com outras coisas que não preciso mencionar. Tem-se que deixar essas coisas de política para quem dispõe de tempo para elas.

— Ah — suspirou Bibikov. Soprou a fumaça de seu cigarro sem falar. Por alguns instantes fez-se silêncio absoluto na sala.

Será que eu disse alguma coisa errada? Às vezes é melhor ficar de boca fechada, pensou Iákov.

Quando o magistrado voltou a falar, já o fez com um tom de inquisição oficial novamente — seco e objetivo.
— O senhor já ouviu a expressão "necessidade histórica"?
— Não me lembro. Creio que não, embora possa imaginar o que signifique.
— Tem certeza? Não leu Hegel?
— Nunca ouvi falar deste nome.
— Ou Karl Marx? Este também era judeu, embora isso não o deixasse muito feliz.
— Também não conheço.
— O senhor diria que tem "uma filosofia" própria? Se tem, qual é?
— Se eu tenho, ela é só pele e osso. Só bem recentemente comecei a ler alguma coisa, excelência — desculpou-se ele.
— Se o senhor não se importar que eu diga, minha filosofia é que a vida poderia ser melhor do que é.
— Entretanto, como pode ela tornar-se melhor se não através da política?
Isto com toda certeza é uma armadilha, pensou Iákov. — Talvez se houvesse mais trabalho, mais empregos — disse ele, hesitante. — Sem se esquecer da boa vontade entre os homens. Devemos todos ser razoáveis, senão o que já é ruim fica pior.
— Bem, isso já seria alguma coisa — disse o magistrado serenamente. — É necessário ler e refletir melhor.
— É o que vou fazer tão logo saia daqui.
Bibikov pareceu subitamente constrangido. O homem que consertava coisas achou que o havia desapontado, embora não soubesse por quê. Provavelmente por falar de tantas coisas inexatas. É difícil explicar as coisas bem quando se está numa situação daquelas, principalmente considerando-se as demais desvantagens naturais como as dele.

Passados alguns instantes, o magistrado perguntou, distraído: — Como foi que o senhor feriu a cabeça?

— Na escuridão, em desespero.

Bibikov tirou do bolso sua cigarreira e ofereceu um cigarro ao faz-tudo. — Aceite um, são turcos.

Iákov fumou para não ofender o homem, apesar de não gostar de cigarros.

O magistrado tirou do bolso do casaco uma folha de papel dobrada e um toco de lápis e disse, colocando-os sobre a mesa: — Deixo este questionário com o senhor. Precisamos de mais detalhes biográficos seus, já que não tem ficha na polícia. Quando acabar de responder a todas as perguntas e assinar, chame o guarda e entregue-lhe o papel. Dê respostas bem precisas. Deixo a vela com o senhor.

Iákov olhou fixamente para o papel.

— Preciso ir-me agora. Meu menino está com febre. Minha esposa fica muito nervosa. — O magistrado abotoou seu casaco de peles e colocou o gorro negro que parecia grande demais para sua cabeça.

Ao sair, fez um aceno com a cabeça para o prisioneiro e disse, sereno: — Aconteça o que acontecer, você precisa ser forte.

— Meu Deus, o que é que pode acontecer ainda? Sou um homem inocente.

Bibikov encolheu os ombros. — Este é um caso complicado.

— Tenha misericórdia, senhor; sempre me foi dada tão pouca em minha vida.

— Misericórdia é com Deus. Eu dependo da lei. A lei o protegerá.

Chamou então o guarda e saiu da cela. Quando a porta estava sendo novamente trancada, ele saiu apressado pelo corredor mal iluminado.

O homem que consertava coisas teve uma profunda sensação de perda.
— Quando o senhor voltará? — gritou ele.
— Amanhã. — Uma porta distante se fechou. Já não se ouviam mais passos.
— Amanhã será um longo dia — disse o guarda.

# 2

Na manhã seguinte um novo guarda destrancou a porta da cela, revistou Iákov minuciosamente pela terceira vez desde que este havia acordado e colocou em seus pulsos pesadas algemas presas a uma corrente curta e grossa. Na presença de dois outros guardas armados, um dos quais xingou o prisioneiro e lhe deu uma estocada com o cano da pistola, o guarda escoltou Iákov, que se sentia mais morto do que vivo. Seguiram por uma escada de madeira estreita e ruidosa que conduzia à sala do Magistrado de Investigações, dois pavimentos acima. Na ampla ante-sala, alguns funcionários uniformizados sentavam-se em compridas mesas e escreviam diligentemente, interrompendo-se a cada instante para molhar na tinta as penas de suas canetas. À chegada do prisioneiro, pararam para olhá-lo com interesse e entreolharam-se antes de retomarem seu trabalho. Iákov foi levado para uma sala menor, de paredes marrons. Bibikov estava de pé junto a uma janela aberta e abanava com a mão a fumaça do cigarro. Quando Iákov entrou, ele rapidamente fechou a janela e sentou-se à cabeceira de uma mesa comprida. A sala dispunha de uma volumosa escrivaninha, várias prateleiras com livros grossos, dois grandes abajures de cúpulas verdes e um pequeno ícone em um canto; em uma parede havia um grande retrato em sépia do Czar Nicolau II, com muitas condecorações e imaculadamente barbeado, a olhar de maneira severa para o observador. O retrato aumentou o desconforto que o faz-tudo sentia.

A única pessoa na sala além de Bibikov era seu assistente, um homem de rosto cheio de espinhas, na casa dos trinta, com uma barba rala que deixava entrever o queixo pequeno. O assistente sentou-se ao lado do magistrado na extremidade da mesa. Iákov recebeu ordem de sentar-se na outra extremidade. Os três guardas da escolta, a pedido do magistrado, ficaram aguardando na ante-sala. O magistrado, depois de lançar um rápido olhar ao prisioneiro — quase que a contragosto, pensou o faz-tudo —, encontrou em uma pilha de papéis à sua frente um documento grosso cujas folhas passou a virar rapidamente. Depois sussurrou algo a seu assistente, que encheu uma caneta-tinteiro em um grande pote de tinta preta, limpou a pena com um pedacinho de pano manchado de tinta e começou a escrever apressadamente em um caderno de anotações.

Bibikov, aparentando estar constrangido e cansado, parecia bem diferente do homem que estivera com ele na noite anterior e, por um breve instante, Iákov se perguntou, aflito, se aquele seria o mesmo homem. A cabeça dele era grande, com a testa larga e cabelos escuros já começando a ficar grisalhos. Enquanto lia, mordia levemente o lábio inferior; depois deixou o documento, limpou o pince-nez com o hálito, colocou-o cuidadosamente e tomou um gole d'água. Quando falou, sua voz era impessoal, dirigindo-se ao faz-tudo na outra extremidade da mesa: — Lerei agora uma parte do depoimento de Nikolai Maximovitch Lebedev, proprietário da fábrica de tijolos do distrito de Lukianovski; isto é, a fábrica situa-se em

Lukianovski... — Então sua voz oficial ficou diferente e ele disse serenamente: — Iákov Chepsovitch Bok, o senhor encontra-se em uma situação difícil e precisamos pôr as coisas nos devidos lugares. Ouça primeiro esta declaração de Lebedev. Ele diz que sua intenção, desde o princípio, foi enganá-lo.
— Isto não é verdade, excelência!
— Espere um pouco. Por favor, contenha-se.

Bibikov pegou o documento, virou algumas folhas e leu em voz alta:

— "N. Lebedev: Esse a quem conheci como Iákov Ivanovitch Dologuchev, conquanto tenha, por acaso, me feito um favor de certa magnitude, pelo qual eu o recompensei generosamente, e a quem minha filha tratou com a maior consideração, agiu de maneira pouco honesta — mais precisamente, de maneira desonesta — para comigo. Ele escondeu de mim, por razões óbvias — ou eu jamais o teria empregado se soubesse o que agora sei —, que ele era, em verdade, membro da Nação Judaica. Confesso que tive uma leve suspeita quando notei seu desconforto ante uma pergunta que lhe fiz concernente à Sagrada Escritura. Em resposta à minha pergunta se tinha o hábito de ler a Santa Bíblia, ele respondeu que só conhecia bem o Antigo Testamento e empalideceu sobremaneira quando, a seguir, li para ele alguns versos notáveis do Novo Testamento, principalmente do Sermão da Montanha.

— "Magistrado de Investigações: Algo mais?"

— "N. Lebedev: Notei também uma certa hesitação, uma espécie de timidez quando disse seu nome pela primeira vez, isto é, seu pretenso nome, com o qual não estava ainda familiarizado. É desnecessário dizer, excelência, que tal nome não era compatível com a língua judaica. Além do mais, apesar de ser um homem tão obviamente pobre, ele demonstrou extrema relutância — talvez isso até conte em seu favor — em aceitar minha generosa oferta de emprego em minha indústria de tijolos. Minhas suspeitas se acentuaram porque ele pareceu pouco à vontade quando abordei o assunto de ele morar no quarto acima do estábulo no terreno da fábrica. Ele queria trabalhar para mim, mas tinha medo, naturalmente. Mostrava-se inseguro e nervoso, sempre a umedecer os lábios e a desviar os olhos. Como tenho a saúde um tanto deficiente — meu fígado é problemático e tenho acentuada falta de ar —, eu precisava de um supervisor que morasse na área da fábrica e cuidasse de meus negócios. Porém, como o judeu havia me ajudado quando, acometido de um súbito mal-estar, desmaiei na neve, minhas suspeitas logo se dissiparam e eu lhe ofereci o emprego. Creio que ele soubesse muito bem, quando aceitou minha oferta feita inocentemente, que o distrito de Lubianovski é território sagrado e interditado a judeus, a não ser, pelo que sei, em caso de serviços excepcionais prestados à Coroa; e suponho que seja essa a razão pela qual ele não tenha tomado qualquer iniciativa de me entregar seus documentos para que eu os registrasse na Polícia Distrital.

— "Magistrado de Investigações: O senhor lhe solicitou tais documentos?"

— "N. Lebedev: Diretamente não. Sim, talvez eu os haja solicitado certa ocasião e ele tenha me dado uma desculpa esfarrapada de judeu, e como eu estava tendo problemas de saúde acabei me esquecendo de cobrar-lhe novamente. Se tivesse feito isso e ele se recusasse a entregá-los, eu o teria mandado embora da minha propriedade imediatamente. Sou um homem generoso e acessível, excelência, mas jamais toleraria um judeu trabalhando para mim. Por favor, observe o emblema que uso na lapela do meu casaco. Considero uma demonstração de insolência desse homem o fato de não ter se sentido intimidado em minha presença. Eu gostaria de deixar registrado que ocupei o cargo de secretário da Sociedade da Águia de Duas Cabeças."

O magistrado deixou o documento, tirou os óculos e esfregou os olhos.

— O senhor ouviu o depoimento — disse ele a Iákov. — Também já li seu questionário e estou ciente das respostas, mas agora devo pedir-lhe que comente as observações da testemunha Lebedev. O depoimento corresponde à verdade? Seja cuidadoso ao responder. Isto aqui, apesar de não ser um julgamento, é uma investigação policial para estabelecer se um Ato de Acusação será emitido.

Iákov, sem se conter, pôs-se de pé. — Por favor, excelência, eu não entendo de leis e nem sempre é simples dizer sim ou não. O senhor permitiria que eu me aconselhasse com um advogado? Posso até dispor de alguns rublos para pagar pelo serviço se a polícia devolver o meu dinheiro.

— Dizer sim ou não, para um homem que fala a verdade, não constitui problema. Quanto a consultar um advogado, isso não é possível neste estágio. Em nosso sistema legal, a acusação vem primeiro. Depois do exame preliminar, o Magistrado de Investigações e o Promotor de Acusação discutem o caso e, se ambos acreditam que o suspeito é culpado, exara-se um Ato de Acusação que é enviado à Corte Distrital onde será confirmado ou não pelos juízes. A defesa pode ter início depois que o acusado é informado de que a acusação foi aceita, quando então ele recebe uma cópia. O acusado tem aproximadamente uma semana, talvez um pouco mais, para escolher um advogado e informar à corte.

— Excelência — disse Iákov assustado —, e se o homem for inocente do que dizem que ele fez? Isso tudo está muito confuso. Uma hora está tudo claro como a luz do dia para mim e o crime de que estamos falando é pequeno, pouco mais que um erro, pode-se dizer, já no instante seguinte o senhor diz coisas que me fazem estremecer. Cometi um pequeno pecado e por que alguém me acusaria de um crime terrível? Se dei um nome falso a uma pessoa, isso significa que tenha que ser levado a julgamento?

— Saberemos oportunamente o que lhe acontecerá.

O homem que consertava coisas deu um profundo suspiro e sentou-se. Suas mãos algemadas retorciam-se sob a mesa.

— Eu lhe perguntei o que tem a dizer sobre o depoimento da testemunha Lebedev — disse Bibikov.

— Excelência, dou-lhe minha palavra de honra que não pretendi fazer mal algum. O que fiz de errado — o próprio Nikolai Maximovitch reconhece isso — foi com relutância, contra minha vontade. A verdade é que eu o encontrei bêbado, caído na neve. Como recompensa, ele me ofereceu um emprego. Eu não pedi coisa alguma. Poderia ter recusado e foi o que eu fiz uma ou duas vezes, mas meu dinheiro estava se acabando rapidamente, eu precisava pagar o aluguel etc. Já estava ficando desesperado à procura de trabalho — minhas mãos sentem falta quando não têm o que fazer —, e assim acabei aceitando o que ele me oferecia. Ele ficou satisfeito com o trabalho de pintura e de papel de parede que fiz e depois me disse também que eu estava fazendo um bom trabalho de supervisão na olaria. Eu acordava diariamente às três e meia da madrugada para acompanhar o carregamento das carroças. Ele elogiou meu trabalho mais de uma vez. Pergunte a ele, excelência.

— Tudo bem, mas o senhor não lhe deu um nome falso como se fosse seu? Na verdade, um nome não-judeu? Isso não foi uma casualidade, pois não? O senhor fez isso intencionalmente, não foi?

O magistrado curvou-se para a frente de um jeito ríspido. Seria aquele o mesmo homem que lhe dissera admirar Spinoza?

— Foi este o meu erro e admito — disse Iákov. — Dei-lhe o primeiro nome que me veio à cabeça. Eu não raciocinei, excelência, e é assim que a pessoa comete tolices das quais depois se arrepende. Quando se está numa situação muito aflitiva, não é fácil pensar no que pode acontecer depois. Dologuchev é um camponês cego de um olho que mata porcos em minha aldeia. Mas a verdade é que eu não queria realmente ficar morando no terreno da olaria. A situação me angustiava tanto que, por vezes, eu não conseguia sequer dormir. Nikolai Maximovitch diz aí que eu tive medo de aceitar sua oferta de morar acima do estábulo. É ele mesmo quem diz isso nesse papel que o senhor acaba de ler para mim. Pedi a ele para ficar morando no Podol e ir a pé para lá todos os dias, mas ele disse que não, que eu teria que morar lá. Em outras palavras, a idéia de morar lá não foi minha, para início de conversa. E ele está enganado se acha que me pediu o passaporte. Talvez até tenha pensado que pediu. Ele é um homem que sofre de melancolia e às vezes seu raciocínio não é preciso. Juro que ele jamais me pediu. Se tivesse pedido, toda essa história teria acabado ali mesmo. Eu teria pensado, bem, acabou-se. E isso teria me poupado muito sofrimento.

— Ainda assim o senhor continuou a morar em Lubianovski, mesmo ciente de que era ilegal fazê-lo?

— Foi como o senhor diz, excelência, mas eu não queria perder o emprego. Eu queria uma vida melhor do que a que tinha antes. — Sua voz já começava a se transformar em súplica, mas, ao perceber os lábios apertados e o olhar severo do magistrado, Iákov se calou e ficou a olhar as próprias mãos.

— Em seu questionário — disse Bibikov recolocando o pince-nez e consultando um outro documento —, o senhor declara que é judeu "de nascimento e nacionalidade". Pode-se perceber aqui algum tipo de restrição e, se este for o caso, a que se refere?

O faz-tudo ficou em silêncio por alguns instantes e depois olhou para o magistrado meio constrangido. — O que eu quis dizer com isso é que não sou um homem religioso. Eu era, quando jovem, mas perdi a fé. Pensei que tivesse mencionado isso quando conversamos ontem à noite, mas talvez não tenha. Foi isso que eu quis dizer com o que escrevi.

— Como foi que isso aconteceu? Refiro-me à sua perda de fé.

— Creio que tenha havido mais de um motivo, embora não me lembre de todos. Ao longo da minha vida, da maneira como as coisas foram acontecendo, sempre tive motivos para ficar pensando. Um pensamento vai puxando outro. Basta se ter uma idéia e logo uma outra vem ocupar o lugar daquela. Também tenho lido um pouco daqui e dali, como já lhe falei, excelência, e acabo encontrando uma idéia ou outra que nunca me passou pela cabeça. Todas essas coisas vão se somando.

O magistrado recostou-se na cadeira. — O senhor não teria, em alguma época de sua vida, sido batizado ainda que inadvertidamente? Isso poderia pesar a seu favor.

— Oh, não, excelência, nunca me aconteceu isso. O que quis dizer é que sou um livre-pensador.

— Compreendo, apesar que, para ser livre-pensador, é necessário que se saiba pensar.

— Eu me esforço — disse Iákov.

— O que o senhor acha que significa ser livre-pensador?

— É ser um homem que decide por si próprio se deseja acreditar em religião. Talvez agnóstico também. Há os que crêem e os que não crêem.

— O senhor acredita que o fato de não ser religioso o beneficie?

Deus meu, o que foi que eu disse agora?, pensou o homem que consertava coisas. É melhor que eu não complique ainda mais minha situação, senão vou cavar minha própria cova e eles vão me jogar dentro dela.

— É como o senhor disse, excelência, o sim e o não acabam se encaixando nos lugares certos se eu lhe disser a verdade.

— Não compliquemos as coisas desnecessariamente. — Bibikov tomou um gole d'água. — Legalmente o senhor é um judeu. O Governo Imperial o considera judeu ainda que o senhor queira dar ao fato uma conotação diferente. É isso que diz o seu passaporte. Nossas leis relativas a judeus aplicam-se ao senhor. Entretanto, se tem vergonha do seu povo, por que não abandona a religião oficialmente?

— Eu não tenho vergonha do meu povo, excelência. Talvez eu nem sempre goste do que vejo — há judeus de todo tipo, como se diz por aí, mas, se eu tiver vergonha de alguém, há de ser de mim mesmo. — Ao dizer isso, seu rosto enrubesceu.

Bibikov ouvia com interesse. Ele baixou os olhos para suas anotações e depois olhou para o prisioneiro muito atentamente. Ivan Semionovitch, o assistente, que logo reagia às observações do magistrado imitando-lhe com freqüência as expressões faciais, olhou rapidamente suas anotações e curvou-se para a frente muito atento.

— Por favor, diga-me a verdade absoluta — disse o Magistrado de Investigações com uma expressão severa. — O senhor é um revolucionário, quer seja teórico ou ativista?

Iákov sentiu as batidas fortes de seu coração.

— Isso está escrito em algum desses seus documentos, excelência?

— Por favor, responda a minha pergunta.

— Não, não sou. Deus me livre. Não tenho nada a ver com essas coisas. Não é da minha natureza. Sou um homem de paz. Sempre digo a mim mesmo: "Iákov, o mundo está cheio de violência e, se você for esperto, ficará fora dela." Não, isso não tem nada a ver comigo, excelência.

— É socialista, ou membro de algum partido socialista? O faz-tudo hesitou. — Não.

— Tem certeza?

— Dou-lhe minha palavra de honra.

— É sionista?

— Não.

— Pertence a algum partido político, seja ele qual for? Inclusive partidos judeus.

— A nenhum, em absoluto, excelência.

— Muito bem. Está anotando as respostas, Ivan Semionovitch?

— Cada palavra, senhor. Estou anotando tudo — disse o assistente.

— Bom — disse Bibikov distraído, coçando a barba. — Agora há um outro assunto sobre o qual desejo indagar-lhe. Deixe-me encontrar o papel.

— Com licença, não desejo interromper o senhor — disse Iákov —, mas gostaria que soubesse que meu passaporte tinha o carimbo de "Autorizado" quando deixei minha aldeia. E, quando cheguei a Kiev, no dia seguinte mesmo, já que cheguei tarde da noite, levei meu passaporte à Delegacia de Polícia. Lá ele foi carimbado também, excelência.

— Isto já está anotado. Examinei seu passaporte e o que o senhor diz é verdadeiro. Porém não era sobre isso que eu queria me informar.

— Foi somente em Lubianovski, se me permite dizer, excelência, que eu não o registrei. Foi aí que eu errei.

— Isso também já está anotado.

— Se me permite acrescentar mais uma informação, eu gostaria de mencionar que servi por um breve período ao Exército Russo.

— Anotado. Um tempo muito curto, menos de um ano. Foi desligado por motivo de doença, não?

— E também porque a guerra acabou. Já não precisavam mais de soldados àquela altura.

— Qual foi a doença?

— Crises de asma, de vez em quando. Nunca se podia saber quando voltariam.

— O senhor ainda sofre dessa doença? — perguntou o magistrado em tom normal de conversa. — Pergunto isso porque meu filho tem asma.

— Praticamente estou bem, apesar de em alguns dias de vento forte eu ter dificuldade para respirar.

— Muito bem. Agora permita-me passar para o item seguinte. Passo a ler o depoimento de Zinaida Lebedev, solteira, trinta anos de idade.

Isso está ficando terrível, pensou o faz-tudo, apertando com força as mãos. Onde será que vai acabar?

A porta se abriu. O magistrado e seu assistente voltaram-se para dois homens que entravam subitamente na sala. Um deles, em uma farda vermelha e azul com ombreiras douradas que havia prendido Iákov, era o coronel Bodianski, um homem corpulento com um bigode ruivo bem aparado. O outro era o promotor Grubechov, procurador da Corte Suprema de Kiev. Naquela mesma manhã ele havia descido à cela de Iákov e não lhe dirigira uma só palavra. O faz-tudo permanecera imóvel encostado à parede. Cinco minutos depois o promotor se retirara, deixando-o profundamente angustiado.

Grubechov colocou sobre a mesa uma pasta usada fechada por elásticos. Era um homem gorducho com o rosto carnudo, costeletas, sobrancelhas espessas e olhos de gavião. Um rolo de carne gorda em seu pescoço cobria parte do colarinho engomado de sua camisa e até mesmo de sua gravata-borboleta preta. Vestia um terno escuro com um colete amarelo encardido e parecia estar contendo sua excitação. Iákov sentiu-se apreensivo novamente.

O assistente de Bibikov levantou-se de imediato e curvou-se para cumprimentá-los. A um olhar significativo do magistrado, o faz-tudo pôs-se rapidamente de pé e assim ficou.

— Bom dia, Vladislav Grigorievitch — disse Bibikov, ligeiramente perturbado. — Bom dia, coronel Bodianski, estou inquirindo o suspeito. Tenham a bondade de sentar-se. Ivan Semionovitch, queira fechar a porta.

O coronel cofiou o bigode e o promotor, com um leve sorriso fixo nos lábios, assentiu em silêncio. Iákov, a um sinal do magistrado, sentou-se também. Estava trêmulo. Os dois recém-chegados examinaram-no com atenção, principalmente o promotor, que parecia estar avaliando a saúde, o peso e a capacidade de resistência como se ele fosse um animal no jardim zoológico. Iákov sentiu um arrepio gelado percorrer-lhe a coluna. Já o coronel parecia olhar através dele, como se ele não existisse.

O faz-tudo pensou, aflito, que seria melhor mesmo que não existisse.

Bibikov leu em silêncio parte da primeira página do documento datilografado que tinha nas mãos e em seguida foi virando várias páginas até encontrar o que procurava. Ergueu então a cabeça.

— Ah, encontrei — disse ele, pigarreando para limpar a garganta. — Este é o depoimento-chave: "Z. N. Lebedev: Senti, desde o início, que ele tinha algo diferente ou estranho, embora eu não conseguisse descobrir exatamente o quê. Se tivesse descoberto, não teria em absoluto me relacionado com ele, creia-me. Ele parecia ser alguém de fora daqui, mas eu disse a mim mesma que era porque vinha do campo e obviamente faltavam-lhe educação e refinamento. Só posso dizer que me sentia bem pouco à vontade em sua presença embora, naturalmente, lhe fosse grata por ter socorrido papai quando ele escorregou na neve. Depois passei a odiá-lo, porque ele tentou me atacar. Disse-lhe com firmeza que jamais queria vê-lo novamente...

— Não é verdade, eu não a ataquei — exclamou Iákov, levantando-se da cadeira. — Não é verdade, absolutamente.

— Por favor — disse Bibikov, olhando-o fixamente, surpreso.

— Silêncio! — bradou o coronel Bodianski, dando um soco na mesa. — Sente-se imediatamente!

Grubechov limitou-se a tamborilar com as pontas dos dedos sobre a mesa.

Iákov sentou-se de pronto. Bibikov olhou rapidamente para o coronel, constrangido. Voltando-se para o prisioneiro, disse com firmeza: — Faça o favor de controlar-se. Esta é uma investigação oficial. Prosseguirei a leitura: "Magistrado de Investigações: A senhorita o está acusando de assédio sexual?"

— "Z. N. Lebedev: Estou certa de que era isso que ele pretendia. Àquela altura, eu já começava a desconfiar que ele pudesse ser judeu, mas, quando vi que de fato era, comecei a gritar."

— "Magistrado de Investigações: Explique o que quis dizer com 'vi que de fato era'."

— "Z. N. Lebedev: Ele... eu vi que ele era cortado à maneira de homens judeus. Não pude evitar de vê-lo'."

— "Magistrado de Investigações: Prossiga, Zinaida Nikoláievna, tão logo consiga acalmar-se. A senhorita pode se sentir constrangida, mas é melhor que diga toda a verdade."

— "Z. N. Lebedev: Ele percebeu que eu não toleraria seu assédio e se foi. Nunca mais o vi, graças a Deus."

— "Magistrado de Investigações: Então o assalto, a rigor, não se concretizou, se me permite insistir? Ele não a tocou ou tentou tocar?"

— "Z. N. Lebedev: Pode-se afirmar isso, mas o fato é que ele se despiu e suas intenções eram ter relação com uma mulher russa. Era isso que ele queria, ou não teria se despido e surgido nu à minha frente. Estou certa de que vossa excelência não aprovaria tal conduta."

— "Magistrado de Investigações: Não há qualquer aprovação ou reprovação implícita quanto à conduta dele ou à sua, Zinaida Nikoláievna. A senhorita, posteriormente, deu ciência do incidente a seu pai, Nikolai Maximovitch?"

— "Z. N. Lebedev: Meu pai não está bem de saúde física e emocional desde a morte da minha pobre mãe. E seu único irmão morreu um ano atrás, depois de uma prolongada doença, por isso não quis perturbá-lo ainda mais. Ele teria querido dar uma surra de chicote no judeu."

— "Registre-se que a esta altura a testemunha chora copiosamente."

Bibikov depôs o papel sobre a mesa.

— O senhor pode nos dizer agora — perguntou ele a Iákov — se tentou forçar relações com Zinaida Nikoláievna?

Ivan Semionovitch encheu de água o copo do magistrado e recolocou a jarra de porcelana sobre a mesa.

— De modo algum não, excelência — respondeu Iákov prontamente. — Jantamos juntos em duas ocasiões, a convite dela, enquanto eu trabalhava no apartamento de cima, e na última noite — na noite em que terminei a pintura — ela me convidou para ir ao seu quarto depois. Talvez eu não devesse ter ido — isso é óbvio agora —, mas não é algo difícil de compreender considerando-se a natureza do homem. Ainda assim eu estava relutante, mas no instante em que vi que ela não estava limpa, se me permite dizer isso, excelência, fui-me embora. Esta é a pura verdade e, ainda que eu tentasse, de hoje até o Dia do Juízo Final, torná-la mais verdadeira, seria impossível.

— O que o senhor quer dizer com "não estava limpa"?

O homem que consertava coisas ficou atônito. — Sinto muito ter que falar dessas coisas, mas quando um homem está numa situação complicada dessas precisa explicar-se. A verdade é que ela estava menstruada.

Iákov ergueu as mãos algemadas para enxugar o suor do rosto.

— Todo judeu que se aproximar de uma mulher russa deve ser enforcado — disse o coronel Bodianski.

— Ela lhe disse que se encontrava nessas condições? — indagou Grubechov com a voz ligeiramente rouca.

— Eu vi o sangue, excelência, se me permite dizer, enquanto ela se lavava com uma esponja.

— O senhor viu o sangue? — perguntou o Promotor-Chefe com sarcasmo. — Aquilo tinha algum significado religioso para o senhor, por ser judeu? Sabia que na Idade Média se dizia que os homens judeus menstruavam?

Iákov olhou para ele surpreso e assustado.

— Não sei de nada disso, excelência, e não imagino como fosse possível. Mas, voltando a Zinaida Nikoláievna Lebedev, o que a situação dela significava para mim era que aquilo não faria bem a nenhum dos dois e que eu tinha sido um tolo ao concordar em ir ao quarto dela. Eu deveria ter ido para casa no minuto em que terminei meu trabalho, sem me deixar tentar por uma mesa cheia de todo tipo de comida.

— Relate o que aconteceu no quarto dela — ordenou Bibikov. — E, por favor, restrinja-se ao assunto de que tratamos.

— Nada aconteceu, excelência, juro de todo o coração. Foi como eu disse — e a moça também disse isso no documento que o senhor acaba de ler —, eu me vesti o mais depressa que pude e saí. Asseguro-lhe isso, e aquela foi a última vez em que a vi. Creia-me, sinto muito por tudo aquilo.

— Eu creio no senhor — disse Bibikov.

Grubechov, nitidamente surpreso, olhou para o Magistrado de Investigações. O coronel Bodianski remexeu-se, contrafeito, em sua cadeira.

Bibikov, como que para justificar-se, disse: — Encontramos duas cartas, ambas identificadas pelas testemunhas como tendo sido escritas por elas. Uma é de Nikolai Maximovitch dirigida a Iákov Ivanovitch Dologuchev, elogiando seu trabalho como supervisor da Fábrica de Tijolos Lebedev, e a outra é de sua filha, Zinaida Nikoláievna, em uma folha de papel de carta azul perfumado, convidando o suspeito a visitá-la em sua casa e dizendo, expressamente, que escrevia com a permissão do pai. Tenho ambas as cartas em meu arquivo. Foram entregues pelo capitão Korimzin, da Polícia da Cidade de Kiev, que as encontrou no escritório da olaria.

O coronel e o promotor permaneceram imóveis como estátuas.

Novamente voltando-se para Iákov, o magistrado disse: — Deduzo, pela data da carta, que a jovem a tenha escrito após o incidente de que tratamos, não é verdade?

— É verdade, excelência. Eu já trabalhava na olaria então.

— O senhor não escreveu a ela, como ela pedia?

— Não respondi a carta. Achei que já tinha problemas demais na vida para me meter em mais um. Quem tem medo de enchente que fique fora da água.

— As declarações que ela me fez posteriormente, ainda que de maneira informal — disse o magistrado —, confirmam o que o senhor disse. Portanto, dadas as circunstâncias — o que não significa que eu aprove seu comportamento, Iákov Bok —, recomendarei ao promotor que o senhor não seja acusado de tentativa de assédio sexual.

Ele se voltou para seu assistente, que, assentindo com a cabeça, escreveu apressadamente.

O Promotor-Chefe, com o rosto vermelho emoldurado pelas costeletas, pegou sua pasta, afastou a cadeira e levantou-se rispidamente. O coronel Bodianski também se levantou. Bibikov, ao estender a mão para pegar seu copo d'água, acabou por derrubá-lo, entornando a água sobre a mesa. De um salto, pôs-se de pé a enxugar o que podia com o lenço, ajudado por Ivan Semionovitch, que, aflito, rapidamente coletou os papéis e começou a enxugar os que haviam se molhado.

Grubechov e o coronel Bodianski, sem dizerem uma só palavra, saíram da sala furiosos.

Depois de enxugar toda a água com seu lenço, o Magistrado de Investigações sentou-se, aguardou que Ivan Semionovitch acabasse de secar e arrumar os documentos e, embora encabulado com o incidente, pegou suas anotações e, pigarreando para limpar a garganta, dirigiu-se novamente ao faz-tudo com voz firme.

— Nós temos leis, Iákov Bok — disse ele severo —, que punem os membros de sua religião, sejam eles ortodoxos ou hereges, que assumem nomes outros que não os de suas certidões de nascimento, com o propósito de se passarem por outras pessoas; mas como não há documento algum falso ou falsificado neste caso, e, já que aparentemente não existe registro de ofensas anteriores da mesma natureza cometidas pelo senhor, serei condescendente desta vez e não o acusarei por isso, embora pessoalmente considere sua atitude, como já lhe disse, sua atitude absolutamente reprovável e que, por sorte sua, não se tornou ainda mais abominável...

— Sou-lhe muito grato, excelência... — O faz-tudo enxugou os olhos com os dedos.

O magistrado prosseguiu. — Entretanto, encaminharei à corte a acusação contra o senhor por residir em um distrito interditado a judeus a não ser em circunstâncias excepcionais. O que não é o seu caso. Quanto a isso, o senhor infringiu a lei.

Não é um crime dos mais graves, mas o senhor será acusado e julgado por má conduta.

— Vão me mandar para a cadeia, excelência?

— Receio que sim.

— Ah... mas por quanto tempo?

— Não muito — um mês, no mínimo, talvez menos, dependendo do juiz que der a sentença. Será uma lição da qual o senhor parece precisar.

— Vou ter que usar roupa de presidiário?

— Será tratado como qualquer outro prisioneiro.

Alguém bateu à porta e um mensageiro uniformizado entrou. Entregou um envelope a Ivan Semionovitch, que rapidamente o passou a Bibikov.

O Magistrado de Investigações, com as mãos um pouco trêmulas, abriu o envelope, leu um bilhete manuscrito e limpou os óculos lentamente. Em seguida deixou a sala apressado.

Embora soubesse que estava metido em uma encrenca — e embora, no fundo do coração, esperasse ser solto depois de séria repreensão, ou até mesmo uma descompostura, e mandado de volta para o bairro judeu — oh, com que prazer ele voltaria correndo! —, Iákov, depois de um primeiro momento de decepção, sentiu-se aliviado de as coisas não terem sido muito piores. Um mês na cadeia não é um ano, e três semanas, menos ainda; além do mais, havia o consolo de não ter que pagar aluguel. Depois de desfilar pelas ruas cobertas de neve e lama, ouvindo os comentários da multidão, e depois das terríveis perguntas que o Magistrado de Investigações lhe fizera na noite anterior em sua cela, ele esperava que o céu lhe desabasse sobre a cabeça. Agora as coisas haviam se acalmado. Praticamente, havia apenas uma acusação de menor importância e talvez um advogado conseguisse reduzir a sentença a uma semana ou, quem sabe, talvez não houvesse pena alguma a cumprir. Aquilo significaria, naturalmente, dar adeus a alguns rublos de suas economias — a polícia por certo os devolveria a ele —, mas um rublo era algo que ele podia ganhar com seu trabalho, ainda que não fosse em um dia, uma semana ou um mês. Era melhor passar um mês dando duro do que na prisão. Não valia a pena preocupar-se com rublos. O que mais importava era ser livre e, tão logo o libertassem, Iákov Bok passaria a ser menos tolo e a não brincar com a lei.

O assistente do magistrado estendeu a mão, hesitante, e pegou o bilhete que Bibikov havia amassado e deixado sobre a mesa. Depois de lê-lo, pensativo, deu um vago sorriso; mas, quando o faz-tudo tentou sorrir também, o assistente simplesmente assoou o nariz com força.

Quando o Magistrado de Investigações voltou à sala, tinha a respiração arfante e uma expressão aborrecida. Atrás dele estavam Grubechov e o coronel Bodianski. Sentaram-se novamente à mesa e novamente o Promotor-Chefe abriu sua pasta. Ivan Semionovitch olhou-os preocupado, mas nenhum dos dois falou. O assistente testou sua caneta e deixou-a pronta para ser usada. O sorriso de Grubechov havia desaparecido e seus lábios estavam apertados. A expressão do coronel era profundamente grave. Bastou olhá-los uma vez para que Iákov fosse de novo tomado pelo medo. Um suor frio escorreu-lhe pelas costas. Já esperava o pior outra vez. Pelo menos, o pior que pudesse imaginar.

— O Promotor-Chefe lhe fará agora algumas perguntas — disse Bibikov serenamente, embora com a voz um pouco embargada. Ele se recostou em sua cadeira e ficou revirando a corrente do pince-nez entre os dedos.

— Com sua permissão, pergunto eu primeiro — disse o coronel, acenando com a cabeça para Grubechov, que procurava alguma coisa em sua pasta. O Promotor-Chefe ergueu os olhos para ele e concordou.

— Queira o prisioneiro declarar — a voz do coronel Bodianski ecoava pela sala — se é membro de certas organizações políticas que passarei a nomear: Socialdemocracia Socialistas Revolucionários, ou quaisquer outros grupos, inclusive a Liga Judaica, o Movimento Sionista, de qualquer raça ou cor, Seimistas ou Volkspartei?

— Eu já tratei dessa questão — disse Bibikov com um tom de impaciência.

O coronel se voltou para ele. — Senhor Magistrado de Investigações, a tarefa de proteger a Coroa de seus inimigos está sob a jurisdição da Polícia Política Secreta. Já houve interferências demais em nossos assuntos.

— Em absoluto, coronel, estamos investigando uma ofensa civil...

— Uma ofensa civil pode também ser lèse majesté. Peço-lhe que não se intrometa em minhas perguntas e eu não me intrometerei nas suas. Diga-me — disse ele voltando-se para Iákov —, o senhor é membro de algum desses partidos políticos que acabo de mencionar, ou de alguma organização secreta terrorista ou niilista? Se não disser a verdade, eu o mando para a Fortaleza de Petropavelski.

— Não, senhor. De nenhum. De partido nenhum — respondeu Iákov prontamente. — Jamais pertenci a um partido político ou a uma organização secreta como as que o senhor mencionou. Para dizer a verdade, nem sei qual a diferença entre eles. Se eu tivesse uma educação melhor, talvez soubesse, mas do jeito que as coisas são, nada tenho a lhe dizer sobre eles.

— O senhor será severamente punido se estiver mentindo.

— Quem está mentindo, excelência? Como ex-soldado, juro que não estou mentindo.

— Não me venha com essa — disse o coronel com uma expressão enojada. — Jamais encontrei um judeu que merecesse ser chamado de soldado.

O rosto de Iákov ficou subitamente vermelho.

O coronel escreveu furiosamente em um pedaço de papel, enfiou-o no bolso da túnica e fez um sinal com a cabeça para o Promotor-Chefe.

Grubechov havia tirado da pasta um caderno de capa impermeável e lia atentamente com as sobrancelhas arqueadas o que ali estava manuscrito. Colocou então o caderno sobre a mesa e, embora olhasse fixamente para o faz-tudo, parecia imerso em um agradável estado de espírito quando começou a falar com uma voz seca, mas um tanto artificial: — Bem, nós temos nos divertido um pouco, Sr. Iákov Chepsovitch Bok, aliás, Dologushev, aliás sei lá mais o quê, mas agora tenho umas perguntas sérias a fazer-lhe e solicito que dê a elas sua maior atenção. Como o senhor mesmo admite, é culpado de certas violações flagrantes da lei russa. O senhor confessou certos crimes e há bons motivos — excelentes motivos — para suspeitarmos de outros, sendo um deles de natureza tão grave que não o mencionarei até que tenhamos garimpado ainda mais as provas, que é o que me proponho a fazer agora, com a permissão dos meus colegas.

Fez um sinal com a cabeça para Bibikov, que assentiu em silêncio.

— Oh, meu Deus — gemeu Iákov —, juro que sou inocente de qualquer crime grave. Não, senhor, minha culpa maior é a de ter sido tão estúpido — de morar em Lukianovski sem permissão, o que pode me custar, como disse o Magistrado de Investigações, um mês de cadeia —, mas não de ter cometido algum crime grave.

Deus tenha piedade de mim, pensou ele aterrorizado. Estou em maus lençóis agora. Isso é pior que areia movediça. É assim que a pessoa acaba por fazer as coisas sem pensar.

— Responda com exatidão — ordenou Grubechov consultando o caderno. — O senhor é hassida ou misnogid? Queira anotar a resposta dele com o máximo cuidado, Ivan Semionovitch.

— Nenhum dos dois. Não sou uma coisa nem outra — disse Iákov. — Como já disse ao senhor magistrado — se é que sou alguma coisa, sou livre-pensador. Digo isso porque quero que saibam que não sou um homem religioso.

— Isso em nada o beneficiará — disse o promotor subitamente irritado. — Era isso mesmo que eu esperava que respondesse, e é claro que não passa de uma tentativa de se evadir das perguntas. Agora me responda "sim" ou "não": o senhor é um judeu circuncidado, não é?

— Sou um judeu, excelência. Admito isso e o restante da sua pergunta trata de um assunto pessoal.

— Eu já lhe fiz essa pergunta, Vladislav Grigorievitch — disse Bibikov. — Isso está no depoimento da testemunha. Leia para ele, Ivan Semionovitch, que vai nos poupar tempo.

— Devo pedir ao Magistrado de Investigações que não me interrompa — disse Grubechov irritado. — Não estou preocupado em ganhar tempo. O tempo para mim é imaterial. Queira permitir que eu prossiga sem interrupções desnecessárias.

Bibikov ergueu a jarra para servir-se de água, mas ela estava vazia.

— Quer que eu a encha, excelência? — sussurrou Ivan Semionovitch.

— Não — disse Bibikov —, não tenho sede.

— Que história é essa de livre-pensador? — perguntou o coronel.

— Agora não, coronel Bodianski, por favor — disse Grubechov. — Isso não é um partido político.

O coronel Bodianski acendeu um cigarro.

Grubechov dirigiu-se a Iákov, lendo em voz alta algumas palavras de seu caderno e pronunciando-as lentamente.

— Há entre vocês — não é verdade? — judeus que são chamados tzadikim? Quando um judeu deseja causar mal a um cristão, ou, como vocês dizem, a um gói, ele procura um tzadik e lhe dá um pidion, que é uma espécie de pagamento, e o tzadik usa seus poderes mágicos da palavra, evocações mágicas, para causar infelicidade ao cristão. Isto não é verdade? Responda.

— Por favor — disse Iákov —, não entendo o que o senhor deseja de mim. O que é que eu tenho a ver com tudo isso?

— Logo ficará sabendo, se é que já não sabe — disse Grubechov com o rosto vermelho. — Mas, enquanto isso, responda-me sem mentir e de maneira objetiva, sem vomitar essa enxurrada de perguntas irrelevantes em lugar da resposta. Diga-me agora o que vocês judeus querem dizer com afikomen? Quero a verdade, sem floreios.

— Mas o que é que isso tem a ver comigo? — perguntou Iákov. — Que sei eu dessas coisas que o senhor está me perguntando? Se são desconhecidas para o senhor, são desconhecidas para mim também.

— Mais uma vez ordeno-lhe que se limite ao que eu perguntar. Digo-lhe, pacientemente e pela última vez, que não estou interessado em seus comentários pessoais. Lembre-se de que sua situação é muito grave e segure a língua.

— Eu não tenho certeza — disse o faz-tudo desesperado —, mas é uma espécie de matzo que é usado na cerimônia da Páscoa judaica para proteção contra os maus espíritos e as pessoas más.

— Anote isso, Ivan Semionovitch. É uma espécie de magia?

— No meu modo de ver, é superstição, excelência.

— Mas o senhor diz que é o mesmo que matzos?

— Praticamente o mesmo, creio eu. Não entendo bem dessas coisas. Se quiser saber a verdade, elas não têm utilidade para mim. Não tenho nada contra as pessoas que seguem os costumes, mas, quanto a mim, estou mais interessado no que há de novo no mundo.

Ele olhou rapidamente para Bibikov, mas este olhava para fora da janela.

Grubechov enfiou os dedos em sua pasta e de lá tirou algo enrolado em um lenço. Abriu os quatro cantos do lenço lentamente e, em triunfo, ergueu um triângulo partido de matzo.

— Isto foi encontrado em seu alojamento no estábulo da fábrica de tijolos. E agora, o que tem a dizer?

— O que tenho a dizer, excelência? Nada. É matzo. Não é meu.

— É matzo shmuro?

— Eu não saberia dizer se é ou não.

— Que eu saiba, matzo shmuro é comido por judeus muito religiosos.

— Creio que sim.

— O senhor assou este matzo?

— Não.

— Então como foi parar em seu alojamento?

— Não me pergunte, excelência. Realmente não sei.

— Pergunto o que quiser. Pergunto até que seus olhos saltem das órbitas. Está me entendendo?

— Sim, senhor.

— O senhor assou este matzo?

— Não.

— Então como foi parar no seu quarto? Foi lá que a polícia o encontrou.

— Foi levado por um velho, um estranho para mim. Dou-lhe minha palavra de honra. Ele estava perdido certa noite perto do cemitério e eu o abriguei em meu quarto até que parasse de nevar. Uns rapazes tinham jogado pedras nele. Ele estava assustado.

— Foi perto do cemitério de Lukianovski que isso ocorreu?
— Perto da olaria.
— Ele era um tzadik?
— Acredito que sim, mas o que isso tem a ver comigo?
— Exijo que responda com respeito! — O Promotor-Chefe deu um violento soco na mesa. O pedaço de matzo caiu no chão. Ivan Semionovitch apressou-se em pegá-lo. Ergueu-o para que todos vissem que não havia se quebrado. Bibikov umedeceu os lábios ressecados. — Responda com certeza — disse ele.

Iákov, já parecendo alheio ao que se passava, concordou em silêncio.

Grubechov fez um sinal com a cabeça agradecendo a Bibikov. — Meus profundos agradecimentos. — Fez uma pausa como se fosse acrescentar alguma coisa, mas mudou de idéia. Voltou-se para Iákov. — Seu amigo, o tzadik, visitava-o com freqüência?

— Ele só foi aquela vez. Eu não o conhecia. Ele nunca mais voltou.

— Isto porque o senhor foi preso logo depois que ele se foi.

Iákov não teve o que dizer.

— É verdade que o senhor escondia outros judeus no estábulo e traficava com eles ouro roubado?

— Não.

— O senhor roubava, sistematicamente, de seu empregador Nikolai Maximovitch Lebedev?

— Deus é meu juiz. Nunca roubei um único copeque.

— Tem certeza de que não assou, o senhor mesmo, este matzo? Um saco de farinha pela metade foi encontrado em seu quarto.

— Com todo o respeito, excelência, aquela não era farinha de matzo. E eu também não sei assar. Tentei fazer pão uma vez, para economizar uns copeques, mas ele não cresceu e ficou duro como pedra. Desperdicei a farinha. Assar não é das coisas que sei fazer. Trabalho como carpinteiro e pintor a maior parte do tempo — espero que nada tenha acontecido com minhas ferramentas, pois são a única coisa que possuo no mundo —, mas, de um modo geral, sou um consertador de coisas. Eu nunca fiz um matzo. O que há para consertar, eu conserto, e geralmente me pagam muito pouco. Não tenho tido sorte com trabalho. Mas não sou um criminoso, excelência.

Grubechov ouviu com impaciência. — Responda estritamente o que eu lhe perguntar. Foi o tzadik quem assou os matzos?

— Se assou, não foi na minha casa. Pode ter sido em outro lugar. Ele não me disse, creio que não.

— Então foi algum outro judeu quem o fez?

— Provavelmente sim.

— É mais que provável — disse o Promotor-Chefe cheio de ódio. — É a verdade de Deus.

Quando Iákov viu que ele procurava outra coisa em sua pasta, torceu as mãos sob a mesa.

Grubechov puxou lentamente um longo trapo de pano manchado.

— O senhor já viu isto antes? — Ele sacudia de leve o trapo com as pontas dos dedos, fazendo-o dançar sobre a mesa.

Bibikov olhou para aquela tira de pano manchado enquanto polia seus óculos; Ivan Semionovitch arregalou os olhos, fascinado.

— Vou descrevê-lo para o senhor — disse o Promotor-Chefe. — É um pedaço de uma camisa de camponês semelhante à que o senhor está usando agora. Esse trapo, por acaso, pertenceu ao senhor?

— Não sei — disse Iákov, cansado.

— Aconselho-o a pensar mais cuidadosamente, Iákov Bok. Se não comeu alho, seu hálito não federá a alho.

— Sim, excelência — disse Iákov, desesperado —, é meu — por assim dizer, embora não haja motivo para se preocupar com isso. O velho de que lhe falei foi atingido na cabeça por uma pedra, e eu usei este pedaço de camisa velha que eu já não usava mais — ela se rasgou nas costas — para limpar o sangue da cabeça dele. Deus sabe que esta é a verdade, toda a verdade, eu juro.

— Então o senhor admite que ele tem manchas de sangue — gritou o Promotor-Chefe.

Iákov não conseguiu mais responder.

— O senhor alguma vez perseguiu crianças no pátio da olaria próximo aos fornos, em particular um menino de doze anos de nome Jênia Gólov?

O faz-tudo não conseguiu responder.

Grubechov, depois de olhar para Bibikov, deu um amplo sorriso e voltou-se para o faz-tudo: — Diga-me, judeu, por que está tremendo?

## 3

Por que treme um homem?

Quando foi trancado novamente na cela, havia três esteiras de palha imundas no chão. Uma era dele — que miséria pensar que aquilo era dele — e dois novos prisioneiros estavam deitados nas outras. Um deles era um homem cabeludo e maltrapilho, o outro, pouco mais que um esqueleto vivo. Ambos fediam a sujeira e pobreza, empesteando a cela. Embora nenhum dos dois prestasse atenção a ele — o maltrapilho piscava incessantemente virado para a parede e o outro roncava —, o homem que consertava coisas sentou-se no canto mais afastado da cela. Sentia-se abandonado, sozinho no mundo.

O que será que vai me acontecer agora?, perguntou a si mesmo. E, se for o pior, quem no mundo ficará sabendo? Melhor seria se eu já estivesse morto. Tentou pensar no sogro e na mulher, mas não conseguiu sequer lembrar de seus rostos. Principalmente do rosto da mulher. Pensou no pai e na mãe, dois jovens em seus túmulos cobertos de mato, e no destino dos pais, o que não lhe deu conforto algum. Sentia-se profundamente ultrajado em sua inocência. Estava sendo injustamente acusado, não tinha como se defender, oferecer qualquer prova a seu favor, fazer-se acreditar. De que horror o acusariam a seguir? Se me conhecessem, será que diriam tais coisas? Ele tentava compreender o que estava acontecendo e explicar a si mesmo. Afinal, ele era um ser racional e a pessoa precisa tentar raciocinar. Porém, quanto mais raciocinava, menos entendia. As coisas que lhe eram familiares haviam se tornado malignas. O que estava por acontecer a seguir era sempre carregado de perigo. O fato de ele ser judeu, quisesse ou não, não era suficiente para explicar o que lhe estava acontecendo. Pensar em sua vida deixava-o cheio de rancor por tudo que havia acontecido e estava acontecendo. Sou um homem que conserta coisas, mas ao longo da minha vida quebrei mais do que consertei. Um faz-tudo que nada fez. De que o acusariam a seguir? Como pode um homem defender-se de insinuações e acusações tão terríveis se ninguém se dispõe a acreditar nele? O pânico tomou conta do faz-tudo. Tinha idéias desesperadas sobre o que fazer — como conseguir um jeito de sair da cadeia sem ser visto e ir ao gueto à procura do velho para que ele dissesse aos russos que havia sido atingido na cabeça por uma pedra e que Iákov lhe limpara o sangue.

Eu iria de casa em casa, batendo àquelas portas de madeira barata, e perguntaria pelo tzadik, mas ninguém saberia dele; ao chegar à última casa, saberiam informar sobre ele, um santo homem, que já partira havia algum tempo. O faz-tudo tomaria às pressas um trem para Minsk e, depois de meses de uma busca desesperada, encontraria o velho, com a lua em seu chapéu de rabino, voltando para a casa à noite, vindo da sinagoga.

— Por favor, o senhor precisa voltar para Kiev comigo para provar minha inocência. Diga aos oficiais do governo que não fiz o que dizem que fiz.

Mas o velho tzadik não reconheceria o faz-tudo. Olharia para ele longamente mas balançaria a cabeça em negativa. A ferida em sua têmpora já teria sarado e ele não conseguiria se lembrar da noite que Iákov dizia que ele havia passado em seu quarto acima do estábulo.

Quando o faz-tudo se lembrou de onde estava, feriu desesperadamente as próprias mãos com as unhas e depois feriu seu próprio rosto.

O homem que roncava acordou sobressaltado. — Akimitch — exclamou ele. — Ex-alfaiate. Sou inocente — choramingou ele. — Não me batam!

O outro olhou de soslaio.

— Você tem um cigarro aí, Potseikin? — o ex-alfaiate perguntou ao outro em sua esteira. — Uma guimbazinha?

— Foda-se — disse o homem, que não parava de piscar os olhos injetados.

— Você aí tem um cigarro? — perguntou Akimitch a Iákov.

— Minha mochila está vazia — disse o faz-tudo, erguendo-a.

— Aposto que não sabe por que estou aqui — disse Akimitch.

— Não.

— Nem eu. Acho que me confundiram com outra pessoa. Eu nunca fiz o que dizem que fiz. Quero mais é que eles morram, aqueles filhos da puta. Eles me tomaram por um anarquista.

Dito isso, pôs-se a chorar baixinho.

— Eu estou aqui por causa de um pacote de panfletos, ou seja lá que nome dão àquilo — disse Potseikin. — Um pobre-diabo de olhos arregalados chegou pra mim na rua Institutski e disse: "Irmão, preciso mijar. Você pode segurar isto aqui pra mim um minuto? Na volta te dou uma moedinha de cinco copeques. Palavra de honra." O que é que se pode dizer a um homem que precisa mijar? Dava pra dizer não? Ele podia mijar até ali mesmo e me molhar. E aí segurei o pacote dele, mas em dois minutos surge um detetive com cara de porco correndo do outro lado da rua e enfia uma pistola na minha barriga com tanta força que quase me fura. E aí ele me faz ir andando até a Polícia Secreta sem ouvir uma só palavra do que eu queria dizer. Quando chegamos lá, três grandalhões com porretes me deram uma surra de quebrar os ossos e me mostraram que os panfletos diziam que era para derrubar o Czar. Pra que é que eu ia querer derrubar o Czar? Pessoalmente, tenho o maior respeito por Nicolau II e pela família real, principalmente pela princesa mais nova e pelo menino doente, coitadinho, de quem eu gosto como se fossem da minha família. Mas ninguém acreditou em mim e é por isso que estou aqui. Tudo por culpa daqueles malditos panfletos.

— Meu caso é de erro de identidade — disse Akimitch. — E o seu, companheiro?

— O mesmo — disse Iákov.

— O que é que dizem que você fez?

Ele pensou que não devia dizer, mas não pôde deixar de acusar seus acusadores.

— Dizem que matei um menino — é uma mentira sórdida.

Fez-se profundo silêncio na cela. Eu não deveria ter falado, arrependeu-se Iákov. Procurou ver onde estava o guarda, mas ele tinha ido buscar o balde de sopa.

Os dois em suas esteiras de palha aproximaram-se e ficaram sussurrando, com as cabeças juntas. Akimitch falou primeiro.

— E você matou? — perguntou Akimitch a Iákov.

— Não. É claro que não. Por que eu mataria uma criança inocente?

Eles sussurraram mais um pouco entre si e desta vez foi Potseikin quem perguntou, com uma voz grave.

— Diga a verdade, você é judeu?

— Que diferença faz se sou judeu ou não? — perguntou Iákov, mas quando eles se puseram a sussurrar novamente o faz-tudo teve medo.

— Não tentem fazer alguma coisa contra mim, ou chamo o guarda.

O prisioneiro maltrapilho levantou-se e chegou perto do faz-tudo com uma expressão de desdém. — Então você é o judeu filho da puta que matou o menino cristão e sugou todo o sangue do corpo dele? Eu vi tudo no jornal.

— Deixe-me em paz — disse Iákov. — Nunca fiz uma coisa daquelas com ninguém e não ia fazer com um menino de doze anos. Jamais faria uma coisa daquelas.

— Você é um judeu nojento e mentiroso.

— Pense o que quiser, mas não me aborreça.

— Quem mais faria uma coisa daquelas se não um jid filho da puta?

Potseikin deu um soco no faz-tudo e tentou morder-lhe o pescoço com seus dentes podres. Iákov afastou-o com um empurrão, mas Akimitch, recendendo a bebida, veio por trás do faz-tudo e socou-lhe a cabeça e o rosto com suas mãos ossudas e pegajosas.

— Assassino de Cristo!

— Gevalt! — gritou Iákov, tentando afastá-lo. Embora ele se desviasse, pulasse e girasse, Potseikin deu-lhe uma joelhada nas costas enquanto Akimitch lhe aplicava socos na nuca com ambos os punhos. O faz-tudo caiu e sua visão escureceu. Ficou inerte no chão enquanto os dois o chutavam com selvageria e, ao desmaiar, sentia um terrível ódio.

Quando acordou, estava em sua esteira. Ao ouvir os dois roncando, teve ânsias de vômito. Um rato passou correndo por cima de seus genitais e ele se pôs de pé, de um salto, horrorizado. Mas havia uma lua fina no céu que ele pôde ver pela pequena janela com grade no alto da parede e por algum tempo ele ficou olhando a lua, em paz.

# PARTE QUATRO

## 1

O incêndio havia transformado o estábulo em cinzas em poucos minutos, dissera Prochko, cuspindo nos pés do faz-tudo, e não seria surpresa alguma se tivesse sido causado por alguma magia judaica. Ele apontou para o que ainda restava das estrebarias carbonizadas, onde quatro cavalos enlouquecidos haviam sido queimados vivos. Uma pilha de tábuas e toras carbonizadas havia despencado do teto. Os agentes do governo, de barba e bigode, alguns fardados e usando botas, outros portando guarda-chuvas apesar de não estar mais chovendo, os guardas da Polícia Secreta, detetives à paisana e membros da Polícia de Kiev — dentre eles também um general do Exército Imperial com duas fileiras de botões dourados e uma de medalhas atravessando o peito — olhavam, todos em silêncio, enquanto o capataz falava. Grubechov, vestindo bombachas de estilo inglês, botas altas salpicadas de lama e uma capa de chuva, tinha o rosto vermelho ao ouvir o testemunho de Prochko. Sussurrou alguma coisa ao ouvido do coronel Bodianski, que aproximou a orelha para melhor ouvi-lo. Torcendo as mãos, ansioso, o coronel sussurrou algo de volta, enquanto Iákov umedecia os lábios ressecados. Bibikov, com botas curtas até os tornozelos sujas de lama amarela, um cachecol de inverno e um grande chapéu, encontrava-se por trás de dois membros malencarados das Centúrias Negras, com seus broches acusatórios, e fumava sem parar cigarros que retirava de sua cigarreira e oferecia amavelmente à sua volta. Perto dali, Ivan Semionovitch, com a cara cheia de espinhas, acompanhava um padre já velho da Igreja Ortodoxa, padre Anastássi, um "especialista", Iákov ouviu sussurrarem, "em religião judaica"; era um homem de ombros arredondados, barba grisalha, mãos finas e olhos escuros e inquietos, com vestimentas leves que o vento agitava e um chapeuzinho redondo que ele prendia à cabeça com a palma da mão para não ser levado pelo vento. O que ele pudesse acrescentar à miserável situação em que Iákov se encontrava era algo que o faz-tudo temia adivinhar. Com as mãos algemadas, as pernas presas a correntes, nervoso e exausto, ele sentia o corpo querendo ceder. Mas, com os dez dedos a segurar a cabeça, tentava concentrar-se e permanecia de pé, à frente de cinco guardas armados, afastado do resto. Embora já se passasse quase um mês de sua prisão, Iákov ainda não acreditava de fato que aquilo estivesse acontecendo com ele, com aquela pessoa que ele não reconhecia como si próprio no sonho que estava tendo; e continuava a ouvir, perplexo, o que Prochko dizia, como se a acusação do crime monstruoso fosse ao mesmo tempo verdadeira e irrelevante, como se tivesse ocorrido com alguém que ele não conhecia bem, um estranho, em verdade, embora ele temesse terrivelmente que algo semelhante acontecesse com ele.

O resto da olaria estava deserto naquela tarde de domingo fria e cinzenta de maio, com pesadas nuvens no céu. Nenhum dos trabalhadores se encontrava ali, exceto os cocheiros Richter e Serdiuk, que tudo ouviam sem falar e vez por outra cuspiam no chão. O ucraniano segurava o chapéu nas grandes mãos vermelhas, parecendo pouco à vontade, e o alemão olhava de maneira sombria para o ex-supervisor. Nikolai Maximovitch estava sendo aguardado, mas Iákov sabia que àquela hora do dia ele não estaria sóbrio. Na manhã daquele dia, depois que a neblina se dissipou, a chuva começou a cair forte; e choveu muito novamente à tarde. Os cavalos que puxaram a meia dúzia de carruagens desde a Corte de Justiça do distrito de Plosski até a olaria ali chegaram com dificuldade, espalhando a lama das poças, mas o carro motorizado que levava Iákov, o coronel Bodianski e os guardas ficara encalhado na lama da estrada em Lubianovski, atraindo várias pessoas. Irritado, o Promotor-Chefe disse ao motorista que não desejava "aquele assunto revelado". Não havia saído muita coisa sobre o faz-tudo nos jornais. Só se sabia que um judeu do Podol havia sido preso "como suspeito", mas não sabiam quem era nem por quê. Grubechov prometera-lhes maiores informações em uma data posterior, a fim de não prejudicar as investigações em curso. Bibikov, antes de saírem da corte de justiça, havia conseguido passar aquela informação a Iákov, não muito mais.

— Comece do princípio — disse Grubechov a Prochko, que vestia o terno de calças grossas e paletó curto de usar aos domingos. — Quero ouvir suas primeiras suspeitas.

O Promotor-Chefe havia planejado aquela reconstituição, dissera ele ao acusado —, para que o senhor saiba da lógica inescapável da acusação contra a sua pessoa, a fim de que aja de maneira coerente para seu próprio benefício.

— Mas o que significa meu próprio benefício?
— Isso logo ficará claro para o senhor.

O capataz assoou o nariz, passou nele o lenço duas vezes, colocou-o no bolso da calça e começou a falar.

— Bastou olhar para ele uma vez para ver que era judeu, embora ele se fizesse passar por russo. É fácil distinguir entre uma cebola e um rabanete quando não se é daltônico. — Prochko deu uma breve risada sacudindo o peito. — Iákov Ivanovitch Dologuchev era como dizia se chamar, mas percebi pela pronúncia dele que aquele nome não combinava com a pessoa. Um nome pertence ao dono desde que ele nasce, mas aquele dava a impressão de estar sendo usado como uma roupa roubada. Senti dentro de mim que ele era judeu, da mesma forma que se sente no escuro a presença de um fantasma. Espera lá, irmãozinho, alguma coisa cheira a peixe podre por aqui. Talvez seja o fedor natural dele, ou o jeito como ele fala russo, ou talvez seja aquele modo de correr de quem tem pés chatos quando ele corre atrás de meninos pequenos, mas quando olhei com atenção mesmo vi o que já sabia — ele era um jid como dois e dois são quatro. Não se pode transformar um sapo em cavalheiro, como diz o ditado, e quem nasceu judeu não pode esconder sua cara de judeu. Este aí é um bastardo metido a esperto, pensei comigo mesmo, e ele acha que pode enganar os outros só porque usa um casaco de pele de ovelhas cintado e raspa seu cavanhaque e seus cachos de judeu. Talvez demore algum tempo para desentocá-lo de seu buraco de rato, agora que ele conseguiu enganar Nikolai Maximovitch, mas eu vou botar fumaça no buraco e, com a ajuda de Deus, eu consegui.

— Dê os pormenores — disse Grubechov.

— Não tinham se passado quinze minutos da primeira vez que botei os olhos nele, eu voltei à casinhola onde fica o escritório e pedi os documentos dele para levá-los ao distrito policial, e ele prontamente deu provas de quem era. Mentiu, dizendo que já os dera ao patrão e que ele havia providenciado o registro na polícia. Se um homem fala de um jeito arrevesado, ele também deve fazer outras coisas arrevesadas e eu vou ficar prestando atenção para descobrir o quê. Não tive que esperar muito. Certa vez, quando ele andava bisbilhotando os fornos por motivo que só ele sabe, entrei sem ser visto no escritório e verifiquei os livros de contabilidade. As contas estavam erradas e a cada dia ele registrava quantidades menores para ficar com alguns rublos para si — não muitos, os judeus são ardilosos —, talvez três ou quatro ou cinco por dia, para que Nikolai Maximovitch não suspeitasse, e assim foi fazendo uma boa pilhazinha que guardava numa lata em seu quarto.

— É mentira! — exclamou Iákov tremendo —, era você o ladrão e agora está botando a culpa em mim. Você e seus cocheiros roubaram milhares de tijolos de Nikolai Maximovitch, e tinham ódio de mim porque eu passei a vigiar e vocês não podiam mais roubar.

Ninguém prestou atenção ao que ele disse.

— O que foi que o senhor fez com os rublos que diz que ele roubou? — perguntou Bibikov ao capataz. — Havia cerca de noventa na lata, se me recordo bem. Se ele estivesse roubando quatro rublos por dia, digamos, deveria ter muito mais.

— Quem sabe o que um judeu faz com dinheiro? Ouvi dizer que levam para a cama e de vez em quando gozam em cima dele. Aposto que levava a maior parte para a sinagoga dos jids no Podol. Os rublos russos têm muita utilidade para eles.

— A Polícia Secreta confiscou ao todo cento e cinco rublos — anunciou Grubechov depois de se certificar com o coronel Bodianski. — Cale esta boca — disse ele a Iákov. — Responda quando lhe dirigirem uma pergunta.

— Além disso — prosseguiu Prochko —, ele escondeu um outro judeu na olaria, um daqueles hassides de chapéu redondo, seja lá como se chamam, que ficou rezando lá em cima do estábulo com ele. O outro entrou quando achava que não havia ninguém por perto para vê-los. Os dois amarraram chifres nas cabeças e ficaram rezando para o deus dos judeus. Eu fiquei observando pela janela e vi quando rezavam e comiam matzos. Imaginei que eles tivessem assado os matzos lá mesmo e estava certo, porque a polícia encontrou meio saco de farinha debaixo da cama. Eu fiquei vigiando os dois porque tinha minhas suspeitas, como já disse. Via este aqui andando escondido por aí à noite, com a cara pálida e os olhos estranhos, procurando alguma coisa, e via também quando ele corria atrás dos meninos, como já disse. Tinha medo de que ele fizesse alguma maldade com eles, e parece até que estava adivinhando. Certa vez foram dois ou três garotos que voltavam da escola com suas mochilas. Vi quando ele correu atrás deles, mas eles fugiram pulando a cerca. Um dia eu até falei com ele: "Iákov Ivanovitch, por que você persegue aqueles meninos? Eles são bons meninos e só querem saber como fabricamos tijolos", mas ele respondeu: "Se são mesmo inocentes, Jesus Cristo os protegerá." Ele achava que Prochko não seria capaz de entender o que ele queria dizer com aquilo, mas eu entendi.

Iákov emitiu um ruído gutural.

— Era por isso que eu o observava o tempo todo e, quando não podia, recomendava aos cocheiros que ficassem de olho nele.

— Isso era mesmo — Serdiuk, ainda fedendo a cavalo, balançou a cabeça confirmando e Richter repetiu o gesto.

— Eu vi quando eles rezavam com seus chapeuzinhos pretos e espiei quando estavam assando aqueles matzos. E aí, quando o menino foi assassinado e acharam ele na caverna com todos aqueles furos naquela manhã que nevou muito — foi quando começou de novo a nevar em abril —, vi este aí com outro judeu de chapéu redondo descerem a escada e saírem apressados da olaria. Subi até o quarto dele, pisando em cima das passadas deles na neve para que não notassem que estive lá, e foi naquele dia que vi pedaços dos matzos que eles tinham assado, meio saco de farinha embaixo da cama, o saco de ferramentas dele e aquele trapo ensangüentado de que falei. O demônio espalha sua bosta por onde anda.

"Depois disso ele quis atear fogo ao estábulo para queimar aquelas provas, mas ele viu que eu estava de olho nele. Quando me encontrei com ele no pátio, a cara dele estava sangrando e ele nem olhou para mim. Isso foi depois que eles mataram o garoto.

Depois do enterro, fui à polícia e na semana seguinte vieram prendê-lo. Levaram também os matzos e as outras coisas de que já falei, mas depois subi até lá com Serdiuk e Richter, estes dois aqui, para arrancar as tábuas do chão — algumas tinham manchas escuras que eu queria mostrar à polícia. Foi aí que eu vi um judeu velho de barbas brancas sair correndo do estábulo, e logo em seguida tudo ali já ardia em chamas. Em menos de cinco minutos o estábulo já tinha ruído e foi só mesmo por sorte que conseguimos salvar alguns cavalos. Salvamos seis e perdemos quatro. Se tivesse sido um incêndio comum, teríamos podido salvar todos os dez, mas, do jeito que foi, era como se uma ventania espalhasse o fogo; o barulho que fazia era como se muita gente gritasse, morrendo queimada, e parecia haver fantasmas voando por todo lado. Eles diziam umas palavras mágicas na língua dos jids e — Deus é testemunha —, na parte de cima, onde este aí morava até ser preso, as chamas ficavam com uma cor verde oleosa como eu nunca tinha visto, depois ficaram amarelas e em seguida negras, queimando com o dobro da velocidade normal, apesar de toda a palha que havia no estábulo. Nas cocheiras o fogo era laranja e vermelho, e ardia mais devagar, como qualquer fogo, por isso conseguimos tirar seis dos cavalos e só perdemos os outros quatro.

Richter jurou que tudo que foi dito era verdade e Serdiuk persignou-se duas vezes.

## 2

O padre Anastássi, empertigado, abraçou Marfa Gólov, a mãe aflita do menino-mártir, uma mulher alta, de pescoço descarnado, olhos cinzentos úmidos de lágrimas, pele morena e retesada no rosto, que tentara curvar-se em cortesia e acabara desabando nos braços do padre.

— Perdoe os nossos pecados, padre — disse ela, chorosa.

— É você que deve nos perdoar, minha filha — disse o padre com uma voz anasalada. — Foi o mundo que pecou contra você, principalmente aqueles que pecaram contra Nosso Senhor.

Ele se persignou e sua mão parecia um pássaro. Alguns dos outros ali presentes fizeram também o sinal-da-cruz.

Marfa Gólov, quando Iákov a viu pela primeira vez aguardando a chegada dos oficiais, estava de pé junto a uma vizinha. Esta se enrolava em um pesado xale e saiu correndo quando as carruagens surgiram e foram parando diante da casa. Era uma casa decadente de dois pavimentos feita de madeira com um telhado pontudo de zinco corrugado. Um muro baixo separava a casa do cemitério e de lá se via, a certa distância, a olaria. Bibikov ficou olhando por alguns instantes naquela direção, com os olhos fixos nas chaminés sem fumaça no domingo. A casa tinha o feitio de uma caixa e a pintura cinza descascando aparentava já ter sido branca. O pequeno pátio à sua frente não era gramado e estava todo enlameado por causa da chuva. A cerca de madeira que a delimitava não era pintada e mantinha-se em pé com o apoio de pedaços de madeira escuros e desiguais, maltratados pelo tempo. A estrada em frente à casa, onde as carruagens e os automóveis aguardavam, era esburacada e cheia de poças de lama. Os veículos ali parados pareciam formar um cortejo fúnebre. Marfa, de trinta e nove anos de idade, segundo os jornais, era vagamente atraente, com seu jeito tenso e inquieto, os olhos a se moverem de um lado para outro, tinha o queixo delicado e a boca de uma mulher infeliz. Vestia uma blusa de cores escuras, uma longa saia verde e sapatos de duas cores, abotoados e pontudos. Usava um camafeu desbotado no pescoço descarnado e sobre os ombros havia jogado um leve xale. O que provocava certos olhares curiosos era seu chapéu branco novo enfeitado com cachos de cerejas de um vermelho reluzente. Quando o homem que consertava coisas foi levado para o interior do pequeno pátio à frente da casa, ela se pôs a chorar, soluçando. Um dos funcionários da equipe do Promotor-Chefe e um soldado sussurraram ofensas ao prisioneiro, em tom de voz suficiente para que apenas ele as ouvisse.

— É este aí mesmo — soluçou Marfa.

— Quem? — perguntou Bibikov colocando rapidamente seu pince-nez e olhando fixamente para ela.

— O judeu de quem Jênia me falou, o que correu atrás dele com uma faca comprida.

— Anote a identificação — disse Grubechov a Ivan Semionovitch. O assistente não tinha consigo o caderno de anotações, mas disse isso a um policial que tomou nota.

No pequeno pátio havia um poço de pedra coberto de musgo e Bibikov olhou para dentro dele, mas nada pôde ver. Deixou então cair uma pequena pedra no seu interior e, passado um instante, ouviu o ruído de água. Os funcionários se entreolharam, mas o Magistrado de Investigações afastou-se calmamente.

— O quarto fica lá em cima, excelência — disse Marfa ao Promotor-Chefe. — É pequeno, como poderão ver, mas também Jênia era um menino pequeno para a idade que tinha. Não puxou a mim, como podem notar, porque não sou pequena, mas puxou ao pai, aquele covarde que nos abandonou. — A mulher deu um sorriso nervoso.

Marfa conduziu-os para o interior da casa e subiu apressadamente a escada para mostrar àqueles homens onde a pobre criança dormia. Depois de limparem os pés em um trapo enlameado junto à porta, eles subiram em pequenos grupos silenciosos para olhar o cubículo escuro que ficava junto a um grande quarto de dormir todo desarrumado onde havia uma cama de casal com dois travesseiros. O cubículo do menino situava-se entre esse quarto e um outro, que estava trancado e que Marfa disse ser um depósito.

— O que pode fazer uma viúva com tantos quartos de dormir? Geralmente uso como depósito de coisas. Quando minha tia morreu, deixou seus móveis para mim, embora eu já tenha mais do que o necessário.

Iákov recebeu ordem para subir depois que todos já haviam visto o quartinho do menino. Não tinha vontade alguma de ir, mas sabia que, se dissesse isso, seria forçado a subir. Ele subiu lentamente a escada, fazendo ruído com a corrente que lhe feria os tornozelos. Atrás dele foram três soldados que subiram os degraus ruidosamente com suas botas e ficaram aguardando no alto da escada com as pistolas em riste. Marfa, o padre Anastássi, Grubechov, Ivan Semionovitch e o coronel Bodianski estavam no corredor quando o judeu olhou furtivamente para dentro do quarto do menino. Eles o observavam cuidadosamente e Grubechov tinha os lábios apertados. O faz-tudo queria manter-se calmo, com uma atitude digna, mas não conseguiu. Era como se esperasse que uma fera escondida dentro do quarto saltasse sobre ele. Foi com os olhos cheios de terror que ele viu o minúsculo aposento com papel de parede rasgado, um estrado de dormir desarrumado, a roupa de cama cinza encardida e embolada, o cobertor puído e desbotado. Embora o quarto e o estrado lhe parecessem estranhos, Iákov experimentou uma alucinação momentânea, como se já tivesse visto aquela cena antes. Lembrou-se então do seu cubículo no apartamento do gráfico no Podol. Era nisso que ele pensava, mas logo ficou preocupado com a possibilidade de acharem que ele estivesse pensando em alguma outra coisa que o incriminasse.

— O meu querido Jenetchka queria ser padre quando crescesse — disse Marfa chorosa ao padre Anastássi, tocando de leve os olhos vermelhos com um lencinho perfumado. — Ele era um menino religioso e adorava Deus.

— Foi-me dito que ele estava sendo preparado para ingressar no seminário — disse o padre. — Um dos monges me disse que ele era um menino adorável e, de certa maneira, um menino puro. Pelo que soube, já havia tido uma experiência mística. Soube que ele apreciava muito nossas vestes clericais e que esperava um dia poder usá-las também. Sua morte é uma perda para Deus.

Marfa caiu em um pranto convulso. Os olhos de Ivan Semionovitch turvaram-se de lágrimas e ele se virou de lado para enxugá-las na manga do casaco. Iákov também teve vontade de chorar, mas não pôde.

Padre Anastássi desceu as escadas e Bibikov subiu-as, encolhendo-se para passar por entre os guardas. Olhou distraidamente para dentro do pequeno quarto de Jênia, passou os olhos à sua volta e então se ajoelhou, ergueu o lençol, espiou debaixo da cama. Tocou de leve o chão e examinou as pontas dos dedos tingidas de poeira.

— O chão pode estar sujo — apressou-se Marfa em dizer —, mas eu sempre esvazio o urinol.

— Não se preocupe com isso — disse Grubechov mal-humorado. — Bem, o que foi que o senhor descobriu? — perguntou ele a Bibikov.

— Nada.

O Magistrado de Investigações passou os olhos rapidamente pelo quarto de Marfa e parou diante da porta trancada do outro quarto, como que procurando ouvir alguma coisa lá dentro, mas não tentou abri-lo. Desceu, então, calmamente. Marfa tentou rapidamente arrumar a cama do menino, mas Grubechov, impaciente, deu-lhe ordem para deixá-la como estava.

— Não me tomará mais que um minuto.

— Deixe como está. A polícia prefere desta maneira.

Desceram. Apesar da chuva fina que caía, alguns membros da comitiva estavam reunidos no pátio. Os outros, inclusive o prisioneiro e os guardas que o escoltavam, ficaram aguardando na poeirenta sala de visitas de Marfa, um cômodo muito desarrumado cheirando a cigarro, cerveja choca e repolho. A pedido de Grubechov, ela abriu a ventilação da janela. Com um trapo encardido, apressou-se em tirar a poeira de uma meia dúzia de cadeiras nas quais ninguém se sentou. O prisioneiro teve medo de sentar-se. Marfa tentou passar uma vassoura no chão, mas o Promotor-Chefe tomou-a da mão dela.

— Deixe isso para depois, Marfa Vladímirovna. Faça o favor de dar-nos toda a sua atenção.

— Eu achei que seria bom limpar um pouquinho — justificou-se ela apressadamente. — Para ser sincera, não esperava receber a visita de tantas autoridades importantes. Pensei que iam só trazer o prisioneiro para ver o que ele fez. Por que limpar a casa para um judeu imundo, pensei?

— Basta — disse Grubechov. — Não estamos interessados em seus assuntos domésticos. Passe logo à história do que aconteceu com seu filho.

— Desde que ele era pequenino queria ser padre — choramingou Marfa —, mas agora ele é um cadáver morto em seu túmulo.

— Sim, todos já sabemos disso, e é uma história trágica, mas talvez a senhora deva limitar-se ao que sabe sobre os pormenores relativos aos antecedentes do crime.

— Não devo primeiro servir o chá, excelência? O que acha? — perguntou ela perturbada. — O samovar está fervendo.

— Não — disse ele. — Somos muito ocupados e temos muito a fazer antes de podermos voltar para nossas casas. Por favor, conte a história — especificamente quanto ao que se refere ao desaparecimento de Jênia e à sua morte. Como, por exemplo, a senhora tomou conhecimento do ocorrido?

— O senhor — disse ele voltando-se para Iákov, que olhava a chuva e as castanheiras pela janela —, o senhor sabe muito bem que isso lhe diz respeito, portanto preste atenção. — No tempo em que o faz-tudo estivera na prisão, a cidade havia se coberto de verde e podia-se sentir o perfume suave do lilás por toda parte, mas quem podia aproveitar aquilo? Pela janela aberta chegava até ele o odor de grama molhada e de novas folhas, e onde o cemitério terminava havia bétulas com troncos prateados. Em algum lugar perto dali um organista tocava uma valsa que Zinaida Nikoláievna havia tocado para ele certa vez em seu violão, *O verão se foi para sempre*.

— Prossiga, por favor — disse Grubechov a Marfa.

Ela ergueu ambas as mãos e ajeitou o chapéu, mas baixou-as rapidamente tão logo seus olhos encontraram os dele.

— Ele era um menino esforçado — começou Marfa rapidamente —, e nunca me deu muito trabalho, como meninos costumam dar. Quanto a mim, sou uma viúva de quem ninguém pode falar mal, só isso. Meu marido, que era telegrafista, abandonou-me, como já disse antes, excelência, e uns dois anos depois morreu de tuberculose galopante, uma morte bem merecida pelo mal que nos fez. Trabalho duro para me manter, e é por isso que minha casa, onde os senhores estão, não é a mais limpa do mundo, mas meu filho sempre teve um teto sobre sua cabeça e levo uma vida irrepreensível, só para o trabalho. Quando se trabalha como um cavalo, não se pode viver como gente fina, se permitem minha franqueza. Nós conseguimos ir levando a vida sem o desertor. Esta casa não me pertence; eu pago aluguel e de vez em quando alugo um ou dois quartos, embora se tenha que tomar muito cuidado com os inquilinos, principalmente com aqueles que não pagam o que devem aos outros. Eu não queria que meu filho se juntasse a esse tipo de gente, por isso raramente aceitava hóspedes — apesar de isso significar mais trabalho para mim —, e, quando aceitava, eram somente pessoas de fino trato. Mas, mesmo que ele não tivesse tudo do melhor, Jênia tinha tudo de que precisava e sabia reconhecer o meu esforço, oferecendo-se sempre para me ajudar. Não era como alguns meninos que posso até citar, como, por exemplo, Vássia Shiskovski, da casa aí ao lado. O meu era um menino obediente, um anjo. Certa vez até me perguntou se não deveria deixar a escola dos padres para trabalhar como aprendiz de açougueiro, mas eu o aconselhei: "Jênia, meu bom menino, é melhor que você continue a estudar. Eduque-se e, quando for rico, um dia você cuidará da sua pobre mãe, que já estará velha." "Mãezinha", respondeu-me ele, "cuidarei sempre da senhora, mesmo quando estiver velha e doente." Aquele menino era um santo, e não fiquei nem um pouco surpresa quando certo dia voltou da sua aula de Bíblia e disse que queria ser padre. Meus olhos se encheram de lágrimas naquele dia.

— Prossiga, Marfa Vladímirovna, conte-nos o que aconteceu no final de março, alguns dias antes da Páscoa dos judeus este ano. E fale mais devagar, para que possamos compreender tudo o que diz. Não embole as palavras.

— Está prestando atenção? — perguntou ele a Iákov.

— A máxima atenção, excelência, embora honestamente não consiga entender o que tudo isso tenha a ver comigo. É tudo muito estranho.

— Tenha paciência — disse Grubechov. — Logo verá que tudo isso tem tanto a ver com o senhor como seu nariz tem com sua cara.

Vários dos presentes, inclusive o general do exército, deram risadas.

— Certa manhã desta semana de que o senhor falou — disse Marfa, lançando um rápido olhar acusador ao judeu —, era uma terça-feira — jamais vou me esquecer desse dia para o resto da minha vida —, Jênia acordou, vestiu-se, inclusive colocando as meias pretas que eu comprei para ele no dia de seu aniversário, e saiu para a escola como sempre, às seis horas da manhã. Eu tive que trabalhar até bem depois do anoitecer naquele dia e ainda tive que fazer compras para a casa, por isso, naturalmente, só cheguei de volta bem tarde. Jênia não estava em casa e, depois que descansei um pouco — desde que tive meu filho sofro de varizes dolorosas —, fui à casa de Sofia Chiskovski, minha vizinha da casa depois desta, um pouco mais abaixo. O filho dela, Vássia, estuda na mesma sala que Jênia e eu perguntei a ele onde estava meu filho. Vássia disse que não sabia, porque, apesar de terem saído juntos da escola, Jênia não tinha voltado para casa com ele como de costume. "Para onde ele foi?", perguntei. "Não sei", disse ele. Ah, pensei, ele deve estar na casa da avó. Aí não me preocupei. Mas naquela mesma noite eu peguei uma gripe. Tive febre alta e calafrios por três dias e tive que ficar de cama mais três dias, porque estava fraca demais para me levantar. Eu só saía da cama, me desculpem dizer, para ir ao banheiro e para ferver água de arroz para curar minha diarréia. Jênia ficou sumido por uma semana — seis ou sete dias, para ser exata — e, quando decidi me vestir para dar queixa à polícia, ele foi encontrado morto em uma caverna, com quarenta e sete facadas no corpo. Os vizinhos chegaram aqui devagar, com caras muito tristes — pareciam defuntos e me assustaram mesmo antes de falar —, e foi aí que me contaram a coisa horrível que tinha acontecido comigo. Eu dei um grito: "Minha vida se acabou porque perdi minha razão de viver!"

Marfa cobriu os olhos com as mãos e deu uns dois passos à frente, desequilibrada. Dois homens que estavam perto dela fizeram menção de ampará-la, mas ela se segurou no encosto de uma cadeira e continuou de pé. Os homens se afastaram.

— Desculpe-me — disse Bibikov —, mas como pôde esperar seis ou sete dias para ter a idéia de ir à polícia dizer que seu filho havia desaparecido? Se fosse meu filho, eu teria ido imediatamente — não esperaria sequer até o dia seguinte. Entendo que estivesse doente, mas até mesmo uma pessoa doente consegue forças para sair da cama e agir em uma emergência.

— Depende de quanto a pessoa esteja doente, excelência. Quer se trate de seu filho ou do meu, quando a febre é muito alta a pessoa sente náuseas, nem sempre se pode pensar da melhor maneira. Eu estava preocupada com Jênia e tive pesadelos horríveis. Tinha medo de que ele estivesse sendo vítima de algo terrível, mas achava que estava sonhando aquilo por causa da febre alta. E, enquanto eu estava tão doente de gripe, minha vizinha Sofia também estava, e seu filho Vássia. Ninguém veio bater à minha porta, como costumavam fazer duas ou três vezes ao dia. E Iúri Chiskovski, o marido de Sofia, é um imprestável. Se alguém estiver esperando pela ajuda dele, é melhor que espere por Papai Noel. Nós não nos damos nada bem, mas esta é uma outra história, para uma longa noite de inverno. Seja como for, se alguém tivesse vindo à minha casa naqueles cinco ou seis dias, eu teria estourado os tímpanos dessa pessoa de tanto gritar de aflição por meu menino, mas ninguém apareceu.

— Deixe que ela prossiga com a história — disse Grubechov a Bibikov. — Se achar necessário, o senhor poderá fazer-lhe perguntas depois.

O Magistrado de Investigações concordou com seu colega.

— Posso assegurar-lhe que será necessário, Vladislav Grigorievitch, mas seja como quiser. Farei minhas perguntas depois. Além do mais, quero discutir a necessidade, por exemplo, de incluir todo esse procedimento em um período de investigação. Creio que precisamos discutir isso também, pelo menos por princípio, se por nenhuma outra razão.

— Amanhã — disse Grubechov. — Amanhã discutiremos tudo isso.

— Chegue logo ao assunto, Marfa Vladímirovna — disse ele. — Diga-nos o que Jênia e Vássia Chiskovski lhe disseram sobre o judeu antes do incidente fatídico.

Marfa estivera ouvindo com interesse o diálogo entre os homens, demonstrando-se, de início, inquieta e, depois, entediada. Quando Bibikov falava, ela lançava olhares nervosos à sua volta, porém baixava os olhos se alguém olhasse para ela.

— Vássia também me disse o que ouvi Jênia dizer mais de uma vez: que tinham medo do judeu da olaria.

— Prossiga. Estamos ouvindo.

— Jênia me disse que certo dia, quando ele e Vássia brincavam no pátio da fábrica, eles viram dois judeus — já era perto do anoitecer — entrar sorrateiramente pelo portão e subir a escada para o quarto onde este aí morava.

Ela olhou rapidamente para o faz-tudo, mas logo desviou o olhar. Ele estava de pé, cabisbaixo.

— Desculpe-me a interrupção — disse Bibikov ao Promotor-Chefe —, mas eu gostaria de saber como foi que os meninos identificaram os dois homens como judeus.

O coronel Bodianski emitiu um grunhido de impaciência e Grubechov sorriu.

— Isso foi fácil, excelência — disse Marfa excitada —, eles estavam usando roupas de judeus e tinham longas barbas que não eram bem aparadas como as de alguns cavalheiros aqui presentes. Além disso, os meninos continuaram a espiar pela janela para ver como rezavam. Eles usavam túnicas e chapéus pretos. Os meninos ficaram assustados e correram aqui para casa. Convidei Vássia para ficar aqui um pouco e tomar uma xícara de chocolate quente com pão branco com Jênia, mas ele estava tão assustado que até sentia náuseas e quis ir para sua própria casa.

Grubechov ouvia, de pé, com os polegares trançados às costas. — Queira prosseguir.

— Ouvi dos meninos que este aí levava outros judeus lá para cima do estábulo. Um deles era um velho com uma sacola preta que só Deus sabe o que faziam com ela. Jênia certa vez disse a este aí, na cara dele, que daria parte ao capataz se ele os perseguisse novamente. "E se você fizer isso, eu acabo com você de uma vez por todas", disse o judeu. Certo dia Jênia viu quando ele corria atrás de um outro menino no pátio da olaria, um garotinho que ainda não tinha oito anos de idade, que é daqui da vizinhança — Andriuchka Khototov, filho de um varredor de ruas. Por sorte o menino conseguiu fugir pelo portão, que estava aberto. Deus seja louvado. Então o judeu viu o meu Jênia e correu atrás dele, mas meu Jênia pulou a cerca e conseguiu fugir daquela vez, mas me disse que quase morreu de medo de que o judeu o agarrasse antes que ele conseguisse pular. Um dia, escondido atrás de um forno de assar tijolos, Jênia viu dois dos judeus tentando agarrar uma criança russa e arrastá-la para dentro do estábulo. Mas o menino era esperto. Começou a morder, chutar, socar e a gritar tão alto que eles ficaram assustados e o soltaram. Avisei a Jênia mais de uma vez para não voltar mais lá, senão podia ser seqüestrado e morto, e ele me prometeu que não voltaria. Acho que não voltou mesmo por algum tempo, mas certa noite ele chegou em casa assustado e febril, e quando eu exclamei: "Jênia, por que você está assim? Diga-me logo o que aconteceu!", ele disse que o judeu o havia perseguido com uma faca comprida no escuro, por entre as lápides do cemitério. Eu caí de joelhos para falar com ele. "Jênia Gólov, em nome da Santa Virgem, prometa-me que nunca mais chegará perto daquele judeu novamente. Não entre mais naquela olaria!" "Sim, mãezinha querida", disse ele, "eu prometo." Isso foi o que ele disse, mas voltou lá novamente, por certo. Meninos são meninos, excelência, como o senhor sabe. Só Deus sabe o que os atrai ao perigo, mas se eu o tivesse mantido preso a chave e cadeado nesta casa, como fiz algumas vezes quando ele era pequenino, ele estaria vivo hoje, não seria um cadáver no caixão.

Ela se persignou fervorosamente.

— Marfa Vladímirovna, por favor, diga-nos o que mais lhe foi dito pelos dois meninos — disse Grubechov.

— Disseram-me que viram uma garrafa de sangue na mesa do judeu.

O general do exército sufocou um grito e os membros da comitiva entreolharam-se horrorizados. Iákov olhava fixamente para Marfa, com os olhos muito abertos e os lábios se movendo em silêncio. — Não havia garrafa de sangue alguma em minha mesa! — conseguiu ele falar. — Só o que havia lá era um pote de geléia de morangos. Geléia não é sangue. Sangue não é geléia.

— Cale a boca! — ordenou Grubechov. — Você será informado quando for sua hora de falar.

Um dos guardas apontou o revólver para Iákov.

— Guarde esta arma ridícula — disse Bibikov. — O homem está acorrentado e algemado.

— A senhora viu, pessoalmente, a garrafa de sangue? — perguntou ele a Marfa.

— Não, mas os dois meninos viram e me falaram sobre ela. Eles quase não conseguiam falar. Estavam brancos de medo.

— Então por que a senhora não deu parte disso à polícia? Seria um dever seu, bem como dar parte de todos os outros incidentes que acaba de enumerar como, por exemplo, o fato de o suspeito perseguir seu filho com uma faca. Esse é um ato criminoso. Vivemos em uma sociedade civilizada. Tais coisas precisam ser relatadas à polícia.

Ela respondeu prontamente: — Porque não quero mais ouvir falar em polícia, se me permite ser franca, excelência, e com minhas desculpas a todos os que estão aqui presentes, que nunca me incomodaram. Certa vez dei queixa a eles de que Iúri Chiskovski, por motivos que guardo para mim mesma, me deu uma pancada na cabeça com um pedaço de madeira, e eles me fizeram passar um dia inteiro no distrito policial respondendo a perguntas de ordem pessoal enquanto eles preenchiam aqueles infindáveis formulários como se fosse eu a criminosa, e não aquele louco que eles deixaram solto, apesar de eu ter um buraco sangrando na cabeça e até mesmo um idiota ser capaz de dizer quem bateu em quem. Eu não posso me dar ao luxo de perder tempo dessa maneira. Preciso trabalhar para me sustentar e foi por isso que não dei parte à polícia do que os meninos me disseram.

— O que é bem compreensível — disse Grubechov, voltando-se para o general, que concordava balançando a cabeça —, embora eu concorde com o Magistrado de Investigações de que tais coisas devam ser relatadas à polícia imediatamente. Agora termine sua história, Marfa Vladímirovna.

— Já terminei, não há mais nada a dizer.

— Nesse caso — disse o Promotor-Chefe, dirigindo-se aos demais —, é melhor prosseguirmos.

Ele tirou um fino relógio de ouro do bolso do casaco e consultou-o com atenção.

— Vladislav Grigorievitch — disse Bibikov —, insisto em minha prerrogativa de fazer perguntas à testemunha.

O olhar atento que Marfa dirigiu a ele passou da expressão de medo para a de raiva.

— O que foi que eu fiz contra o senhor? — perguntou ela elevando a voz.

— Nem a senhora nem eu fizemos coisa alguma um contra o outro. Não se trata disso, Marfa Gólov. Eu gostaria de fazer-lhe uma ou duas perguntas. Por favor, Vladislav Grigorievitch, eu insisto. Infelizmente, não posso entrar em certas questões agora, mas uma ou duas perguntas faço questão de fazer e gostaria que fossem respondidas direta e honestamente. É verdade, por exemplo, Marfa Gólov, que a senhora recebe produto de furtos de uma gangue de ladrões, um dos quais é ou foi seu amante, que vem com freqüência a esta casa?

— A senhora não precisa se preocupar em responder a essa pergunta — disse Grubechov com o rosto subitamente vermelho. — Isso é irrelevante para o assunto em questão.

— Insisto em que não se trata de uma pergunta irrelevante, Vladislav Grigorievitch.

— Não, não recebo tais mercadorias — disse Marfa com os lábios brancos e os olhos escuros de ódio. — Esta é uma maledicência imunda espalhada por meus inimigos.

— É esta sua resposta?

— É claro que sim.

— Muito bem, então. E é verdade que em janeiro do ano passado a senhora atirou o conteúdo de um vidro de ácido carbólico nos olhos de seu amante, cegando-o para sempre, e que depois veio a reconciliar-se com ele?

— Foi ele que me denunciou? — perguntou ela, enraivecida.

— Denunciou?

— Que disse todas essas mentiras asquerosas?

— Boris Alexandrovitch, como seu superior hierárquico, proíbo-o de fazer tais perguntas — disse Grubechov irritado. — Se tem perguntas dessa natureza a fazer, faça-as em meu escritório amanhã de manhã, embora eu pessoalmente não veja que importância possam ter para o caso. Elas não modificam o peso das provas relevantes. Precisamos prosseguir agora e isto não está em discussão. Hoje é domingo e todos temos compromissos com nossas famílias.

— Quais são essas "provas relevantes" a que o senhor se refere?

— As provas que estamos empenhados em coletar, inclusive as evidências históricas.

— História não é lei.

— Veremos.

— Insisto em uma resposta de Marfa Gólov.

— Não tenho nada a acrescentar ao que já disse — respondeu Marfa com petulância. — Ele costumava me espancar e eu me defendi. Minhas pernas e minhas costas ficaram com marcas roxas por vários meses nos lugares onde ele me batia, e certa vez ele me deu um soco no olho com tanta força que me deixou três semanas escorrendo pus.

— É verdade que ele também espancava seu filho e que uma vez o fez com tal violência que o deixou inconsciente?

— Eu a proíbo de responder a esta pergunta — gritou Grubechov.

— Não seja idiota — disse o coronel Bodianski a Bibikov.

— Foi o judeu quem matou meu filho! — exclamou Marfa. — Alguém precisa arrancar os olhos dele. — Ela correu até a janela aberta e gritou na direção do cemitério, — Jênia, meu bebê, volte para casa! Volte para sua mãe! — Caiu então em um choro convulso.

Ela é louca, pensou Iákov. Basta olhar para esse seu chapéu com cerejas.

— Estão vendo como ele me olha como um lobo faminto na floresta? — gritou Marfa voltando-se para o faz-tudo. — Mandem que ele pare com isso!

Houve uma certa agitação na sala. Dois dos guardas agarraram o prisioneiro pelos braços.

Marfa, então, dirigindo-lhe um olhar cheio de ódio, começou a desprender seu chapéu de cerejas. Suas pálpebras bateram rapidamente e, com um gemido, ela caiu no chão. O chapéu rolou para o lado, mas antes de desmaiar ela olhou em volta para ver onde ele havia caído. O padre Anastássi e o coronel Bodianski curvaram-se para acudi-la

Quando Marfa voltou a si, só a polícia e os guardas estavam na sala com ela e o prisioneiro. Bibikov, para desalento de Iákov, havia sido o primeiro a partir e ele o vira pela janela a caminhar pela estrada enlameada e entrar na carruagem sozinho. A mãe do menino morto pediu seu chapéu, assoprou para limpá-lo e guardou-o cuidadosamente em uma gaveta da cômoda.

Cobriu então a cabeça com um xale ordinário.

# 3

Grubechov, com seu chapéu-coco e sua capa de chuva molhados, tentava proteger o padre Anastássi com um grande guarda-chuva preto, enquanto o sacerdote, também encharcado, equilibrava-se em uma pedra baixa e plana, falando sem cessar. Com sua voz anasalada ora alta, ora baixa, fora do contexto com o que ele dizia, recitava todas as suas convicções acerca da culpa da Nação Judaica pelo sangue derramado de Cristo.

O grupo de funcionários da Justiça e de policiais havia deixado suas carruagens e seus automóveis no início de uma ladeira pavimentada com pedras que exibia em um dos lados uma fileira de casebres escuros. Seus habitantes os olhavam assustados das janelas e das portas, mas nenhum saiu à rua para vê-los. Alguns pombos partiram em revoada e dois cachorrinhos brancos, com seus latidos agudos, entraram apressadamente em suas casas à aproximação do cortejo. A pé, os homens subiram até o platô no topo de uma colina de onde se via à distância parte do trajeto sinuoso do Dnieper, e em seguida desceram para uma ravina enlameada. Caminharam até a base de uma colina rochosa que se erguia quase na perpendicular e onde se viam algumas cavernas. Em uma delas o corpo de Jênia Gólov havia sido encontrado. Minuciosamente descrita nos jornais que Iákov lera no dia em que fora encontrado o cadáver do menino, era uma das cavernas que haviam sido escavadas na rocha por eremitas religiosos séculos atrás e ficava a cerca de três metros de altura a partir da base. Para se chegar até lá, era necessário escalar os toscos degraus cortados na pedra. No alto da pedra havia um bosque ralo de bétulas de troncos finos e brancos cheias de andorinhas chilreando. Mais além ficava uma área plana dos arredores da cidade onde se viam algumas casas esparsas, terrenos baldios e, a cerca de duas verstas, a fábrica de tijolos de Nikolai Maximovitch.

— A partir daqui há uma estrada quase que em linha reta até a olaria onde Jênia provavelmente foi assassinado — disse Grubechov.

— Mas permita-me chamar sua atenção, Vladislav Grigorievitch, para o fato de a estrada que vem da casa de Marfa Gólov ser igualmente em linha reta e um pouco mais curta — disse Bibikov.

— Seja como for — disse o Promotor-Chefe —, a prova mais importante será o testemunho de especialistas.

O padre, um homem de cabelos longos, um grande nariz e cujo hálito recendia a alho, estava de pé sob o guarda-chuva de Grubechov, diante de um quase semicírculo de pessoas que o ouviam falar. O Promotor-Chefe mandou que trouxessem Iákov para perto. Os outros abriram passagem quando ele foi empurrado para a frente dos guardas, com suas correntes fazendo ruído. Bibikov, de pé, ao fundo, fumava impassível, observando a cena. Ainda chovia e o faz-tudo havia perdido seu gorro, o que o deixava ainda mais perturbado. Perdi apenas o gorro, não a vida; mas aquele pensamento foi terrível, porque era a primeira vez em que ele admitia para si mesmo temer por sua vida. Temendo estar prestes a ouvir algum fato secreto que o condenaria inapelavelmente tão logo fosse revelado, ele ficou ali, com os pés afundados na lama, a respiração arfante, ouvindo, imóvel.

— Meus diletos filhos — disse o padre, dirigindo-se aos russos e apertando uma contra a outra as mãos ossudas —, se as profundezas do mundo se abrissem para revelar a população de seres humanos mortos desde o princípio do mundo, vocês ficariam perplexos ao ver quantas crianças cristãs inocentes foram torturadas até a morte pelos judeus que odeiam Cristo. Através dos tempos, como está escrito em seus livros sagrados e seus infindáveis comentários, a voz do sangue semita os leva a cometer sacrilégios e horrores indescritíveis — por exemplo, o Talmude equipara sangue a leite e a água, e prega o ódio aos cristãos, que para eles não são seres humanos, não passam de animais. "Não matarás" não se aplica a nós, pois não escrevem eles em seus livros: "Não há maus nem bons entre os não judeus?" Esta perfídia é também escrita na Cabala, o livro de magia e alquimia dos judeus, no qual o nome de Satanás é invocado; por esse motivo tem havido o assassinato de milhões de crianças inocentes cujas lágrimas não tocaram a misericórdia dos judeus.

Seus olhos percorreram, ansiosos, os rostos dos presentes, mas ninguém se moveu.

— O assassinato ritual visa a reencarnar a crucificação de nosso adorado Senhor. O assassinato de crianças cristãs e a distribuição de seu sangue entre os judeus são um ato simbólico de seu eterno ódio ao mundo cristão, pois ao assassinarem uma criança inocente eles repetem o martírio de Cristo. Jênia Gólov, ao perder o sangue morno que lhe corria nas veias, simboliza para nós a perda do precioso sangue de Jesus — cada gota daquele sangue que caía de Seu corpo pregado à cruz de madeira pelos que odeiam Cristo. Dizem que o assassinato de um não-judeu — qualquer não-judeu — antecipa a vinda do seu Messias, Elias, para o qual mantêm eternamente as portas abertas, mas que jamais, em qualquer época desde sua primeira vinda, se deu ao trabalho de aceitar o convite para sentar-se na cadeira vazia. Desde a destruição de seu Templo em Jerusalém pelas Legiões de Tito, não há mais altares para sacrifícios de animais em suas sinagogas, sacrifícios que foram substituídos pelo assassinato de cristãos, especialmente de crianças inocentes. Até mesmo o filósofo deles, Maimônides, cujos escritos foram impedidos de circular em nosso país em 1844, ordena os judeus a matar crianças cristãs. Não já lhes disse que eles nos julgam animais?

— A história registra — prosseguiu o padre Anastássi com sua voz anasalada e musical — os muitos usos que os judeus têm tido para o sangue dos cristãos. Ele é usado em rituais de bruxarias e sortilégios, e também na confecção de poções amorosas, bem como de venenos que espalham a peste de um país a outro. Fazem uma mistura de sangue cristão de uma vítima assassinada, sua própria urina de judeus, cabeças de cobras venenosas e até mesmo pedaços de hóstias sagradas que roubam — o corpo sangrando do próprio Cristo. Está escrito que todos os judeus necessitam de um pouco de sangue cristão para prolongar suas vidas, pois em caso contrário morrem cedo. E antigamente consideravam que nosso sangue era — isso também está escrito — o remédio mais potente para a cura de suas doenças. Usavam-no, segundo seus antigos livros de medicina, para tratar parturientes, cessar hemorragias, curar a cegueira das suas criancinhas e tratar dos talhos das circuncisões.

Um dos policiais da polícia de Kiev, o capitão Korimzin, com sua farda encharcada e as botas enlameadas, fez disfarçadamente o sinal-da-cruz. Iákov sentiu suas pernas fraquejarem. O padre, olhando-o fixamente por um minuto, continuou a falar. Embora sua voz fosse calma, seus gestos eram agitados. Os russos continuaram a ouvi-lo com grande interesse e respeito.

— Há alguns entre nós, meus filhos, que questionariam tudo isso, argumentando que se trata apenas de superstições, de histórias inventadas em tempos passados, entretanto a verdade de muito do que lhes revelei — não posso afirmar que seja tudo verdade — pode ser inferida da freqüência mesma das acusações contra os judeus. Ninguém é capaz de esconder permanentemente a verdade. Se o sineiro morrer, o vento cuidará para que os sinos toquem. Talvez, nessa nossa época da ciência, já não possamos aceitar todas as acusações feitas a esse povo desafortunado; entretanto, devemos nos indagar o tanto de verdade que ainda permanece, a despeito de nossa relutância em acreditar. Não digo que todos os judeus sejam culpados desses crimes e que se devam instituir pogroms contra eles, e sim que há certas seitas dentre eles — em particular os hassides e seus líderes, os tzadikim — que cometem secretamente crimes como os que lhes descrevi, e que o mundo dos não-judeus, apesar da freqüência com que eles ocorrem, parece se esquecer. Até que um belo dia, oh!, mais uma pobre criança desaparece e é encontrada morta dessa maneira: com as mãos atadas às costas, o corpo perfurado em vários lugares por uma arma pontiaguda e a quantidade de perfurações correspondendo sempre a números cabalísticos: 3, 7, 9, 13. Nós sabemos que a Páscoa deles, embora a associem a outros propósitos, é também a celebração da Crucificação. Sabemos que esta é a época em que seqüestram crianças cristãs para usar em suas cerimônias religiosas. Aqui mesmo em nossa Cidade Santa, durante os ataques polovastianos no ano 1100, o monge Eustratios foi seqüestrado no Mosteiro de Pechera e vendido aos judeus de Kherson, que o crucificaram durante sua Páscoa. Como não ousam mais cometer tais crimes abertamente, celebram a ocasião comendo matzos e biscoitos sem fermento em seus rituais de Seder. Porém, até mesmo esse ato constitui um crime, porque aqueles matzos e biscoitos contêm o sangue de nossos mártires, apesar de os tzadikim negá-lo, naturalmente. Portanto, através do nosso sangue em seus alimentos de Páscoa, eles novamente consomem o corpo agonizante do Cristo vivo. Dou-lhes minha palavra, meus diletos filhos, que este é o motivo pelo qual mataram Jênia Gólov, uma criança inocente que desejava apenas tornar-se sacerdote!

O padre enxugou um olho e depois o outro com um lenço branco. Dois dos guardas que estavam de pé junto ao faz-tudo afastaram-se disfarçadamente dele.

Foi então que Iákov gritou. — Tudo isso é invenção! A mais pura invenção! Quem seria capaz de acreditar nessas coisas?

Eu não acredito! — Sua voz falseou e seu rosto ficou profundamente pálido.

— Aqueles que são capazes de compreender acreditam — disse o padre.

— Fale com respeito se sabe o que é bom para você — disse Grubechov ao faz-tudo em um tom de voz grave e irado. — Ouça e aprenda!

— Mas como, se nada disso é verdade? — exclamou o faz-tudo com a voz rouca. — Pode-se teorizar sobre um ou outro fato da história, mas não reconheço verdade no que está sendo dito. Admita, sua reverência, que todos sabem que a Bíblia nos proíbe de beber sangue. Isso está por toda parte no livro, nas leis, tudo. Já me esqueci de quase tudo que sabia dos livros sagrados, mas vivi com o povo e conheço os costumes. Quantos ovos eu mesmo vi minha mulher jogar para as cabras se tivessem o menor sinalzinho de sangue na gema. "Raisl", eu dizia, "vá devagar com isso. Nós não somos ricos para desperdiçar comida assim", mas não adiantava, aquele ovo não ia para a mesa de jeito nenhum, mesmo se alguém se dispusesse a comê-lo, o que eu nunca fiz — a pessoa se acostuma aos hábitos. O que ela fazia era definitivo, reverência. Eu nunca disse: "Traga de volta aquele ovo com sangue." Ela o teria atirado em mim se eu dissesse isso. Ela também deixava de molho na água a pouca carne ou galinha que tínhamos para comer, para que todo o sangue saísse e depois ainda jogava sal em cima para ter certeza de que todo o sangue havia sido drenado. Os enxágues com água eram intermináveis. Esta é a pura verdade, eu juro. Juro que sou inocente desse crime que os senhores dizem que cometi — não o senhor, pessoalmente, reverência, mas alguns dos senhores que estão aqui. Eu não sou hasside, eu não sou tzadik. Eu sou um faz-tudo por ofício, um ofício dos mais pobres, e já fui, por um curto período, soldado do Exército Imperial. De fato, para dizer toda a verdade, não sou um homem religioso. Sou um livre-pensador. A princípio minha esposa e eu brigávamos por causa disso, mas eu sempre dizia que as convicções religiosas de um homem são assunto só dele e ponto final, se me permite dizer isso, reverência. Seja como for, eu nunca toquei naquele menino ou em nenhum outro menino em toda a minha vida. Eu já fui menino e essa é uma época da minha vida que eu acho difícil esquecer. Eu gosto de crianças e teria ficado muito feliz se minha mulher tivesse me dado um filho. Não é da minha natureza fazer qualquer uma das coisas que foram ditas aqui, e, se alguém achar que é, está totalmente equivocado.

Ele havia se voltado para os altos funcionários à sua frente. Eles o ouviram educadamente, até mesmo os dois representantes das Centúrias Negras, apesar de o mais baixo deles não conseguir disfarçar o desdém que sentia pelo faz-tudo. O outro se afastou. Um homem que usava um solidéu de tecido sorriu para Iákov demonstrando solidariedade e desviou o olhar para um ponto distante onde as cúpulas douradas de uma catedral se erguiam acima das árvores.

— É melhor você desembuchar logo — disse Grubechov —, em vez de ficar falando toda essa baboseira. — Pediu desculpas ao sacerdote por seu linguajar grosseiro.

— O senhor quer que eu confesse o quê, excelência, se eu já disse que não fui eu? Posso até confessar algumas coisas aos senhores, mas não posso confessar esse crime. Terá que me desculpar quanto a isso — mas não fui eu. Por que motivo, afinal, eu faria tal coisa? Os senhores estão enganados, excelência. Alguém cometeu um erro muito grave em toda essa história.

Mas ninguém queria admitir aquilo e uma pesada tristeza tomou conta dele.

— Confesse como tudo aconteceu — disse Grubechov. — Como você atraiu o menino para o estábulo com doces e como depois dois ou três de vocês caíram em cima dele, amordaçaram o menino, amarraram as mãos e os pés dele e o arrastaram escada acima até seu quarto. Lá vocês rezaram sobre ele usando túnicas e chapéus pretos, despiram a criança apavorada e começaram a furá-la em certos lugares, doze estocadas primeiro e depois mais uma para completar treze — treze em cada lugar do corpo: no coração, no pescoço — de onde retiraram a maior parte do sangue — e no rosto. Tudo de acordo com seus livros cabalísticos. Vocês o torturaram e o aterrorizaram, gozando de cada estremecimento da pequena vítima e seus rogos de misericórdia, enquanto coletavam até a última gota de seu sangue em garrafas, deixando o menino absolutamente exangue. Os cinco ou seis litros de sangue morno, vocês colocaram em uma sacola negra e esta, se seguiram o costume, foi levada à sinagoga por um judeu corcunda a tempo de prepararem os matzos e os afikomen. E, quando o coração do pobre Jênia Gólov já não tinha uma única gota de sangue e o menino jazia morto no chão, você e o judeu tzadik de meias brancas carregaram o cadáver na calada da noite e o deixaram nesta caverna. Aí vocês dois comeram pão e sal para que a alma dele não os assombrasse e saíram às pressas daqui antes que o sol nascesse. Como tinham medo de que descobrissem as manchas de sangue no chão, depois mandaram que seus judeus queimassem totalmente o estábulo de Nikolai Maximovitch. É isso que você tem que confessar.

O homem que consertava coisas pôs-se a gemer e a socar o próprio peito com os punhos algemados. Procurou Bibikov, porém o Magistrado de Investigações e seu assistente haviam desaparecido.

— Levem o prisioneiro até a caverna — ordenou Grubechov aos guardas.

Fechando o guarda-chuva, ele rapidamente passou à frente e com certa dificuldade subiu os degraus e entrou na caverna.

As correntes que prendiam os tornozelos de Iákov eram curtas demais para que ele subisse os degraus íngremes, por isso ele foi agarrado pelas axilas por dois guardas que o puxaram enquanto outros o empurraram para cima. Um dos guardas entrou na caverna e os outros forçaram o faz-tudo para dentro pela estreita entrada aberta na pedra.

No interior da caverna úmida e cheirando a morte, mal iluminada por um semicírculo de velas presas à parede, Grubechov ergueu o saco de ferramentas de Iákov.

— Estas ferramentas não são suas, Iákov Bok? Foram encontradas em seu quarto no estábulo pelo cocheiro Richter.

Iákov identificou-as à luz das velas.

— Sim, excelência, trabalho com elas há muitos anos.

— Olhe para esta faca enferrujada e para este furador que você limpou com este trapo, e agora negue que estes instrumentos tenham sido usados por você e por sua gangue de judeus para perfurar o corpo de uma pobre criança cristã inocente!

O homem que consertava coisas forçou-se a olhar. Seus olhos se fixaram, perdidos, na ponta reluzente do furador e, para além dela, no fundo da caverna, que ele agora via com nitidez. Viu todos eles ali presentes, inclusive Marfa Gólov, com a cabeça enrolada em um xale negro, os olhos lacrimosos refletindo as luzes das velas, gemendo de joelhos diante de uma maca onde jazia seu Jênia, desenterrado do túmulo para aquela reconstituição do crime. Ali estava o menino nu, com as feridas em seu pobre corpo acinzentado visíveis à luz de duas longas velas brancas junto à sua cabeça grande demais e aos pequenos pés.

Iákov contou rapidamente as feridas no rosto desfigurado do menino e gritou: — Catorze!

Porém o Promotor-Chefe respondeu que eram dois grupos mágicos de sete. Padre Anastássi, recendendo a alho, caiu de joelhos e, com um discreto gemido, pôs-se a orar.

# PARTE CINCO

## 1

Os dias passavam e os funcionários do governo russo aguardavam, impacientes, que o período menstrual dele começasse. Grubechov e o general do Exército consultavam com freqüência o calendário. Se não começasse logo, eles ameaçavam bombear sangue do pênis de Iákov com um equipamento que serviria a esse propósito. A máquina era uma bomba de ferro com um indicador vermelho que mostrava a quantidade de sangue bombeada. O perigo era que nem sempre o equipamento funcionava bem e às vezes sugava demais e punha em risco a vida da pessoa. Usavam-no exclusivamente em judeus; era apropriado para seus pênis.

De manhã os guardas entraram na cela e o acordaram abruptamente. Ele foi cuidadosamente revistado e recebeu ordem de se vestir. Iákov foi algemado e preso a correntes e em seguida conduzido dois pavimentos acima — ele esperava estar indo para o gabinete de Bibikov, mas levaram-no para o do Promotor-Chefe, do outro lado do corredor. Na ante-sala, em um banco encostado à parede do fundo, dois homens em ternos puídos olharam furtivamente para o prisioneiro e depois baixaram os olhos. São espiões, pensou ele. O gabinete de Grubechov era uma sala espaçosa de teto alto. Um grande ícone de Cristo na cruz com um halo azul acima da cabeça destacava-se por trás da mesa do promotor, onde este se encontrava sentado lendo documentos legais e consultando alguns livros. O faz-tudo recebeu ordem de sentar-se na cadeira à frente de Grubechov, e os guardas permaneceram em pé, atrás dele.

O dia estava extremamente quente e as janelas se encontravam fechadas para que o calor não entrasse. O promotor vestia um terno de verão esverdeado, com o mesmo colete amarelo encardido e a mesma gravata-borboleta preta. As costeletas que lhe contornavam o rosto haviam sido escovadas e ele enxugava o rosto suado, as palmas das mãos e a nuca com um grande lenço. Iákov, ainda perturbado pelo pesadelo que tivera naquela manhã e pela lembrança da cena que o promotor montara na caverna, sentia-se sufocado.

— Decidi enviá-lo para a prisão de Kiev, onde aguardará seu julgamento — disse Grubechov, assoando o nariz e depois o limpando tranqüilamente. — Naturalmente não é fácil prever quando será o julgamento, portanto ocorreu-me verificar se o senhor havia decidido cooperar com a justiça. Já que teve um tempo bem razoável para refletir sobre sua situação, talvez agora esteja disposto a dizer a verdade. O que me diz? Persistir na mesma atitude só lhe dará dor de cabeça. Se cooperar, talvez facilite sua situação.

— O que mais há para dizer, excelência? — suspirou o faz-tudo tristemente. — Procurei em minha pequena sacola de palavras e não tenho outra coisa a dizer a não ser que sou inocente. Não há provas contra mim porque eu não fiz o que o senhor diz que fiz.

— É uma lástima que não queira cooperar. O seu papel nesse assassinato já era do nosso conhecimento antes mesmo que o prendêssemos. O senhor é o único judeu que morava no distrito, à exceção de Mandelbaum e Litvinov, comerciantes da Primeira Guilda, que não estavam na Rússia, quiçá de propósito, quando o crime foi cometido. Suspeitamos imediatamente que o criminoso fosse um judeu, porque um russo jamais cometeria esse tipo de crime. Um russo seria capaz de cortar o pescoço de outro em uma briga, ou matar alguém com duas ou três pauladas, mas nenhum russo cometeria a ignomínia de torturar uma criança inocente infligindo quarenta e sete perfurações mortais em seu corpo.

— Eu também seria incapaz disso — disse o faz-tudo. — Não é da minha natureza, por pior que eu seja.

— O peso das evidências recai sobre o senhor.

— Então talvez as evidências sejam erradas, não é verdade, excelência?

— Evidências são evidências e não podem estar erradas.

Grubechov assumiu um tom de voz persuasivo. — Diga-me a verdade, honestamente, Iákov Bok, a Nação Judaica não o colocou aqui exatamente para cometer esse crime? O senhor me parece uma pessoa séria — talvez tivesse feito isso a contragosto, sob ameaças e promessas de alguma espécie, relutante em levar a cabo o assassinato para eles. Em outras palavras, não foi tudo idéia deles e não sua? Se o senhor admitir isso, digo-lhe francamente — deixe-me encontrar a expressão certa —, a sua vida será mais fácil. Nós não usaremos todas as nossas prerrogativas no processo contra o senhor. Talvez, depois de algum tempo não muito longo, lhe seja concedida liberdade condicional, e sua sentença seja suspensa. Em outras palavras, há "possibilidades" a serem exploradas. Só o que pedimos é a sua assinatura — não é tanto assim.

O rosto de Grubechov brilhava de suor, como se ele estivesse fazendo um esforço maior do que desejava aparentar.

— Como é que eu poderia fazer isso, excelência? Eu não poderia fazer tal coisa. Por que eu culparia gente inocente?

— A história já provou que não são tão inocentes. Além do mais, não entendo seus falsos escrúpulos. Afinal, o senhor mesmo admite que é livre-pensador, eu mesmo o ouvi dizer isso. Os judeus não significam muito para o senhor. A meu ver, decidiu afastar-se de tudo isso, e não o culpo. Convenhamos, essa é uma oportunidade para o senhor se livrar de vez da enrascada em que o meteram.

— Se os judeus não significam coisa alguma para mim, então por que estou aqui?

— O senhor foi insensato em prestar-se a participar desse projeto macabro. E eles, o que fizeram pelo senhor?

— Pelo menos, excelência, não voltaram as costas para mim. Não, eu não poderia assinar tal coisa.

— Então lembre-se de que as conseqüências para o senhor podem ser muito sérias. A sentença que a corte lhe dará será o menor de seus problemas.

— Por favor, excelência — disse Iákov, com a respiração entrecortada —, o senhor acredita mesmo nessas histórias de bruxos que roubam sangue de crianças cristãs assassinadas para misturar nos matzos? O senhor é um homem culto e não creio que acredite nessas superstições.

Grubechov recostou-se na cadeira com um leve sorriso nos lábios. — Acredito que foi você quem matou o menino Jênia Gólov por motivos religiosos. Quando se souber da verdadeira história, toda a Rússia acreditará também. Vocês não acreditam? — perguntou ele aos guardas.

Os guardas juraram acreditar.

— É claro que acreditamos — disse Grubechov. — Todo judeu é judeu e não há o que discutir. A história e o caráter deles não mudam jamais. A natureza deles é constante. Isso já foi comprovado em estudos científicos por Gobineau, Chamberlain e outros. Nós mesmos, aqui na Rússia, estamos fazendo um estudo das características fisionômicas dos judeus. Nossos camponeses têm um ditado segundo o qual um homem que rouba usa um chapéu incandescente. No caso de um judeu, é o nariz que é incandescente e que revela o criminoso que é.

Ele abriu um caderno de notas em uma página onde se viam desenhos a bico-de-pena e virou-o para que Iákov pudesse ler o título no alto da folha: "Narizes judeus."

— Aqui, por exemplo, está o seu. — Grubechov indicou um nariz fino, ponte alta e narinas finas.

— E este é o seu — disse Iákov com a voz embargada indicando um nariz curto, carnudo e de narinas largas.

O Promotor-Chefe, apesar do rosto subitamente vermelho, forçou um riso. — O senhor é um homem espirituoso — disse ele —, mas isso de nada lhe valerá. O seu destino está traçado. Nossa sociedade é compassiva mas sabe punir os criminosos renitentes. Talvez eu deva reavivar sua memória — para que veja a boa sorte que tem — quanto à maneira como seus colegas judeus eram executados em um passado não muito remoto. Eram enforcados usando capuzes cheios de piche escaldante e com um cão enforcado ao lado para que o mundo visse como eram desprezíveis.

— Quem enforca um cão é um cão também, excelência.

— Se você não pode morder, não exiba os dentes! — Grubechov, com uma veia estufada no pescoço, atingiu violentamente o rosto do faz-tudo com uma régua. Iákov deu um grito quando a régua se partiu e um dos pedaços foi bater na parede. Os guardas puseram-se a dar-lhe socos na cabeça, mas o Promotor-Chefe fez um sinal para que se afastassem.

— Pode gritar por Bibikov até o dia do juízo final — gritou ele para o faz-tudo —, mas vou deixar você na masmorra até que suas carnes e seus ossos apodreçam sem sobrar um pedacinho. O senhor vai me suplicar para deixá-lo confessar quem o mandou assassinar aquele menino inocente!

## 2

Iákov teve medo de que sua situação na prisão fosse piorar e não precisou esperar para ver que estava certo. Não tenho sorte, pensava ele amargurado. Como é mesmo o ditado? — "Se eu fosse vendedor de velas, o sol não ia se pôr." Mas, como sou Iákov, o Homem Que Conserta Coisas, ele se põe pontualmente. Sou do tipo de homem para quem viver é perigoso. Uma coisa eu sei que preciso fazer: falar menos — muito menos, ou acabam comigo. Do jeito que estou, já estão acabando mesmo.

A Penitenciária de Kiev, também em Lukianovski, era um velho prédio de muros altos e cinzentos com a aparência de uma fortaleza. Tinha um pátio interno enlameado, com detritos acumulados junto ao portão de ferro — uma carroça quebrada, colchões apodrecendo, tábuas imprestáveis, barris de lixo, montes de brita e de areia onde os prisioneiros às vezes faziam cimento. Uma área desimpedida entre a parte administrativa a oeste e o bloco principal das celas era o lugar para onde os prisioneiros eram levados para tomar sol. Iákov e seus guardas lá chegaram de bonde, após uma viagem de várias verstas desde a Corte de Justiça, onde estivera preso até então. Ao chegarem, o faz-tudo foi saudado por um homem vesgo, o diretor da prisão: — Olá, bebedor de sangue, bem-vindo à Terra Prometida. — Seu imediato, um homem esguio, de rosto fino, olhos sem expressão e que tinha apenas quatro dedos na mão direita, disse: — Aqui vamos lhe dar de comer farinha e sangue até você cagar matzos. — Os suboficiais e os funcionários saíram apressadamente de suas salas para ver o judeu, mas o diretor Grizitskoi, um homem de sessenta e cinco anos, com uma barba rala cinza amarelada, uma farda cáqui de ombreiras douradas e um quepe de pala abriu uma porta com rispidez e conduziu o faz-tudo para uma outra sala, onde se sentou à sua mesa.

— Eu não quero gente da sua laia aqui — disse ele —, mas não tenho alternativa. Sou um servidor do Czar e cumpro fielmente suas ordens. Você é o que há de mais desprezível de toda essa corja de judeus — já li sobre suas façanhas —, mas sou obrigado a recebê-lo como prisioneiro de Sua Majestade Imperial Nicolau II. Então vai ficar aqui até ordem em contrário. É melhor que se porte bem. Obedeça às regras prontamente. Em nenhuma circunstância deve tentar comunicar-se com pessoa alguma que esteja fora desta prisão a não ser com autorização minha. Se criar algum problema, vai ter motivos para se arrepender. Entendido?

— Quanto tempo tenho que ficar aqui? — conseguiu Iákov perguntar. — Isto é, considerando-se que ainda não fui julgado.

— O tempo que as autoridades julgarem necessário. Agora guarde suas perguntas para si e acompanhe o sargento. Ele lhe dirá o que fazer.

O sargento, um homem de bigodes caídos nos cantos da boca, levou o faz-tudo por um corredor onde funcionários, chegando às portas das salinhas de seus escritórios, olhavam-no com curiosidade. Chegaram a uma sala comprida com bancos de madeira onde Iákov recebeu ordem de despir-se e vestir uma jaqueta branca parecendo um saco cheirando a suor e calças de algodão também disformes. Recebeu uma camisa sem botões e um casaco cinza muito usado que já havia sido marrom e que lhe serviria também de cobertor. Enquanto tirava as botas para calçar um par de sapatos duros de prisioneiro, Iákov sentiu uma onda de opressão que lhe escureceu a visão. Pareceu-lhe que estava prestes a desmaiar, mas esforçou-se para não lhes dar aquela satisfação.

— Sente-se naquela cadeira para o corte de cabelo — ordenou o sargento.

Iákov sentou-se em uma cadeira de encosto reto, mas, quando o barbeiro da prisão já ia começar a cortar-lhe os cabelos com uma tesoura grande, o sargento, verificando uma folha de papel, interrompeu-o.

— Não precisa. Diz aqui que é para ele ficar com cabelo mesmo.

— É sempre assim — disse o barbeiro com raiva. — Os dessa corja já nascem com privilégios.

— Corte logo! — gritou Iákov — corte todo o meu cabelo!

— Silêncio! — ordenou o sargento. — Aqui vai ter que aprender a cumprir ordens! Siga em frente!

Passaram por uma porta de ferro que o sargento destrancou com uma grande chave e seguiram os dois, Iákov à frente, por um corredor úmido e mal-iluminado. Chegaram a uma grande cela com grades à frente e uma parede com duas janelinhas sujas no alto pelas quais penetrava a pouca luz ali existente. Um mictório fedorento, não mais que um rego aberto no chão, acompanhava a parede dos fundos.

— Esta é a cela dos trinta dias — disse o sargento. — Você fica aqui por um mês e vai a julgamento ou então transferem você para outro lugar.

— Que outro lugar?

— Você verá.

Onde quer que seja, que diferença faz? Pensou o faz-tudo sem esperanças.

O ruído da cela diminuiu quando a porta foi aberta ruidosamente e logo se fez profundo silêncio, como se uma espessa coberta tivesse sido atirada por cima dos prisioneiros que ficaram observando a entrada de Iákov. Depois que a porta se fechou, eles começaram a falar e a se mover novamente. Havia cerca de vinte e cinco homens na cela e o mau cheiro que exalavam naquele espaço quase que sem ventilação era nauseante. Alguns estavam sentados no chão jogando cartas, dois homens dançavam abraçados, uns poucos estavam engajados em luta corporal, embolando-se no chão, dando e levando chutes e gritando xingamentos. Um velho enlouquecido subia em um banco quebrado e saltava ao chão repetidamente. Um homem com o rosto emaciado aparentando estar doente martelava um pé de sapato com o salto do outro. Havia alguns bancos e mesas na cela, mas nenhuma cama ou colchão. Os prisioneiros dormiam em um estrado baixo de madeira junto à parede externa, cerca de um centímetro acima do chão imundo. Iákov sentou-se sozinho no canto mais afastado, pensando em seu miserável destino. Tinha ganas de arrancar tufos de seus próprios cabelos, mas teve medo de chamar a atenção.

# 3

Um guarda com uma metralhadora do lado de fora da grade gritou "Jantar!". Dois outros guardas abriram a porta da cela e ali deixaram três baldes de madeira cheios de sopa quente. Os prisioneiros, dando urros, acotovelaram-se ao redor dos baldes fumegantes. Um guarda entregou uma colher de madeira a um prisioneiro de cada grupo ao redor dos três baldes. Sentado no chão diante do balde, o prisioneiro podia tomar dez colheradas da sopa aguada de repolho engrossada com um pouco de cevada e depois tinha que entregar a colher para o seguinte da fila. Os que tentavam tomar colheradas extras eram espancados pelos outros. Depois que cada prisioneiro tivesse tomado sua cota, o primeiro recomeçava.

Iákov aproximou-se do balde mais próximo dele, mas o prisioneiro que estava tomando a sopa, um homem de pés tortos com uma cicatriz na cabeça, parou de tomar, enfiou a mão no balde e, com um grito de triunfo, de lá tirou metade de um rato com as vísceras penduradas. O prisioneiro ficou segurando o rato pela cauda e continuou a tomar a sopa rapidamente. Dois outros arrancaram violentamente a colher da mão dele e o empurraram para longe do balde. O homem dos pés tortos foi mancando para junto do outro grupo e ficou balançando o rato diante de seus rostos, mas, apesar de o xingarem e jogarem ao chão, nenhum deles se afastou do balde. O homem saiu dançando, desajeitado, com seu rato morto. Iákov olhou para dentro do segundo balde, já vazio, a não ser por algumas baratas mortas no fundo. Ele não olhou para o interior do terceiro balde. Tampouco interessou-se pelo chá desbotado que foi servido sem açúcar em canecas de lata. Ele esperava receber um pedaço de pão, mas não recebeu porque seu nome não estava na relação do pão feita pelo sargento. Naquela noite, quando os outros prisioneiros roncavam lado a lado no grande estrado de madeira, o faz-tudo, enrolado em seu casaco apesar de a noite não estar fria, caminhou de um lado ao outro da cela na mais total escuridão até que os pregos do seu sapato começaram a furar-lhe os pés. Quando se deitou, exausto, cobrindo o rosto com a metade de uma folha de jornal que encontrara na cela, para proteger-se dos insetos, foi imediatamente despertado por uma sineta estridente.

No café da manhã, ele engoliu rapidamente o chá ralo que cheirava a madeira podre, mas não conseguiu tocar no mingau aguado que veio nos baldes. Ouvira falar que os baldes de madeira eram usados na casa de banhos quando não estavam cheios de sopa ou de mingau. Pediu um pedaço de pão, mas o guarda disse que o nome dele continuava fora da lista.

— Quando será incluído?

— Foda-se — disse o guarda. — E vê se não cria caso.

O faz-tudo percebeu que a atitude dos prisioneiros em relação a ele, a princípio neutra, havia mudado. Os homens estavam mais calados, quietos. Na parte da manhã, eles se reuniam em grupos perto do mictório e ficavam sussurrando, lançando olhares a Iákov.

O homem dos pés tortos parecia analisá-lo, de vez em quando, com olhares desconfiados.

Iákov sentiu que estava sendo dominado pelo medo. Alguma coisa está acontecendo, pensou ele. Talvez alguém lhes tenha dito quem sou. Se acharem que matei um menino cristão, vão querer me matar.

Nesse caso, não deveria ele chamar o guarda e pedir para ser transferido para uma outra cela antes que eles o matassem naquela? E, ainda que fizesse isso, será que estaria vivo até que o transferissem? E se os prisioneiros o atacassem sem que os guardas fizessem qualquer gesto para defendê-lo?

O "passeio matinal" era o exercício que faziam durante dez minutos marchando em fila dupla de doze ao redor do pátio, mantidos dez passos entre cada grupo, diante de soldados armados, alguns também com longos chicotes enrolados nas mãos, de pé junto às espessas paredes. Foi nessa hora que o homem de pés tortos, que fazia dupla com Iákov na fila, perguntou em um sussurro: — Por que sua cabeça não está raspada como a nossa?

— Não sei — sussurrou Iákov. — Disse no barbeiro para raspar de uma vez.

— Você é olheiro ou dedo-duro? Os caras estão desconfiando de você.

— Não, não, diga a eles que não sou nada disso.

— Então por que não se junta à gente? Você se acha melhor que a gente?

— Olha, meus pés estão doendo nestes sapatos. E também é a minha primeira vez na prisão. Estou tentando me acostumar, mas não está nada fácil.

— Está esperando que alguém te mande um pacote de comida? — perguntou o homem das pernas tortas.

— Quem me mandaria? Não tenho quem me mande nada. Minha mulher me deixou. Todo mundo que eu conheço é pobre.

— Bem, se receber, divida com todo mundo. É essa a regra aqui.

— Está bem.

O outro continuou a mancar em silêncio.

Não sabem quem sou eu, pensou Iákov. Daqui por diante é melhor que eu seja sociável. Logo que descobrirem, vão me trucidar, sem querer saber de coisa alguma.

Porém, quando os prisioneiros marcharam de volta para a cela, puseram-se novamente a discutir em sussurros e Iákov, lembrando-se da surra que levara na prisão do Tribunal Distrital de Justiça, começou a suar frio.

Passado algum tempo, um prisioneiro alto e de olhos lacrimejantes afastou-se do grupo e aproximou-se de Iákov. Era um homem grandalhão, com o rosto pálido e circunspeto, o pescoço quase negro de sujeira e as pernas finas e arqueadas. Caminhava lentamente, de um jeito estranho, como se receasse que algo caísse de dentro de sua roupa. O faz-tudo, que estava sentado com as costas apoiadas à parede, pôs-se de pé rapidamente.

— Escute aqui coleguinha — começou o outro a falar —, eu sou Fetiukov. Os outros me mandaram aqui para falar contigo.

— Se estão preocupados que eu seja olheiro — apressou-se Iákov em dizer —, preocupam-se à toa. Estou aqui como todo mundo, aguardando julgamento. Não pedi privilégio algum e também não creio que me dessem. Não estou nem recebendo minha ração de pão. Quanto a meu cabelo, eu disse ao barbeiro para cortar logo de uma vez, mas o sargento disse para ele não cortar e isso eu não sei dizer por quê.

— Qual é a acusação contra você?

O faz-tudo tocou os lábios secos com a língua. — Seja qual for o crime de que me acusam, eu não o cometi. Dou-lhe minha palavra de honra. É complicado demais explicar essa história, que seria longa e cansativa. Às vezes nem eu mesmo a entendo.

— Eu sou assassino — disse Fetiukov. — Dei umas facadas em um sujeito na taberna da minha aldeia. Ele me provocou e eu dei duas facadas nele, uma no peito e, quando ele estava caindo, dei outra nas costas. Ele se acabou ali mesmo. Eu já tinha tomado uns tragos, sabe como é, mas depois, quando me contaram o que eu tinha feito, nem acreditei. Eu sou um sujeito tranqüilo e não crio caso se não me provocarem. Nunca pensei que eu fosse matar alguém um dia. Se alguém tivesse me dito isso antes, eu teria rido na cara da pessoa.

O faz-tudo, sem tirar os olhos do assassino, foi se afastando devagar, colado à parede. Percebeu que dois outros prisioneiros o olhavam fixamente, um de cada lado. Quando ele gritou, Fetiukov colocou a mão para trás, tirou de dentro da calça um bastão grosso de madeira e deu uma paulada com força na cabeça de Iákov. O faz-tudo caiu de joelhos com as mãos acima da cabeça ensangüentada, que doía terrivelmente, e depois caiu de bruços, desmaiado. Quando acordou, estava no estrado de madeira imundo. Sua cabeça toda doía muito, principalmente o lado esquerdo do crânio, que latejava e parecia queimar. Seus dedos procuraram o lugar inchado e úmido do talho. O sangue pingava. Iákov foi tomado de profunda angústia. Seria espancado a cada vez que mudasse de cela e encontrasse outros prisioneiros? O homem que consertava coisas sentou-se com dificuldade, ainda tonto e com o sangue a lhe escorrer pelo rosto.

— Limpe isso — aconselhou um velho de óculos rachados que estava de pé a seu lado. Era o homem que cuidava do balde de excrementos, trazia água e, vez por outra, limpava o chão. — Use o balde com água junto à porta.

— Por que motivo se espanca um homem que não fez nada? O que foi que eu fiz a vocês?

— Escute aqui, companheiro — sussurrou o velho —, lave este sangue antes que o guarda chegue, senão os homens matam você.

— Que me matem — gritou ele.

— Eu disse para vocês que ele era um dedo-duro nojento — falou o homem da perna torta do outro lado da cela. — Acabe logo com ele, Fetiukov.

Um burburinho nervoso ergueu-se entre os prisioneiros.

Dois guardas vieram correndo pelo corredor, um deles com uma metralhadora. Ficaram olhando pela grade.

— O que é que está acontecendo aqui? Parem com esse barulho, seus porcos, ou passarão uma semana a meia ração.

O outro guarda olhava para o interior da cela mal-iluminada como que à procura de alguma coisa.

— Cadê o judeu? — gritou ele.

Fez-se um silêncio absoluto. Os prisioneiros entreolharam-se; alguns olharam furtivamente para Iákov.

Passado um breve tempo, Iákov disse que estava ali. Ouviu-se outro burburinho entre os prisioneiros. O guarda apontou a metralhadora para eles e fez-se silêncio novamente.

— Onde? — perguntou o guarda. — Não estou te vendo.

— Aqui — disse Iákov. — Não tem nada para ver.

— O sargento escreveu seu nome na lista do pão. Você vai receber sua cota hoje à noite.

— Até lá você pode sonhar com matzos — disse o guarda da metralhadora. — E também com o sangue de mártires cristãos, se é que me entende.

Quando os guardas se foram, os prisioneiros puseram-se a conversar, animados. Iákov sentiu que o medo tomava conta dele novamente.

Fetiukov, o assassino, aproximou-se dele novamente. O faz-tudo ficou de pé apoiando-se na parede.

— É você o judeu do caso do menino russo?

— É mentira — disse Iákov com a voz rouca —, sou inocente.

O burburinho dos prisioneiros encheu a cela novamente. Um deles gritou: — Judeu filho da puta!

— Não foi por isso que você apanhou — disse Fetiukov. — Sua cabeça não está raspada e nós pensamos que você fosse um espião. Fizemos isso para ver se você nos entregava aos guardas. Se tivesse feito isso, já estava morto a uma hora dessas. O capenga lhe enfiava uma faca. Nós vamos a julgamento e não queremos que ninguém saia dizendo por aí o que ouviu nesta cela. Eu não sabia que você era judeu. Mas, se soubesse, não tinha dado aquela paulada. Quando eu era menino, trabalhei como aprendiz para um ferreiro judeu. Ele não faria isso que dizem de você. Se tomasse sangue, teria vomitado na hora. E não faria mal a uma criança cristã. Eu não devia ter feito aquilo e te peço desculpas.

— Foi por engano — disse o homem dos pés tortos.

Iákov caminhou, procurando firmar-se, até o balde d'água. O balde fedia, mas ele deixou-se cair de joelhos e derramou um pouco d'água na cabeça.

Depois disso os prisioneiros desinteressaram-se dele e passaram a falar de outras coisas. Alguns foram dormir no estrado e outros começaram a jogar cartas.

Naquela noite Fetiukov acordou o faz-tudo e deu-lhe um pedaço de lingüiça que havia guardado de um pacote enviado pela irmã. Iákov comeu-o avidamente. O assassino deu-lhe também um trapo de pano molhado para que ele o pressionasse contra o talho inchado em sua cabeça.

— Diga a verdade — sussurrou ele —, você matou o garoto? Talvez tenha matado por algum outro motivo. Não estava bêbado?

— Não havia motivo algum — disse Iákov. — E eu não estava bêbado. Nunca matei ninguém. Sou inocente.

— Eu gostaria de ser inocente — suspirou Fetiukov. — O que eu fiz foi terrível. Eu nem conhecia o tal homem. O Livro diz que a gente só deve fazer bem aos outros. Eu tinha bebido um bocado e... sabe como são essas coisas. Quando vi, eu estava com uma faca na mão e o sujeito ali caído, morto, aos meus pés. Esse mesmo Deus, que nos dá a vida, deixa nossas vidas penduradas por um fio. Não precisa muito para que ele se parta. Não me pergunte por quê, a não ser que o demônio seja mais forte. Se eu pudesse devolver àquele homem a vida dele de novo, era isso que eu ia fazer. Não sei por que fiz aquilo, mas sei que não quero ser um assassino. As coisas já são ruins do jeito que são, para que piorar tudo ainda mais? Agora vão me mandar para uma prisão na Sibéria e, se conseguir sobreviver, vou passar lá o resto da minha vida.

— Meu irmão — disse ele a Iákov, fazendo o sinal-da-cruz sobre ele —, não perca a esperança. As portas de pedra podem desabar, mas a verdade acabará aparecendo.

— E, até lá — suspirou o homem que consertava coisas —, o que será da minha juventude desperdiçada?

# 4

A juventude de Iákov esvaía-se lentamente.

Estava na prisão havia quase três meses, um tempo já três vezes mais longo do que Bibikov havia previsto e só Deus sabia quando chegaria ao fim. Iákov quase enlouquecera tentando entender o que estava acontecendo com ele. O que fazia ele, um pobre faz-tudo inofensivo, naquela prisão? O que havia feito para merecer um encarceramento tão terrível sem qualquer previsão de término? Já não havia recebido mais do que seu quinhão de infortúnios em um mundo tão injusto? Ele tentava, desesperadamente, montar uma seqüência compreensível de eventos desde que deixara o shtetl e tinha ido parar numa cela de prisão em Kiev. Mas pensar em todas aquelas experiências estranhas e inesperadas como algo que tivesse algum significado o deixava confuso. Ele reconhecia que a vida é difícil de compreender. A chuva que apaga os incêndios é a mesma que causa inundações. Porém, aconteceram com ele coisas demais que não faziam sentido. Ele havia cometido alguns erros e pagara bem caro por eles. Certa noite escura, uma teia negra caíra sobre ele só porque ele estava parado ali, embaixo dela, e por mais que ele se debatesse não conseguira livrar-se de seus fios grudentos. Quem seria a aranha, que continuava invisível? Às vezes ele achava que Deus o estava punindo por sua pouca fé. Afinal de contas, trata-se de um Deus ciumento. "Não adorarás quaisquer outros Deuses." Ele não adorava deus algum. Iákov também culpava os goim por seu eterno ódio aos judeus. As coisas dão errado em um dado momento histórico e continuam erradas, com Deus ou sem Deus, para sempre. Aquilo *tinha* que ser assim? Iákov pensava e continuava a se maldizer. O que lhe acontecera poderia ter acontecido a qualquer judeu mais dedicado à sua fé, mas acontecera justamente a um livre-pensador recente, a ele, Iákov Bok. Ele se culpava por todos os seus erros — não sabia distinguir entre aqueles de um passado remoto e os diretamente relacionados à sua prisão na fábrica de tijolos. Entretanto, sabia que havia uma força externa a ele, uma espécie de destino, que o espreitava e ameaçava desde sempre e que, se ele não fosse cauteloso, poria um fim prematuro à sua vida.

Ele ansiava por poder explicar quem era — Iákov, o homem que consertava coisas —, que vinha de uma aldeia no Pale, que ainda pequeno ficara órfão e que cedo se casara com Raisl Shmuel, que o abandonara, a maldita; que ele havia sido pobre a vida inteira, sobrevivera à custa de muito esforço, e que era pobre em outros sentidos também. Se era tudo isso, o que fazia ele na prisão? Por que o puniam? Por que colocam um homem inofensivo em uma prisão de paredes tão espessas? Iákov pensou em suplicar-lhes que o soltassem simplesmente porque ele não era criminoso — qualquer um sabia disso —, podiam ir perguntar no shtetl. Se qualquer um daqueles agentes do governo — Grubechov, Bodianski, o diretor da prisão — o tivesse conhecido antes, jamais teria acreditado que ele fosse capaz de cometer um crime tão monstruoso. Não um homem como ele. Se ao menos sua inocência estivesse escrita em uma folha de papel, ele poderia exibi-la e dizer: "Leiam, está tudo aqui", mas como ela se encontrava escondida no seu coração, eles só poderiam encontrá-la se a procurassem, e não estavam procurando. Como era possível que alguém olhasse duas vezes para Marfa Gólov, que visse suas atitudes suspeitas e aquelas cerejas absurdas em seu chapéu, e não desconfiasse do que ela dizia? E que fim levara o Magistrado de Investigações, que desaparecera havia mais de um mês? Ainda permaneceria fiel à lei, ou teria se juntado aos outros na caça cruel a um culpado que fosse judeu? Ou teria simplesmente se esquecido de um homem que não faria falta alguma?

Nos primeiros dias passados na prisão da Corte de Justiça, a acusação que lhe faziam parecia-lhe quase irrelevante, algo que nada tinha a ver com sua vida até então. Mas, depois de sua ida à caverna, ele havia deixado de pensar em relevância, verdade e até mesmo em provas. Não havia uma outra "lógica" para tudo aquilo que não a da conspiração para punir um judeu, qualquer judeu; e ele tinha sido escolhido, acidentalmente, para o sacrifício. Ele seria julgado porque tinha sido acusado e não havia necessidade de outro motivo. Ter nascido judeu significava ser vulnerável à história, inclusive a seus piores erros. O acaso e a história haviam envolvido Iákov Bok como ele jamais imaginara que pudesse sê-lo. Aquele envolvimento era, por assim dizer, impessoal, mas o resultado, toda a sua angústia e todo o seu sofrimento, não era. Seu sofrimento era pessoal, impiedoso e, quiçá, interminável.

Sentia-se preso em uma armadilha, abandonado, indefeso. Havia desaparecido do mundo e ninguém a quem pudesse chamar de amigo sabia daquilo. Ninguém. O homem que consertava coisas culpou-se por não ter dado ouvidos a Shmuel e ter ficado no lugar ao qual pertencia. Metera-se naquela terrível situação, a troco de quê? Oportunidade na vida? Oportunidade para destruir-se, isto sim. Saíra para pescar arenque e fora arrancado do barco por um tubarão. Não era difícil adivinhar quem levaria a melhor. E, conquanto já tivesse àquela altura uma certa compreensão do que lhe estava acontecendo, ele não podia se resignar a aceitar. Nos momentos de cogitação filosófica ele amaldiçoava a história, o anti-semitismo, o destino e até mesmo, vez por outra, os judeus também. "Quem vai me ajudar?", gritava ele dormindo, mas os outros prisioneiros tinham suas próprias angústias, seus próprios pesadelos, e não o escutavam.

Certa noite, um novo hóspede foi levado para a cela, um jovem gorducho, de rosto carnudo, com uma barba alourada, mãos e pés pequenos, que vestia suas próprias roupas. A princípio mostrou-se taciturno e olhava de maneira furtiva para quem olhasse em sua direção. Iákov o observava à distância. Era o único gordo naquela cela cheia de prisioneiros muito magros. Tinha dinheiro, subornava os guardas para obter seus favores, alimentava-se bem com a comida que lhe chegava de fora em pacotes — dois grandes pacotes por semana — e não era mesquinho com sua comida e seus cigarros. "Tomem aqui rapazes, bom proveito", e ele distribuía toda a sobra que houvesse depois de assegurar seu próprio suprimento. Chegava a distribuir algumas garrafas verdes de água mineral. O recém-chegado parecia saber como estabelecer boas relações, e alguns dos prisioneiros até começaram a jogar cartas com ele. O homem dos pés tortos ofereceu-se para ser seu empregado pessoal, mas ele o dispensou com um gesto de quem manda embora. Ao mesmo tempo, era um homem angustiado, que murmurava para si mesmo, sacudia a cabeça em negação e, às vezes, enfiava as unhas sujas, desesperado, em seus próprios punhos rechonchudos. Arrancou, um por um, os botões de sua camisa de tanto os torcer. Iákov, apesar de querer conversar com aquele homem, evitou-o a princípio, talvez porque não soubesse conversar com gente rica, em parte porque era evidente que o homem não queria conversa e em parte por motivos que nem mesmo ele sabia explicar a si próprio. O novo prisioneiro distribuía suas dádivas com uma falsa cordialidade e seus olhos não podiam esconder o fato de ele não ser uma pessoa cordial. Feito isso, ele se recolhia. Sentava-se sozinho com freqüência e punha-se a resmungar. Iákov percebeu que aquele homem se dava conta de sua presença. Tanto um quanto o outro permaneciam quietos em seus cantos e se examinavam à distância. Certa manhã, depois do passeio no pátio, eles começaram a conversar em um canto da cela.

— Você é judeu? — perguntou o jovem gorducho em ídiche.

Iákov disse que sim.

— Eu também.

— Foi o que pensei — disse o faz-tudo.

— Se pensou isso, por que não se aproximou?

— Achei melhor esperar um pouco.

— Como se chama?

— Iákov Bok, faz-tudo.

— Gronfein, Gregor. Shalom. Por que está aqui?

— Eles dizem que matei um menino cristão. — Iákov ainda não conseguia dizer isso com a voz firme.

Gronfein olhou-o surpreso.

— Então você é o tal? Meu Deus, por que não me disse logo? Fico feliz em estar na mesma cela que você.

— Por que ficaria feliz com isso?

— Ouvi dizer que haviam acusado alguém de matar um menino russo que encontraram em uma caverna. É óbvio que toda essa história é inventada de propósito, mas fala-se por toda parte no Podol que um judeu foi preso, embora ninguém o tenha visto ou saiba quem é. Seja quem for, é um mártir para todos nós. É você mesmo?

— Sou eu. Gostaria que não fosse.

— Eu tinha minhas dúvidas quanto à existência de tal pessoa.

— Eu existo. Existo, apenas — disse o faz-tudo respirando profundamente. — Meus piores inimigos deveriam "existir" assim.

— Não se aflija — disse Gronfein. — Deus o ajudará.

— Ajudará ou não, como bem entender, mas, se não me ajudar, espero que alguém o faça logo, ou será melhor que me enterrem de uma vez, que me cubram de terra e grama.

— Paciência — disse Gronfein distraído. — Paciência. Se não for de um jeito, será de outro.

— Que outro?

— Enquanto se está vivo, nunca se poderá saber que oportunidades surgirão de uma hora para outra. Mas um homem morto não assina cheques.

Pôs-se então a falar de si mesmo. — É claro que estou melhor de vida do que algumas pessoas que conheço — disse Gronfein olhando para Iákov para ver se ele concordava. — Tenho um advogado de primeira classe trabalhando para mim, utilizando-se de meios que poderiam ser chamados de informais. Não tenho medo de abrir mão de algumas centenas de rublos se for necessário, porque no lugar de onde vieram há muito mais. Meu negócio é falsificação. Não é honesto, mas ganha-se bem, e que mal há em tirar um pouco do Czar Nicolau — ele já tem muito dinheiro que tira dos judeus. Mas, se um bom suborno não funcionar dessa vez, não sei como vai ser, pois tenho mulher e cinco filhos e estou começando a ficar preocupado. Nunca passei tanto tempo numa cadeia. Há quanto tempo você está aqui?

— Aqui, quase um mês. Ao todo faz três meses que estou preso

— Puxa! — O falsificador deu a Iákov dois cigarros e um pedaço de strudel de maçã de seu último pacote. O faz-tudo comeu e fumou agradecido.

Na vez seguinte em que conversaram, Gronfein fez perguntas a Iákov acerca de seus pais, sua família, sua aldeia. Quis saber o que ele estava fazendo em Kiev. Iákov disse-lhe uma ou outra coisa, mas não falou demais. Chegou, porém, a mencionar Raisl e Gronfein fez uma careta.

— Nem parece uma mulher judia, na minha opinião. Minha esposa jamais teria tais pensamentos, menos ainda com um gói. Fazer, então...

O faz-tudo encolheu os ombros. — Algumas fazem, outras, não. E algumas que fazem são judias.

Gronfein ia perguntar alguma coisa mas parou, olhou em volta cautelosamente, e depois, em um sussurro, disse estar interessado em saber exatamente o que havia acontecido. — Como foi que ele morreu?

— Como foi que *quem* morreu? — perguntou o faz-tudo surpreso.

— O menino russo que foi assassinado.

— Como é que eu vou saber? — Iákov se afastou do homem. — O que dizem que eu fiz eu não fiz. Se eu não fosse judeu não estaria aqui.

— Tem certeza? Por que não me conta tudo? Estamos os dois no mesmo buraco.

— Não tenho nada para contar — disse Iákov com frieza. — Onde não tem pássaro, não tem pena.

— Que azar o seu, então — disse o falsificador de maneira amigável —, mas vou fazer o que puder para ajudá-lo. Logo que me soltarem daqui, falarei com meu advogado.

— Fico-lhe grato por isso.

Mas àquela altura Gronfein já estava depressivo, com os olhos distantes, e nada mais disse.

No dia seguinte ele aproximou-se furtivamente de Iákov e sussurrou, preocupado: — Estão dizendo lá fora que, se o governo levar você a julgamento, pode dar início a um pogrom ao mesmo tempo. As Centúrias Negras estão fazendo ameaças terríveis. Centenas de judeus estão deixando a cidade como se fugissem de uma peste. Meu sogro está falando em vender seu negócio e partir logo para Varsóvia.

O faz-tudo ouviu em silêncio.

— Ninguém está culpando você, compreende? — disse Gronfein.

— Se seu sogro quer fugir, pelo menos ele pode fugir.

Enquanto conversavam, o falsificador olhava a todo instante, nervoso, em direção à porta da cela, como se aguardasse o guarda.

— Está esperando algum pacote hoje? — perguntou Iákov.

— Não, não. Mas, se não me deixarem sair logo daqui, eu enlouqueço. Este lugar fede e estou preocupado com minha família.

Ele se afastou disfarçadamente e voltou vinte minutos depois trazendo o que restava de um pacote.

— Fique com isso que sobrou — disse ele a Iákov —, talvez eu consiga alguma coisa finalmente.

Um guarda abriu a porta e Gronfein desapareceu da cela por meia hora. Quando voltou, disse a Iákov que o soltariam naquela mesma noite. Parecia satisfeito, mas suas orelhas estavam muito vermelhas e ele ficou resmungando consigo mesmo por mais de uma hora. Depois pareceu ter se acalmado.

É assim que as coisas funcionam com o dinheiro, pensou Iákov. Quem tem dinheiro tem asas.

— Posso fazer alguma coisa por você antes de ir? — perguntou Gronfein em um sussurro, passando-lhe sorrateiramente uma nota de dez rublos. — Não se preocupe, esta é verdadeira.

— Obrigado. Com isto posso conseguir algumas coisas. Não me deixaram ficar com meu próprio dinheiro. Talvez possa comprar um par de sapatos melhor de algum outro prisioneiro. Estes estão machucando meus pés. E, se o seu advogado puder me ajudar, ficarei muito grato.

— Eu estive pensando, você não quer aproveitar e mandar uma carta para alguém? — disse Gronfein. — Pode escrever com este lápis aqui e eu cuido de colocá-la no correio. Tenho papel e envelope no meu pacote. Os selos eu coloco lá fora.

— Muito obrigado — disse Iákov —, mas a quem eu poderia escrever?

— Se não tem a quem escrever — disse Gronfein —, não posso fazer nada, mas que me diz do seu sogro, de quem você me falou?

— Ele é um homem muito pobre. O que poderia fazer por mim?

— Ele tem boca, não tem? Então que ponha a boca no mundo.

— Tem boca e tem estômago, mas não tem o que comer.

— Dizem que, quando um galo judeu canta em Pinks, ele é ouvido na Palestina.

— Talvez eu escreva — disse Iákov.

Quanto mais ele pensava naquilo, mais tinha vontade de escrever. Tinha um desejo desesperado de que alguém soubesse o que lhe havia acontecido. Lá fora, como Gronfein dissera, sabia-se que alguém estava preso, mas não se sabia quem. Ele queria que todos soubessem que era Iákov Bok. Queria que soubessem que ele era inocente. Alguém precisava saber, ou ele jamais sairia dali. Quem sabe se um comitê poderia ser organizado para libertá-lo? Talvez conhecendo as possibilidades das leis, fosse possível a um advogado estar com ele antes que a acusação fosse formalizada; caso não conseguisse, ele talvez pudesse fazer com que lhe dessem algum documento para que começasse a preparar a defesa. Na semana seguinte ele completaria trinta dias naquela cela fedorenta e ninguém tinha feito qualquer contato com ele. Iákov pensou em escrever para o Magistrado de Investigações, mas não ousou. Se ele entregasse a carta para o Promotor-Chefe, as coisas poderiam piorar. Ou, se ele não entregasse, talvez seu assistente, Ivan Semionovitch, o fizesse. Fosse como fosse, seria muito arriscado.

O faz-tudo então escreveu duas cartas lentamente — uma para Shmuel e outra para Aaron Latke, o gráfico que lhe alugara um quarto em seu apartamento.

"Caro Shmuel", escreveu Iákov. "Como você previu, eu acabei me envolvendo em uma enrascada das grandes e vim parar na Penitenciária de Kiev, perto da rua Dorogojitski. Sei que é impossível, mas tente ajudar-me urgentemente. A quem mais posso pedir que me ajude? Seu genro, Iákov Bok. P.S. Se ela voltou, prefiro não saber."

A Aaron Latke ele escreveu: "Caro amigo Aaron, seu inquilino recente Iákov Bok encontra-se agora na Penitenciária de Kiev, na cela dos trinta dias. Depois dos trinta dias, só Deus sabe o que acontecerá comigo. O que já aconteceu é ruim o suficiente. Estou sendo acusado de matar uma criança russa chamada Jênia Gólov, em quem, juro, jamais toquei. Faça-me o favor de levar esta carta a algum jornalista judeu ou então a uma pessoa sincera e dedicada a fazer o bem, se é que conhece alguma. Diga a essas pessoas que, se conseguirem me tirar daqui, trabalharei muito a vida toda para pagar o que lhes devo. Mas peço que se apresse, porque minha situação é desesperadora e está ficando pior. Iákov Bok."

— Ótimo — disse Gronfein, recebendo as cartas fechadas —, deve dar tudo certo. Bem, eu lhe desejo muita sorte. Não se preocupe com os dez rublos. Pode me pagar quando for libertado. No lugar onde consegui estes, consigo mais.

O guarda abriu a porta da cela e o falsificador desapareceu apressadamente pelo corredor, com o guarda quase que correndo para acompanhá-lo.

Quinze minutos depois, Iákov foi chamado ao gabinete do diretor. Antes de ir, ele confiou a Fetiukov o resto do pacote de Gronfein, prometendo dividi-lo com ele na volta.

Iákov seguiu rapidamente pelo corredor com a arma do guarda encostada nas costas. Talvez seja a acusação formal, pensou ele animado.

O diretor Grizitskoi estava em seu gabinete com o subdiretor e um inspetor sisudo com um uniforme semelhante ao de um general. Em um canto encontrava-se Gronfein, de chapéu, com os olhos fechados.

O diretor sacudiu as duas cartas, fora dos envelopes, que o faz-tudo acabara de escrever.

— São suas? Diga a verdade, seu filho da puta.

O faz-tudo sentiu o coração congelar-se. — Sim, excelência.

O diretor apontou para a escrita em ídiche. — Traduza esta merda aqui — disse ele a Gronfein.

O falsificador abriu os olhos e leu as cartas em russo com uma voz monótona.

— Seu judeuzinho bebedor de sangue — disse o diretor —, como ousa infringir as regras desta casa? Eu o adverti pessoalmente a não tentar entrar em contato com pessoa alguma lá de fora sem minha autorização.

Iákov permaneceu em silêncio, com os olhos fixos em Gronfein e sentindo uma súbita náusea.

— Ele as entregou para nós — disse o subdiretor ao faz-tudo. — É um cidadão que respeita a lei.

— Não espere que eu seja um homem de moral — disse Gronfein sem se dirigir a alguém em particular, e já de olhos fechados novamente. — Eu sou apenas um falsificador.

— Seu informante filho da puta — gritou Iákov para ele —, por que você enganou um homem inocente?

— Cuidado com essa língua — advertiu o diretor. — Alma sórdida, língua sórdida.

— Cada um tem que cuidar de si — murmurou Gronfein. — Eu tenho cinco filhos pequenos e uma mulher nervosa.

— E isso não é tudo — disse o subdiretor. — Anotamos o depoimento segundo o qual você também tentou suborná-lo para envenenar o mestre da olaria que o viu tentando seqüestrar o menino no pátio da fábrica e também pagar a Marfa Gólov para não depor contra você. Não foi isso? — perguntou ele a Gronfein.

O falsificador, com o suor escorrendo por baixo do chapéu e descendo por suas pálpebras escuras, concordou com um breve movimento da cabeça.

— De onde eu tiraria o dinheiro para pagar esses subornos? — perguntou Iákov.

— A Nação Judaica daria o dinheiro — respondeu o inspetor.

— Levem este homem daqui — disse o velho diretor. — O Promotor-Chefe mandará chamá-lo quando precisar — disse ele a Gronfein.

— Delator! — gritou Iákov. — Traidor filho da puta — esta é uma mentira sórdida!

Gronfein, sempre de olhos fechados, foi conduzido para fora do gabinete pelo subdiretor.

— É esse o tipo de apoio que você pode esperar de seus compatriotas — disse o inspetor a Iákov. — É melhor que você confesse de uma vez.

— Não vamos admitir que nosso regulamento seja desrespeitado por gente como você — disse o diretor. — É para a solitária que você vai e, se quiser escrever mais cartas, terá que usar seu próprio sangue.

## 5

Iákov tinha a sensação de estar sendo cozido vivo no calor sufocante da pequena cela solitária em que o haviam atirado. O suor deixava-lhe as costas encharcadas e escorria de suas axilas. Na terceira noite, porém, a pesada trava foi puxada, uma chave girou na fechadura e a porta se abriu.

Um guarda ordenou que ele descesse a escada e se dirigisse ao gabinete do diretor. — Vamos logo, porra, você não vale o trabalho que dá.

O Magistrado de Investigações estava lá, sentado em uma cadeira, abanando-se com um chapéu de palha mole. Usava um terno de linho amassado e uma gravata de seda branca. Seu rosto pálido contrastava com a barba escura e curta e ele conversava com o subdiretor, um homem de olhar inquieto e rosto vermelho cujas botas cheiravam a graxa e que se mostrou irritado à chegada de Iákov. Quando o prisioneiro entrou, caminhando com dificuldade, os dois pararam de falar. Ele tinha uma aparência cadavérica, a cor acinzentada e parecia estar em estado de choque. O subdiretor disse contrafeito: — Na minha opinião, este é um procedimento irregular —; mas Bibikov, pacientemente, discordou dele. — Estou aqui cumprindo minhas obrigações oficiais como Magistrado de Investigações, senhor subdiretor, portanto não há o que recear.

— O senhor está cumprindo suas obrigações, mas por que quase à meia-noite, quando o diretor está ausente de férias e os demais funcionários estão dormindo? É uma hora bastante estranha para se vir aqui a serviço, na minha opinião.

— Esta é uma noite terrível depois de um dia terrivelmente quente — disse o magistrado com a voz rouca, cobrindo a boca com a mão fechada para tossir. — Mas é bem menos abafado a esta hora. De fato, há mesmo uma brisa que sopra do Dnieper e que se pode sentir fora de casa. Para ser franco, eu já estava deitado, mas o calor dentro de casa era insuportável e a roupa de cama estava molhada de suor. Eu rolava de um lado para o outro e cheguei à conclusão de que era inútil. Vou me levantar, pensei. Depois de vestido, ocorreu-me adiantar o meu trabalho em vez de ficar por aí amaldiçoando o calor e tomando bebidas geladas, que me dão gases. Por sorte, minha mulher e meus filhos encontram-se em nossa dacha no Mar Negro onde irei juntar-me a eles em agosto. O senhor sabe que o calor chegou a 40,5° à sombra esta tarde e a esta hora deve estar por volta de 33,8°? Asseguro-lhe que foi absolutamente impossível trabalhar em meu gabinete hoje. Meu assistente queixou-se de náuseas e teve que ser mandado para casa.

— Então faça o que precisa fazer — disse o subdiretor —, mas insisto em permanecer aqui como testemunha de suas perguntas. O prisioneiro está sob nossa jurisdição. Que isso fique bem claro.

— Permita-me lembrar-lhe de que a função de vocês é de custódia e a minha é de investigação. Na verdade, não há sequer uma acusação formal ainda. Tampouco foi exarada uma ordem formal de reencarceramento através de decreto administrativo. Ele está aqui simplesmente como testemunha material. Se me permite, é parte de minhas prerrogativas interrogá-lo a sós. A hora pode ser inconveniente, mas o é apenas em um sentido formal; portanto, peço-lhe que se ausente por um breve período de tempo, digamos, não mais que meia hora.

— Preciso pelo menos saber o que vai perguntar a ele, caso o diretor queira saber quando voltar. Se é sobre seu tratamento na prisão, digo-lhe de pronto que o diretor ficará muito aborrecido. Não foi feita exceção alguma para o judeu. Se obedecer ao regulamento, receberá o mesmo tratamento que qualquer outro. Caso contrário, estará criando problemas para si.

— Minhas perguntas não se referirão ao tratamento que lhe é dado na prisão, embora eu espere que ele seja sempre tratado com humanidade. Pode dizer ao diretor Grizitskoi que vim apenas verificar certas declarações feitas pelo acusado algum tempo atrás. Se ele desejar informações mais precisas, diga-lhe que me telefone.

O subdiretor se retirou lançando um olhar rancoroso na direção do prisioneiro.

Bibikov, depois de permanecer imóvel por um minuto com dois dedos pressionando os lábios, caminhou rapidamente até a porta e ficou ouvindo, atento. Depois levou sua cadeira e mais uma, para Iákov, até o canto mais afastado da porta, onde não havia janelas. Fez então sinal para que o prisioneiro se sentasse.

— Meu amigo — foi dizendo ele apressadamente e em voz baixa —, posso imaginar, por sua aparência, as coisas por que tem passado e peço-lhe que não me considere indiferente ou sem sentimentos por não me referir a isso. Prometi ao subdiretor limitar-me a outras questões. Além do mais, nosso tempo é curto e tenho muito a lhe dizer.

— Tudo bem, excelência — murmurou Iákov, lutando para controlar suas emoções —, mas eu gostaria de saber se o senhor poderia me conseguir um outro par de sapatos. Os pregos deste aqui ferem meus pés, mas ninguém se importa. Eles poderiam me dar outros sapatos, ou emprestar-me um martelo e um alicate para que eu mesmo conserte estes.

Iákov respirou fundo e enxugou uma lágrima na manga da camisa. — Desculpe-me por pedir isso, excelência.

— Vejo que estamos ambos usando roupa de linho — brincou Bibikov, abanando-se lentamente com seu chapéu amassado. Em seguida acrescentou, com a voz mais baixa: — Diga-me seu número e lhe mandarei um par de sapatos.

— Talvez seja melhor não fazer isso, ou o subdiretor saberá que me queixei ao senhor.

— O senhor está ciente de que não fui eu, mas sim o Promotor-Chefe que ordenou sua prisão?

O faz-tudo concordou em silêncio.

— Aceita um cigarro? Conhece os meus turquinhos, não?

Iákov acendeu um, mas depois de algumas baforadas precisou apagá-lo. — Desculpe desperdiçar seu cigarro — disse ele tossindo —, mas é difícil respirar nesse calor.

O magistrado guardou sua cigarreira. Tirou o pince-nez do bolso, limpou-o com o hálito e prendeu-o ao nariz suado. — Eu gostaria que soubesse, Iákov Chepsovitch — se me permite chamá-lo assim —, que seu caso é de interesse extraordinário para mim, e que somente na semana passada cheguei de volta em um trem terrivelmente abafado e cheio de São Petersburgo, aonde fui fazer uma consulta ao ministro da Justiça, o conde Odoevski.

Bibikov curvou-se para a frente, aproximando-se, e disse baixinho: — Fui lá para mostrar as evidências que eu já havia coletado e para pedir que a acusação contra o senhor se limitasse estritamente — como eu já havia sugerido ao Promotor-Chefe — ao fato de o senhor residir ilegalmente no distrito de Lukianovski, ou talvez conseguir que retirassem também essa acusação se o senhor deixasse Kiev e voltasse para sua aldeia natal. Mas, em vez disso, recebi ordens expressas de continuar minhas investigações. Quero dizer-lhe, na mais absoluta confiança, algo que me deixou bastante perturbado. O ministro da Justiça, apesar de ouvir-me com cortesia e evidente interesse, deixou-me a inequívoca impressão de esperar que as evidências confirmem sua culpa.

— Vey iz mir.

— Isso não foi dito assim tão claramente, é preciso que o senhor compreenda — foi uma impressão e é possível que eu o tenha interpretado mal, embora me pareça que não. Para ser franco, foi a maneira imprecisa como ele se expressou, foram as estranhas perguntas que fez, suas hesitações e vagas sugestões que me deram essa impressão. Nada, até o presente momento, é dito abertamente. Entretanto, estou sendo permanentemente pressionado para descobrir provas que corroborem o que querem provar. O ministro do Interior também tem me telefonado com freqüência. Devo confessar que essas pressões têm me deixado nervoso. Minha esposa me diz que me tornei uma pessoa de mais difícil convivência do que antes, e já tenho sinais de perturbações gástricas. Na carta que me mandou hoje, ela insiste em que eu consulte um médico. E esta noite — prosseguiu ele baixando a voz de forma a quase sussurrar — tive a impressão, a caminho daqui, de que minha carruagem estava sendo seguida por outra, embora eu não possa descartar a possibilidade de tal impressão dever-se a meu atual estado de nervos.

Ele aproximou ainda mais seu rosto pálido ao de Iákov e continuou a sussurrar: — Mas isso não é um fato concreto. Voltemos aos fatos: o conde Odoevski, a certa altura, ofereceu-se para aliviar-me do "peso" deste caso se eu estivesse me sentindo "pressionado e pouco à vontade", ou se este trabalho houvesse se tornado "desagradável", ou, ainda, se parecesse ir contra o que ele chamou de minhas "convicções". E creio ter percebido uma clara sugestão de que a Justiça estará mais bem-servida com uma acusação de assassinato por motivações rituais, o que, naturalmente, é um absurdo.

— Quanto ao assassinato — disse Iákov —, se eu tive alguma coisa a ver com ele, quero viver para sempre nas profundezas do inferno.

O Magistrado de Investigações recomeçou a abanar-se vagarosamente com seu chapéu. Depois de lançar um olhar à porta novamente, falou: — Quando eu disse ao ministro da Justiça — isso eu lhe disse com todas as palavras, sem quaisquer subterfúgios, pois a lei não pode se sustentar sobre mal-entendidos — que minhas evidências apontavam na direção oposta, na direção da absolvição da acusação principal, ele encolheu os ombros — o conde é um homem imponente, atraente, bem-falante, discretamente perfumado —, pois bem, ele encolheu os ombros como que para indicar que eu não havia atingido a verdadeira sabedoria. E foi assim que ele deixou o assunto, com um encolher de ombros que pode significar muito, mas que também pode significar pouco. Seja como for, deixou a possibilidade da dúvida. Devo admitir que ele é um gentleman. Mas devo dizer-lhe francamente que para o Promotor-Chefe, meu colega Grubechov, não há a menor sombra de dúvida quanto à sua culpa. Eu diria até que ele se convenceu disso praticamente antes do fato. Digo isso depois de muito meditar. Grubechov já me cobrou mais de uma vez, enfaticamente — na verdade tem insistido nisso —, uma acusação severa a você do assassinato de Jênia Gólov. E eu tenho me negado a isso categoricamente. É claro que isso me deixa ainda mais nervoso. Entretanto, você precisa saber, por todos os motivos, que as coisas não podem continuar assim por muito mais tempo. Se eu não redigir o indiciamento, outra pessoa o fará. Eles farão o possível para se livrar de mim e aí eu não terei mais como ajudá-lo. Portanto, vou fingir que estou cooperando com eles enquanto continuo com minhas investigações, até ter todas as provas de que necessito. E então retornarei com elas ao ministro da Justiça. Se ainda assim insistirem em levá-lo a julgamento, posso revelar tudo que sei à imprensa, o que certamente resultará em um escândalo. Seria essa minha intenção. Na verdade, já estou planejando divulgar de maneira anônima a um ou dois jornalistas bem situados algumas informações selecionadas sobre a verdadeira natureza das acusações contra o senhor. Até o presente momento não se dispõe de mais que acusações anônimas e artigos provocativos publicados na imprensa reacionária. Tomei essa decisão deitado em minha cama esta noite, sem conseguir dormir. Minha visita ao senhor, que decidi fazer impulsivamente, é para informá-lo dos meus planos para que o senhor não pense que está sem um único amigo no mundo. Eu sei que a acusação contra o senhor é falsa. Estou determinado a continuar minhas investigações dando o melhor de mim a fim de descobrir e, se necessário, tornar pública toda a verdade. Faço isso pela Rússia, pelo senhor e por mim. Portanto peço-lhe, Iákov Chepsovitch, apesar de compreender como tudo isso tem sido duro para o senhor, que confie em mim e tenha paciência.

— Obrigado, excelência — disse Iákov com a voz embargada. — Quando se está acostumado a sair de casa de vez em quando para tomar um pouco de ar fresco olhando para o céu para ver se vai chover no dia seguinte — não que isso tenha importância —, é difícil continuar a viver em uma pequena cela solitária e escura; mas agora eu sei que há alguém lá fora que sabe o que eu fiz e o que não fiz, alguém em quem confio. Mas eu gostaria de saber o que o senhor quis dizer com "verdadeira natureza das acusações" que mencionou quando falou sobre os jornalistas.

Bibikov caminhou novamente até a porta, abriu-a bem de leve, espiou para fora e tornou a fechá-la cuidadosamente, retornando então à sua cadeira. Aproximou seu rosto do de Iákov.

— Minha teoria é que o assassinato foi cometido pela gangue de Marfa Gólov — uma gangue de assassinos e ladrões. Suspeito principalmente de Stiepan Búlkin, o amante que ela cegou, que teria agido por vingança. A mãe não dava atenção alguma ao menino. É uma mulher ruim, estúpida porém ardilosa, com os padrões morais que uma prostituta pode ter. Ao que parece, Jênia já havia ameaçado, possivelmente mais de uma vez, expor suas atividades criminosas à polícia distrital e é possível que o amante a tenha convencido a sacrificar a criança. Talvez o incidente tivesse ocorrido em meio a uma grande bebedeira. O menino foi morto, tenho quase certeza, na casa da mãe, e Búlkin foi quem levou a cabo o monstruoso sacrifício. É evidente que torturaram o pobre menino com muitas perfurações em seu corpo e que iam recolhendo o sangue que jorrava para não deixar manchas reveladoras no chão — suponho que tenham queimado os trapos ensangüentados — e por fim enterraram a faca no coração da criança. Não pude ainda determinar se Marfa presenciou a morte do menino, ou se estava tão embriagada que já não percebia coisa alguma.

O faz-tudo estremeceu. — Como foi que o senhor descobriu tudo isso, excelência?

— Não posso revelar-lhe isso agora, mas posso dizer que os bandidos têm suas brigas entre si e que, como já disse antes, Marfa tem muito pouca inteligência, por mais ardilosa que seja. A história verdadeira virá à luz a tempo se trabalharmos pacientemente. Temos motivos para crer que ela guardou o sangue do filho na banheira por uma semana antes de o levarem para a caverna. Estamos procurando uma das vizinhas que, ao que parece, viu o sangue lá e que pouco depois mudou-se para outro lugar, apavorada, temendo as ameaças de Marfa. Para salvar seus próprios pescoços, naturalmente, os bandidos estão mantendo essa história de ritual de sangue de que o senhor é acusado. Como essa história começou, não sabemos ainda ao certo. Suspeito que a própria Marfa tenha escrito uma carta anônima sugerindo que foram judeus os autores daquela monstruosidade. A carta que chegou à polícia estava assinada "Uma cristã". Sei disso, mas ainda não consegui ter essa carta nas mãos. Seja como for, os criminosos farão o possível para manter a acusação contra o senhor, mesmo que isso signifique depor contra o senhor em juízo como testemunhas oculares do seu "crime". São homens perigosos que estão assustados. E meu assistente, Ivan Semionovitch, já se certificou de que Prochko e Richter atearam fogo ao estábulo de Nikolai Maximovitch, sem a participação de quaisquer outras criaturas malignas.

— Então é assim que são as coisas — suspirou Iákov. — Por trás do mundo que se vê há um outro mundo. Desculpe-me a pergunta, mas o Promotor-Chefe também tem conhecimento disso que o senhor acaba de me dizer?

Bibikov abanou-se vagarosamente com seu chapéu.

— Para dizer a verdade, não sei o que ele sabe e o que não sabe. Não sou um de seus confidentes — mas suspeito que ele saiba mais do que admite saber. Sei também que é um homem ambicioso e oportunista, um carreirista insaciável. Nos tempos de juventude, ele era um separatista convicto, um ucranófilo, mas desde que conseguiu um alto cargo no serviço público passou a ser mais russo que o Czar. Algum dia, se a misericórdia de Deus não intervier, ele será juiz da nossa Suprema Corte — não há dúvida de que esse seja seu objetivo na vida. Se isso acontecer teremos uma "Justiça" ainda mais injusta. — O magistrado se conteve e fez uma pausa. — Eu lhe serei grato se não repetir para pessoa alguma o que acabo de dizer, Iákov Chepsovitch, tampouco as outras coisas que lhe confiei. Como a maioria dos russos, acabo por falar demais; mas era mesmo minha intenção distraí-lo um pouco. O pedido que lhe faço é para nossa proteção mútua.

— Para quem eu repetiria isso, já que não há ninguém aqui que não seja meu inimigo? Mas o que eu quero saber é se o Promotor-Chefe acredita realmente que eu tenha matado o menino e também se ele acredita, de fato, naquelas coisas que o padre disse na caverna.

— Quanto às coisas em que ele realmente acredita, devo confessar-lhe minha ignorância, apesar de estarmos juntos com freqüência em função do trabalho. Ele tende a acreditar, a meu ver, naquilo em que as pessoas à sua volta acreditam. Não tenho a menor idéia das baboseiras e superstições que povoam a mente dele, nem a serviço de que elas lá estão. Mas posso assegurar-lhe que ele não é tolo. É bom conhecedor da nossa história e bem familiarizado com as leis, apesar de não ser muito afinado com o espírito delas. Ele sabe muito bem que Alexandre I, em 1817, e Nicolau I, em 1835, proibiram, por decretos imperiais, libelos difamatórios contra os judeus que vivessem em solo russo. Mas ele sabe também que essa espécie de acusação vem sendo feita de maneira crescente desde a geração anterior à nossa a fim de justificar pogroms por motivos políticos. Não preciso dizer-lhe que tem havido um triste retrocesso ultimamente ao invés de progresso, seja lá o que for que chamemos de progresso, desde a Emancipação. Há algo amaldiçoado, parece-me, em um país onde seres humanos foram proprietários de outros seres humanos. O cheiro podre dessa conspiração jamais se desprega da alma, e passa a ser o fedor de futuras corrupções. Ainda assim, aqueles decretos não foram revogados e continuam a ter valor legal. Se Grubechov se dignou a estudar o assunto, como eu tenho feito ultimamente, saberá também, por exemplo, que certos papas católicos romanos, inclusive um Inocêncio, um Paulo, um Gregório e um Clemente, cujos números de ordem esqueci, proibiram, igualmente, tais acusações. Creio que foi um desses que se referiu a elas como uma invenção cruel e sem a menor sustentação. A propósito, fiquei sabendo que essa mesma acusação relativa a sangue feita contra os judeus era usada por pagãos do século I para justificar a opressão e o assassinato dos primeiros cristãos. Estes também eram chamados de "bebedores de sangue", por razões óbvias para quem conhece o ritual católico da missa. A mística do sangue tem origem na crença de povos primitivos nos poderes milagrosos do sangue. Não se pode negar que se trata de uma substância de grande poder dramático, em cor e em composição.

— Então, se o papa diz não, por que o padre diz sim?

— Padre Anastássi é um charlatão. Ele escreveu uma estúpida brochura anti-semita em latim que o colocou em evidência junto à Nobreza Unida, e essa associação o contatou para atuar contra o senhor. Ele está no centro de muita dessa agitação relativa a pogroms. Acho interessante o fato de o assassinato de Jênia Gólov ter ocorrido pouco depois de o livro de Anastássi ter sido publicado. Ele é um padre católico que perdeu o direito de usar a batina por algum ato ilícito que cometeu — creio que foi apropriação indébita de dinheiro da Igreja — e que apenas recentemente veio da Polônia e entrou para a Igreja Ortodoxa. Aliás, o Sínodo da Igreja Ortodoxa não endossa as acusações contra o senhor, apesar de tampouco as refutar. O superior metropolitano de Kiev informou-me que não fará qualquer declaração contra o senhor.

— Isso não impedirá que a água ferva — murmurou o faz-tudo.

— Receio que não. O senhor sabe alguma coisa de francês, Iákov Chepsovitch? — perguntou Bibikov.

— Não que me lembre, excelência.

— Os franceses têm um ditado: "Quanto mais se transforma, mais permanece o mesmo." Temos que reconhecer que há uma certa verdade nisso, principalmente em relação ao que chamamos de "sociedade". De fato ela não se transformou muito em essência em relação ao que era em um passado primitivo, ainda que pensemos vagamente em civilização como sinônimo de progresso. Eu, sinceramente, há muito não acredito nesse conceito. Respeito o ser humano pelo que ele tem que passar na vida, e às vezes pela maneira como o faz, mas a verdade é que ele mudou muito pouco desde que começou a se dizer civilizado. A mesma coisa pode ser dita da sociedade. É isso o que eu sinto mas, tendo feito essa confissão, permita-me acrescentar que, como o senhor já deve ter percebido, eu sou um tanto meliorista, isto é, ajo como um otimista porque percebo que, como pessimista, não consigo agir de forma alguma. Costumamos nos sentir incapazes de agir ante toda essa confusão que temos diante de nós, ante essa massa de acontecimentos e experiências aparentemente incontroláveis por que temos que passar, tentar compreender e, se possível, tentar pôr em alguma ordem; porém, não devemos nos furtar a essa tarefa se tivermos alguma coisa, por menor que seja, a oferecer. Se nos furtarmos a isso, arriscamo-nos a nos empobrecer como seres humanos.

"Seja como for", prosseguiu ele, "se o Promotor-Chefe tivesse se dedicado um pouco a pesquisar o Antigo Testamento, certamente saberia das proibições no Levítico e que os judeus não podem ingerir sangue de maneira alguma. Não sei citar com precisão — minhas anotações estão em minha mesa de trabalho em casa —, mas o Senhor preveniu que a pessoa que ingerisse sangue, fosse ela israelita ou não, ele a excluiria de seu povo. Tampouco permitiu que o Rei Davi erguesse um templo em Sua homenagem, porque o rei havia lutado em muitas guerras e derramado muito sangue. Esse Deus pode não ser bondoso, mas é coerente. Fiquei sabendo também, por intermédio de alguns estudiosos russos do Antigo Testamento e de outros textos sagrados judaicos, que não existe qualquer registro naqueles escritos de lei ou costume algum que permita a um judeu usar sangue — de cristão ou não — para fins religiosos. Segundo os especialistas que consultei — secretamente, o senhor compreende —, a proibição do uso de qualquer tipo de sangue com qualquer finalidade jamais foi revogada ou alterada em escritos judaicos posteriores, quer sejam eles textos legais, de literatura ou de medicina. Inexiste, por exemplo, qualquer registro de prescrição de sangue para fim medicinal, quer interno ou externo. E assim por diante. Há muitos conhecimentos dessa natureza com os quais Grubechov deveria ter se familiarizado — e asseguro que estou pensando seriamente em apresentar a ele, para reflexão, um resumo de minhas pesquisas. Francamente, Iákov Chepsovitch, constrange-me depreciar assim um colega meu. Mas cheguei à triste conclusão de que, seja o que for que ele fique sabendo por intervenção minha que pudesse ajudar a inocentá-lo, será praticamente inútil ou, no mínimo, irá contra seus propósitos. Ele também deseja vê-lo condenado.

Iákov torceu as mãos. — Se é assim, o que me resta a fazer, excelência? Serei abandonado para morrer nesta prisão?

— Quem abandonou o senhor? — perguntou o magistrado de investigações olhando gentilmente para ele.

— Não o senhor, é claro, e sou-lhe grato por isso. Mas, se o senhor Grubechov não se interessa pelas evidências que o senhor tem para lhe mostrar, vou acabar apodrecendo aqui.

Afinal de contas, quanto tempo temos para viver? O senhor não poderia formalizar uma acusação qualquer contra mim para que eu pudesse ao menos falar com um advogado?

— Não, isso não daria certo. A acusação que me forçariam a fazer seria de assassinato. Receio começar assim. Seu advogado aparecerá quando chegar a hora. Mas no presente momento, nenhum advogado pode fazer tanto pelo senhor quanto eu estou fazendo, Iákov Chepsovitch. E, quando chegar a hora em que um advogado puder fazer mais do que eu, cuidarei para que ele seja dos bons. Já tenho em vista alguém que, além de corajoso, tem excelente reputação. Vou sondá-lo em breve e estou certo de que aceitará representá-lo.

O homem que consertava coisas agradeceu ao magistrado.

Bibikov consultou o relógio e levantou-se apressadamente. — Iákov Chepsovitch, que mais posso dizer-lhe? Continue acreditando na verdade e seja forte para suportar tudo por que está passando. Busque forças em sua inocência.

— Não é assim tão fácil, excelência. Não sou do tipo de homem que nasceu para ser mártir. Acho difícil imitar a atitude de um cão. Não é bem isso que eu quero dizer, mas creio que o senhor me entende. O que quero dizer é que já não agüento mais estar preso e que não sou um homem corajoso. Para dizer a verdade, tenho um medo terrível que não me dá trégua, dia e noite.

— Ninguém está dizendo que é fácil. Mas saiba que não está só.

— Em minha cela, estou só. Em meus pensamentos, estou só. Mas por favor não pense que não lhe sou grato por sua ajuda...

— Meu caro amigo — disse Bibikov compungido —, seu desencanto não me ofende. A minha preocupação é não faltar ao senhor.

— Por que o senhor me faltaria? — perguntou o faz-tudo, ansioso.

— Quem saberia dizer? — disse Bibikov colocando seu chapéu. — Em parte é a situação em que nos encontramos neste nosso triste país que me deixa inseguro. A Rússia é um país complicado, ignorante, dilacerado, que sofre há muito tempo e que é incapaz de sair da situação em que se encontra. Em certo sentido, somos todos prisioneiros aqui. — O magistrado fez uma pausa, acariciou a barba, pensativo, e então disse: — Há tanto a ser feito que são necessárias todas as forças de nossos corações e de nossos espíritos, mas, na verdade, por onde podemos começar? Talvez eu possa começar pelo senhor, quem sabe? Lembre-se de uma coisa, Iákov Chepsovitch, se sua vida não tiver valor, tampouco a minha terá. Se a lei não o proteger, ela também será incapaz de proteger-me. Portanto, o desafio que me propus é o de não faltar ao senhor, e é isso o que me deixa angustiado — eu não posso faltar ao senhor. Agora tentemos dormir os dois. Não me pergunte como. Talvez amanhã seja um dia melhor. Graças a Deus haverá amanhã.

Iákov tentou pegar a mão dele para pô-la contra os lábios, mas Bibikov partiu.

# 6

Um prisioneiro desesperado foi trancado em uma cela contígua à sua. Já no momento seguinte, pôs-se a bater na parede com um sapato, ou com ambos. O ruído chegou à cela de Iákov como que vindo de longe e Iákov respondeu da mesma maneira. Quando o homem se pôs a gritar, sua voz, distante, chegava ininteligível. Eles passaram a gritar um para o outro várias vezes de dia e de noite, o mais alto que podiam. Iákov tinha a impressão de ouvir uma história profundamente triste e ele queria, de todo o coração, poder entendê-la e também contar a sua; mas os gritos do homem chegavam abafados e indistintos. O faz-tudo sabia que o mesmo ocorria com os seus.

As celas solitárias eram cubículos retangulares com espessas paredes de tijolos e cimento com uma única abertura pequena e gradeada na parte externa, meio metro acima da cabeça do prisioneiro. A porta era de ferro maciço com um pequeno orifício à altura dos olhos, por onde o guarda espiava quando passava por lá; e, apesar de Iákov compreender o que gritavam para ele do corredor, quando ele e o outro prisioneiro tentavam se comunicar por seus visores, descobriu que não era possível se entenderem. Os furos eram muito pequenos, e as reverberações no corredor abafavam de tal forma as palavras que as transformavam em ruídos ininteligíveis.

Certa vez, um guarda mal-encarado apareceu naquela ala e, ao ouvi-los gritando um para o outro, pôs-se a ofendê-los e a fazer-lhes ameaças. Ordenou ao outro prisioneiro que se calasse, ou ele lhe esmagaria a cabeça. Para Iákov, disse: "Pare com esse barulho, ou arranco esse seu pau de judeu com um tiro só." Quando ele se foi, os dois recomeçaram suas batidas na parede. Um guarda chegava uma vez por dia com uma tigela de sopa aguada onde geralmente havia insetos boiando, acompanhada de um pedaço de pão preto rançoso; ele também verificava as celas de surpresa. Nessas ocasiões, Iákov podia estar dormindo no chão, andando de um lado para o outro da pequena cela, sentado com as costas apoiadas à parede abraçando os joelhos dobrados, pensando. Às vezes percebia que estava sendo objeto de um olhar malévolo, que logo se afastava. Pelo número de portas que se abriam de manhã para que o guarda e o ajudante entregassem a comida, o faz-tudo percebeu que havia apenas dois prisioneiros naquela ala. O outro estava na cela à sua esquerda, e era para a direita que os guardas andavam cinqüenta passos até chegarem a uma outra porta, que abriam com uma chave e logo depois fechavam com um baque forte, trancando-a pelo lado de fora. Às vezes era ainda madrugada, o enorme presídio ainda estava imerso na escuridão e no silêncio, e centenas, quiçá milhares, de homens sonhavam, gemiam ou roncavam, quando o prisioneiro da cela ao lado acordava e punha-se a bater na parede entre eles. Dava pancadas rápidas e depois batia lentamente, como se estivesse tentando ensinar um código ao faz-tudo, e apesar de Iákov contar as batidas e tentar traduzi-las em letras do alfabeto russo, as palavras que conseguia formar não faziam o menor sentido e ele se culpava por sua estupidez. O outro tentava dizer alguma coisa, mas o quê? Às vezes os dois batiam ao mesmo tempo, inutilmente.

O confinamento em uma solitária era o sofrimento mais desesperador pelo qual o faz-tudo já passara até então. Ele temia enlouquecer por ficar tanto tempo sozinho. Quando os guardas chegaram com sua ração de pão e sopa na décima segunda manhã de confinamento na solitária, Iákov suplicou-lhes que o deixassem voltar para a cela comum. Disse-lhes que já havia aprendido a lição e que dali em diante obedeceria a todas as regras que houvesse; que precisava ver outras caras, outras atividades humanas. "Se disserem isso ao diretor, vou ficar muito grato a vocês. É difícil viver sem conversar um pouco de vez em quando." Mas nenhum dos guardas deu qualquer resposta. Não teria lhes custado coisa alguma levar aquele recado ao diretor, pensou Iákov. Mas eles não levaram. Iákov mergulhou novamente em silêncio. Às vezes imaginava-se no Podol, conversando tranqüilamente com alguém. Via-se no pátio da casa de cômodos trocando idéias com Aaron Latke sobre a situação, que estava muito ruim (O que significa muito ruim quando se está livre?). Trocariam algumas palavras sobre coisas simples, melhor que fossem em ídiche, mas poderiam ser em russo mesmo. Mas, como a liberdade era algo impossível, se ao menos ele tivesse suas ferramentas poderia, em pouco tempo, fazer um pequeno buraco na parede para conversar com o outro prisioneiro. Poderia — quem sabe? — até ver um pouco do seu rosto se ele se afastasse o suficiente. Poderiam contar um ao outro as histórias de suas vidas e fazê-las render por vários meses. Se fosse necessário, recomeçariam a contá-las. Mas o outro prisioneiro, por desalento ou por doença, parou de bater na parede e ambos desistiram de gritar um para o outro.

Se havia se esquecido do homem, foi levado a lembrar-se dele subitamente. Certa noite um gemido distante interrompeu-lhe o sono. Ele acordou mas nada mais ouviu. O faz-tudo bateu na parede com seu sapato, mas não houve resposta. Voltou a dormir e sonhou que ouvia passos no corredor. Um grito abafado despertou-o novamente, aterrorizado. Algo está errado, pensou ele. Preciso esconder-me. Ouviu o ruído metálico de uma porta de cela sendo aberta e logo em seguida os passos de mais uma pessoa no corredor. Iákov ficou aguardando, tenso, na mais absoluta escuridão, prestes a dar um grito se a porta começasse a se abrir, mas os passos seguiram adiante. A pesada porta no fim do corredor fechou-se com um ruído seco, a chave foi girada na fechadura e o silêncio voltou a ser absoluto. Iákov não conseguiu voltar a dormir. Pôs-se a bater na parede com ambos os sapatos a gritar até ficar rouco, mas não obteve resposta alguma. Na manhã seguinte não lhe levaram comida. Vão me deixar morrer, pensou ele. Mas por volta do meio-dia um guarda bêbado chegou com sua sopa e seu pão, resmungando para si mesmo. Derramou metade da sopa sobre Iákov antes que o prisioneiro pudesse agarrar a tigela.

— Este aí mata uma criança russa e fica bancando o lorde pra cima de nós — resmungou o guarda com forte hálito de bebida.

Quando ele se foi, o homem que consertava coisas, mastigando lentamente seu pão, deu-se conta de que o guarda não havia trancado sua porta. Iákov sentiu um arrepio na nuca. Levantou-se apressadamente, enfiou dois dedos no visor e quase desmaiou ao perceber que a porta se abria para dentro.

Iákov foi tomado por uma sensação avassaladora de medo e confusão. Se eu puser o pé fora da cela, eles me matarão com toda a certeza. Alguém deve estar esperando lá fora. Olhou pelo visor mas não pôde ver coisa alguma. Então fechou a porta bem devagar e ficou esperando.

Passou-se uma hora, talvez mais. Iákov tentou novamente. A porta rangeu e dessa vez ele olhou rapidamente para o corredor. À direita, no final da ala, a porta maciça estava aberta. Teria o guarda embriagado a esquecido aberta também? Iákov caminhou furtivamente pelo corredor, parou a alguns passos da porta e voltou atrás rapidamente. Mas não foi para a sua cela. Novamente se aproximou da pesada porta e já ia abri-la quando uma súbita descarga de emoção fez com que ele se desse conta de que agora agia sem pensar. Correu então de volta para sua cela e fechou rapidamente a porta. Lá ficou aguardando, com um súbito frio que lhe fazia tremer o corpo, e com o coração a bater tão forte que lhe doía no peito. Ninguém veio. O faz-tudo chegou à conclusão de que o guarda havia deixado a porta aberta intencionalmente. Se ele saísse de mansinho e descesse a escada, daria de cara com um outro guarda, talvez aquele de olhar inexpressivo. Ele olharia para Iákov e ergueria lentamente sua pistola. No livro de ocorrências do presídio, o diretor escreveria: "O prisioneiro Iákov Bok levou um tiro na barriga ao tentar fugir."

Mas ele saiu para o corredor de novo, sentindo-se tomado pela idéia de liberdade, e dessa vez deu alguns passos no sentido oposto, espantado consigo mesmo por não ter pensado naquilo antes. Olhou cuidadosamente para um lado e para o outro e depois espiou pelo furo do visor para dentro da cela do outro prisioneiro. Um homem barbado balançava de maneira quase imperceptível, pendurado pelo pescoço com um cinto de couro que tinha a outra extremidade presa à barra de ferro central da pequena janela gradeada. Perto dele havia um banquinho caído. O homem parecia olhar para o chão, onde seu pince-nez se encontrava estilhaçado, abaixo de seus pés a baloiçar.

O homem que consertava coisas levou um tempo incomensurável para se dar conta de que ali estava Bibikov.

## PARTE SEIS

## 1

Na escuridão pontilhada de luzes, o fantasma de Bibikov apareceu usando um grande chapéu branco. Não usava seu pincenez e, encabulado, passava de leve a mão na ponta do nariz.

— Aconteceu uma coisa terrível, Iákov Chepsovitch. Estes homens desconhecem a moralidade. Temo que o matem também.

— Não, não — gemeu Iákov. — Eu não acredito em fantasmas.

O Magistrado de Investigações acendeu um cigarro enrolado em papel cor-de-rosa e ficou ali sentado, em silêncio; depois de algum tempo, tentou dizer alguma coisa mas começou a desaparecer. Lentamente foi sumindo, tornando-se cada vez menos perceptível, como a escuridão do anoitecer ao se transformar em breu absoluto. O brilho suave do cigarro foi a última coisa a desaparecer. Só o que ficou foi a terrível lembrança daquele homem pendurado na barra da janela, com os olhos esbugalhados a olhar para o pince-nez estilhaçado no chão.

O faz-tudo passou a noite encolhido em um canto da cela, dominado pelo pavor de morrer. Se cochilava por um minuto, seu sono era saturado do gosto, do cheiro e do horror da morte. Ele estava em um cemitério, absolutamente rígido, aterrorizado. Estrelas negras brilhavam em um céu negro. Ao menor movimento que fizesse, cairia em uma cova aberta, onde já havia cadáveres em putrefação. Mais do que a morte, porém, ele temia a tortura. Causava-lhe pânico a idéia de ser dilacerado antes de morrer. Imaginava aqueles homens arrastando terríveis instrumentos para dentro da cela, monstruosas máquinas de madeira que despedaçariam e esmigalhariam seu corpo. Depois pendurariam o que restasse na barra da janela. Ao alvorecer, quando sentiu sobre si o olhar do outro lado do visor, despertou de seu estado de semiconsciência e pôs-se a suplicar que não o matassem. Quando a porta rangeu e se abriu um pouco, ele gritou; mas os guardas nada fizeram contra ele. Um deles empurrou com o pé uma tigela de mingau para dentro da cela. Não havia baratas naquele mingau.

Durante todo o dia o faz-tudo caminhou de um lado para outro na cela. Às vezes dava cinco passadas correndo, depois três, depois cinco novamente, só interrompendo esse circuito para atirar-se de encontro à parede ou socar com toda a força a porta de ferro, dando longos gritos de agonia. Sofria com a morte de Bibikov, tomado de dor e desespero. Durante várias semanas ele vivera com o pensamento voltado para o homem que seria capaz de salvá-lo, aquele homem justo e gentil; sua liberdade dependia dele. Somente ele poderia livrá-lo daquela armadilha, das terríveis acusações que lhe faziam, de tudo que fosse relativo àquele crime abominável. A única paz que conseguia ter advinha daqueles pensamentos, do fato de saber que um homem bom o assistia e que, por causa dele, seria declarado inocente algum dia. Já se imaginava livre, voltando apressadamente para o shtetl, ou fugindo para a América, se conseguisse o dinheiro necessário. Mas agora aquelas esperanças e expectativas, os sonhos que o haviam sustentado, simplesmente deixavam de existir, de uma hora para outra. Quem o ajudaria agora? Que esperanças poderia ter? No lugar ocupado por Bibikov em sua mente, ficara apenas um buraco de desespero. Quem, agora, provaria que Marfa Gólov e seus cúmplices eram os verdadeiros assassinos? Quem proclamaria aos jornais sua inocência? E se ela deixasse Kiev, fugisse para outra cidade — ou para outro país —, quem poria os olhos nela novamente? Como o mundo ficaria sabendo da injustiça cometida contra ele, um homem inocente? Quem poderia ajudá-lo se ninguém, além daqueles que o prenderam, sabia onde ele estava? Para todos os outros efeitos, Iákov Bok não existia. Se eles não tinham planos de matá-lo logo, então planejavam matá-lo aos poucos, enterrá-lo vivo naquela prisão para sempre.

— Mamãe, papai — gritava ele —, venham me salvar! Shmuel, Raisl — qualquer um! Alguém venha me salvar! — Punha-se a andar em círculos sem se dar conta, inventando planos de fuga fantásticos, sofrendo mais a cada novo plano por sabê-los todos impossíveis. Andava sem parar o dia inteiro e, quando a noite chegava, continuava andando. Seus sapatos se arrebentaram e ele passou a andar descalço com os pés feridos. O calor era tanto que ele se sentia como que imerso em um líquido. Sempre a caminhar em círculos, socava o próprio peito, o rosto, a cabeça, dilacerava a pele com as unhas, lastimando-se.

A dor que sentia nos pés tornou-se insuportável. Iákov deitou-se no chão, exausto. Torturava-se ele mesmo. Seu corpo doía e ele caíra em profunda depressão. Seus pés inchados, com feridas abertas das quais brotavam sangue e pus, eram como sacos cheios de ar a ponto de estourar. Os tornozelos desapareceram quando a inchação começou a subir-lhe pelas pernas. O faz-tudo ficou deitado de costas, arfante. Se ao menos não fizesse tanto calor! Por quanto tempo poderei suportar isso? Tinha a sensação de ter os pés presos por correntes sobre o fogo. O inchaço chegou-lhe aos joelhos. Iákov continuou deitado desejando a morte. Um olho indiferente espiou-o pelo visor, mas o dono do olho nada disse. — Ajude-me — gritou Iákov —, não agüento mais esta dor nos pés. — O olho desapareceu do buraco. O faz-tudo, com febre e calafrios, a roupa encharcada de suor, passou mais uma noite de agonia. Na manhã seguinte, a chave girou na porta e o diretor Grizitskoi entrou. Veio-lhe à mente a imagem de Bibikov e Iákov se encolheu. Porém o diretor vesgo pareceu-lhe bem real. Àquela altura a cena que havia visto na cela ao lado já lhe parecia irreal, algo que ele tivesse sonhado e que às vezes dava-lhe a impressão de ser produto de sua imaginação. Ele não ousou perguntar pelo Magistrado de Investigações. Se soubessem que ele sabia, poderiam matá-lo ali mesmo.

— O que é que você está inventando agora? — perguntou o diretor.

— Por favor — suplicou Iákov —, meus pés estão infeccionados por causa dos pregos dos meus sapatos. Preciso de um médico.

— Aqui não há médicos para gente como você.

O faz-tudo, aflito, fechou os olhos.

— Ele está com os pés inflamados — disse o auxiliar do diretor.

— É grave? — perguntou o diretor. — Ou dá para curar sozinho?

— Ambos os pés estão cheios de pus. Isso pode acabar em gangrena.

— Era isso que esse infeliz merecia — disse o diretor. — Está bem — disse ele a Iákov —, desça para a enfermaria. Por mim você apodrecia aqui mesmo, mas não quero que esta cela feda mais do que já fede, ou seus germes vão se espalhar por toda parte. Ande, não tenho tempo a perder.

— Como posso andar? — suplicou Iákov. — Fetiukov ou alguém poderia me ajudar?

— Uma companhia perfeita para um colega assassino — disse o diretor. — Fetiukov já não está mais aqui. Levou um tiro ontem por desobedecer ordens e resistir à guarda.

— Tiro? — repetiu o faz-tudo assustado.

— Por insubordinação. Ele insultou um guarda. Que isso sirva de lição para você também. Agora vá andando. Rápido.

— Não consigo andar. Como posso ir se não consigo andar?

— Se não pode andar, que se arraste. O diabo que te carregue!

Como um cão, pensou Iákov, pondo-se de quatro. Apoiado nas mãos e nos joelhos, ele saiu para o corredor e em seguida, sentindo o corpo todo doer, dirigiu-se para a porta que levava à escada. Apesar de ele se mover lentamente, a pressão fazia doerem os joelhos e ele não podia evitar que seus pés machucados se arrastassem no chão. Mas esforçou-se para não gritar. O diretor e o auxiliar da enfermaria já haviam se retirado e um guarda com um fuzil seguia o faz-tudo enquanto ele se arrastava em direção à porta. Ao descer a escada íngreme de madeira, Iákov viu-se obrigado a suportar com os braços trêmulos todo o peso do seu corpo. Os pés batiam em cada degrau que ele descia e mais de uma vez ele quase rolou de cabeça escada abaixo. A cada vez que ele parava, o guarda o fustigava com a ponta da arma. Quando Iákov chegou à base da escada, suas mãos estavam em carne viva e seus joelhos sangravam. O suor empapava-lhe a roupa e as veias de seu pescoço estavam estufadas. Iákov seguiu pelo corredor e foi se arrastando até chegar ao pátio.

A enfermaria ficava no prédio da administração, no lado oposto do quadrilátero. Era a hora do banho de sol de dez minutos à tarde. Os prisioneiros abriram espaço para o faz-tudo e ficaram observando enquanto ele se arrastava pelo pátio de terra.

— Aposto cinco copeques no pangaré judeu — exclamou o homem dos pés tortos. Um prisioneiro que usava um casacão rasgado voltou-se para ele e deu-lhe um soco na boca. Um guarda bateu no homem do casacão rasgado.

Será que consigo chegar lá? Iákov, sentindo náuseas, estava prestes a desmaiar. Já quase no meio do pátio, seus braços cederam e ele desabou. Vários prisioneiros saíram das filas em que estavam, mas o guarda que brandia um chicote gritou para que voltassem a seus lugares. As sentinelas que patrulhavam o pátio apontaram armas para os prisioneiros, forçando-os a retornar às filas, mas um deles, de óculos quebrados, não retornou. Pegou alguns trapos de pano grosso em uma pilha de lixo, correu em direção a Iákov e apressadamente enrolou os trapos nas mãos e nos joelhos do faz-tudo. O guarda gritou um xingamento, mas limitou-se a isso e, quando os panos estavam amarrados, ele tocou Iákov com o bico da bota para que continuasse a se mover.

O faz-tudo apoiou-se novamente nas mãos e nos joelhos ensangüentados e recomeçou a travessia do pátio, finda a qual ele subiu os degraus de pedra da enfermaria.

O cirurgião, um homem calvo que usava um jaleco branco encardido cheirando a ácido fênico e tabaco, examinou os pés de Iákov, besuntou-os com um creme espesso e amarelo que estava em uma lata. Depois de enrolá-los em bandagens, passou álcool nas mãos e nos joelhos do prisioneiro e mandou que o colocassem em uma cama. Era a primeira cama em que Iákov se deitava desde que fora preso. Ele dormiu um dia e meio. Acordou quando o cirurgião, fumando um charuto, desenrolou as bandagens e operou seus pés. Cortou as pústulas com um bisturi sem usar qualquer anestésico. O prisioneiro, mordendo os lábios para tentar não gritar, não pôde evitar os gritos a cada incisão.

— É isso mesmo que você merece, Bok — disse o cirurgião. — Agora sabe o que o pobre Jênia sentiu quando você o furou todo a fim de tirar o seu sangue. Tudo por causa dessa sua maldita religião judaica.

Naquela noite, em seu leito na enfermaria, Iákov sentiu dificuldade para respirar. Apesar das tentativas de ingerir pela boca grandes goles do ar quente, este lhe parecia sempre insuficiente. A princípio não temeu uma crise de asma, pois costumava mesmo ter dificuldade para respirar quando estava sob tensão. Além disso, já se passara um bom tempo desde sua última crise de asma. Mas o ar tornou-se pesado e insuportável. Era como se ele tentasse inalar metal. Seu peito arfava. Seus pulmões pareciam ser de pedra e sua respiração passou a fazer um ruído rascante. Iákov sentiu náuseas e foi tomado de desespero. "Não suporto mais!", exclamou ele, sentando-se na cama e suplicando que o acudissem, mas ninguém veio. Iákov pôs-se de pé e caminhou, com dificuldade, até a janela alta gradeada. Deitou-se junto a ela, com a respiração sibilante e difícil, tentando puxar para seus pulmões um pouco do ar que vinha de fora. Foi em meio a esse esforço que ele, exausto, caiu em um perigoso torpor e passou a sonhar. Sonhou que estava morrendo em uma cela sem janelas. Depois uma seqüência de cenas passou diante de seus olhos. Viu o orfanato miserável, um prédio decadente onde havia passado a infância; viu Raisl fugindo dele, aterrorizada, como se ele a tivesse ameaçado com um facão de açougueiro; viu-se enviado em prisão perpétua para a Sibéria pelo assassinato de um menino cuja expressão de sofrimento o perseguia. Sonhou que encontrava no bosque um menino que levava seus livros de escola e então, obedecendo a um impulso, ele agarrava e apertava seu pescoço até deixá-lo inconsciente;

depois, com a ajuda de Prochko, passava a esfaquear o menino, que ainda se mexia espasmodicamente no chão. Com treze facadas no peito ele tirou cinco litros de sangue, um líquido magnífico de cor intensa. Durante toda a noite, Grubechov permaneceu de pé com seus sapatos amarelos sobre o peito de Iákov, a repreendê-lo com sua voz roufenha. Iákov suplicava pela ajuda de Bibikov mas este, em seu aposento ao lado da cela, não podia ou não queria ser perturbado

## 2

O diretor da penitenciária decidiu que ele ficaria em uma outra cela, maior e mais úmida, no andar térreo do bloco das solitárias de um prédio mais próximo ao da administração e da enfermaria.

— É para tê-lo mais perto dos olhos — disse ele. — Andam dizendo que você pode tentar fugir com a ajuda de um bando de judeus, coisa que o aconselho a não fazer, porque se tentar levará um tiro.

Ao dizer isso, o diretor apontou para um cartaz na parede:

*Todas as regras devem ser obedecidas sem discussão. Se o prisioneiro se mostrar insubordinado ou insultuoso para com um guarda ou funcionário deste presídio ou se tentar, de alguma forma, burlar a segurança da instituição, será executado no ato.*

— Além do mais — disse o velho diretor —, os guardas recebem compensações financeiras por defenderem as regras da casa, portanto é melhor que você se cuide. Um cão esperto reconhece a chibata e evita o açoite.

Dito isso, ele se serviu de uma pitada de rapé e deu dois espirros.

Iákov perguntou se poderia ter a companhia de um outro prisioneiro: — É difícil viver sem uma outra pessoa por perto com quem falar, excelência. De outra forma, como dar um pouco de trégua ao coração?

— Posso garantir-lhe que essa é a menor das minhas preocupações — disse o diretor.

— Neste caso posso ter comigo algum animalzinho qualquer, um gato ou um passarinho, talvez?

— Um gato para dividir a ração com você? — acabariam morrendo de fome os dois. Um ia acabar comendo o outro. Agora preste atenção: você não está aqui para se hospedar confortavelmente e sim para ser punido pelo assassinato hediondo de uma criança inocente. Só mesmo vocês judeus têm a petulância de pedir benesses. Basta! Não quero mais ouvi-lo falar.

O outono chegou com muita chuva e frio. Iákov podia ver a pequena névoa que resultava de sua respiração. A asma não o perturbava muito até que ele pegasse uma gripe, quando então ela voltava forte como sempre. Certas manhãs, a parede externa da cela, que dava para o pátio, apresentava-se recoberta por uma renda de gelo. As demais paredes, com um pé de espessura, feitas de cimento e brita, eram descascadas e apresentavam pequenas rachaduras. Depois de uma chuva forte e prolongada, a maior parte do piso de pedra ficava úmida pela infiltração do solo. Em um ponto do teto acima da janela, havia uma goteira. Quando o tempo estava bom, a pequena janela gradeada que ficava cerca de um metro acima da cabeça do faz-tudo deixava entrar a claridade, apesar da sujeira. A luz era fraca e, nos dias chuvosos, quase imperceptível. Depois de comer, Iákov recebia uma pequena lamparina a querosene sem a proteção de vidro para a chama, que permanecia acesa durante a noite e era retirada de manhã. Mas, a partir de uma determinada noite, Iákov parou de receber a lamparina porque, segundo o subdiretor, querosene custava dinheiro. O faz-tudo pediu que lhe dessem uma vela, então, mas o subdiretor ficou de dar uma resposta e não deu. A cela ficava na mais absoluta escuridão durante a noite. Vou receber a vela quando formalizarem a acusação contra mim, pensou Iákov.

Quando ventava forte lá fora, o ar frio penetrava pelas rachaduras da janela. Iákov ofereceu-se para consertá-la se lhe trouxessem um pouco de massa e uma escada, mas ninguém se interessou. A cela era fria, mas pelo menos ali ele tinha um colchão. Na verdade, era uma enxerga fina e cheia de grumos cujo último ocupante — segundo Jitniak, o guarda diurno, de olhos pequenos e dedos escuros — havia morrido de desespero. O faz-tudo mantinha o colchão na parte seca do chão. Estava infestado de percevejos, mas ele conseguiu matar quase todos. As costas de Iákov doíam naquele colchão que fedia a mofo, mas ainda assim era melhor do que dormir no chão de pedra. Em novembro, deram-lhe um cobertor puído. Ele também dispunha de um banquinho de três pernas e de uma pequena mesa engordurada com uma das pernas mais curta que as outras. Em um canto da cela havia um jarro com água e, no lado oposto, ficava a lata fedorenta onde ele urinava e defecava, quando havia o que defecar. Uma vez por dia era-lhe permitido esvaziar a lata em um dos barris que passavam ruidosamente pelas celas empurrados por um prisioneiro que não tinha permissão para falar com o faz-tudo e a quem Iákov não podia se dirigir. Pelos lugares onde o ruído do barril fazia uma pausa, Iákov logo percebeu que ambas as celas imediatamente contíguas à sua estavam vazias. Ele era mantido duplamente solitário.

A porta da cela, com três placas de ferro e trancada por um ferrolho, havia sido pintada de preto alguma vez, mas tinha agora a cor da ferrugem que a carcomia. À altura do olho, tinha um visor coberto com um disco de metal que o guarda afastava quando queria espiar para dentro. De hora em hora, dia e noite, um olho solitário percorria a cela. Jitniak era quem costumava passar de dia e Kogin passava à noite; vez por outra seus horários coincidiam e de quando em quando trocavam de turno. Quando Iákov, cuidando para não ser visto, afastava um pouco o disco do visor, via Jitniak sentado em uma grande cadeira encostado na parede, distraindo-se em tirar lascas de um pedaço de pau com um canivete, olhando figuras de revistas ou cochilando. Era um homem de ombros largos, com pêlos nas narinas e dedos curtos e gordos muito escuros, como se ele tivesse trabalhado com graxa preta ou negro-de-fumo que lhe pintasse para sempre os dedos. Quando entrava na cela, infestava o ar com cheiro de suor e de repolho. Jitniak tinha o rosto marcado de bexigas e um jeito impaciente de ser. Era mal-humorado e imprevisível e de vez em quando dava pancadas no faz-tudo.

Kogin, o guarda da noite, era alto, com o rosto descarnado, olhos lacrimosos e a aparência de um homem angustiado. Falava com uma voz grave que parecia vir das profundezas da terra. Até mesmo quando sussurrava, sua voz era grave e soturna. Costumava ficar andando de um lado para o outro do corredor como se fosse ele o prisioneiro; Iákov ouvia o ruído de suas botas marcando as passadas para um lado e para o outro no chão de concreto. No meio da noite ele abria o visor e ficava ouvindo a respiração asmática do faz-tudo e as coisas que ele falava ou gritava em seu sono. Iákov sabia que ele estava lá, porque, quando seus pesadelos ou seus próprios gritos o acordavam, ele via a luz fraca do corredor pelo buraco e logo via o disco se mover lentamente, fechando-o. Às vezes, percebia que Kogin tentava ver o interior da cela com o auxílio de uma tocha. Outras vezes ouvia a respiração pesada do guarda junto à porta.

Jitniak era dos dois o que mais falava, embora falasse pouco. Kogin a princípio não se dirigia ao faz-tudo, mas certa vez, depois de beber um pouco, queixou-se de que o filho era um inútil na vida. — É incapaz de fixar-se no que quer que seja — lastimou-se o guarda com sua voz grave. — Quando é que vai conseguir um emprego? Há trinta anos espero que ele se torne um homem e continuo esperando. "Espere", digo a mim mesmo, "ele vai tomar jeito. Vai se tornar um homem responsável." Mas esse dia nunca chega. Ele até rouba de mim, que sou o pai dele. Minha mulher diz que a culpa é minha, por não ter dado umas surras nele quando era criança e fazia coisas erradas, mas não é da minha natureza dar surras em uma criança. Apanhei muito do meu pai quando era menino e quero mais é que o velho apodreça debaixo da terra. Além do mais, minha filha também não se comporta bem, mas desse assunto eu não falo. Algum dia meu filho ainda vai acabar preso como você e é isso mesmo que ele merece. É só isso que um pai recebe em paga de tanto amor que deu.

Em outubro Iákov suplicou aos guardas que acendessem a estufa de tijolos que havia na cela, mas o subdiretor a princípio recusou para poupar lenha. Já era novembro quando, inesperadamente, Jitniak abriu a porta da cela e dois presidiários de cabeças quase raspadas que entraram olhando de soslaio para Iákov ali deixaram um pequeno feixe de lenha. Ele estivera gripado e com crises de asma e certamente um dos guardas havia relatado o fato ao diretor, que talvez julgasse ser dever seu manter o prisioneiro vivo. Iákov não achava que o diretor fosse um homem essencialmente cruel. Era, na melhor das hipóteses, um disciplinador e, na pior delas, um homem de pouca inteligência. Já o subdiretor era bem diferente. O faz-tudo tremia na presença daquele homem de olhar gelado, rosto estreito e com apenas quatro dedos em uma das mãos. Seus olhos pareciam fulminar o que viam e sua boca era pequena e voraz. Suas botas tinham um fedor tão intenso que pareciam ser polidas com fezes de cachorro. Cada guarda portava um revólver no coldre, mas o subdiretor andava sempre com um de cada lado da cintura. Ele custou a permitir que Iákov recebesse a lenha. O homem que consertava coisas odiava e temia o subdiretor mais do que a qualquer outra pessoa na prisão.

A estufa alta de tijolos amarelos deixava escapar fumaça pelas rachaduras para dentro da cela, mas Iákov preferia a fumaça ao frio. Ele pedia que o fogo fosse aceso logo cedo para derreter o gelo da parede, apesar de uma pequena poça se formar no chão da cela quando esta se aquecia; e pedia novamente que o acendessem antes do jantar a fim de poder comer melhor. Se a cela estivesse fria demais, ele não sentia o sabor dos poucos pedaços de repolho em sua sopa. Se a cela estivesse aquecida, ele saboreava cada pedacinho. Para economizar a lenha, Iákov deixava o fogo se apagar no final da manhã. Depois raspava com as pontas dos dedos a cinza fria que caía sob a grade, juntava uns pedacinhos de madeira e antes do jantar Jitniak entrava na cela para acender novamente o fogo. Ele não parecia se importar em fazer isso, embora às vezes imprecasse um pouco enquanto reacendia a estufa. Os cabelos de Iákov continuavam crescidos, mas uma vez o barbeiro da prisão o cortou um pouco. Não lhe era permitido barbear-se e sua barba já estava ficando longa.

— Isso é para fazer com que você se pareça mais judeu — disse Jitniak pelo orifício do visor. — Dizem que o diretor vai fazer você usar um camisolão de judeu e um chapeuzinho redondo de rabino, que vão fazer cachos no seu cabelo caindo por cima das orelhas para ficar com cara mesmo de judeu. Foi isso que o subdiretor disse que vão fazer.

Os prisioneiros das outras celas solitárias no mesmo corredor tinham suas rações servidas por outros prisioneiros, que, porém, não podiam servir o judeu. A comida de Iákov era entregue a Jitniak ou a Kogin para que eles a entregassem ao faz-tudo. Isso irritava Jitniak, que às vezes, ao dar a Iákov sua tigela de mingau ou de sopa de repolho com pão, dizia: — Tome aqui sua tigela com sangue de Cristo. Bom apetite. — Para entrar na cela, o guarda de serviço, às vezes protegido por outro guarda armado, mas na maioria das vezes sozinho, destrancava os seis ferrolhos de três voltas que haviam sido presos à porta no dia em que Iákov foi posto naquela cela. O ruído dos seis ferrolhos sendo destrancados, um a um, cinco ou seis vezes por dia, deixava o faz-tudo extremamente tenso.

Nas últimas semanas do outono, Iákov não teve qualquer contacto com o diretor do presídio. Um dia, porém, ele apareceu na cela "por motivo oficial".

— Encontraram uma impressão digital no fecho do cinto de Jeniuchka e queremos comparar com a sua.

Um detetive entrou na cela com uma almofada de tinta e papel e tirou as impressões digitais de Iákov.

Uma semana depois, o diretor entrou na cela com uma tesoura grande.

— Encontraram fios de cabelo no corpo do menino e queremos compará-los com os seus.

Iákov, constrangido, não se opôs a que lhe cortassem fios de cabelo.

— Corte você mesmo — disse Grizitskoi. — Corte uns seis ou sete fios e ponha neste envelope. — Entregou então a tesoura e o envelope a Iákov.

O faz-tudo cortou vários fios de cabelo. — Como posso ter certeza de que vocês não colocarão meu cabelo no cadáver do menino para depois dizerem que ele estava lá desde o início?

— Você é um sujeito muito desconfiado — disse o diretor. — Todos os da sua raça são assim.

— Queira desculpar minha pergunta, mas por que o diretor de um presídio está interessado em procurar evidências de um crime? Isso não compete à polícia?

— O que eu faço ou deixo de fazer não é da sua conta — disse o diretor irritado. — Se você é inocente como diz, isso terá que ser provado.

Um piolho caiu no envelope junto com os fios de cabelo e Iákov deixou que ele fosse junto.

Certa manhã o diretor entrou na cela com uma caneta, um vidro de tinta preta e várias folhas de papel em branco para tomar amostras da caligrafia de Iákov. Ordenou-lhe que escrevesse em russo "Meu nome é Iákov Chepsovitch Bok. É verdade que sou judeu".

Mais tarde o diretor voltou e mandou que o faz-tudo escrevesse a mesma coisa deitado no chão. Em seguida deu ordem a Jitniak para levantar as pernas do prisioneiro, a fim de que ele escrevesse de cabeça para baixo.

— Por que tudo isso? — quis saber Iákov.

— Para ver se a posição modifica sua caligrafia. Nós queremos todas as amostras possíveis.

Desde que fora colocado naquela cela, o faz-tudo era inspecionado duas vezes por dia: "buscas" era o que diziam estar fazendo. Os ferrolhos da porta eram destrancados e Jitniak acompanhava o subdiretor, que ali entrava com suas botas fedorentas e ordenava ao faz-tudo que se despisse. Iákov tinha que tirar sua roupa — o casaco, a jaqueta de presidiário, a camisa sem botões, roupas que nunca eram lavadas apesar de ele pedir permissão para lavá-los. Por último deixava caírem as calças e a cueca comprida. Só lhe era permitido manter a camiseta puída, talvez para que não morresse de frio. Mandavam também que tirasse as meias rasgadas e os tamancos de madeira que passara a usar desde que o cirurgião lancetara as pústulas de seus pés. Ordenaram-lhe que abrisse os dedos para que Jitniak os inspecionasse.

— Por que isso? — perguntou Iákov na primeira vez em que o inspecionaram.

— Cale essa boca — disse Jitniak.

— É para ver se você não está escondendo alguma arma no rabo ou dentro da roupa — disse o subdiretor. — Precisamos protegê-lo.

— Que arma eu poderia ter? Tiraram tudo que eu tinha.

— Você é metido a esperto, mas já tratamos com gente da sua raça antes. Você pode estar escondendo serras, pregos, alfinetes, fósforos ou coisas assim; ou talvez até mesmo pílulas de veneno que os judeus lhe deram para suicidar-se.

— Eu não tenho nada dessas coisas.

— Abra essas pernas — dizia-lhe o subdiretor.

Iákov tinha que erguer os braços e abrir as pernas. O subdiretor examinava com seus quatro dedos as axilas e os testículos do prisioneiro. Em seguida o faz-tudo tinha que escancarar a boca e erguer a língua; ele puxava as bochechas com os dedos para que Jitniak espiasse para dentro de sua boca. Por fim, recebia ordem de curvar-se e abrir as nádegas.

— Use mais jornal nessa bunda — dizia Jitniak.

— Para usar eu preciso que me dêem.

Depois que suas roupas eram revistadas, era-lhe permitido vestir-se. Essa era a pior provação pela qual ele passava e se repetia duas vezes por dia.

# 3

Iákov sentiu-se afundar em profunda melancolia. Vão me deixar aqui para sempre. A acusação formal jamais será feita. Posso suplicar de joelhos a vida toda, mas não me levarão a julgamento. Nunca serei julgado.

Em dezembro as quatro paredes amanheciam rendadas de gelo. Um dia ele acordou com a mão grudada à parede. O ar era gelado. O homem que consertava coisas passava o dia todo a caminhar de um lado para o outro da cela a fim de não se deixar enregelar. Sua asma piorou. À noite ele se deitava no colchão de palha, enrolava-se em seu casaco, cobria-se com o cobertor ralo e respirava com muita dificuldade, emitindo chiados e roncos desesperados. O guarda, que ouvia aquilo pelo furo do visor, acabava por fechá-lo e afastar-se da porta. Certa manhã Jitniak ajudou Iákov a empilhar, junto à parede que dava para o pátio, uma grande quantidade de lenha que chegava quase à altura do peito. Na noite daquele mesmo dia havia pedaços de carne boiando na sopa de repolho e alguns nacos de toucinho.

— O que está acontecendo? — quis saber o faz-tudo.

O guarda encolheu os ombros, indiferente. — Os homens lá de cima não querem que você morra. Não se pode levar um defunto para ser julgado, é o que dizem. — O guarda deu uma piscadela e um risinho.

Talvez isso signifique que a acusação formal esteja a caminho, pensou logo Iákov, animando-se. Não querem que eu me apresente como um esqueleto diante da corte.

Não apenas a comida ficou melhor, como passou a chegar em maior quantidade. De manhã a quantidade de pão foi duplicada e o mingau passou a ser mais consistente, feito com cevada e leite aguado bem quente. O chá passou a vir acompanhado de meio torrão de açúcar, o que tornava um pouco mais aceitável aquele líquido com cheiro de mofo. O faz-tudo mastigava lentamente, saboreando o que comia. A barata que boiava na sopa já não o incomodava. Ele a retirou com os dedos e tomou todo o conteúdo da tigela, lambendo-a em seguida. Jitniak deixava a comida na cela e saía logo em seguida. Mas às vezes espiava Iákov pelo visor enquanto ele comia, apesar de o prisioneiro comer de costas para a porta de ferro.

— Que tal a sopa? — perguntava Jitniak pelo furo do visor.

— Ótima.

— Então bom apetite. — Quando Iákov acabava a refeição, o guarda já não estava mais lá.

Embora a comida tivesse passado a chegar em maior quantidade, o faz-tudo desejava mais. Mal acabava de comer e já estava com fome novamente. Tinha visões de Jitniak chegando com uma grande travessa de sopa de galinha bem temperada e sortida, bem espessa com massinha amarela, uma travessa com kreplach de carne e metade de uma forma de pão haleh que se desmanchava em nacos em sua língua. Iákov sonhava com pudim de arroz com passas e canela como os que Raisl costumava fazer para ele; e com tudo que pudesse ser acompanhado de creme — blintzes, kreplach de queijo, batatas assadas, rabanetes, alho-porro, pepinos frescos fatiados. Sonhava também com enormes tomates suculentos como os que havia visto na cozinha de Viscover. Imaginava-se sugando um tomate maduro e o suco a lhe escorrer pelos cantos da boca. Depois, para acabar com ele, temperava com bastante sal e o comia com uma fatia de pão branco. Depois de tais fantasias, ele mal podia esperar que o guarda chegasse com seu desjejum; entretanto, quando este chegava, ele o comia muito lentamente, contendo-se. Primeiramente mastigava o pão até que a textura dura e o sabor de grão desaparecessem de sua boca. Só então ele engolia o bocado. Geralmente guardava parte de sua ração para comer à noite, deitado, quando sentia uma fome avassaladora pensando em comida. Depois do pão ele tomava o mingau, degustando cada grão de cevada que se dissolvia em sua língua. À noite ele fazia com que cada colherada de sopa demorasse o máximo possível em sua boca antes de engoli-la. Saboreava cada pedacinho de repolho, cada fiapo de carne, e por fim raspava a tigela com sua colher enegrecida. Agradava-lhe ter passado a receber porções mais satisfatórias de comida, que, apesar de não chegarem a matar a fome, deixavam-no agora menos esfomeado do que antes.

Mas, passada uma semana, sua fome acabou. Uma manhã ele acordou com náuseas e esperou o dia todo que elas desaparecessem, mas, ao contrário, sentiu-se cada vez pior. O mal-estar espalhou-se por todo o seu corpo. Não é asma, pensou ele. Então o que estará acontecendo comigo? Suas axilas e suas virilhas coçavam. Ele sentia calafrios, tinha os pés gelados e crises de diarréia.

— O que está acontecendo aqui? — indagou Jitniak ao entrar na cela de manhã. — Você não tomou a sopa de ontem?

— Estou doente — disse o faz-tudo deitado no colchão de palha e enrolado em seu casaco.

— Bem — disse o guarda inspecionando o rosto do prisioneiro —, talvez você esteja com a febre de cadeia.

— Eu não posso ir para a enfermaria?

— Não, você já esteve lá. Mas, se eu me encontrar com o diretor, falo com ele. Enquanto isso, é melhor que você tome este mingau. Ele leva leite quente com cevada e isso é bom para enjôo.

— Eu não poderia ir até o pátio um pouco para tomar ar fresco? Esta cela está fedendo e faz muito tempo que não me exercito. Talvez eu me sentisse melhor lá fora.

— A cela fede porque você fede. Você não pode ir até o pátio porque isso é contra o regulamento para quem está em solitária.

— Por quanto tempo vou continuar assim?

— É melhor você parar de fazer perguntas. Isso depende dos chefões lá de cima.

Iákov tomou o mingau e vomitou-o em seguida. Suava muito e o colchão já estava molhado. À noite um médico entrou na cela. Era um homem jovem de barba rala e chapéu de feltro marrom. Ele verificou a temperatura do prisioneiro, examinou-lhe o corpo e tomou-lhe o pulso.

— Não tem febre — disse ele. — É algum problema estomacal sem gravidade. Você também está com uma erupção. Tome chá e esqueça-se de comida sólida por um ou dois dias. Depois pode voltar a comer.

O médico saiu apressadamente.

Depois de jejuar por dois dias, o faz-tudo sentiu-se melhor e voltou a tomar seu mingau e sua sopa de repolho, mas não tocou no pão preto. Não tinha forças para mastigá-lo. Quando passava a mão pela cabeça, seus cabelos caíam aos tufos. Ele se sentia desassossegado, desanimado. Jitniak o espiava pelo visor, de banda. A diarréia ocorria com mais freqüência e depois Iákov ficava prostrado, aflito e arfante, em seu colchão. Apesar de estar muito fraco, ele mantinha a estufa acesa o tempo todo e Jitniak não se opunha. O faz-tudo continuava a sentir frio e nada parecia aquecê-lo. A única vantagem de estar doente era o fato de as revistas haverem sido suspensas.

    O prisioneiro pediu novamente que o levassem para a enfermaria, mas quando o subdiretor esteve na cela, disse apenas: — Coma a sua comida e pare de se fingir de doente. Você está assim porque não come.

    Iákov forçou-se a comer e, depois de algumas colheradas, percebeu que conseguiria. Ao terminar, vomitou. Apesar de já nada mais haver em seu estômago, as ânsias de vômito continuaram. À noite, foi acometido de pesadelos terríveis, visões de assassinatos em massa que o deixaram insone e angustiado, a gemer. Quando conseguiu dormir um pouco novamente, sonhou que uma multidão estava sendo massacrada por cossacos armados de sabres. Um tiro o atingiu quando ele corria para um bosque. Depois, escondido sob a mesa de seu antigo casebre, foi arrastado e decapitado. O pesadelo não tinha fim. Agora ele corria por uma estrada esburacada; havia perdido um braço, um olho e sangrava muito entre as pernas. Raisl jazia, eviscerada no chão de terra, depois de ter sido estuprada. O cadáver de Shmuel pendia, dilacerado, de uma janela. O homem que consertava coisas acordou com ânsias de vômito, temendo voltar a dormir, embora o fedor da cela fosse mais difícil de suportar que seus pesadelos. Iákov desejou a morte.

    Uma noite, ele sonhou com Bibikov pendurado acima de sua cabeça e acordou com um terrível gosto de metal na boca.

    Sentou-se rapidamente, assustado. — Veneno! Deus, estão tentando me envenenar!

    Iákov pôs-se a chorar baixinho.

    Quando amanheceu, ele se recusou a tocar na comida que Jitniak lhe trouxe e nem sequer tomou o chá.

    — Coma — ordenou o guarda —, ou vai continuar doente.

— Por que não me dão logo um tiro? — perguntou o faz-tudo, amargurado. — Seria mais fácil para vocês e para mim que esse maldito veneno.

Jitniak empalideceu e saiu da cela apressado.

Voltou acompanhado do subdiretor.

— Por que é que eu tenho que perder tanto tempo com um judeu filho da puta? — exclamou o subdiretor.

— Vocês estão me envenenando — disse Iákov com a voz rouca. — Como não têm provas contra mim, estão colocando veneno na comida para se livrarem de mim.

— Isto é uma mentira — disse o subdiretor —, você está louco.

— Não vou comer da sua comida — gritou Iákov. — Parei de comer.

— Então não coma porra nenhuma. Vai morrer do mesmo jeito.

— E vocês serão os assassinos.

— Vejam só quem está acusando os outros de assassinos! — disse o subdiretor. — O sanguinário que trucidou um menino cristão de doze anos!

— E você aí — disse ele a Jitniak —, só tem merda na cabeça! — Saíram ambos da cela.

Pouco depois o diretor entrou na cela apressado. — De que está se queixando agora, Bok? É contra o regulamento da penitenciária recusar-se a comer. Previno-lhe que, se tiver mais alguma atitude rebelde, será severamente punido.

— Vocês estão me envenenando aqui — gritou Iákov.

— Não sei de veneno algum — disse o diretor, severo. — Você está inventando isso para nos deixar mal. O médico disse que seu problema era um distúrbio intestinal.

— É veneno. Posso sentir que é veneno. Meu corpo está se deteriorando, meus cabelos estão caindo. Vocês estão tentando me matar.

— Então que vá para o inferno — disse o diretor vesgo ao sair da cela.

Meia hora depois ele estava de volta. — Eu não tenho nada a ver com isso — disse ele. — Nunca dei tal ordem. Se alguém o está envenenando, isso é coisa de seus compatriotas judeus, que sempre foram notórios envenenadores. E não pense que me esqueci de sua tentativa, nesta prisão mesma, de subornar Gronfein para que ele envenenasse Marfa Gólov a fim de impedi-la de testemunhar contra você. Agora seus coleguinhas judeus querem envená-lo com medo de que você confesse o que fez e os deixe mal. Acabamos de descobrir que um dos auxiliares da cozinha era um judeu disfarçado e já o despachamos para a polícia. Era ele que estava envenenando sua comida.

— Não acredito no que o senhor está dizendo — disse Iákov.

— Por que iríamos querer que você morresse? Queremos vê-lo na prisão perpétua como um exemplo para todos da perfídia dos judeus.

— Não como mais da sua comida. Podem me dar um tiro, mas não como.

— Se você tem alguma pretensão de comer, coma o que lhe for servido. Se não comer, ficará com fome.

Cinco dias se passaram sem que Iákov comesse comida alguma. Preferia morrer de fome a morrer envenenado. Passava todo o tempo deitado em seu colchão em um estado de torpor. Jitniak chegou a ameaçá-lo com um chicote, mas em vão. No sexto dia, o diretor voltou à cela. Tinha os olhos verdes lacrimejantes e o rosto muito vermelho. — Ordeno-lhe que coma.

— Só como da comida que servem aos outros. O que os outros prisioneiros comerem, eu como também. Deixem-me ir à cozinha servir-me da comida de todos.

— Não posso permitir-lhe isso — disse o diretor. — Você não pode sair desta cela. Está em confinamento de segurança máxima. Os outros prisioneiros não podem sequer vê-lo. Isso está no regulamento.

— Eles podem ficar de costas enquanto eu me sirvo.

— Não — disse o diretor. Mas, depois que Iákov passou mais um dia sem comer, ele consentiu. Duas vezes por dia o homem que consertava coisas, acompanhado por Jitniak de pistola em riste, passou a ir à cozinha da prisão na ala ocidental. Iákov pegava sua ração de pão de manhã e enchia sua tigela com o mingau que tirava da panela comum dos prisioneiros. Enquanto ele fazia isso, os prisioneiros que trabalhavam na cozinha permaneciam voltados para a parede. Ele não enchia completamente sua tigela, porque, se o fizesse, Jitniak entornaria um pouco de volta.

Iákov voltou a saciar a fome pela metade.

# 4

O homem que consertava coisas suplicava que lhe dessem algo para fazer. Suas mãos pareciam sofrer por nada terem com que se ocupar, mas não foi atendido. Ofereceu-se para consertar móveis, fazer mesas, cadeiras, qualquer outra peça de que precisassem — só o que precisava era de umas tábuas e seu saco de ferramentas. Sentia falta de seu serrote com o cabo recoberto, de sua pequena plaina alemã, do martelo e do esquadro. Ainda tinha nas mãos a memória de cada ferramenta e lembrava-se de como as usava. A serra, afiada, era capaz de atravessar uma tábua de seis polegadas em dez segundos. Ele gostava do odor e da textura dos cavacos de madeira. Às vezes ouvia, em pensamento, os distintos sons do serrote e do martelo. Lembrava-se de coisas que havia criado com suas ferramentas e por vezes, em pensamento, as criava novamente. Se tivesse as ferramentas — se não as suas, quaisquer outras — e uns pedaços de madeira, poderia ganhar alguns copeques e comprar roupas de baixo, um agasalho de lã, um par de meias grossas, coisas assim de que tanto precisava. Se ganhasse um pouco de dinheiro poderia, quem sabe, pagar a alguém para postar, escondida, uma carta sua; se não uma carta, que pelo menos levassem uma mensagem sua para Aaron Latke. Porém as ferramentas e a madeira lhe foram negadas e ele desenvolveu o hábito de estalar os nós dos dedos constantemente para fazer alguma coisa com as mãos.

Iákov pediu que lhe dessem um jornal, um livro qualquer, alguma coisa que pudesse ler para amenizar o tédio. Jitniak disse que o subdiretor proibira expressamente qualquer tipo de leitura a prisioneiros que desobedecessem ao regulamento. Estavam igualmente impedidos de receber lápis e papel. — Se você não tivesse escrito aquelas cartas que escreveu, não estaria na solitária agora. — Onde eu estaria então? — quis saber Iákov. — Num lugar melhor que este. Podia estar ainda numa cela coletiva. — Você sabe quando me farão uma acusação formal? — Não, e ninguém sabe, por isso não me pergunte.

Certa vez Iákov perguntou: — Por que vocês tentaram me envenenar, Jitniak? O que foi que eu fiz a vocês? — Ninguém sabia que tinha veneno naquela comida — disse o guarda constrangido. — Eu só recebia ordens de dar aquilo para você comer. — Passado algum tempo, ele acrescentou: — A culpa não foi minha. Ninguém quis fazer mal a você. O subdiretor achava que você confessaria mais depressa se ficasse doente. O diretor deu uma tremenda bronca nele. — Na manhã seguinte Jitniak trouxe para o prisioneiro uma vassoura rústica. — Se quiser pode ficar com esta vassoura, mas vê se pára de falar. O subdiretor não quer saber de conversa e me proíbe de falar com você.

A vassoura era uma vara com amarrados de gravetos presos por um barbante. Iákov passou a varrer o chão da cela todas as manhãs, a princípio sem fazer muito esforço, pois ainda se sentia fraco. Mas ele precisava do exercício para fortalecer-se. Pediu novamente que o deixassem sair um pouco até o pátio mas, como esperava, foi-lhe negada a permissão. Diariamente ele varria o chão todo, tanto as partes molhadas quanto as secas. Varria bem os cantos, levantava o colchão e varria o lugar onde ele ficava. Varria as gretas entre as pedras e certa vez encontrou uma centopéia. Viu quando ela fugiu por baixo da porta, e a simples idéia de sua presença deixou-o com dor de cabeça. Ele também usava o cabo da vassoura para bater o colchão. Mas logo o forro começou a se rasgar dos dois lados e ele parou de fazer aquilo com medo de ficar sem colchão. Além disso, o colchão exalava mau cheiro quando era batido. Iákov passou a afofá-lo com as mãos todas as manhãs para arejá-lo um pouco.

Era preciso procurar algo com que se ocupar para quebrar a monotonia das horas. Quando a campainha soava no corredor, às cinco horas da manhã, ele se punha de pé na cela escura e fria, limpava rapidamente a estufa com as mãos e varria o montinho de cinzas para dentro de uma caixa que recebera para esse fim. Então colocava gravetos e pedaços maiores de lenha na estufa e ficava aguardando que Jitniak, ou às vezes Kogin, a viesse acender. Antes de Iákov passar a ir buscar sua comida na cozinha, o guarda acendia a estufa quando trazia o desjejum, mas a partir de então ela era acesa quando ele voltava. Duas vezes por dia Iákov tinha permissão para ir à cozinha. Apesar de o diretor garantir-lhe pessoalmente que a comida que lhe serviriam seria "perfeitamente saudável", ele não quis abrir mão do privilégio de sair da cela por alguns minutos.

— Você não precisa ter medo de nós, Bok — disse o diretor. — Posso assegurar-lhe que o Promotor-Chefe está ansioso, como todos nós, por levá-lo a julgamento. A ninguém interessaria sua morte. Temos outros planos.

— Quando será meu julgamento?

— Não sei dizer — respondeu o diretor Grizitskoi. — Ainda estão recolhendo provas. Isso leva tempo.

— Então, se o senhor não se importar, prefiro continuar a pegar minha comida na cozinha.

Farei isso enquanto puder, pensou ele. Paguei caro por esse privilégio. Iákov achava que lhe permitiam ir à cozinha porque sabiam que ele sabia que eles tinham tentado envenená-lo.

A partir daquela mudança de rotina, o número de revistas aumentou para três por dia. Seu coração disparava depois daquelas experiências e se enchia de rancor. Era necessário algum tempo para que ele se acalmasse. Às vezes, depois de uma revista, ele varria novamente a cela toda para extravasar o ódio. Ou então ocupava-se em abastecer a estufa bem antes de Jitniak ir buscá-lo para irem à cozinha pegar a ração do jantar. Apesar da fumaça que saía da estufa, o faz-tudo comia junto a ela e, depois de tomar o último gole de chá, ele jogava mais uns dois pedaços de lenha no fogo e deitava-se no colchão, dando um suspiro, na esperança de adormecer antes que o fogo se apagasse e a cela ficasse gelada. Às vezes a água que tinha para beber havia se transformado em gelo de manhã e ele precisava derretê-lo.

Urinar era também uma de suas diversões. Ele urinava com freqüência, ouvindo o ruído que o líquido fazia ao encher a lata. Às vezes prendia a urina para senti-la sair bem quente e forte. A hora da coleta dos excrementos era também uma diversão momentânea. E dia sim, dia não, um dos guardas enchia o jarro com a água que ele usava para beber e para limpar-se. Não havia toalha, portanto ele se secava no casaco ou junto à estufa, esfregando as mãos até ficarem secas. Fetiukov lhe dera um pente quebrado e era com ele que Iákov penteava o cabelo e a barba. Duas vezes, até então, tinha tido permissão para usar a casa de banhos na presença de um guarda, quando um ou mais prisioneiros estavam lá, e pôde lavar seu corpo nu com a água tépida de uma tina de madeira. Assustara-se ao ver como tinha emagrecido. Seu cabelo não podia ser cortado mas certa vez, quando sua cabeça estava infestada demais por piolhos, o barbeiro da prisão encharcou-a de querosene e emprestou-lhe um pente para tirar os piolhos mortos. A barba continuava sem ser cortada, mas ninguém o proibia de mantê-la penteada. Vez por outra, quando Iákov se queixava de que suas unhas estavam grandes demais, Jitniak as cortava para ele, sem contudo permitir que o prisioneiro segurasse a tesoura. Depois o guarda juntava os pedacinhos de unha cortados e os colocava em um saquinho de papel.

— Por que isso? — quis saber Iákov.

— Para uma análise que eles querem fazer — disse o guarda.

Certa manhã uma novidade apareceu na cela de Iákov. Um velho xale de orações e um par de filactérios haviam sido deixado lá quando Iákov saiu para buscar sua ração na cozinha. Ele examinou os filactérios e os deixou de lado, mas colocou o xale por baixo do casaco para aquecer-se. O casaco que usava agora era mais grosso que o primeiro que lhe deram, mas igualmente surrado e puído. Recebera também uma pequena touca com proteção para as orelhas, que era pequena demais para sua cabeça, mas ele a usava mesmo assim, com as abas laterais baixadas. As costuras de seu casaco desfaziam-se em vários lugares. Jitniak emprestou-lhe uma agulha de cerzir e deu-lhe um pouco de linha. Iákov recebeu um tapa no rosto quando disse ao guarda, depois, que havia perdido a agulha. Na verdade, ele não a perdera; escondera-a no interior da estufa. Mas as costuras continuaram a se desfazer e ele já não tinha mais linha. Os tamancos de madeira foram levados e agora ele usava sapatos de corda sem fios para amarrar. Não tinha permissão para usar cinto. Quando Iákov colocava o xale de preces no ombro, por baixo do casaco, Jitniak ficava espiando pelo buraco do visor e depois passou a espiá-lo com mais freqüência na esperança de surpreendê-lo rezando. Isso nunca aconteceu.

Iákov passava horas a fio caminhando de um lado a outro da cela. Já tinha andado o suficiente para ir à Sibéria e voltar. Seis a oito vezes por dia ele lia o regulamento da prisão. Às vezes sentava-se na mesa que tinha uma perna mais curta que as outras. Podia usá-la para comer, mas não tinha qualquer outro uso para ela. Se ao menos tivesse lápis e papel, poderia escrever alguma coisa. Com uma faca ele poderia esculpir um pedaço de madeira da lenha, mas quem lhe daria uma faca? Passou a soprar nas mãos com freqüência. Temia enlouquecer por não ter absolutamente o que fazer. Se ao menos tivesse um livro para ler. Ele se lembrava de como havia estudado e escrito no quarto acima do estábulo, em uma mesa que ele mesmo fizera com suas ferramentas. Certa vez, logo depois de Jitniak o espiar, o faz-tudo empilhou rapidamente os pedaços de lenha junto à parede e subiu na pilha para tentar olhar o pátio pela janela gradeada. Talvez os prisioneiros ainda estivessem por ali em seu passeio. Ainda haveria algum dos que ele conhecera? Mas ele não conseguiu alcançar as barras da janela e só o que pôde ver foi um pedaço de céu cor de chumbo.

## 5

Jitniak o proibia de ler as tiras de jornal que lhe dava para com elas se limpar. Mas Iákov sempre arranjava um jeito de lê-las.

— É porque você é um inimigo do Estado — disse o guarda pelo furo do visor. — Vocês não têm o direito de ler coisa alguma.

Ao longo dos dias intermináveis e vazios, o faz-tudo tentava lembrar-se do que havia lido para se distrair um pouco. Lembrava-se de incidentes da vida de Spinoza: de como os judeus o haviam amaldiçoado na sinagoga; do assassino que tentara matá-lo numa rua por causa de suas idéias; de como ele havia vivido e morrido em seu quarto pequenino, sempre estudando, escrevendo, fazendo lentes para ganhar a vida até que seus pulmões se encheram de vidro. Morrera jovem, pobre e perseguido, mas havia sido o mais livre dos homens. Era livre em seus pensamentos, em sua compreensão da necessidade humana, na construção de sua filosofia. Os pensamentos do faz-tudo não faziam dele um homem livre; eram-lhe absolutamente inúteis. Ele estava preso em uma cela e até mesmo na memória, porque muito do que lhe havia acontecido ao longo da vida e que ele pensara que fossem expressões de sua liberdade agora lhe pareciam fatos encadeados que o conduziram à prisão. A consciência da necessidade havia libertado Spinoza e feito de Iákov um prisioneiro. Spinoza fora capaz, através do pensamento, de projetar-se no universo, mas os pobres pensamentos de Iákov não o levavam além daquela cela.

Quem sou eu para comparar-me a alguém?

Iákov tentava lembrar-se das coisas que havia aprendido no livro de biologia e ficava refletindo sobre o que lhe vinha à mente de suas leituras de história. Deus usava a história para atingir seus próprios objetivos, mas, se de fato fosse assim, Ele não teria piedade dos homens. Deus se dizia misericordioso, mas como era possível ser misericordioso sem piedade? Que piedade há em um raio? Somente o homem é dotado de piedade, isto é algo que surpreende Deus. Não é invenção Sua. E Iákov lembrava-se também das histórias de Peretz, de algumas coisas de Sholem Aleichem que havia lido, de alguns contos em russo escritos por Tchékhov. Lembrava-se de passagens das Sagradas Escrituras, principalmente de fragmentos de salmos que lera em hebraico em rolos antigos. A memória, por algum motivo, associava ao som dos versos o cheiro daqueles rolos. Eles eram entoados semanalmente na sinagoga para glorificar Deus e para proteger o shtetl de qualquer perigo, o que parecia não funcionar. Iákov os havia entoado, ou os ouvia sendo entoados, muitas vezes e agora, ao pensar neles, surpreendia-se com a lembrança de versos e mais versos que nem sabia que sabia. Não foi capaz de recordar-se de um único salmo inteiro, mas a partir de fragmentos que foi juntando recriou um que passou a recitar em voz alta para não esquecer. Na parte da manhã ele o dizia em hebraico e na escuridão da noite, deitado em seu colchão, tentava traduzi-lo para o russo. Sabia que Kogin o escutava quando dizia seu salmo à noite.

> Eis que ele sofre as dores da iniqüidade;
> Deveras, o mau concebeu a maldade e deu à luz a mentira.
> Cavou um fosso, o fez mais profundo,
> E caiu na cova por ele mesmo aberta.

> Faltam-me forças de tanto gemer;
> Todas as noites banho de pranto meu leito;
> E o dissolvo com as minhas lágrimas.

Pois como o fumo dissipam-se os meus dias,
E como achas ao fogo ardem-me os ossos.
Queimado como a erva, resseca-se meu coração;
E até me esqueço de comer meu pão.

Ímpios acusadores surgem a perguntar-me;
De coisas sobre as quais não sei.

Pois ouço os sussurros de muitos,
Há terror por todo lado;
Ao se unirem em conluio contra mim,
Planejam tirar-me a vida mesma.

Levantai-vos Senhor; Ó Deus erguei a Vossa mão;
Dos humildes não Vos esqueçais.

Quebrai, Senhor, os braços dos malvados.

Transformai-os em ardente fogueira;
    Com Vossa ira.

Inclinou ele os céus e então desceu;
Tendo sob os pés escuras nuvens.

Desferiu suas flechas e desbaratou-os;
Multiplicou Seus relâmpagos e aterrou-os.
Meus inimigos persegui e alcancei;
E não regressei até serem eles aniquilados.

    Ele se imaginava perseguindo seus inimigos com Deus a seu lado, mas, quando olhava para Deus, só o que via ou ouvia era uma retumbante gargalhada. Era seu próprio riso encarcerado.

# 6

Reviro tudo o que tenho na memória. Penso em Raisl. Estou preso mesmo, que diferença faz? A primeira vez em que a vi ela estava na carroça desconjuntada do pai, puxada por um pangaré ossudo de antiga memória. Ao lado dela sentava-se a mãe doente em meio a seus poucos trapos e pertences velhos. Shmuel ia na boléia falando consigo mesmo, ou com o rabo do cavalo, ou, sabe-se lá, com Deus; seguiam para onde o pangaré os levava, mas pareciam ir de lugar algum para lugar nenhum. De onde se pode vir, no Pale, que seja diferente do lugar para onde se vai? Para onde quer que partisse, levava a esperança de uma vida melhor, e aonde quer que chegasse não a encontrava, portanto seguia adiante. Ele veio para nossa cidade e a mulher, cansada de tudo, morreu ao chegar. A partir de então, seu túmulo manteve-o lá. Com um pai de sorte tão má, o que esperar da filha? Por isso mantive-me longe dela. É claro que me mantive longe dela nos meses em que estive no exército, mas também andei fugindo logo que cheguei. Não fugi por muito tempo. (Se ela tivesse se casado enquanto eu estava fora, teria me feito um grande favor.) Fosse como fosse, ela era uma moça atraente, inteligente e insatisfeita com a vida. Já desde aquela época tinha um rosto triste. Pelo menos o olho direito era triste; o esquerdo era neutro e eu me via nele. Vi-a muitas vezes no mercado antes de tomar coragem para ir falar com ela. Ela me deixava assustado e eu não estava seguro de ter o que ela queria. Temia que ela esperasse demais. Fosse como fosse, eu via os outros rapazes olhando para ela e olhava também. Era uma moça magrinha e comprida, com os seios pequenos. Lembro-me de seus cabelos escuros presos em tranças, dos olhos profundos e do pescoço longo. Ela usava de manhã a roupa que lavava à noite; às vezes as vestia ainda úmidas. O pai queria que ela trabalhasse como empregada doméstica, mas ela se recusava. Passou a comprar ovos a uma camponesa e instalou uma barraca no mercado. Sempre que eu podia, comprava ovos com ela. Raisl morava com o pai em um casebre afastado da estrada, perto do riacho que corria junto à casa de banhos. Quando eu passava para visitá-los, eles pareciam alegres em me ver, principalmente o pai. Ele estava à procura de um marido para ela e não dispunha de coisa alguma para oferecer como dote. Não tinham um caroço de cereja chupado sequer. Mas ele percebeu que eu não era do tipo de fazer perguntas e que nem tocaria naquele assunto.

Caminhávamos pelo bosque, ao longo do riacho, ela e eu. Mostrei-lhe minhas ferramentas e certa vez cortei uma arvorezinha com meu serrote. Consertei como pude o casebre deles, fiz um banco, um armário para a cozinha e algumas prateleiras com umas tábuas que eu estava guardando. Quando havia um pouco de galinha para comer, eu ia lá também nas noites de sexta-feira. Raisl abençoava as velas e servia a comida. Era bem agradável. Gostávamos um do outro, mas ambos tínhamos nossas dúvidas. Eu acho que ela pensava: Ele não vai sair disso, não tem ambições na vida, ficará aqui para sempre. Já eu, por meu lado, me perguntava: Que tipo de futuro posso ter com ela? É uma moça complicada e não vai ser fácil satisfazê-la. Vai me deixar louco para fazer as coisas que ela quiser. Ainda assim, gosto de estar com ela. Certo dia, no bosque, nos fizemos marido e mulher. Ela a princípio disse não, mas resolveu arriscar-se. Depois arrependeu-se. Temia gerar um filho aleijado ou com sete dedos. — Não seja supersticiosa — disse eu. — Se você quer ser uma pessoa livre, precisa começar por uma mente livre. — Mas ela se pôs a chorar. Passado algum tempo, eu disse: — Está bem, você já chorou demais, então, antes que isso aconteça novamente, vamos nos casar. Eu preciso de uma esposa e você de um marido. — Quando eu disse isso, seus olhos se arregalaram e se encheram de lágrimas. Não me respondeu. — Por que não diz alguma coisa? — perguntei. — Diga sim ou não. — Por que você não fala em amor? — perguntou ela. — E quem fala em amor no shtetl? — perguntei-lhe eu. — O que é que nós somos? Milionários? — Eu não disse a ela que a palavra amor me deixa nervoso. O que sabe de amor um homem como eu? — Se você não me ama, não posso me casar com você — disse ela. Mas àquela altura seu pai já havia se aproximado tanto que tinha o nariz dentro da minha orelha. — Ela é uma boneca, uma menina maravilhosa, você não tem como errar. Ela vai trabalhar muito e os dois juntos vão ganhar a vida. — Assim eu falei em amor e ela disse sim. Talvez meu pobre futuro tivesse melhores perspectivas que o dela.

Depois que nos casamos, ela só falava em deixar a Rússia, inclusive o pai, porque as coisas estavam ficando piores ao invés de melhorarem. Piores para nós e também para os russos. — Vamos vender tudo e partir enquanto for possível. — Minha resposta era: — Mesmo se vendermos tudo, não teremos coisa alguma. Preste atenção ao que digo: o que não falta é lugar para irmos neste mundo sem fim, mas primeiro preciso trabalhar muito para economizar alguns rublos. E, se formos, para onde iremos? Talvez demore um ou dois anos, e então vamos. — Ela me olhava com a cara fechada. — Se deixarmos passar mais um ano, você não vai nunca mais; você tem medo de partir. — Talvez ela tivesse razão, mas eu dizia: — Seu pai passou a vida indo de um lugar para outro e o que foi que ele conseguiu? Eu vou ficar num lugar só até juntar algum dinheiro. Só então é que vou pensar em partir. — Aquilo não era bem verdade. Eu não tinha pressa em ir para outro país. Alguns homens são exploradores por natureza; a minha natureza é ficar sob a mesma lua e as mesmas estrelas e, se estivesse chovendo, sob o mesmo teto. O mundo já é um lugar estranho, então por que torná-lo mais estranho ainda? Quando eu estava no exército do Czar, tinha menos medo do mundo lá fora, mas, quando voltei para casa, achei que aquela experiência me bastava. Em outras palavras, naquela época, para me fazer sair de onde eu estava era preciso que me empurrassem. Por isso ela me empurrava. Mas não nos dávamos muito mal, até que mais uns dois anos se passaram sem que conseguíssemos capital algum. Tampouco tínhamos conseguido um filho. Raisl foi ficando deprimida. Ou estava em um canto a chorar, ou saía de casa reclamando. Nosso casebre tinha dois pequenos cômodos. À noite ela ficava na cama enquanto eu lia na cozinha. Foi nessa época que comecei a ler mais. Pegava livros aqui e ali, furtava alguns, e os lia à luz do candeeiro. Muitas vezes acabava dormindo ali mesmo, no banco da cozinha. Quando estava lendo Spinoza, ficava acordado noites inteiras. Àquela altura as idéias me deixavam excitado e eu tentava anotar algumas que eu mesmo tinha. Foi então que teve início um Iákov diferente. Passei a pensar em coisas nas quais jamais havia pensado, e foi aí que comecei a ler um pouco sobre história e li também um folheto sobre Nicolau I, o pai do Czar, e disse a mim mesmo: "Ela tem razão, precisamos dar o fora daqui o mais depressa possível."

Mas, sem ter como viver, para onde se pode ir? Não fomos a lugar algum. Àquela altura, já estávamos casados havia quase seis anos e ainda não tínhamos filhos. Eu nada dizia, mas no fundo do coração era um homem decepcionado. Como olhar os outros nos olhos? No fundo do coração, Raisl estava desesperada. Punha a culpa em seus pecados. Talvez pusesse nos meus também. Voltou a procurar os rabinos, que nunca a ajudavam. Partiu então para outras cidades, mas os rabinos daqueles lugares tampouco fizeram alguma coisa por ela. Ela tentou magias e feitiços. Recitava versos das Escrituras e tomava poções extraídas de partes de peixes e de lebres. Eu não acredito nesse tipo de coisa. Seja como for, como seria de se esperar, nada aconteceu. — Por que motivo Deus me amaldiçoou? — exclamava ela. — Que Deus? — perguntava eu. Ela se tornou uma mulher desesperada. — Serei sempre como meu pai? — Minha vida, àquela altura, tornara-se um inferno. Ela passava os dias a chorar e a se amaldiçoar. A cada dia que passava, eu falava menos e lia mais, apesar de os livros não me fazerem ganhar um único copeque a não ser que eu os vendesse. Pensei em levá-la a um bom médico, em Kiev, mas quem pagaria as despesas? E assim nada aconteceu. Ela continuou estéril e eu continuei pobre. Todos os dias ela me suplicava que fôssemos embora daquele lugar para que sua sorte mudasse. — Ir embora como? — perguntava eu. — Até parece que a sorte do seu pai mudou. Quando eu dizia isso ela me olhava com ódio. Comecei a ficar longe de casa durante o dia. Quando voltava à noite, dormia na cozinha. Começaram então a falar dela nas tabernas. Um belo dia ela se foi. Abri a porta de casa e não havia ninguém. A princípio eu a amaldiçoei como os homens da Bíblia amaldiçoam suas esposas infiéis. "Ela que fique para sempre com seu ventre infértil e seus peitos secos." Mas agora eu vejo as coisas de outro modo. Ela havia escolhido errado o seu futuro.

# 7

Um homem espera. Por um minuto de esperança, espera dias e mais dias de desespero. Às vezes só espera, sem grandes desesperos. Afunda em seus pensamentos e tenta eclipsar a cela da prisão. Se tiver sorte, ela se dissolve e ele passa meia hora do lado de fora, muito além das portas, das paredes, do ódio que tem a si mesmo. Se tiver sorte e conseguir chegar ao shtetl, pode ir visitar um amigo e, se ele não estiver em casa, pode sentar-se sozinho em um banco à frente da casa dele. Pode sentir o odor do mato e das flores e ficar olhando as meninas, se acontecer de uma ou duas passarem pela estrada. Pode também passar um dia inteiro trabalhando, se houver algum trabalho para fazer. Hoje há um pequeno trabalho de carpintaria. Ele chega a ficar suado de tanto serrar madeira e juntá-la novamente com pregos e marteladas. Quando for hora de comer, ele abre seu embrulho com o lanche. Nada mau. Para se estar satisfeito com a comida, basta ter um pouco quando se tem vontade de comer. Um ovo cozido com uma pitada de sal é delicioso. Um pouco de creme azedo com batata também. Se a pessoa mergulhar um pedaço de pão em leite fresco e sugar antes de engoli-lo, sente um gosto de festa. E um chá quente com limão e um pouco de açúcar! À noite ele caminha pela relva molhada até a beira do bosque. Pára e fica olhando a lua no céu leitoso. Enche o peito de ar fresco. Pensa no futuro. Afinal, ele está vivo e livre. Mesmo se não estiver muito livre, pode pensar que está. A pior coisa que acontece quando ele tem pensamentos assim é quando terminam e ele se vê de volta à cela. O céu e o bosque transformam-se na cela.

Iákov contava. Embora tentasse não contar, ele contava o tempo. A contagem pressupunha um fim, pelo menos para um homem acostumado a usar números pequenos. Quantas vezes já havia contado até cem em toda a sua vida? Quem seria capaz de contar para sempre? O tempo se acumulava. O faz-tudo fazia o tempo com pequeninas taliscas de madeira arrancadas da lenha. As mais longas eram os meses e as mais curtas, os dias. Um dia já era uma carga bem pesada para se suportar, mas até mesmo alguns minutos, por vezes, pareciam insuportáveis. Quando não se tem absolutamente o que fazer, a pior coisa que se pode ter é uma quantidade interminável de minutos. É como encher de nada um milhão de garrafinhas.

Às cinco da manhã o dia começava seu transcurso interminável. Mal começava a escurecer, Iákov se deitava em seu colchão tentando dormir. Às vezes passava a noite inteira tentando. Durante o dia havia as verificações de rotina pelo visor e três revistas deprimentes que lhe faziam pelo corpo. Havia também a limpeza da estufa, quando ele retirava as cinzas, e a colocação da lenha que o guarda ia acender. As outras atividades eram varrer a cela, urinar na lata, andar de um lado para o outro procurando não contar, sentar-se à mesa sem ter o que fazer. Havia também a saída para buscar as parcas refeições e a atividade de comê-las. Havia as tentativas de lembrar e as de esquecer. Havia a contagem de cada dia; a recitação dos fragmentos de salmos que ele juntara em um. Ele também observava as mudanças de luz do dia. A escuridão da manhã era diferente da escuridão da noite. A escuridão da manhã tinha um certo frescor, uma quantidade ínfima de esperança, embora ele não soubesse de quê. A escuridão da noite era pesada, com sombras densas e complexas. De manhã as sombras iam se esvaindo até que sobrasse apenas a leve sombra que permanecia na cela o dia inteiro. Nos dias em que havia sol, ela desaparecia por poucos minutos por volta das onze horas, ele supunha, quando um raio de sol tocava a parede corroída menos de meio metro acima de seu colchão. O raio de luz dourada desaparecia alguns minutos depois. Certa vez ele o beijou na parede. Outra, lambeu-o com a ponta da língua. Depois que o sol se ia, a luz que vinha da janela ficava cada vez mais intensa. Certa vez ele roubou uma tira de jornal, mas já estava escuro demais para ler às três e meia da tarde em dezembro. Iákov colocava madeira na estufa e Jitniak, depois de eles terem ido buscar a ração da noite, a acendia. Ele comia no escuro ou à luz da estufa com a porta aberta. Não havia lamparina ou vela. O faz-tudo punha de lado uma lasquinha de madeira para assinalar mais um dia perdido e deitava-se em seu colchão.

As lascas mais longas eram os meses. Pelos seus cálculos, estavam em janeiro. Jitniak não lhe informava a data e tampouco Kogin. Diziam que estavam proibidos de responder àquele tipo de pergunta. Ele havia sido preso na olaria em meados de abril e passara dois meses na cadeia da corte distrital. Calculava já ter passado sete meses naquela outra prisão, o que daria um total de nove, no mínimo. Imaginava que logo — logo? — completaria um ano preso. Ele não pensava, não conseguia pensar, em um tempo posterior àquele. Não conseguia visualizar futuro além daquele. Quando pensava no futuro, só o que lhe vinha à mente era o indiciamento. Imaginava o diretor mandando abrir os seis ferrolhos e entrando na cela com o indiciamento em um espesso envelope pardo. Mas o diretor nunca chegava com o documento tão esperado e ele continuava a contar o tempo. Por quanto tempo teria que esperar? Os meses, dias e minutos lhe pesavam na cabeça, entretecidos nos ciclos repetitivos de claridade e escuridão. O tédio o asfixiava e ele continuava esperando por um tempo diferente daquele que estava dentro de sua cabeça. Era uma espera sem fim por algo que podia jamais acontecer. No inverno o tempo caía como a neve sibilante soprada pelo vento através das rachaduras da janela de grade, e nunca parava de nevar. Certa vez ele se pôs de pé onde a neve entrava pelas frestas e ela foi se acumulando ao seu redor. Iákov teve a sensação de estar afundando em um poço sem fundo.

Certo dia de inverno seu desespero foi tanto que ele rasgou suas roupas. Os pedaços caíram de suas mãos.

— Filhos da puta! — gritou ele pelo buraco do visor para os guardas, os funcionários da prisão, Grubechov e as Centúrias Negras. — Anti-semitas! Assassinos!

Deixaram que ele ficasse nu. Jitniak passou a não acender a estufa. O corpo do faz-tudo foi ficando azulado enquanto ele caminhava freneticamente de um lado a outro da cela gelada. Ele tremia sem parar deitado em seu colchão, enrolado no xale de orações e no velho cobertor puído.

— Ora muito bem — disse o subdiretor ao entrar com o guarda para fazer a revista na manhã seguinte —, você não vai precisar de roupas. Vai ficar congelado mesmo. Agora ande logo e abra essa bunda imunda.

Porém o diretor entrou na cela antes do anoitecer e disse que aquele judeu nu desfilando de um lado para o outro ali era indecente. — Você poderia levar um tiro por menos que isso.

Jogou então para Iákov um conjunto de uniforme de presidiário e um outro casaco. Jitniak acendeu a estufa, mas o faz-tudo precisou de uma semana para deixar de sentir a espinha dorsal congelada, e o frio que sentia era muito pior do que antes.

O homem que consertava coisas pôs-se novamente a esperar.

E ficou esperando.

# 8

O diretor da penitenciária, todo uniformizado, entregou a mensagem do Promotor-Chefe Grubechov a Iákov em sua solitária.

— Você deverá comparecer ao Tribunal de Justiça de Plosski em trajes adequados. Seu indiciamento está concluído.

O faz-tudo, aturdido, fechou os olhos. Quando os abriu novamente, viu que o diretor continuava lá.

— Como vou, excelência? — conseguiu finalmente perguntar.

— Um detetive o acompanhará. Como a distância é pequena, podem ir de bonde. Terá permissão para ficar fora daqui por no máximo uma hora e meia. É esse período que o Promotor-Chefe precisará ficar com você.

— Vou ter as pernas acorrentadas novamente?

O diretor coçou a barba. — Não, mas será algemado e o detetive terá ordens de atirar caso tente fazer qualquer coisa irregular. Além do mais, dois oficiais da polícia secreta também o estarão acompanhando para impedir que alguém do seu bando tente comunicar-se com você.

Meia hora depois Iákov já se encontrava fora da prisão, esperando o bonde ao lado do detetive. Embora o dia estivesse nublado e frio e as ruas cobertas de neve, com as árvores desfolhadas destacando-se, negras, contra um céu cinzento, os olhos do faz-tudo enchiam-se de lágrimas emocionadas. Parecia-lhe estar vendo tudo aquilo pela primeira vez.

Sentado no bonde em movimento, ele ia apreciando as lojas e as pessoas na rua como se estivesse em um país estrangeiro. Como era bonito ver um camponês entrando em uma loja. O detetive ia sentado a seu lado com uma das mãos no bolso do casaco. Era um homem barrigudo, de óculos e barrete de pêlo cinza, que permanecia em silêncio. O faz-tudo tinha o coração apreensivo quanto à acusação que lhe seria feita. Seria acusado simplesmente de assassinato, ou de assassinato "para fins rituais"? Provas eles não poderiam ter e somente, no máximo, "provas circunstanciais", mas ele temia a capacidade daqueles homens para distorcer a verdade. Quando seu objetivo era incriminar uma pessoa, as provas podiam ser arranjadas. Qualquer que fosse a acusação contra ele, porém, o importante era recebê-la formalmente para que pudesse falar com um advogado. Depois disso talvez não o mantivessem mais em uma cela solitária. Mesmo que o colocassem em companhia de um assassino, seria melhor do que continuar naquela solidão desesperadora. O advogado diria a todos quem ele era. "É um homem de bem, que jamais poderia ter matado uma criança", diria ele. O faz-tudo preocupava-se em conseguir o advogado certo e se perguntava quem Bibikov tivera em mente, quem seria o tal "homem convincente e corajoso de excelente reputação". Ivan Semionovitch saberia dizer, se lhe permitissem perguntar? Seria o tal advogado russo ou judeu? O que seria melhor? E como lhe pagaria? Será que um advogado se prestaria a defendê-lo se ele não tivesse como lhe pagar? E, ainda que tivesse um bom advogado, seria ele capaz de defendê-lo se os arquivos de Bibikov tivessem caído nas mãos das Centúrias Negras?

Não obstante todas essas preocupações, e apesar de ter as mãos firmemente algemadas, Iákov era um prisioneiro que se via de repente fora da prisão e sentiu prazer na viagem de bonde. As pessoas à sua volta e o movimento dos carros criavam uma ilusão de liberdade.

Na parada seguinte, dois homens entraram no bonde e, ao passarem pelo faz-tudo, viram suas mãos algemadas. Sussurraram entre si e, quando se sentaram, passaram a sussurrar com outros passageiros. Alguns deles voltaram-se para olhá-lo fixamente. Ao perceber isso, ele fechou os olhos.

— É o assassino daquele menino — disse um homem que usava um chapéu de lã. — Eu o vi uma vez em um carro em frente à casa de Marfa Gólov depois que ele foi preso.

Alguns dos passageiros do bonde começaram um burburinho excitado.

O detetive, então, falou calmamente. — Está tudo em ordem, meus amigos. Não precisam se alvoroçar. Eu estou acompanhando o prisioneiro até a corte de Justiça, onde ele será indiciado por seu crime.

Dois judeus barbados que usavam grandes chapéus desceram apressadamente do bonde na parada seguinte. Um terceiro tentou falar com o prisioneiro, mas foi impedido pelo detetive.

— Se eles o condenarem — gritou o judeu para Iákov ao se afastar —, grite "Sh'ma, Yisröel, o Senhor é nosso Deus, o Senhor é um só!" Ele saltou do bonde em movimento e os dois homens da Polícia Secreta sentaram-se novamente.

Uma mulher usando um chapéu com flores de veludo cuspiu no faz-tudo ao passar por ele. O cuspe escorreu por sua barba. Pouco depois o detetive encostou o cotovelo nele para indicar-lhe que desceriam na parada seguinte. Caminhavam os dois pela calçada coberta de neve quando o guarda parou para comprar uma maçã de um vendedor de rua. Deu-a ao faz-tudo, que a comeu vorazmente em três mordidas.

No prédio da corte de Justiça, Grubechov havia se mudado para um gabinete maior, com seis mesas de trabalho na antesala. Iákov ficou aguardando ali com o detetive, nervoso e impaciente. É estranho, pensou ele, que se possa desejar tanto ser indiciado por assassinato. Mas, sem a acusação formal, ele não podia dar o primeiro passo para defender-se.

Iákov recebeu ordem de entrar no gabinete interno. O detetive, de chapéu na mão, seguiu-o e postou-se atrás do prisioneiro, porém Grubechov, com um aceno de cabeça, dispensou sua presença. O Promotor-Chefe sentava-se impassível por trás de sua nova escrivaninha, olhando o prisioneiro com os olhos entrecerrados. Pouco havia mudado, a não ser o fato de parecer mais velho. Se o outro parecia ter envelhecido, que aparência teria ele, Iákov? Ele se via de cabelo desgrenhado, barbado, com a roupa folgada demais e terrivelmente assustado.

Grubechov tossiu e desviou o olhar. Iákov não viu papel algum sobre a escrivaninha. Apesar de sua decisão de controlar-se diante daquele anti-semita, ele se pôs a tremer. Até ali Iákov fora capaz de disfarçar o medo, mas quando pensou no que havia acontecido com Bibikov e em tudo por que ele próprio passara por causa de Grubechov, sentiu de repente um nó na garganta a asfixiá-lo e todo o seu corpo começou a tremer violentamente, como que tentando expelir uma substância venenosa. Apesar da vergonha que sentia por tremer daquela maneira, como se tivesse febre ou intenso frio diante daquele homem, Iákov não conseguiu parar.

O Promotor-Chefe olhou-o por um minuto, sem saber o que pensar. — Está tendo calafrios, Bok? — Sua voz, ligeiramente mais grave, tentava expressar interesse.

O faz-tudo, ainda tremendo muito sem conseguir se controlar, disse que sim.

— Você está doente?

Iákov inclinou a cabeça em sinal de assentimento, tentando disfarçar o ódio que sentia pelo homem.

— Que pena — disse o promotor. — Bem, sente-se e procure controlar-se. Passemos agora a outros assuntos.

Grubechov destrancou uma gaveta de sua escrivaninha e de lá tirou um maço de papéis azuis datilografados. Devia haver umas vinte folhas.

Meu Deus, tudo isso?, pensou Iákov. Seu tremor já começava a passar e ele ficou aguardando, ansioso.

— Então — disse Grubechov, sorrindo como se só então entendesse o que se passava —, você veio tomar conhecimento de seu indiciamento? — Ele folheou os papéis, distraído.

O faz-tudo, olhando fixamente para eles, umedeceu os lábios.

— Suponho que não ache a prisão uma experiência muito agradável, pois não?

Embora tivesse vontade de gritar, Iákov simplesmente concordou com uma aceno de cabeça.

— Já foi o suficiente para mudar sua maneira de pensar?

— Não quanto à minha inocência.

Grubechov deu um risinho e afastou sua cadeira da escrivaninha. — Um homem teimoso anda com os pés amarrados. Estou surpreso com você, Bok. Não me parece ser totalmente destituído de inteligência. Suponho que saiba que não terá futuro algum se continuar com essa teimosia.

— Por favor, quando posso falar com um advogado?

— De nada lhe valerá um advogado. Pode acreditar no que digo.

O faz-tudo continuou sentado, tenso, silencioso apesar de aflito.

Grubechov pôs-se a andar sobre seu tapete oriental. — Mesmo que você tenha seis ou sete advogados, será condenado a passar o resto da vida em uma solitária. Você acha que um júri de russos patriotas vai acreditar no que algum rábula qualquer inventar para você dizer?

— Eu vou dizer a verdade a eles.

— Se a verdade é a que nos diz, nenhum russo mentalmente são acreditará em você.

— Eu pensei que o senhor pudesse acreditar, excelência, já que dispõe das provas do que realmente aconteceu.

Grubechov parou de andar de um lado para o outro e pigarreou para limpar a garganta. — Eu, principalmente, teria menos motivo do que qualquer outro para acreditar, embora já tenha pensado na possibilidade de você ter sido um homem virtuoso que acabou se tornando vítima expiatória de seus correligionários. Interessaria a você saber que o próprio Czar está convencido de que foi você quem cometeu o crime?

— O Czar? — repetiu Iákov surpreso. — Ele sabe da minha existência? Como é que ele pode pensar tal coisa? — Seu coração encheu-se de agonia.

— Sua Majestade tem tido grande interesse pelo caso desde que leu sobre o assassinato de Jênia nos jornais. Ele imediatamente pegou da pena para me escrever, do próprio punho: "Espero que o senhor não poupe esforços para descobrir e levar às barras da Justiça o desprezível judeu assassino do menino." Cito de cor as palavras dele. Sua Majestade é uma pessoa de grande sensibilidade e algumas das suas intuições são extraordinárias. Desde então o mantenho informado do andamento das investigações. Elas vêm sendo conduzidas com total conhecimento e aprovação de Sua Majestade.

Que má sorte a minha, pensou o faz-tudo. Depois de um breve silêncio, ele perguntou: — Mas por que o Czar acreditaria em algo que não é verdade?

Grubechov voltou rapidamente para junto de sua escrivaninha e se sentou. — Ele se convenceu, como todos nós, a partir das evidências cumulativas obtidas nos depoimentos das testemunhas.

— Que testemunhas?

— Você sabe muito bem que testemunhas — disse Grubechov impaciente. — Nikolai Maximovitch Lebedev, por exemplo, e sua filha. Gente refinada, da melhor espécie. Marfa Gólov, a mãe sofredora do desafortunado menino. Mulher trágica porém pura. Prochko e os dois cocheiros. O capataz Skobeliev, que o viu oferecendo doces a Jênia e que dará seu testemunho, em corte, de que você correu atrás do menino tentando agarrá-lo várias vezes no pátio da olaria. Foi por intervenção sua, disse-nos Nikolai Maximovitch, que o capataz foi despedido.

— Eu não sabia que ele tinha sido despedido.

— Há muito mais coisas que você não sabe e que ficará sabendo.

Grubechov continuou a dar nomes de testemunhas: — Vou também citar o testemunho de seu companheiro de cela judeu, Gronfein, a quem você pediu, para defender a comunidade judaica, que subornasse Marfa Vladímirovna a fim de que ela não depusesse contra você. Há também uma esmoler a quem certa vez você negou uma esmola e que o viu entrar em uma loja onde se afiam facas. E o proprietário do tal estabelecimento, com seu empregado, que dirão ter afiado duas de suas facas e as ter devolvido a você. Contamos também com o depoimento de religiosos, cientistas e outros estudiosos do judaísmo que são autoridades no assunto. Já reunimos mais de trinta testemunhas confiáveis. Sua Majestade interessa-se pela leitura dos depoimentos mais relevantes. Na última visita dele a Kiev, pouco depois de você ser preso, tive a honra de informá-lo pessoalmente: "Majestade, o assassino de Jênia Gólov já foi capturado e encontra-se na prisão. Trata-se de Iákov Bok, membro de um dos grupos de judeus fanáticos, o dos hassides." Posso assegurar-lhe que Sua Majestade descobriu a cabeça, apesar da chuva que caía, e fez o sinal-da-cruz para expressar seu agradecimento ao Senhor por sua captura.

O faz-tudo imaginou a cena do Czar se persignando, com a cabeça a descoberto na chuva. Pela primeira vez lhe ocorreu que poderia estar havendo um erro de identidade. Não o estariam confundindo com outra pessoa?

O promotor abriu uma gaveta lateral de sua escrivaninha e de lá tirou uma pasta com recortes de jornal. Pôs-se a ler um deles: — "Sua Majestade viu justificada sua suspeita de que o assassinato foi obra covarde de um criminoso judeu que deve ser devidamente punido por seu feito bárbaro. 'Faremos o que for necessário para proteger nossas crianças inocentes e suas mães aflitas. Quando penso em minha própria esposa e em meus filhos, penso nelas também.'" Se o governante do Estado e seu povo russo estão absolutamente convencidos de sua culpa, que possibilidades você julga ter de um veredicto que o inocente? Nenhuma, asseguro-lhe. Nenhum júri russo o inocentará.

— Ainda assim — disse o faz-tudo com desalento —, a questão da validade das provas continua a existir.

— Não tenho dúvida alguma da validade das provas. Você tem alguma melhor para apresentar?

— E se algum grupo anti-semita cometeu o assassinato para levantar suspeição sobre os judeus?

Grubechov deu um soco na escrivaninha. — Que absurdo monstruoso! Somente da cabeça de um judeu poderia sair essa idéia de culpar seus acusadores por seu crime. Pelo visto você não se dá conta de já ter admitido sua culpa. — O procurador suava e sua respiração se tornava sibilante e difícil.

— Minha culpa? — exclamou Iákov à beira do pânico. — Admiti o quê? Não admiti coisa alguma.

— Você pode pensar que não, mas já dispomos de mais de um registro de confissões que você faz enquanto dorme. O guarda Kogin as compilou em seu caderno de anotações e o subdiretor também o ouviu à noite, pelo lado de fora da cela. É evidente que sua consciência lhe pesa, Iákov Bok, e o que não lhe falta é motivo para isso. Temos registrado seus gemidos de remorso, suas crises de choro pela natureza hedionda de seu crime. É porque você evidentemente se arrepende do que fez que me disponho a demonstrar-lhe compaixão.

Os olhos de Iákov voltaram-se para os papéis sobre a escrivaninha.

— Posso ler o indiciamento, excelência?

— Meu conselho a você — disse Grubechov enxugando o suor do pescoço com um lenço — é assinar uma confissão dizendo que cometeu o assassinato contra sua vontade, pressionado pelos membros de sua seita religiosa. Isto feito, como já lhe disse na última vez em que falamos, pode-se fazer alguma coisa por você.

— Não tenho coisa alguma a confessar. O que poderia confessar? Só posso dizer do sofrimento por que tenho passado. Não tenho como confessar o assassinato de Jênia Gólov.

— Ouça bem, Bok, falo para seu próprio bem. Sua situação, se não confessar, será insustentável. Uma confissão sua trará benefícios não somente a você. Pode também evitar atos de represálias contra seus compatriotas judeus. Você sabia que na ocasião em que foi preso Kiev estava à beira de um pogrom de grandes proporções? Foi somente a presença do Czar aqui para descerrar a estátua de um de seus antepassados que o evitou. Isso não acontecerá uma segunda vez, posso assegurar-lhe. Pense bem. Será bastante vantajoso para você. Estou disposto a tomar as providências necessárias para que você seja removido secretamente da prisão e levado até Podovolochtchisk, na fronteira com a Áustria. Terá um passaporte russo no bolso e os meios necessários para viajar para outro país fora da Europa. Isso inclui a Palestina, a América ou até mesmo a Austrália, se você preferir. Aconselho-o a pensar bem, com todo o cuidado, no que lhe proponho. A alternativa é você passar o resto da vida em uma prisão, em circunstâncias bem menos favoráveis do que as que você goza atualmente.

— Desculpe-me a pergunta, mas como o senhor explicará ao Czar que deixou fugir o assassino confesso de uma criança russa?

— Essa parte não lhe diz respeito — disse Grubechov.

O faz-tudo não acreditou nele. Uma confissão, ele sabia, seria sua ruína para sempre. Ele já era um homem arruinado.

— O diretor disse que o senhor me daria uma cópia do indiciamento.

Grubechov, constrangido, fez como se lesse a folha de rosto do indiciamento e depois colocou a pilha sobre a escrivaninha.

— O documento requer a assinatura do Magistrado de Investigações. Ele viajou em uma missão oficial e ainda não retornou. Enquanto isso quero saber qual é sua resposta para a proposta que lhe fiz, que é absolutamente razoável.

— Posso confessar muitas coisas, mas não esse crime.

— Você é um judeu muito burro mesmo.

Iákov prontamente concordou.

— Se tem esperanças de contar com a solidariedade e quiçá a ajuda do magistrado Bibikov, é melhor você desistir. Ele foi substituído por outro.

O faz-tudo trancou os dentes com toda sua força para tentar não tremer novamente.

— Onde está o sr. Bibikov?

Grubechov ficou agitado. — Ele foi preso por peculato. Enquanto aguardava julgamento, desesperado de vergonha, suicidou-se.

O faz-tudo fechou os olhos.

Quando os abriu novamente, perguntou: — Eu poderia falar com o sr. Ivan Semionovitch, assistente dele?

— Ivan Semionovitch Kuzminski — disse o Promotor-Chefe friamente — foi preso sob custódia na Feira de Agricultura em setembro último. Ele não tirou o chapéu quando a banda tocou *Deus salve o Czar*. Se minha memória não falha, foi condenado a passar um ano na Fortaleza Petropavelski.

O faz-tudo engoliu em seco.

— Será que agora você entende? — O rosto de Grubechov estava muito tenso e suado.

— Eu sou inocente — gritou o faz-tudo com a voz rouca.

— Nenhum judeu é inocente, menos ainda um assassino fanático. Além do mais, é sabido que você é um agente do Kahal Judaico, o governo secreto internacional dos judeus que está engajado numa conspiração subterrânea com a Organização Sionista Mundial, com a Aliança de Herzl e com os Maçons Russos. Temos também motivos para crer que seus superiores estejam mancomunados com os ingleses para derrubar o governo legítimo da Rússia e tornarem-se governantes de nossa terra e de nosso povo. Nós não somos ingênuos. Sabemos muito bem aonde vocês querem chegar. Já lemos o *Protocolo dos sábios de Sião"* e o *Manifesto comunista* e compreendemos perfeitamente suas intenções revolucionárias.

— Eu não sou um revolucionário. Sou um homem sem experiência dessas coisas. Como posso entender desses assuntos? Sou um faz-tudo.

— Você pode negar o quanto quiser, mas nós sabemos da verdade — exclamou Grubechov. — Os judeus dominam o mundo e nós nos sentimos sob seu jugo. Eu, pessoalmente, considero-me dominado pelos judeus; dominado pelo poder do pensamento judeu, dominado pelo poder da imprensa judaica. Não se pode falar contra os judeus sem ser acusado de obscurantista, reacionário, ou de pertencer às Centúrias Negras. Não sou nada dessas coisas. Sou um patriota russo! Eu amo o Czar da Rússia!

Iákov continuava a olhar para os papéis de seu indiciamento. Grubechov agarrou-os e trancou-os na gaveta.

— Se você tiver algum discernimento, poderá me informar por intermédio do diretor do presídio. Até então continuará a apodrecer naquela cela.

Antes que Iákov tivesse permissão para deixar o gabinete, o Promotor-Chefe, com a cara escurecida pelo ódio, pôs-se a ler um caderno de anotações e a perguntar ao prisioneiro se ele tinha algum relacionamento com Baal Shem Tov ou com o rabino Zalman Schneur, de Ladi. Perguntou também se já tinha havido algum shochet em sua família. A cada uma dessas perguntas, Iákov, tremendo de maneira incontrolável, respondeu que não e Grubechov anotou cuidadosamente as respostas.

# 9

Já novamente com suas roupas de presidiário, Iákov viu-se em sua cela escura, com a barba revolta, os olhos vermelhos, a cabeça latejante e com o frio a lhe doer nos ossos. O vento, levando a neve, assoviava na janela e entrava pelo vidro quebrado, indo pousar sobre ele como uma ave maligna a lhe atacar a cabeça e as mãos. Ele se pôs a correr pela cela, com o hálito visível pelo frio, a socar o próprio peito, sacudir os braços loucamente, bater as mãos azuladas uma na outra. Chorava, gemia, pedia a clemência aos céus. Jitniak, com um olho nervoso no visor, ordenou-lhe que calasse a boca. Quando o guarda acendeu o fogo da noite, o faz-tudo sentou-se diante da estufa aberta que enchia a cela de fumaça. Tinha a gola do casaco levantada para cobrir-lhe as orelhas e o rosto iluminado pelas chamas que não conseguiam aquecê-lo. A não ser pelo brilho e os estalidos do fogo, a cela permanecia escura e silenciosa. O cheiro ali dentro era insuportável — era o odor de matéria orgânica em decomposição —, o odor dele mesmo incorporado ao de todos os outros prisioneiros que viveram e morreram naquela cela.

O faz-tudo levou várias horas tremendo, imerso no mais profundo desespero. Quem poderia supor uma coisa daquelas? O Czar sabia de sua existência! O Czar estava convencido de que ele era culpado. O Czar queria que ele fosse condenado e punido. Iákov viu-se lutando contra o Imperador da Rússia. Os dois se lançaram em um combate corpo a corpo, barba roçando em barba, na escuridão, até que Nicolau proclamou-se um anjo de Deus e ascendeu aos céus.

"Isso tudo é uma loucura", murmurou o faz-tudo. "Ele não tem nada a ver comigo, nem eu com ele. Por que não me deixam em paz? O que foi que fiz a ele?"

Seu destino lhe provocava náuseas. Tentando escapar do gueto, acabara preso. Desde que nascera, um cavalo negro o seguia de perto, um pesadelo judeu. O que significava ser judeu, senão uma maldição permanente? Ele já não suportava mais a história, o destino, a culpa que teria que ser carregada para sempre pelos judeus.

# PARTE SETE

## 1

Ele esperou.
A neve transformou-se em chuva.
Nada aconteceu.
Nada além do longo inverno; nada de indiciamento.
Ele sentia a mudança das estações em sua cabeça. A primavera chegou mas ficou do lado de fora das grades. Pela pequena janela ele ouvia o chilrear das andorinhas.
As estações chegavam mais depressa do que seu indiciamento. O indiciamento era muito lento. O pensamento constante naquela chegada tornava o passar do tempo ainda mais lento.
Choveu muito na primavera. Ele ouvia atentamente o som da chuva e gostava de imaginar como tudo lá fora estaria molhado. Mas não gostava da umidade em sua cela. A água infiltrava-se pela parede que dava para o pátio e linhas de umidade formavam-se no cimento entre os tijolos expostos. De uma parte erodida do teto acima da janela, a água continuava pingando mesmo depois que a chuva parava. Sempre que chovia, formava-se uma poça no chão, e às vezes a goteira continuava a pingar por vários dias. Ele acordava no meio da noite e ficava ouvindo o gotejar. Às vezes ele parava por alguns ins-

tantes e Iákov voltava a dormir. Quando os pingos começavam a cair novamente, ele acordava.

Eu costumava dormir até mesmo com o barulho de trovoadas, pensou.

Ele estava nervoso, irritável, tão deprimido que temia por sua sanidade mental. O que acabarei confessando a eles se enlouquecer? O tédio o oprimia e amedrontava. Passou a ter um medo terrível de enlouquecer.

Um dia, desesperado por algo que fazer, por uma palavra para ler, ele partiu um dos filactérios que haviam sido deixados na cela. Segurando-o pela tira de couro, bateu com a caixinha contra a parede até que ela se abriu, deixando cair um pouco de pó. O interior da caixa de filactérios cheirava a papel antigo e a couro, mas ele teve a impressão de sentir também um certo odor humano. Havia ali um leve cheiro de suor. O faz-tudo encostou o filactério partido nas narinas e inalou aquele cheiro temendo que se desfizesse no ar. A pequenina caixa negra era dividida internamente em quatro compartimentos, cada um contendo um rolinho de papel bem apertado — dois com versículos do Êxodo e dois do Deuteronômio. Iákov pôs-se a decifrar os textos, lembrando-se das palavras antes mesmo que conseguisse lê-las. O cativeiro no Egito havia terminado e em um dos rolos Moisés proclamava a celebração da Páscoa judaica. Um outro rolo continha o Sh'ma Yisroël. Um outro enumerava as recompensas por servir a Deus e os castigos a quem se furtasse a isso: a perda do paraíso, da chuva e dos frutos daquela chuva, até mesmo da vida. Em cada um dos quatro rolos as pessoas recebiam ordens de obedecer a Deus e de ensinar Sua palavra. "Portanto deverás colocar estas minhas palavras em teu coração e em tua alma e guardá-las como um sinal em tua mão para que se tornem uma mensagem em tua fronte." O sinal a ser guardado na mão era o filactério que

Iákov havia quebrado. Ele leu os rolos com grande excitação e tristeza e depois escondeu-os bem no fundo do seu colchão de palha. Mas um dia Jitniak, espiando pelo visor, viu o faz-tudo a lê-los, absorto. Entrou então na cela e forçou-o a entregá-los. Os quatro rolinhos com escritos deixaram o guarda intrigado, apesar de Iákov lhe ter mostrado o filactério partido, e Jitniak os entregou ao subdiretor, que ficou entusiasmado com aquela "nova prova".

Algumas semanas depois, Jitniak, tendo entrado na cela, entregou furtivamente ao faz-tudo um pequeno volume do Novo Testamento em russo, encapado de papel verde. As páginas estavam gastas e manchadas pelo uso. — Foi minha patroa que mandou — sussurrou Jitniak. — Disse para eu dar isso a você para que você se arrependesse do mal que fez. Além do mais, você está sempre se queixando de que não tem nada para ler. Fique com isso mas não diga a ninguém como conseguiu, senão eu te arrebento. Se perguntarem, diga que pode ter sido um dos prisioneiros que trabalham na cozinha que enfiou no seu bolso sem você ver, ou então que foi um desses que esvaziam as latas de merda.

— Mas por que o Novo Testamento e não o Antigo? — perguntou Iákov.

— O Antigo não vai te servir para nada — disse Jitniak. — Já está ultrapassado há muito tempo e é cheio de judeus de barbas brancas a criar confusões, uma atrás da outra. E também tem um bocado de trepadas no Antigo Testamento. Como é que um livro assim pode ser de religião? Se você quiser ler as verdadeiras palavras de Deus, leia os evangelhos. Minha patroa mandou dizer isso a você.

A princípio Iákov não quis abrir o livro. Desde criança temia Jesus Cristo, um estranho, apóstata, um inimigo misterioso dos judeus. Mas o livro ficou lá, o tédio associou-se à curiosidade e ele começou a lê-lo. Sentado à mesa ele lia até que a escuridão o impedia de continuar. Mas não conseguia ler muito de uma só vez porque tinha dificuldade em concentrar-se. Entretanto a história de Jesus deixou-o fascinado e ele a leu nos quatro evangelhos. Aquele era um judeu estranho, destituído de humor e fanático, mas o faz-tudo gostou de seus ensinamentos. Leu com prazer sobre a cura do paralítico, do cego e dos epiléticos que caíram no fogo e na água. Gostou da multiplicação dos pães e dos peixes e do retorno de mortos à vida. No fim ficou profundamente comovido quando leu que cuspiram nele e o espancaram com varas; e como por fim o deixaram crucificado. Jesus pediu o auxílio de Deus mas Deus não lhe deu auxílio. Ali estava um homem a gritar por socorro, aflito, no escuro, mas Deus estava do outro lado de Sua montanha. Ele ouviu, mas já tinha ouvido tudo aquilo. O que haveria para ouvir que Ele já não houvesse ouvido antes? Cristo morreu e eles o tiraram da cruz. O faz-tudo enxugou as lágrimas dos olhos. Depois ficou pensativo por um longo tempo. Se foi aquilo que aconteceu e se era parte da religião cristã, se eles acreditavam naquilo, como podem manter-me preso, sabendo que sou inocente? Por que não têm piedade e me deixam sair?

Apesar dos problemas de memória que passara a ter, ele tentou decorar alguns dos versículos dos evangelhos de que tinha gostado mais. Era uma forma de manter sua mente ocupada e sua memória alerta. Depois ele recitava para si mesmo o que havia aprendido. Um dia começou a dizer versículos em voz alta pelo furo do visor. Jitniak, sentado em sua cadeira no corredor a tirar lascas de um pedaço de vara com seu canivete, ouviu o faz-tudo recitar as Beatitudes. Ouviu-o até o fim e depois mandou que calasse a boca. Quando Iákov não conseguia dormir à noite, ou quando, tendo dormido um pouco, era despertado por algum sonho ou ruído, punha-se a recitar na cela. Kogin, com a orelha colada ao furo do visor, ficava escutando do outro lado da porta. Iákov podia ouvir sua respiração pesada. Certa noite o guarda, mal-humorado e exasperado, gritou pelo furo com sua voz grave: — Como é que um judeu que matou um menino cristão fica aí recitando as palavras de Cristo?

— Eu nunca toquei sequer naquele menino — disse o faz-tudo.

— Todo mundo diz que foi você. Dizem que recebeu ordens de um rabino, que garantiu não ser crime algum. Que sua consciência não ia pesar. Ouvi dizer que você era um homem trabalhador, Iákov Bok, mas que ainda assim cometeu o crime achando que não seria crime matar uma criança cristã. Que toda aquela história de matzos feitos com sangue é um costume antigo de sua religião. Desde menino pequeno que ouço falar nisso.

— O Antigo Testamento não nos permite ingerir sangue. Somos proibidos — disse Iákov. — Mas o que me diz destas palavras: "Em verdade, em verdade vos digo: se não comerdes da carne do Filho do Homem e se não beberdes do Seu sangue, não tereis a vida em vós; mas aquele que comer da Minha carne e beber do Meu sangue terá vida eterna e Eu o ressuscitarei no último dia. Pois minha carne é o verdadeiro alimento e meu sangue é a verdadeira bebida. Aquele que comer da Minha carne e beber do Meu sangue habitará em Mim e Eu, nele."

— Ah, essa é uma outra história, totalmente diferente — disse Kogin. — Isso significa pão e vinho, não carne e sangue de verdade. Além do mais, como é que você sabe essas coisas que acaba de dizer? Quando o demônio ensina os textos sagrados a um judeu, nenhum dos dois entende do que estão tratando.

— Sangue é sangue. Eu disse apenas o que está escrito.
— Como foi que você aprendeu isso?
— Li no Evangelho de São João.
— E por que um judeu se mete a ler os evangelhos?
— Leio para descobrir o que é ser cristão.
— Cristão é todo aquele que ama Cristo.
— Como é que alguém pode amar Cristo e manter um homem inocente sofrendo na prisão?
— Não existe judeu inocente. São todos assassinos de Cristo — gritou Kogin pelo furo do visor encerrando a discussão.

Mas na noite seguinte, enquanto a chuva caía, monótona, no pátio da prisão e gotas d'água caíam do teto, o guarda aproximou-se da porta para ouvir o que mais Iákov havia decorado.

— Faz anos que não vou a uma igreja — disse Kogin. — Não sou muito chegado a incenso e a padre, mas gosto de ouvir as palavras de Cristo.

— "Qual de vós me acusa de pecar?" — disse Iákov. — "Se vos digo a verdade, por que não me acreditais?"

— Ele disse isso?

— Disse.

— Diga mais alguma coisa que ele disse.

— "Pois é mais fácil que os céus e a terra cessem de existir do que um único ponto da lei se torne nulo."

— Quando você diz as palavras, elas me parecem diferentes das que eu me lembro.

— As palavras são as mesmas.

— Então diga mais alguma coisa.

— "Não julgueis para não serdes julgado. Pois com as palavras que julgardes sereis julgado e a medida que usardes será a mesma que recebereis."

— Basta — disse Kogin. — Pode parar por aí.

Mas na noite seguinte ele chegou com um toco de vela e uma caixa de fósforos.

— Escute aqui, Iákov Bok, eu sei que você está escondendo um livro dos evangelhos na sua cela. Como foi que o conseguiu?

Iákov disse que alguém o havia enfiado no bolso do seu casaco quando ele foi buscar a ração na cozinha.

— Bem, pode ser que isso seja verdade e pode ser que não seja — disse Kogin —, mas já que está com o livro aí, pode ler um pouco para me distrair. Ficar aqui fora toda noite é um tédio infernal. Minha vontade mesmo era estar em casa com minha família.

Iákov acendeu a vela e leu para Kogin pelo furo na porta. Leu sobre as provações e os sofrimentos de Cristo enquanto a cera amarela pingava no chão úmido da cela. Quando ele chegou na parte em que os soldados colocam, apertando, uma coroa de espinhos na cabeça de Jesus, o guarda deu um suspiro.

Nesse momento o faz-tudo falou em um sussurro angustiado. — Escute aqui, Kogin, posso pedir um pequeno favor a você? É um favorzinho de nada. Eu gostaria de um pedaço de papel e um toco de lápis para escrever umas poucas palavras a uma pessoa. Você me emprestaria?

— Foda-se, Bok — disse Kogin —, não me venha com essas suas trapaças de judeu.

Kogin tomou a vela, apagou-a com raiva e nunca mais aproximou-se da porta para ouvir trechos dos evangelhos.

## 2

Às vezes ele conseguia sentir um perfume de primavera que lhe era trazido através da janela quebrada quando uma brisa que havia passado por arbustos floridos trazia-lhe à memória coisas verdes que cresciam da terra. Nessas ocasiões, sentia uma dor indescritível no coração.

Num final de tarde de maio, ou talvez fosse junho, quando o faz-tudo já estava preso havia mais de um ano, um padre de vestes cinzentas e chapéu negro chegou de surpresa à cela escura. Era um homem ainda jovem, de rosto pálido, cabelos oleosos, lábios úmidos e olhos aflitos.

Iákov, pensando tratar-se de uma alucinação, recuou até encostar-se à parede.

— Quem é você? De onde surgiu?

— Seu guarda abriu a porta para mim — disse o padre tentando enxergar na cela escura. Pôs-se então a tossir e levou algum tempo até recuperar o fôlego. — Estive doente — disse ele —, e certa vez, quando estava com uma febre muito alta, tive uma visão extraordinária de um homem sofrendo nesta prisão. Quem seria ele? perguntei-me, e logo me ocorreu que deveria ser o judeu preso por matar uma criança cristã. Eu estava coberto de suor e exclamei: "Meu Pai Celestial, agradeço-vos por este sinal, pois compreendo ser Vosso desejo que eu atenda o judeu que está preso." Tão logo recuperei a saúde, escrevi ao diretor desta penitenciária pedindo-lhe permissão para vê-lo. A princípio parecia algo impossível, mas depois de muito orar e jejuar, consegui o auxílio da Cúria Metropolitana para vir aqui.

Ao ver ali de pé na semi-escuridão o faz-tudo em andrajos e de barba desgrenhada, ali de pé, encostado à parede úmida, o padre caiu de joelhos.

— Senhor, meu Deus — orou ele —, perdoe este pobre hebreu de seus pecados e permita que ele nos perdoe de nossos pecados contra ele. "Pois se perdoares os homens de seus pecados, teu pai celestial também te perdoará dos teus; mas, se não perdoares os homens de seus pecados, tampouco teu pai te perdoará."

— Não perdôo ninguém.

Ainda de joelhos, o padre aproximou-se do prisioneiro e tentou beijar-lhe a mão, mas o faz-tudo puxou-a rapidamente e retirou-se para um canto mais escuro da cela.

O padre pôs-se de pé, gemendo, com a respiração pesada.

— Suplico que me ouça, Iákov Chepsovitch Bok — disse ele ofegante. — Fiquei sabendo, pelo guarda Jitniak, que você lê religiosamente os evangelhos. E o guarda Kogin afirma que você memorizou muitas passagens com as palavras do verdadeiro Cristo. Este é um excelente sinal, porque se você abraça Cristo é porque se arrependeu verdadeiramente. Ele o salvará do fogo do inferno. E, se você se converter à fé ortodoxa, seus captores serão forçados a reconsiderar as acusações que lhe fazem e acabarão por libertá-lo como a um irmão. Creia-me, ninguém é mais precioso aos olhos de Deus que um judeu que reconhece seu erro e vem, por livre vontade, para a verdadeira fé. Se você concordar, começarei a instruí-lo no dogma ortodoxo. O diretor da prisão deu-me permissão para isso. É um homem de mente aberta.

O faz-tudo continuou em silêncio.

— Você está aí? — perguntou o padre tentando enxergar na escuridão. — Onde está você? — insistiu ele piscando, constrangido. Voltou a tossir com um ruído dissonante.

Iákov surgiu na pouca claridade que havia junto à mesa e ali ficou imóvel. Tinha a cabeça coberta pelo xale de orações e o filactério preso à testa.

O padre, tossindo sem parar, com o lenço à boca, retrocedeu até a porta de ferro e pôs-se a socá-la com o punho. Ela foi aberta e ele saiu apressado.

— Você não perde por esperar — gritou Jitniak para o faz-tudo do corredor.

Mais tarde chegaram à cela com um lampião e Iákov foi revistado nu pela quarta vez naquele dia. O subdiretor, mal-humorado, chutou o colchão e encontrou o Novo Testamento escondido na palha.

— Com mil diabos, onde foi que conseguiu isso?

— Alguém deve ter colocado no bolso dele sem que ele visse lá na cozinha — disse Jitniak.

O subdiretor deu um soco no faz-tudo que fez com que ele caísse.

Ele confiscou os filactérios e o Novo Testamento de Jitniak, mas voltou na manhã seguinte e atirou sobre Iákov um punhado de folhas que se espalharam por toda a cela. Eram páginas do Antigo Testamento em hebraico, que Iákov catou e arrumou pacientemente. Metade do livro estava faltando e algumas das páginas tinham manchas marrons e pegajosas que pareciam ser de sangue seco.

# 3

A vassoura feita de galhos de vidoeiro se desfez. Ele a usou por vários meses e os gravetos acabaram por se gastar no chão de pedra. Alguns simplesmente se partiram enquanto ele varria, e não lhe deram meios para consertar a vassoura.

— É para você não se machucar, Bok, nem fazer das suas com alguém. Dizem que você bateu com um pau no pobre menino para que ele ficasse inconsciente enquanto era furado por sua faca.

O faz-tudo passara a falar menos com os guardas. Era menos penoso assim. Eles lhe dirigiam poucas palavras — uma ou outra ordem mal-humorada ou um xingamento quando ele se demorava a cumpri-la. Sem a vassoura, sua rotina diária tornou-se ainda mais pobre. Ele tentava mantê-la, mas agora já não tinha mais estufa para cuidar ou esperar que fosse acesa e tampouco lhe era permitido ir à cozinha pegar suas rações. A comida voltou a ser entregue na cela, como antes. Acusaram-no de furtar coisas da cozinha. Uma Bíblia do Novo Testamento, por exemplo. E diziam também que uma faca havia sido encontrada durante uma inspeção em sua cela. Com isso foi posto um fim às excursões pelas quais tanto esperava duas vezes ao dia. — É assim que tem que ser — disse o diretor. — Não podemos deixar que um judeu ande por aí a fazer pouco do regulamento. Os outros prisioneiros já estavam comentando. — O que restava da rotina era ser despertado pela sirene da prisão de manhã cedo, comer o pouco que lhe davam duas vezes ao dia, o que o deixava desesperado.

Já havia desistido de registrar o tempo com os pedacinhos de madeira longos e curtos. Não dava para contar além de um ano. Ele sabia que estava no verão porque a cela tornara-se insuportavelmente quente, fedia mais e as paredes pareciam suar. Havia mosquitos e outros insetos que entravam na cela e ficavam nas paredes. Ainda assim ele preferia o verão; temia um outro inverno. E se uma nova primavera o encontrasse depois do inverno, isso significaria que estava preso havia dois anos. E depois, o que seria? O tempo soprava como um vento de estepe para um futuro vazio. Não haveria um fim, um acontecimento pelo qual ele pudesse esperar, um indiciamento, um julgamento. A espera o definhava. Ele ficava cada vez mais magro naquela espera, na luta por não se desesperar ao pensar na inocência punida com a prisão, ao pensar que nada havia sido feito para libertá-lo no decorrer de todo um ano. Iákov sabia-se absolutamente só no mundo. Sentia-se oprimido pelo calor sufocante, pela umidade, pela expectativa de um indiciamento que nunca chegava. Seus ossos já estariam perceptíveis sob a pele? Sentia os nervos tensos a ponto de se romperem a qualquer instante. Seus gritos de socorro partiam do que havia de mais profundo dentro dele, mas ninguém aparecia ou respondia, ninguém falava com ele e sequer o olhava — nenhuma pessoa amiga ou desconhecida que fosse. Nada acontecia a não ser o passar do tempo. Se ele fosse julgado, condenado, mandado para a Sibéria, pelo menos alguma coisa aconteceria. Ele penteava seus cabelos e sua barba com tanta freqüência que por fim seu pente já tinha poucos dentes. Não lhe deram outro, por mais que ele pedisse. Desenvolveu também o hábito compulsivo de limpar as narinas. Pensou algumas vezes em aliviar sua tensão masturbando-se, mas a idéia o repugnava e ele queria manter-se limpo. Mas manter-se limpo naquelas condições era impossível.

Iákov lia os fragmentos do Antigo Testamento nas páginas manchadas e grudentas que ele organizara. Lia com atenção cada uma daquelas letras desenhadas, embora muitas das palavras lhe fossem incompreensíveis. Havia se esquecido de muitas que aprendera, mas ao ler e reler os textos várias delas lhe vinham à memória; algumas estavam perdidas para sempre. As passagens que ele não conseguia compreender e as páginas falhadas do livro não o incomodavam. Ele conhecia o sentido geral da história. O que não estava ali ele tentava adivinhar ou se lembrava depois. A princípio lia por apenas alguns minutos de cada vez. A claridade era pouca. Seus olhos lacrimejavam e a cabeça lhe doía. Depois passou a ler por mais tempo e mais rapidamente, levado pala narrativa de hebreus cheios de vida, fazendo negócios, guerreando, pecando e adorando seu Deus — o que quer que estivessem fazendo, estavam sempre envolvidos em uma conversa com um Deus amuado e melindroso que tentava parecer, talvez por inveja, um ser humano também.

Deus fala. Escolheu, diz ele, os hebreus para preservá-lo. Pactua, logo existe. Propõe uma aliança e Israel aceita. É assim que começa a história? Abraão, Moisés, Noé, Jeremias, Oséias, Ezra, e até mesmo Jó fazem suas alianças pessoais com o Deus que fala. Mas Israel aceita a aliança a fim de rompê-la. É este seu propósito enigmático: eles precisavam passar pela experiência. Assim passam a adorar falsos deuses; e isso faz com que Jeová se erga do seu trono de ouro com uma espada flamejante segura com ambas as mãos. Quando Ele ergue a voz, a história entra em ebulição. Assíria, Babilônia, Grécia, Roma tornam-se objetos de sua fúria, bastões com os quais ele quebra as cabeças do seu Povo escolhido. Por haverem traído a aliança com Deus, terão que pagar: guerra, destruição, morte, exílio — e tudo mais que vem com esses castigos. O sofrimento, dizem, desperta o arrependimento, pelo menos naqueles que são capazes de se compreender. Dessa maneira, o povo que fez uma aliança com Deus expia seus pecados contra Ele. Ele então os perdoa e oferece-lhes uma nova aliança. Por que não? Sua natureza é essa, tudo deve recomeçar novamente. Não Lhe perguntem por quê. Israel, transformado porém o mesmo, aceita a nova aliança a fim de rompê-la com a adoração de falsos deuses para que o povo acabe sofrendo e arrependendo-se eternamente. O propósito da aliança, pensa Iákov, é criar uma experiência humana, embora a experiência humana frustre Deus. Afinal de contas, Deus é Deus; Ele é o que é: Deus. Que entende Ele dessas coisas? Ele já adorou Deus? Já sofreu? Que experiência tem Ele? Deus inveja os judeus: a vida deles é rica de experiências. Talvez Ele gostasse de ser humano. É possível. Ninguém sabe. É esse Deus, Jeová, o que gosta de surgir inesperadamente em nuvens, ciclones, sarças ardentes; falando. O Deus de Spinoza é diferente. Ele é a idéia eterna e infinita de Deus descoberta em toda a Natureza. Esse não diz coisa alguma. Não é capaz de falar ou não tem necessidade de falar. Quando se é uma idéia, o que se teria a dizer? Cada um deve buscá-la nas maquinações de sua própria mente. Spinoza foi capaz de chegar a Ele através da razão, mas Iákov Bok não consegue. Afinal de contas, não é um filósofo. Portanto ele sofre sem o Deus alcançado pela razão e sem o Deus da aliança. Iákov havia partido o filactério para ver o que havia em seu interior. Ninguém sofre por ele e ele não sofre por pessoa alguma a não ser por si mesmo. O bastão escolhido por Deus para puni-lo com sua ira é Nicolau II, o Czar da Rússia. Deus o pune por não ter um Deus.

É dura sua vida.

Jitniak o observava enquanto ele lia. — Balance para a frente e para trás como vocês fazem na sinagoga — gritou ele pelo furo. O faz-tudo pôs-se a mover o tronco para a frente e para trás. O subdiretor foi chamado para ver. — Que mais se poderia esperar? — disse ele antes de dar uma cusparada.

Às vezes Iákov perdia contato com o significado das palavras. O traçado das letras transformava-se em pássaros negros com asas brancas e pássaros brancos com asas negras. Nessas ocasiões, imergia em estado de estupefação no qual todo o pensamento era abstraído. O faz-tudo perdia a noção de onde estava, em alheamento tão profundo que retornar dele era-lhe penoso. Isso passou a ocorrer com freqüência e tinha duração de horas. Certa vez ele caiu nesse estado de manhã, sentado à mesa lendo o Antigo Testamento, e só retornou ao presente no final da tarde, já de pé, nu, sendo revistado pelo subdiretor e por Jitniak. E às vezes andava o dia todo sem parar, cobrindo distâncias equivalentes a enormes jornadas, sem ter consciência disso. Seus pés doíam e, quando ele gastou as solas de seus sapatos de corda, não lhe deram outros. Passou então a caminhar descalço por estradas de pedra que atravessavam a Rússia e acabou com os pés feridos. Certa noite acordou assustado ao descobrir-se caminhando e lembrou-se do escalpelo do cirurgião. Obrigou-se a ficar mais atento à noite. Dava uma ou duas passadas e acordava assustado.

Iákov pôs-se também a sonhar com o passado — sua vida no shtetl, seus fracassos e seus enganos. Certa noite em que a lua brilhava muito branca, depois de uma discussão áspera sobre algo de que não conseguia agora se lembrar, Raisl havia abandonado o casebre e corrido, na escuridão, para a casa do pai. O faz-tudo, sentado sozinho, pensando em seu rancor e nas acusações injustas que fizera, teve vontade de correr atrás dela mas, em vez disso, foi dormir. Estava muito cansado. Muito cansado de nada fazer. No ano seguinte as acusações que havia feito a ela vieram a se tornar verdadeiras, mas naquela ocasião não eram. Quem as havia tornado reais? Se ele tivesse corrido atrás dela naquela noite, estaria agora sentado ali?

Ele voltava com freqüência às páginas de Oséias e lia, fascinado, a história do homem a quem Deus ordenara que se casasse com uma meretriz. A meretriz, ele tinha ouvido dizer, era Israel, mas os ciúmes e a angústia que Oséias sentiu foram os de um homem cuja esposa abandonara sua casa e sua proteção para ir, como prostituta, em busca de estranhos.

E que ela afaste de sua face as fornicações,
e o adultério de seus seios;
Não suceda que eu a despoje, deixando-a nua,
E a ponha como no dia em que nasceu,
E não a transforme em um deserto,
Em terra seca,
E não a faça perecer de sede.
E não terei compaixão de seus filhos;
Pois que são filhos de prostituição.
Sim, pois sua mãe prostituiu-se,
Aquela que os concebeu os desonrou;
Pois disse ela: "Seguirei os meus amantes,
Que me dão meu pão e minha água.
Minha lã e meu linho, meu azeite e minha bebida!"
Por isso, atentem bem, fecharei com espinhos o seu caminho,
E cercá-lo-ei com muros,
Para que ela não possa encontrar suas veredas.
E ela perseguirá os seus amantes,
mas não os alcançará,
Procurá-los-á mas não os encontrará;
Então dirá: "Voltarei para meu primeiro marido:
Porque eu era outrora mais feliz que agora."

# 4

Certa manhã Jitniak entregou ao prisioneiro um volumoso envelope branco e encardido com uma longa fileira de selos vermelhos. Os selos representavam o Czar em sua túnica militar, usando um medalhão com a insígnia da realeza, a águia púrpura de duas cabeças. A carta havia sido aberta pelo censor e fechada novamente com fita de papel gomado. Era endereçada "Ao assassino de Jênia Gólov" e enviada aos cuidados do Promotor-Chefe da Corte Suprema, distrito de Plosski, Kiev.

O coração de Iákov bateu forte quando ele pegou a carta.

— De quem é?

— Da rainha de Sabá — disse o guarda. — Abra e veja.

O faz-tudo esperou que o guarda saísse. Colocou a carta sobre a mesa e ficou olhando para ela por uns cinco minutos. Seria seu indiciamento? Dirigir-se-iam a ele daquela maneira? Iákov abriu o envelope apressadamente, rasgando-o ao meio. Dentro havia uma carta de dezesseis folhas escrita em russo com uma caligrafia convoluta de mulher. Havia manchas de tinta em todas as folhas, muitas palavras grafadas errado e muitas outras riscadas e reescritas.

"Senhor", começava ela,

> Eu sou a mãe infeliz e enlutada de Jênia Gólov, o menino martirizado. Pego da minha pena para suplicar-lhe que faça o que é certo e decente. Em nome de Deus, dê ouvidos às súplicas de uma pobre mãe. Já não suporto mais os insultos e as insinuações maldosas que têm sido erroneamente lançadas contra mim por certas pessoas ordinárias — inclusive certos vizinhos com quem cortei relações definitivamente e que não têm prova alguma contra mim. *Justo ao contrário*, com todas as provas apontando para o senhor, suplico-lhe que esclareça de vez as coisas com uma confissão completa e de coração aberto. Embora eu reconheça que suas feições, quando vi o senhor em minha casa, não parecessem excessivamente judias, e talvez o senhor de fato não cometesse o crime tão terrível de assassinar uma criança e extrair seu precioso sangue se não fosse instigado a fazer aquilo por judeus fanáticos — o senhor sabe de que espécie estou falando. Ainda assim o senhor

provavelmente fez aquilo porque eles o ameaçaram de morte e talvez até tenha agido contra sua vontade, eu não sei. Mas agora tenho certeza de que foram aqueles judeus velhos de casacos pretos e longos, com aquelas barbas assustadoras que mandaram o senhor matar, garantindo que eles mesmos esconderiam o cadáver da criança na caverna. Justamente na noite em que Jeniuchka desapareceu, eu sonhei com um deles carregando uma bolsa de escola, com os olhos arregalados e manchas vermelhas na barba, e a minha antiga vizinha Sofia Chiskovski me disse que tinha tido o mesmo sonho que eu naquela noite.

Estou lhe pedindo que confesse de uma vez porque todas as evidências estão contra o senhor. Uma coisa que talvez o senhor não saiba é que, depois que Jeniuchka me contou que o senhor tinha corrido atrás dele com uma faca no cemitério, pedi a um cavalheiro amigo meu que o seguisse para descobrir em que outras atividades criminosas o senhor estava envolvido. É fato sabido que o senhor estava metido em certas ações ilegais envolvendo outros judeus na olaria que fingiam não ser judeus, e também no porão da sinagoga, onde todos se reuniam no distrito de Podol. Vocês contrabandeavam, roubavam e negociavam com bens que não lhes pertenciam. Jeniuchka descobriu todas essas e mais outras ilegalidades, e esta foi mais uma razão para o senhor esfaqueá-lo com tanto ódio e por que o escolheu como vítima tão logo mandaram tirar o sangue de um menino para a Páscoa judaica. O senhor era também quem abria as portas para que aquela gangue de judeus entrasse nas casas de pessoas dignas e em certas lojas e residências do distrito de Lipki, onde ficam as casas dos aristocratas, para roubarem coisas de todo tipo como dinheiro, peles e jóias, para não falar de outros objetos preciosos de vários tipos. Sabe-se também que vocês só pagavam à sua gangue uma parte do valor real dos objetos porque, como dizem, os judeus estão sempre trapaceando uns aos outros.

O que não é novidade para ninguém, porque o mundo inteiro sabe que eles já nascem criminosos. Um judeu queria emprestar dinheiro a uma amiga minha para construir uma casa, mas ela foi se aconselhar com o padre e ele começou a tremer e disse a ela que não aceitasse coisa alguma de um judeu maldito, em nome de Cristo, porque eles acabam sempre trapaceando, pois isso é da natureza deles e eles não podem mudar. O padre disse que o sangue judeu deles os deixa inquietos quando eles não estão envolvidos em alguma coisa malévola. Se não fosse por isso, talvez o senhor tivesse resistido a assassinar um santo menino quando eles o mandaram fazer aquilo. E suponho que têm tentado me subornar para não prestar testemunho contra o senhor quando chegar o dia do seu julgamento. Um judeu gordo, com roupa de seda, ofereceu-me 40 mil rublos para deixar a Rússia e disse que me pagaria mais 10 mil rublos quando eu chegasse à Áustria, mas mesmo se ele e seus amigos judeus tivessem me oferecido 400 mil rublos eu teria cuspido em suas caras e teria dito *absolutamente não* porque prefiro a honra do meu bom nome a 400 mil rublos de dinheiro judeu sujo de sangue.

    O cavalheiro meu amigo também viu quando o senhor cuspiu no chão um dia quando ficou dando voltas ao redor da Catedral de Santa Sofia, depois de espiar o pátio da escola onde Jênia estudava. Ele viu quando o senhor virou a cabeça como se temesse ficar cego quando olhou para cima e viu as cruzes douradas nas cúpulas verdes da igreja, e cuspiu rapidamente para que ninguém percebesse, mas meu amigo percebeu.

    Disseram também que o senhor participa de cerimônias de magia negra e é adepto de práticas cabalísticas.

    Além disso, não pense que desconheço a parte sórdida da história. Jênia me contou das vezes que o senhor tentou atraí-lo para o seu quarto no estábulo e das promessas de bombons e doces que fazia a ele para que ele abrisse os botões de sua calça e, com sua mão, desse ao menino um prazer intenso. Houve outras coisas asquerosas que o senhor fez e sobre as quais não posso nem escrever porque me sinto muito mal. Ele me disse que, depois de fazer aquelas coisas horríveis, o senhor tinha medo que ele me contasse e eu o denunciasse à polícia, por isso continuava a dar a ele dez copeques para não contar nada a ninguém. E ele não me disse na ocasião em que essas coisas aconteceram, mas um dia ele me contou o que se passava em seu quarto porque estava preocupado e assustado, mas eu nunca falei disso para ninguém, nem mesmo para meus vizinhos mais chegados, porque tive vergonha de falar e também porque seu crime de assassinato é o suficiente para revelar o que o senhor é e o senhor com certeza já será suficientemente punido e torturado por isso. Porém, com toda a franqueza, vou lhe dizer que, se as pessoas continuarem a fazer esses comentários maldosos e levantarem suspeitas sobre mim às minhas costas, revelarei todos esses fatos, envergonhada ou não, ao Promotor-Chefe, que é, acima de tudo, um gentleman. Revelarei também a todos as coisas sórdidas que o senhor fez com meu filho.

Farei uma petição ao Czar para proteger o meu bom nome. Além de perder o filho, levo uma vida irrepreensível a trabalhar. Sou uma pessoa honesta e uma mulher pura. Sempre fui a melhor das mães, apesar de ser uma trabalhadora sem tempo para mim mesma e com duas pessoas para sustentar. Aqueles que dizem que não chorei por meu pobre filho no enterro dele dizem uma mentira nojenta e algum dia ainda vou processar alguém por tentativa de destruir a minha reputação. Eu cuidava do meu Jênia como se ele fosse um príncipe. Cuidava das roupas dele e de tudo mais de que ele precisasse. Fazia pratos especiais do que ele mais gostava, todo tipo de doces e coisas especiais que me custavam bem caro. Eu era mãe e pai para ele, já que o fraco do pai dele me abandonou. Eu o ajudava com suas lições até onde eu podia e o estimulava a estudar e concordei quando ele me disse que queria ser padre. Ele já estava em uma escola preparatória, preparando-se para ser padre, quando foi assassinado. Ele sentia por mim o que eu sentia por ele — um intenso amor. Pode ter certeza, Mamachka, dizia ele, eu só amo você. Por favor Jeniuchka, eu lhe suplicava, afaste-se daqueles judeus malvados. Para minha enorme tristeza, ele não seguiu os conselhos da mãe. O senhor é o assassino do meu filho. Exijo, como mãe martirizada de uma criança martirizada, que confesse *toda a verdade* de uma vez para que se possa respirar um ar puro e livre do mal novamente. Se confessar, pelo menos não terá que sofrer muito na outra vida.

Marfa Vladímirovna Gólov

A excitação que Iákov sentira ao receber a carta foi aumentando no decorrer da leitura e sua cabeça latejava com as perguntas que nela se atropelavam. O julgamento que ela mencionava já estaria prestes a se realizar, ou será que ela apenas assim o imaginava? Provavelmente ela imaginava que estivesse, mas como ele poderia ter certeza? Fosse como fosse, a acusação formal ainda precisava ser feita, e em que pé estaria ela? O que a teria levado a escrever aquela carta? Quais seriam os "insultos e as insinuações cruéis" e os "comentários e suspeitas vis" aos quais se referia? E quem os fazia? Seria possível que ela estivesse sendo investigada? Mas quem o faria que não Bibikov? Certamente não seria Grubechov, mas por que então ele permitira que a carta, louca como era, chegasse até ele? Teria ela escrito a carta com a ajuda dele? Seria para demonstrar-lhe o tipo de acusação que lhe seria feita para intimidá-lo? Seria para que ele ficasse sabendo que ela diria aquelas coisas e outras mais e que acabaria convencendo um júri de pessoas como ela e que portanto seria melhor que ele confessasse logo? Eles estavam multiplicando as acusações e os motivos torpes do crime e não descansariam enquanto não o tivessem apanhado como a uma mosca em um pote de cola. A mensagem era clara: seria melhor para ele confessar de uma vez por todas antes que fosse tarde demais.

    Qualquer que tenha sido o motivo que levara a mulher a enviá-la, a carta parecia quase uma confissão, talvez indicativa de que algo mais estivesse acontecendo. Será que ele chegaria a saber o quê? O faz-tudo sentia as batidas de seu coração nos ouvidos. Procurou à sua volta um lugar para esconder aquela carta, na esperança de poder passá-la para um advogado, se chegasse a ter algum. Mas na manhã seguinte, ao acabar de comer, deu-se conta de que a carta não estava mais no bolso de seu casaco. Talvez a tivesse deixado cair, ou eles a tivessem apanhado de alguma outra forma, possivelmente enquanto ele estava sendo revistado. Fosse como fosse, a carta já não estava mais lá.

    — Eu não posso mandar uma resposta a ela? — perguntou ele ao subdiretor antes da revista seguinte. O subdiretor disse que sim, se ele estivesse disposto a admitir os crimes que havia cometido.

    Naquela noite o faz-tudo viu Marfa, uma mulher mais para alta que para baixa, de pescoço magro e o corpo assemelhado ao de Raisl, entrar na cela e, sem dizer uma única palavra, começar a despir-se — o chapéu branco com cerejas, o lenço de cor rosa viva que usava sobre os ombros, a saia verde, a blusa estampada de flores, a anágua de algodão, os sapatos abotoados de bico fino, ligas vermelhas, meias pretas e a calcinha encardida. Deitada nua no colchão do faz-tudo, com as pernas abertas, ela prometeu dar-lhe muitos prazeres de goim se ele confessasse seus crimes ao padre pelo furo do visor.

## 5

Uma noite Iákov acordou ouvindo alguém cantar na cela e, quando concentrou sua atenção, percebeu que era a voz aguda e suave de um menino. Iákov levantou-se para verificar de onde vinha o som. O rosto pálido da criança, escarnado, ossudo e com manchas acobreadas e negras, surgiu de um canto escuro da cela. O menino estava morto mas cantava e sua canção era o relato da maneira como um judeu de barbas negras o havia matado. Ele tinha ido fazer uma compra para a mãe e estava a caminho de casa atravessando o bairro dos judeus quando um rabino cabeludo e corcunda aproximou-se dele e ofereceu-lhe uma bala. No instante em que o menino pôs a bala na boca, caiu sem forças. O judeu colocou-o no ombro e foi, apressadamente, para a olaria. Lá o menino foi colocado no chão do estábulo, amarrado e perfurado até que o sangue começasse a jorrar dos orifícios em seu corpo. Iákov ouviu a canção até o fim e gritou: — De novo! Cante de novo! — De novo ele ouviu a mesma canção maviosa que a criança morta cantava em seu túmulo.

Depois o menino, surgindo nu à sua frente, com seus ferimentos a sangrar como se fossem recentes, pediu-lhe: — Por favor, dê-me minhas roupas.

Estão tentando me enlouquecer, pensou o faz-tudo, para depois dizerem que fiquei louco por causa do crime que cometi. Ele temia acabar confessando, se enlouquecesse; todo aquele sofrimento para defender sua inocência teria sido em vão se ele acabasse balbuciando sua culpa e a culpa daqueles que o teriam induzido ao crime. Ele lutava consigo mesmo, gritava para si mesmo dizendo que se agarrasse à sanidade com todas as forças, que na escuridão que ia tomando sua mente ele mantivesse uma vela acesa.

Um cavalo ensangüentado com olhos desvairados surgiu à sua frente: o cavalo de Shmuel.

— Assassino! — relinchou o animal. — Matador de cavalos! Matador de crianças! Está pagando pelo que fez!

Ele bateu na cabeça do cavalo com um pedaço de pau.

Iákov dormia freqüentemente durante o dia, mas dormia mal. Ao acordar sentia-se desanimado, deprimido. Estava sendo observado por muitos olhos pelo furo na porta, olhos que desejavam presenciar o instante em que ele enlouquecesse. Parecia-lhe ouvir muitas vozes falando ao mesmo tempo longe dali. Havia um plano em marcha para salvá-lo. Ele tinha visões de estar sendo resgatado por um Exército Internacional Judaico. Um cerco estava sendo montado do lado de fora dos muros. Entre os rostos conhecidos ele identificava Berele Margolis, Leib Rosenbach, Dudye Bont, Itzik Shulman, Kalman Kohler, Shloime Pincus, Yose-Moishe Magadov, Pinye Apfelbaum e Benya Merpetz, todos eles do orfanato, embora tivesse a impressão de que todos já haviam partido, alguns mortos, alguns fugindo — ele deveria ter partido também.

— Esperem! — gritou ele. — Esperem!

E então percebeu que as ruas em volta do presídio estavam barulhentas, as multidões agitadas cantavam, choravam; os animais também participavam da algazarra. Corriam todos em várias direções e havia plumas flutuando no ar. Gevalt, estão matando os judeus! Uma horda de cossacos com suas botas pesadas, suas calças bojudas e a brandir suas espadas chegou a galope montada em pôneis ferozes. No pátio da prisão foram desfraldadas bandeiras da águia de duas cabeças, que ficaram tremulando ao vento. Nicolau II chegou em uma carruagem puxada por seis cavalos brancos dirigindo saudações para ambos os lados a milhares de Centúrias Negras ansiosas por pegarem o prisioneiro e martelarem pregos em sua cabeça. Iákov escondeu-se em sua cela com dores no peito e no estômago. Os guardas planejavam matá-lo com veneno de rato. Mas ele planejara matá-los antes. Fez uma barricada junto à porta com a mesa e o banco e arrebentou-os contra a parede. Enquanto tentavam arrombar a porta para pegá-lo, ele ficou sentado no chão com as pernas cruzadas, misturando sangue com farinha sem fermento. Chutou desesperadamente quando os guardas o levaram pelo corredor dando-lhe uma chuva de pancadas na cabeça.

O faz-tudo ficou agachado em um canto da cela esforçando-se para não enlouquecer e acabar confessando tudo que queriam que ele confessasse. Mas continuava a ter visões de frutas podres, de arenques de um olho só, de aves-do-paraíso. Sua mente explodia em um milhão de palavras obscenas, mas quando ele confessava era em ídiche para que os goim não compreendessem. Em hebraico, ele recitava os Salmos. Em russo, ele se calava. Adormecia com medo e acordava aterrorizado. Em sonhos, ouvia vozes de crianças que gritavam. Vestido com um cafetã longo e usando um chapéu de peles redondo, ele se escondia por trás das árvores e, quando uma criança cristã se aproximava, ele a perseguia compulsivamente. Um menino franzino, parecendo tuberculoso, fugiu dele apavorado, com os olhos desvairados.

— Pare! Eu amo você — gritou o faz-tudo para o menino, que continuou correndo sem olhar para trás.

— Uma vez já basta, Iákov Bok.

Nicolau II apareceu-lhe usando um uniforme branco de almirante da Marinha Russa.

— Meu paizinho — disse o faz-tudo de joelhos —, o senhor jamais encontrará um judeu mais patriota do que eu. Meus olhos se enchem de lágrimas quando vejo a bandeira nacional. E não me interesso por política, quero apenas viver do meu trabalho. Aquelas acusações são falsas, ou então pegaram o homem errado. Só quero viver e deixar que os outros vivam, se me permite dizer. Pensando bem, a vida é muito boa.

— Meu caro — disse o Czar de olhos azuis e rosto pálido com uma voz suave —, não me inveje por estar neste trono. Não é fácil estar aqui. Seria bom que os judeus compreendessem isso e parassem de se lastimar nessa sua língua lamurienta. O fato é que há judeus demais — céus, como vocês procriam! Por que a Rússia deve onerar-se com milhões de vocês? Vocês mesmos é que são culpados pelos problemas que têm, e os pogroms de 1905-6 que ocorreram *fora* da área do Pale, atente para isso, foram provas inequívocas, ainda que não fossem necessárias, de que vocês não estão se limitando à área que lhes foi designada. A presença dessa tribo está envenenando a Rússia. Quem os chamou aqui? Nosso reverenciado ancestral Pedro, o Grande, quando lhe pediram que os admitissem na Rússia, disse: "Eles são trapaceiros e ladrões. Estou tentando erradicar o mal desta nação, não aumentá-lo." Nossa reverenciada ancestral, a Czarina Elizabeth Petrovna, disse: "Dos inimigos de Cristo não desejo qualquer ganho ou proveito." Hordas de judeus foram expulsas de uma parte para outra da Nossa Pátria Mãe em 1727, 1739, 1742, mas eles sempre conseguiam rastejar de volta e fomos incapazes de nos livrar dessa infestação. O pior aconteceu quando Catarina, a Grande, anexou metade da Polônia e nós herdamos aquela corja imunda, um milhão de envenenadores de poços, de espiões, de traidores covardes. Estou convencido de que esse foi um ardil dos poloneses para arruinar a Rússia.

— Tenha piedade de mim, Majestade. Eu sou um homem inocente. Que sei eu do mundo? Por favor, tenha misericórdia.

— O coração do Czar está nas mãos de Deus. — Foi essa a resposta. Ele entrou em seu barco à vela branco e saiu velejando pelo mar Negro.

Nikolai Maximovitch havia perdido peso e a filha, mancando mais que antes, não quis olhar para o faz-tudo. Prochko, Serdiuk e Richter chegaram em três cavalos ariscos cujo esterco era cheio de aveia e ele desejou pegá-los. Padre Anastássi tentou convertê-lo ao catolicismo romano. Marfa Gólov, chorosa mas com os olhos secos e espantados, ofereceu-lhe suborno para que ele testemunhasse contra si mesmo; o subdiretor, fardado como um oficial da Marinha, insistia, por razões pessoais, que as revistas a ele continuassem. Os guardas prometeram dar ao faz-tudo o que ele quisesse se ele revelasse os nomes dos mandantes, e Iákov disse que talvez fizesse isso em troca de uma cela aquecida no inverno, um prato de macarrão com queijo ralado todos os dias e um colchão de crina firme e limpo.

Ele ouviu tiros.

O prisioneiro perdeu a noção do tempo que passava e a lembrança do que lhe ocorria nesse tempo. Certo dia, acordou surpreso por se encontrar naquela cela e não na nova, com seis portas e janelas, com a qual estivera sonhando. Ainda fazia calor, mas ele não tinha certeza de ser o mesmo verão. A cela lhe parecia a mesma, talvez um pouco menor, com as mesmas paredes descascadas e úmidas. O mesmo chão molhado. O mesmo colchão de palha fedorento cujo cheiro não era capaz de matar os percevejos. A mesa e o banco de três pernas haviam desaparecido. Espalhadas no chão molhado havia páginas do Antigo Testamento, encardidas e enlameadas. Não conseguiu encontrar os filactérios, mas usava o xale de orações, já quase um trapo. O que restara da lenha havia sido removido e a cela tinha sido lavada, como se a tivessem preparado para ele ali ficar para sempre.

— Quanto tempo estive fora daqui?

— Você não saiu daqui. Quem disse isso?

— Então eu estive doente?

— Dizem que você teve uma febre.

— O que foi que eu disse quando estava delirando? — perguntou ele preocupado.

— Quem ia querer saber? — disse o guarda impaciente. — Já tenho problemas de sobra para me preocupar. Tente viver com o salário miserável que nos pagam aqui. O subdiretor vinha duas vezes por dia ouvir você falar, mas não entendia porra nenhuma. Ele disse que seus pensamentos são nojentos, mas isso não é novidade para ninguém.

— Eu já estou me recuperando da febre?

— Isso é você que sabe, mas, se quebrar mais algum móvel, a gente arrebenta sua cabeça.

Apesar de suas pernas ainda tremerem, ele se pôs de pé e espiou pelo furo da porta. Afastou para o lado o disco do visor e ficou olhando para o corredor. Uma lâmpada de luz amarela iluminava a parede sem janelas. As celas ao lado da dele estavam ambas vazias, pelo que ele se lembrava. Mais de uma vez ele havia batido nas paredes com um pedaço de lenha, mas nunca tinha havido qualquer resposta. Certa vez um funcionário do presídio que passava pelo corredor viu seu olho no furo da porta e ordenou que ele se afastasse dali. Depois que o homem se foi, Iákov voltou a olhar. Tudo que podia ver à esquerda era a cadeira onde os guardas se sentavam — Jitniak desbastando seus tocos de madeira e Kogin a suspirar e a queixar-se da vida. No lado oposto ele via um barril partido encostado na parede. O faz-tudo passava horas a fio olhando para o corredor. Quando Jitniak vinha espiá-lo, via o olho do faz-tudo a olhar fixamente para fora.

# 6

Certa noite, em meados do verão, já bem depois da meia-noite, Iákov, ali preso havia tanto tempo que já quase não conseguia dormir, olhava pelo furo do visor quando seu olho latejou como se tivesse sido tocado. Levou ainda alguns segundos para se dar conta de que via Shmuel ali fora.

O faz-tudo amaldiçoou-se e tentou usar o outro olho. Fosse aquilo uma alucinação ou algum visitante que estivesse ali, certamente parecia-se com Shmuel, apesar de mais velho, mais encolhido e com os cabelos mais brancos. Um espantalho com uma barba desgrenhada.

O prisioneiro, ainda sem acreditar no que via, ouviu um sussurro. — Iákov, está me ouvindo? Quem está aqui é Shmuel, seu sogro.

Primeiro foi o Czar e agora, Shmuel. Ou ainda estou delirando ou isso é mais um dos meus sonhos loucos. O próximo deve ser Elias ou Jesus Cristo.

Porém a figura do velho frágil em mangas de camisa, com um chapéu duro na cabeça e os trajes puídos, persistia ali.

— Shmuel, diga a verdade, é você mesmo?

— Quem mais poderia ser? — disse o mascate com sua voz rouca.

— Queira Deus, que não esteja também preso. Está? — perguntou o faz-tudo, aflito.

— Graças a Deus, não. Vim ver você, mas quase que não venho. É erev shabbos, mas Deus há de me perdoar.

Iákov enxugou os olhos. — Já sonhei com todo mundo e por que não sonharia com você? Mas como foi que entrou? Como chegou até aqui?

O velho encolheu os ombros magros.

— Viemos dando voltas. Fiz tudo que me mandaram fazer. Iákov, há mais de um ano tento encontrar você, mas ninguém sabia onde você estava. Pensei comigo mesmo, ele se foi para sempre, nunca mais o verei. Mas um belo dia comprei de um russo doente, por uns poucos copeques, uma montanha de beterrabas de fazer açúcar. Comprei como se estivessem estragadas, mas não me pergunte como aconteceu de não estar toda a carga estragada. Foi a primeira vez na vida que isso me aconteceu. Mais de metade estava boa. Foi uma dádiva de Deus a um homem pobre. A fábrica de açúcar mandou algumas carretas para buscá-las. Para encurtar a história, vendi as beterrabas por quarenta rublos, o maior lucro que tive até hoje. Depois conheci Fiódor Jitniak, irmão desse aqui — é um vendedor ambulante no mercado de Kiev. Começamos a conversar e ele sabia seu nome. Disse que por quarenta rublos poderia dar um jeito de eu falar com você. Ele falou com o irmão e o irmão disse que sim, se eu viesse tarde da noite e não fosse exigente. Exigente, eu? Então aqui estou. Por quarenta rublos deixarão que eu fique aqui de pé por dez minutos, por isso precisamos falar depressa. Tempo foi a coisa que eu mais tive a vida inteira, mas agora ele vale dinheiro. Jitniak, o que é guarda aqui, trocou de turno com um outro que tirou folga esta noite porque o filho está preso. É essa a história e eu desejo boa sorte a ele. Seja como for, Jitniak vai esperar por dez minutos junto à porta do corredor que dá para fora, mas ele me preveniu que, se alguém aparecer, ele pode ter que atirar em mim. Pode até atirar mesmo, porque se me virem estou perdido.

— Shmuel, antes que eu desmaie de emoção, diga como soube que eu estava preso.

Shmuel baixou a cabeça e pôs-se a mover os pés, arrastando-os no chão como se dançasse. Mas não dançava.

— Como eu soube, ora, eu soube porque fiquei sabendo. Porque sei. Quando saiu no jornal ídiche no ano passado a notícia de um judeu que tinha sido preso em Kiev por assassinar um menino cristão, disse a mim mesmo, quem poderá ser esse pobre judeu que não o meu genro Iákov. Passado um ano, vi seu nome nos jornais. Um falsificador chamado Gronfein ficou doente dos nervos e saiu por aí dizendo que Iákov Bok estava na penitenciária de Kiev por ter matado uma criança russa. Disse que o tinha visto aqui. Tentei encontrar esse homem, mas ele desapareceu e os seus parentes mais otimistas esperam que ele esteja vivo e que talvez tenha ido para a América. Iákov, talvez você não saiba, mas está havendo um tumulto terrível por toda a Rússia e, para dizer a verdade, os judeus estão apavorados. Só uns poucos judeus sabem quem você é e outros dizem que é tudo invenção, que não existe uma pessoa com esse nome, que os goim inventaram toda essa história para poder acusar os judeus. No shtetl as pessoas que não gostavam de você dizem que você teve o que merecia. Outras têm pena e gostariam de ajudar, mas não se pode fazer nada até que o indiciem. Quando vi seu nome no jornal, escrevi imediatamente uma carta para você, mas ela voltou — "Prisioneiro inexistente". Mandei também um pacotinho para você, só umas coisinhas. Você recebeu?

— Veneno foi o que recebi. Não me deram pacote algum.

— Tentei várias vezes chegar até você, mas não me permitiam, até que ganhei aquele dinheiro com as beterrabas e conheci o irmão de Jitniak.

— Shmuel, sinto muito que você tenha gastado os seus quarenta rublos. É muito dinheiro. O que é que você está tendo em troca?

— Dinheiro não importa. Eu vim ver você. Mas se isso me ajudar um pouquinho a entrar no Paraíso, terá sido um ótimo investimento.

— Fuja daqui, Shmuel — disse o faz-tudo aflito —, saia enquanto pode ou acaba levando um tiro e ainda vão dizer que estava havendo uma conspiração de judeus. Se isso acontecer, nunca mais me deixam sair.

— Já vou — disse Shmuel, estalando os ossos dos dedos —, mas antes diga por que o acusam desse crime terrível.

— Por que me acusam? Porque fui um imbecil. Trabalhei para um russo dono de uma fábrica em um distrito interditado a judeus. Além disso, passei a morar lá sem mostrar a ele meus documentos de judeu.

— Está vendo, Iákov, o que acontece quando um homem raspa a barba e se esquece de seu Deus?

— Não me venha falar em Deus — disse Iákov com amargor. — Não tenho nada a ver com Deus. Quando mais se precisa dele, mais distante ele fica. Basta. Do meu passado eu não tenho nada a lhe contar, mas se você soubesse o que tem sido a minha vida desde que nos vimos pela última vez... — O faz-tudo não conseguiu continuar pois sentia um nó na garganta.

— Iákov — disse Shmuel apertando e soltando suas mãos ossudas —, não é por acaso que somos judeus. Sem Deus nós não podemos viver. Sem a aliança que Ele fez conosco, nós já teríamos desaparecido da história. Que isso lhe sirva de lição. Ele é tudo o que temos, mas quem necessita de mais?

— Eu. Posso até aceitar a miséria, mas não como forma de vida.

— Pela miséria não culpe Deus. Ele nos dá a comida, mas somos nós que a cozinhamos.

— Pois eu o acuso de não existir. E, se existir, é na lua ou nas estrelas, mas não aqui. Só o que podemos fazer é não acreditar na existência dele, pois se acreditarmos a espera torna-se insuportável. Não consigo ouvir a voz dele. Por que ele não me aparece?

— Quem você acha que é, Iákov? Moisés? Se você não ouve a voz Dele, então deixe que Ele ouça a sua. "Quando as preces ascendem, as bênçãos caem sobre quem as diz."

— Sei de muitas coisas que caem sobre as pessoas — escorpiões, granizo, pedras pontiagudas, fogo, excrementos. Para isso eu não preciso da ajuda de Deus. Os russos me bastam. Eu até tentei falar com ele no passado e eu mesmo me respondia, mas de que adianta isso se eu não tenho respostas para minhas perguntas? Eu costumava, de vez em quando, falar com ele sobre minha vida, minhas lutas, meus enganos e minha falta de sorte. Vez por outra eu até lhe dava uma boa notícia, mas, fosse o que fosse, ele nunca me respondeu. Era só silêncio. Pois silêncio é o que dou a ele agora.

— Um homem orgulhoso é surdo e cego. Como pode, então, ouvir Deus? Como pode vê-lo?

— E quem disse que eu sou orgulhoso? O que foi que eu já tive na vida e que me desse orgulho? O fato de ter nascido sem pai nem mãe? De levar uma vida miserável? De minha mulher ser estéril e ter fugido com um gói? De que, quando um menino foi assassinado em Kiev, terem escolhido, dentre os três milhões de judeus da Rússia, logo a mim para prender? Então eu lhe digo, Shmuel, eu não sou orgulhoso. Se Deus existir, terei muito prazer em ouvi-lo. Se ele não estiver a fim de falar, que abra as portas desta prisão para que eu saia daqui. Eu não tenho coisa alguma. Do nada não se pode fazer nada. Se ele quiser alguma coisa de mim, tem que me dar alguma coisa primeiro. Se não uma dádiva, pelo menos um sinal.

— Não peça sinais, peça misericórdia.

— Já pedi e não recebi coisa alguma. — Depois de um suspiro triste, o faz-tudo aproximou-se ainda mais do furo na porta e disse: — "No princípio era o verbo", mas não foi dito por ele. É assim que eu vejo as coisas agora. A Natureza inventou a si mesma e o homem também. Já estava tudo lá. Spinoza disse isso. Parece fantástico, mas deve ser verdade. No fundo, no fundo, ou Deus é uma invenção nossa e não pode fazer nada mesmo, ou é a força da Natureza, mas não da história. Uma força não pode ser pai. É como um vento frio que gostaríamos que fosse uma brisa cálida. Para dizer a verdade, já o considero uma perda irreversível.

— Iákov — disse Shmuel apertando as mãos uma na outra —, não fale assim. Não procure Deus no lugar errado, procure por Ele na Torá, na lei. É lá que você deve procurar, não em livros maus que envenenaram seus pensamentos.

— Essa lei de que você fala foi inventada pelo homem, está longe de ser perfeita e, além do mais, de que me vale se o Czar não tem uso para ela? Se Deus não pode me dar algo tão simples como respeito, eu me contento com justiça. Que ele faça valer a sua lei! Que destrua o Czar com um raio! Que me livre desta prisão!

— A justiça de Deus virá no fim dos tempos.

— Já não sou mais tão jovem e não posso esperar tanto. Tampouco podem todos os judeus, sempre a fugir dos pogroms. Trata-se, hoje em dia, do assassinato em massa de um povo e a situação está cada vez pior. A matemática de Deus é a da astronomia, mas, no que diz respeito aos homens, só sabemos um mais um. Shmuel, não falemos mais sobre este assunto inútil. Que sentido faz estarmos discutindo por este buraquinho sem que você sequer veja meu rosto na escuridão? Além do mais, sua visita é curta e estamos desperdiçando tempo.

— Iákov — disse Shmuel —, Ele criou a luz. Ele criou o mundo. Ele nos criou. O verdadeiro milagre é o milagre da fé. Eu tenho fé em Deus. Jó disse: "Ainda que ele me tire a vida, continuarei a confiar Nele." Ele disse muito mais, porém isso é o suficiente.

— Para vencer uma aposta idiota com o demônio esse deus matou todos os servos e os filhos inocentes de Jó. Isso é o suficiente para que eu o odeie, sem falar nos dez mil pogroms. Ah, por que você me obriga a falar esses contos de fadas enlouquecidos? Jó é uma invenção e Deus também. Vamos deixar as coisas como estão. — Iákov aproximou um olho do visor e ficou olhando fixamente para o mascate. — Sinto muito por estar deixando você triste depois que gastou tanto dinheiro para vir até aqui, Shmuel, mas pode acreditar no que lhe digo, não é fácil ser livre-pensador nesta cela terrível. Digo isso sem quaisquer resquícios de orgulho. Mas, qualquer que seja a capacidade de raciocinar que um homem tenha, é com ela que ele pode contar.

— Iákov — disse Shmuel enxugando o rosto com um lenço azul —, faça-me um favor. Não feche seu coração. Ninguém está perdido para Deus se mantiver seu coração aberto.

— O que ainda resta do meu coração é rocha pura.

— E também não se esqueça do arrependimento — disse Shmuel. — É a primeira coisa.

Jitniak surgiu apressado. — Agora basta. Você tem que sair. Os dez minutos já acabaram há muito tempo.

— A mim me pareceram dois — disse Shmuel. — Agora é que eu ia dizer o que está no meu coração.

— Corra, Shmuel — exclamou Iákov aflito com os lábios apertados contra o furo da porta. — Faça o que puder para me ajudar. Vá aos jornais e diga que a polícia prendeu um homem inocente. Procure uns judeus ricos, os Rothschild, se necessário. Peça ajuda, dinheiro, misericórdia, um bom advogado para me defender. Tire-me daqui antes que eu morra.

Shmuel tirou um pepino pequeno do bolso da calça. — Trouxe esse picles pequenino para você. — Tentou enfiá-lo pelo furo do visor, mas Jitniak agarrou-o.

— Nada disso! — disse o guarda nervoso. — Nada desses truques de judeu para cima de mim. E você aí, cale a boca — disse ele a Iákov. — Já falou o que queria e agora chega.

O guarda agarrou Shmuel pelo braço.

— Anda logo, já está quase amanhecendo.

— Adeus, Iákov, lembre-se do que eu lhe disse.

— E Raisl? — gritou Iákov quando o velho já se afastava. — Esqueci de perguntar. O que aconteceu com ela?

— Adeus! — disse Shmuel já a correr, agarrando seu chapéu.

# PARTE OITO

## 1

A visita de Shmuel deixou o faz-tudo extremamente excitado. Alguma coisa terá que acontecer agora, pensou ele. Shmuel vai procurar quem possa me ajudar. Dirá o que aconteceu com seu genro Iákov. Dirá que estou na prisão em Kiev e por quê. Vai gritar para todo o mundo que sou inocente e vai suplicar que me ajudem. Talvez um advogado procure Grubechov e lhe peça meu indiciamento. "O senhor precisa nos entregar a acusação formal antes que esse homem morra em sua cela", dirá ele. Quem sabe não fará uma petição ao ministro da Justiça? Se for um bom advogado, pensará em mais outras coisas para fazer. Não se esquecerá de mim aqui.

Mas quem apareceu na cela tenso e agitado foi o diretor do presídio. Seu olho são faiscava. O ódio lhe deformava a boca.
— Será acusado de tentativa de fuga, seu imbecil. Será acusado de conspiração.

Um prisioneiro em uma solitária próxima tinha ouvido vozes naquela noite e denunciado Jitniak. O guarda havia sido preso e acabara confessando ter deixado um judeu velho entrar para falar com o assassino.

— Desta vez você foi longe demais, Bok. Vai ter motivos para se arrepender de ter falado com o outro conspirador.

Vamos lhe mostrar o que acontece com agitadores. Você vai se arrepender da hora em que nasceu!

Ele exigiu que Iákov lhe dissesse quem era o conspirador.

— Ninguém — respondeu o faz-tudo. — Nunca vi aquele homem antes. Ele nem me disse seu nome. Era um pobre qualquer que Jitniak conheceu por acaso.

— O que foi que ele lhe disse? Confesse tudo!

— Ele perguntou se eu tinha fome.

— E o que você respondeu?

— Eu disse que sim.

— Fome é o que você vai ter daqui por diante — gritou o diretor.

Logo cedo no dia seguinte dois operários entraram na cela com suas caixas de ferramentas. Trabalharam toda a manhã com marretas e talhadeiras fazendo quatro buracos profundos na parede interna, na qual afixaram com cimento uma pesada trave com aros de ferro. Os operários também construíram um estrado do tamanho aproximado de uma cama com quatro pequenas bases também de madeira. Junto ao pé da "cama" havia uma corrente para prender as pernas do prisioneiro durante a noite. As grades da janela foram reforçadas por duas outras que foram acrescentadas, o que reduziu ainda mais a já pouca luz que entrava na cela. Mas o vidro continuou quebrado e seis ferrolhos adicionais foram colocados no lado de fora da porta. Passaram a ser doze ferrolhos e uma fechadura com chave. Segundo o subdiretor, havia rumores de que os judeus estavam fazendo um complô para libertá-lo. Ele avisou ao prisioneiro que uma torre de observação estava sendo construída no muro mais alto, que ficava em frente à sua cela, e que o número de guardas patrulhando o pátio havia sido aumentado.

— Se você tentar fugir daqui, acabaremos de uma vez por todas com essa sua gangue. Não vai sobrar um só.

No lugar de Jitniak foi colocado um outro guarda, que ficava postado diante da cela durante o dia. Chamava-se Berejinski e era ex-soldado, um homem mal-encarado, de olhos inexpressivos e pálpebras inchadas, mãos fortes e nariz fraturado. Tinha tufos de pêlo no rosto e na nuca, mesmo depois de ele ter se barbeado. Às vezes, para espantar o tédio, ele enfiava o cano do rifle pelo furo do visor e fazia pontaria no coração do prisioneiro.

— Bang!

O faz-tudo ficava acorrentado à parede o dia inteiro e à noite deitava-se no estrado, onde suas pernas eram presas. Se ele tentasse se mover um pouco, feria a pele. O colchão de palha foi retirado da cela. Pelo menos seu cheiro desagradável deixou de empestear o ar e os percevejos também se foram, apesar de alguns terem ficado em sua roupa. O faz-tudo costumava deitar-se de lado e levou algum tempo para acostumar-se a dormir de costas. Ficava acordado horas a fio até conseguir adormecer. Caía em um sono profundo por uma ou duas horas e depois despertava. A partir de então, se conseguisse dormir novamente, acordava a qualquer movimento de seu corpo.

Agora que estava acorrentado, não haveria mais motivo para que o inspecionassem, pensou. Mas o número de inspeções, na verdade, aumentou para seis — três de manhã e três à tarde. Se o subdiretor não fosse estar presente à tarde, as seis inspeções eram feitas na parte da manhã. Era Berejinski agora quem entrava na cela com ele. Seis vezes ao dia a chave girava ruidosamente na porta e, um por um, os ferrolhos eram puxados, produzindo ruídos que pareciam tiros de pistola. Iákov punha as mãos na cabeça, obcecado pela idéia de que atiravam repetidamente contra ele. Quando os homens entravam para revistá-lo, davam-lhe ordem de despir-se rapidamente.

Embora ele tentasse apressar-se, seus dedos lhe pesavam como se fossem de chumbo; custava a abrir os poucos botões e o guarda o chutava com o bico da bota para que fosse mais rápido. Ele pedia que fossem iniciando a inspeção enquanto ele acabava de despir-se, mas não era atendido. Só deixavam que ficasse com a camiseta de baixo, o que era um consolo para Iákov, ainda que apenas simbólico, e o ajudava a suportar tudo mais que lhe faziam. Durante a busca, Berejinski agarrava o prisioneiro pela barba e lhe aplicava safanões. Quando Iákov se queixava, ele lhe puxava violentamente o pênis.

— Bin-bão, bin-bão! O peru do judeu está tocando.

O subdiretor dava mostras de sentir prazer com aquela rotina. Sorria todo o tempo e dava gargalhadas.

Depois de cada sessão, Iákov, exausto, desesperado, caía em depressão. A princípio ainda tivera esperanças de que *alguma coisa* resultasse da visita de Shmuel. Depois passou a temer que o mascate tivesse sido preso. Às vezes chegava a duvidar que Shmuel tivesse estado mesmo ali e outras vezes a desejar que o sogro não tivesse ido vê-lo. Se ele não tivesse ido, ele não estaria acorrentado. Chegou a amaldiçoar o velho por causa das correntes.

O segundo inverno na prisão foi pior que o primeiro. O tempo lá fora foi mais inclemente, com menos neve e geada, porém com dias mais claros e gelados que se tornavam insuportáveis quando o vento soprava. O vento uivava na janela como lobos famintos. E dentro da cela a situação era pior. Era tão forte a opressão do frio em seu peito que a respiração chegava a lhe doer. Ele usava a boina enterrada na cabeça para cobrir-lhe as orelhas, e sobre ela enrolava com duas voltas o xale de orações já todo puído, fixando-o com um nó no alto da cabeça. Usou-o até que ele se desfizesse em frangalhos e depois guardou um pedaço para lhe servir de lenço. Iákov tentava enfiar os punhos do casaco por dentro das algemas, mas não conseguia. O metal gelado ficava em contato com a pele. Atiraram-lhe uma manta de cavalo, que ele passou a usar sobre a cabeça e os ombros no auge do inverno, pois, embora houvesse na cela alguns feixes de lenha, Berejinski não tinha a menor pressa em acender a estufa e na maior parte do dia o faz-tudo tinha a sensação de que seus ossos eram galhos de uma árvore coberta de gelo em um bosque no inverno. As inspeções então eram terríveis; o frio parecia enterrar-lhe facas no peito, nas axilas, no ânus. Seu corpo tremia e seus dentes batiam sem parar. Mas quando Kogin chegava, no fim da tarde, acendia o fogo. Às vezes voltava a acendê-lo no meio da noite. Desde que o filho fora preso, os olhos do guarda pareciam sempre distantes. Geralmente não abria a boca para falar e mantinha entre os lábios um toco de cigarro apagado. Depois que Iákov acabava de esvaziar sua tigela de sopa do jantar, deitava-se. Kogin então lhe prendia os pés no estrado e saía.

Durante o dia o prisioneiro sentava-se, acorrentado, em um banquinho de madeira que lhe deram. As páginas soltas do Antigo Testamento haviam sido retiradas da cela no dia em que ele passara a ser acorrentado à parede, e o subdiretor disse que tinham sido queimadas. "Desapareceram como um peido levado pelo vento." Iákov não tinha nada para fazer a não ser ficar sentado, tentando não pensar. Para impedir que o sangue lhe congelasse nas veias, ele se punha de pé a todo instante, dava um passo para a direita e depois dois para a esquerda; e então um para a esquerda e dois para a direita. Podia também dar um passo atrás, em direção à parede gelada, e um passo à frente. Isso era o mais longe que conseguia ir, e, para onde quer que se movesse, arrastava consigo a corrente. Fazia isso por várias horas durante o dia. Às vezes chorava a ponto de soluçar tentando arrancar as correntes da parede.

Não tinha permissão para fazer coisa alguma por si. Para urinar, ele precisava chamar o guarda e pedir a lata. Se Berejinski não estivesse junto à porta ou tivesse preguiça de atender ao chamado, ou se Iákov não quisesse ouvir mais uma vez o ruído terrível dos ferrolhos sendo abertos, ele prendia a urina até sentir que ela lhe doía como um corte de faca. Quando já não podia agüentar, urinava no chão. Certa vez prendeu a urina por tanto tempo, que acabou não se contendo e molhando a calça e os sapatos. Quando Berejinski entrou na cela e viu o que tinha acontecido, pôs-se a dar tapas na cara do faz-tudo alternadamente com uma mão e com a outra, até que ele caiu inconsciente.

— Seu judeu imundo! Eu devia era fazer você limpar esse chão com a língua!

Quando Berejinski lhe entregava o mingau, Iákov costumava pedir-lhe que lhe soltasse as algemas por alguns minutos enquanto ele comia, mas o guarda se recusava a atendê-lo. Certa vez ao terminar o almoço, enquanto o guarda não voltava para pegar a tigela e a colher, Iákov virou-se de lado e usou o cabo da colher para cavar um pouco o cimento onde uma das correntes estava presa. Mas, quando o guarda o viu pelo visor, entrou na cela e deu um soco com tal violência na boca do prisioneiro que a deixou cheia de sangue. Depois disso, Berejinski fez com que a cela fosse minuciosamente revistada por um destacamento de cinco guardas. Nada foi encontrado na primeira vez, mas quando eles voltaram alguns dias depois encontraram a agulha já escurecida que Iákov havia tomado emprestada a Jitniak e escondido cuidadosamente em uma rachadura da estufa. Para punir o faz-tudo, tiraram-lhe o banquinho por uma semana. Ele passava o dia de pé, acorrentado, e à noite dormia como um morto.

E assim os dias iam passando. Cada dia se arrastava, moribundo. Às vezes, quando ele se dava conta, três dias se haviam passado, mas, como eram sempre idênticos, não fazia diferença alguma. Quer ele contasse, quer não, dava no mesmo. E assim as semanas deixaram de existir. Se ele estivesse na Sibéria cumprindo uma pena de vinte anos de trabalhos forçados, uma semana significaria alguma coisa. Seriam vinte anos menos sete dias. Mas, para um homem que poderia permanecer preso por um tempo ilimitado, cada dia contava tanto quanto o primeiro. O terceiro era o primeiro, o quarto era o primeiro, o septuagésimo era o primeiro. O primeiro dia podia ser o trigésimo milésimo.

Iákov pensava em como haviam sido seus dias antes de ele ser acorrentado à parede. Lembrava-se de varrer o chão com a vassoura de gravetos. Lembrava-se da leitura dos evangelhos de Jitniak e das páginas soltas do Antigo Testamento, dos pedacinhos de madeira que guardava para ir contando os dias e os meses quando ainda via algum sentido em manter-se informado do passar do tempo. Pensava nos breves minutos em que um raio de luz incidia na parede descascada. Pensava na mesa onde podia ler, até o dia em que a fez em pedaços em um acesso de loucura. Pensava no tempo em que era livre para andar de um lado ao outro da cela, ou em círculos, até ficar cansado demais para pensar. Pensava em quando podia urinar sem ter que chamar o guarda e de quando só lhe faziam duas inspeções por dia em vez das seis que passaram a fazer. Pensava no tempo em que podia se deitar em seu colchão de palha à hora que quisesse; agora ele só podia se deitar quando o soltavam para dormir. E pensava também em quando tinha permissão para ir à cozinha encher sua tigela; quando podia alimentar de lenha a estufa no inverno e em Jitniak, que afinal de contas não era tão mau assim e que vinha duas vezes por dia para acendê-la. O guarda lhe permitia ter um bom aquecimento. Deixava que Iákov colocasse bastante lenha e antes de sair da cela ele acendia o fogo e ficava observando o início das labaredas. Iákov pensava que ficaria contente se as coisas voltassem a ser como eram antes. Ele gostaria de ter dado mais valor então aos pequenos confortos e liberdades de que havia desfrutado. Acorrentado, só o que lhe restava era viver, somente existir. Mas estar vivo sem que isso fosse uma opção era o mesmo que estar morto.

O faz-tudo tinha pensamentos secretos, quase prazerosos, acerca da morte. Tivera-os desde que roubara a agulha de Jitniak. Se eu decidir morrer, pensava ele, posso usar a agulha para perfurar minhas veias. Poderia fazer isso depois que Kogin saísse da cela pela última vez e sangrar a noite inteira. De manhã encontrariam o cadáver. Esses pensamentos foram se tornando mais intensos e, passado algum tempo, eram praticamente os únicos que tinha — só pensava na morte. Ele já estava terrivelmente exausto, desesperado por livrar-se daquelas correntes pesadas e daquela cela enregelada. Tinha esperanças de morrer rapidamente, de acabar com seu sofrimento de uma vez por todas, de livrar-se de tudo que era e tinha sido sua vida. Sua morte lhe asseguraria uma última possibilidade de escolha. Sempre haveria aquela última escolha. Tomaria seu destino em suas próprias mãos. Como vou fazer isso?, perguntava-se. Pensou em uma greve de fome, mas isso levaria tempo demais, seria uma morte lenta. Ele não tinha um cinto, mas poderia rasgar as roupas e o cobertor e trançar os pedaços para fazer uma corda. Se não morresse congelado antes, poderia enforcar-se nas barras de ferro da janela. Mas ele não conseguiria alcançar a grade da janela e, ainda que descobrisse um jeito de passar uma das pontas da corda por entre as barras, enforcar-se não era o que ele queria. Isso os eximiria da morte e ele os queria envolvidos. Pensou em Fetiukov, que levara um tiro de um guarda. É isso que eu tenho que fazer. Eles querem que eu morra, mas não querem sujar as mãos. Querem manter-me acorrentado e maltratar meu corpo até que meu coração deixe de resistir. Poderão então dizer que morri de causa natural "enquanto aguardava julgamento". Vou fazer com que a causa não seja natural. Vou fazê-los sujar suas mãos. Vou provocá-los para que me matem. Ele tomou essa decisão. Planejou que seria durante a sexta inspeção no dia seguinte, quando eles estivessem no auge da irritação e portanto reagiriam sem pensar, mecanicamente, instantaneamente. Recusar-se-ia a despir-se e, quando insistissem em que o fizesse, ele cuspiria no olho do subdiretor. Se não atirassem nele logo, tentaria à força tirar uma de suas pistolas do coldre. A essa altura Berejinski lhe daria um tiro na cabeça. Tudo estaria acabado em alguns minutos e o guarda mais tarde receberia uns cinco a dez rublos por serviço meritório. O Czar leria a história nos jornais de São Petersburgo e prontamente se sentaria à sua mesa de trabalho para escrever a Grubechov. "Desejo congratular-me com Vossa Senhoria por fazer com que o judeu assassino de Jênia Gólov pagasse na mesma moeda que usou. Dentro em breve Vossa Senhoria terá notícias minhas relativas à sua promoção. Nicolau." Mas então as autoridades teriam de explicar a sua morte e, dissessem o que dissessem, jamais poderiam afirmar que provaram sua culpa. Quem acreditaria neles? O caso poderia até criar um tumulto generalizado.

Que o Czar continue a dançar em seu chão polido. Com a minha morte, eu cago em sua cabeça.

## 2

A tarde está chegando ao fim. O sol afunda por trás das copas das árvores geladas. Uma carruagem negra surge ao longe (de que cidade virá?) puxada por quatro cavalos negros. Ele a perde de vista em meio ao tráfego da Krechtchatik, entre outras carruagens, carroças, bondes, caminhões, uns poucos automóveis. As árvores agora estão negras. Já é noite novamente. Kogin caminha, irrequieto, de um lado a outro do corredor. Já muitas noites parou junto à porta da cela de Iákov, com o visor aberto, para ouvir o ressonar asmático do prisioneiro. A respiração do guarda também era audível enquanto ele umedecia com a saliva a ponta do lápis para anotar em sua caderneta o que Iákov gritava enquanto dormia. Mas esta noite, com a ventania a fazer a neve girar em redemoinhos ao redor da penitenciária, depois de andar por várias horas de um lado para o outro em frente à cela de Iákov, sabendo que o prisioneiro estava acordado, o guarda pára e suspira junto ao furo do visor.
— Ah, Iákov Bok, não pense que você é o único que tem problemas. Eles estão se acumulando na minha cabeça como neve no alto da montanha.

Ele se afasta e depois torna a voltar para dizer que seu filho Trofim assassinou um velho enquanto roubava uma casa no Podol. — Pois é, foi isso que ele acabou fazendo.

Depois de um longo silêncio, continuou a falar. — Eu já tinha problemas mais do que suficientes com minha filha, que engravidou de um sujeito da minha idade, um maldito bêbado, mas mal consegui arranjar um casamento para ela, o rapaz começou a roubar casas, coisa que nunca havia feito antes. Ele roubava de mim, mas nunca tinha roubado outra pessoa até aquela noite em que entrou em uma casa à margem do Dnieper e acabou matando o homem que morava lá. Era um velho inofensivo e qualquer um poderia perceber que não haveria nada de valor lá dentro. E ele também sabia. Mas então, por que fez aquilo, Iákov Bok? Será que ele não podia pensar em um jeito melhor de me retribuir pelo amor que dei a ele todos esses anos? Quando o velho o surpreendeu dentro de casa, agarrou-se ao casaco de Trofim e ele, assustado, começou a dar socos na cabeça do velho até ele o soltar, mas àquela altura já era tarde demais — o velho teve um ataque do coração e morreu. Caiu morto ali mesmo. Trofim chegou de volta à nossa casa já de manhã, quando eu estava descalçando as botas depois de uma noite de trabalho, e me contou o que havia feito. Então eu calcei as botas novamente e fui ao distrito policial delatá-lo por assassinato. Há alguns meses ele foi julgado e condenado à pena máxima, vinte anos de trabalhos forçados na Sibéria. Agora está a caminho de lá. Eles partiram da ponte Nicolau num dia gelado de dezembro e só Deus sabe onde estão a uma hora dessas, com toda esta neve e todo este vento. Pense bem, vinte anos — é uma existência.

— São apenas vinte anos — diz Iákov.

— Só vou ver meu filho, se vivermos até lá, quando ele tiver cinqüenta e dois anos, que é a idade que eu tenho agora.

A voz do guarda ecoa pela sala, por isso ele passa a falar em um sussurro aflito.

— Perguntei a ele por que tinha feito aquilo e ele disse que não tinha um motivo especial. Você pode imaginar uma resposta mais ridícula que essa, Bok? Ele acabou do jeito que eu dizia que ele ia acabar. Todo o amor que eu dei a ele de nada valeu. É assim que as coisas acontecem. Você planeja de um jeito e as coisas acontecem de outro. A vida não existe para agradar à gente. Por que ter esperanças, então? Meus filhos foram postos a perder pela mãe, uma mulher de má índole e moral permissiva. Meu filho sempre foi difícil de controlar por causa da maneira como ela o criou. Houve uma época em que eu achava que ele acabaria matando um de nós, apesar de todo o amor que eu dava a ele. Mas ele acabou matando outra pessoa.

Kogin dá um suspiro, fica silencioso por um minuto e depois pergunta a Iákov se ele quer um cigarro.

Iákov diz que não. Respira fundo para que o guarda ouça o chiado de seu peito. Um cigarro lhe daria náuseas.

— Mas se você soltasse minhas pernas por um minuto — diz ele —, me daria um alívio.

Kogin diz que não pode fazer isso. Fica de pé, em silêncio, olhando pelo furo do visor por alguns minutos e depois sussurra: — Não pense que eu não me dou conta do seu sofrimento, Bok, porque eu me dou. É terrível ver um homem acorrentado, seja ele quem for, e ter que prender as pernas dele toda noite, mas para ser franco com você, eu procuro não ficar pensando muito nisso. Tento não pensar em você aí acorrentado o dia inteiro. Os nervos de um homem só agüentam as coisas até certo ponto e eu já tenho toda a aflição que posso agüentar. Acho que você entende o que quero dizer.

Iákov diz que entende.

— Tem certeza de que não quer o cigarro? Não chega a ser uma grande infração. Alguns guardas aqui até vendem cigarros para os prisioneiros e, se você me perguntar se o diretor tem conhecimento disso, a resposta é sim. Mas se eu soltar suas pernas posso levar um tiro.

Passado algum tempo, Iákov pensa que o guarda não está mais ali, mas ele está.

— Você ainda tem os evangelhos aí? — pergunta Kogin.
— Não.
— E aquelas coisas que você sabia de memória?
— Já me esqueci.

— Tem uma que eu me lembro — diz o guarda: — "Porém aquele que suportar até o fim será salvo." Se não é Mateus, é Lucas — um dos dois.

Iákov dá uma risada.

O guarda se afasta. Está inquieto esta noite e meia hora depois ele volta para a porta da cela. Tenta enxergar o interior da cela com uma lanterna encostada ao furo do visor. A luz clareia os pés do prisioneiro e o desperta novamente. Kogin está a ponto de dizer alguma coisa mas não diz. A luz se apaga. Iákov tenta mexer-se. Inquieto, permanece acordado, ouvindo os passos do guarda a ir e vir no corredor. Era como se ele, também, estivesse indo para a Sibéria com o filho. O prisioneiro ouve até ser dominado pelo cansaço e então volta a dormir e a sonhar.

A carruagem negra aproxima-se novamente, só que agora é uma carroça velha que vem da província carregando um velho esquife feito de tábuas de pinho. Deve ser para mim. Para quem mais poderia ser? Temendo dizer o nome do morto, ele se dá conta de estar sonhando e tenta acordar. Mas já então ele se encontra em uma sala vazia, de pé junto a um pequeno esquife preto que mais parece um baú trancado com correntes.

É o caixão de Jênia, pensa ele. Marfa Gólov mandou-o de presente para mim. Mas, quando ele destranca as correntes enferrujadas e ergue a tampa do esquife, lá está Shmuel, seu sogro, com um xale de orações a cobrir-lhe o rosto, uma perfuração cor de púrpura na testa e um dos olhos ainda a sangrar.

— Shmuel, você está morto? — exclamou o faz-tudo, e o velho, que, se não aparentava estar em paz, pelo menos repousava, pela primeira vez nada teve a dizer.

O faz-tudo desperta com o coração pesado e a barba úmida de lágrimas.

— Não morra, Shmuel, não morra. Deixe que eu morra por você.

Então ele fica pensando no escuro. Como posso morrer por ele se eu me matar? Se me matar será para que eles se danem e eu pare de sofrer. Shmuel não se beneficiará da minha morte. É possível até que acabe morrendo por isso se fizerem um pogrom para se vingar. Nesse caso, o que conseguirei com a minha morte além de parar de sofrer? De que terá valido meu sacrifício se um único judeu vier a morrer por causa dele? Não quero sofrer, mas, se tiver que sofrer, que seja por alguma causa. Que seja por Shmuel.

No dia seguinte, ele é revistado seis vezes no frio cortante da cela, de pés descalços sobre as pedras geladas do chão enquanto mexem com os dedos repulsivos suas partes íntimas. A sexta inspeção, aquela à qual ele planejara reagir, é a que fazem com mais requintes de crueldade. É com esforço que ele se contém para não saltar sobre o subdiretor e apertar o pescoço dele até que lhe dessem um tiro na cabeça.

Iákov diz a si mesmo que não deve morrer. Por que fazer eu mesmo comigo o que eles se esforçam por fazer? Por que ajudá-los a matar-me?

Quem, por exemplo, ficaria sabendo se ele morresse naquela hora? Varreriam o que restasse dele no chão ensangüentado e atirariam em um buraco qualquer. Depois de um ou dois anos, diriam que ele havia morrido quando tentava fugir. Quem se daria ao trabalho de verificar depois de um ou dois anos? Era natural que presos morressem na prisão. Morriam como moscas por toda a Rússia. O país era enorme e tinha muitas prisões. Havia mais prisioneiros na Rússia que judeus. E que diferença faria se alguns judeus dissessem que ele não morreu naturalmente? Àquela altura, eles já teriam outros problemas com os quais se preocupar.

Não que ele tenha medo de morrer por temer o suicídio. O problema é que ele não tem como impedir que sua morte tenha conseqüências para outros. Para os goim, todos os judeus são a mesma coisa. Se o faz-tudo é acusado de ter assassinado uma de suas crianças, todo o resto da tribo também o é. Desde que Cristo foi crucificado, o crime de quem o matou passou a ser de todos os judeus para sempre.

Iákov lastima a sina dos judeus na história. Depois de um breve período em que o sol brilhou, os judeus acordaram um dia e se descobriram em um mundo de trevas e de sangue. De uma hora para outra surge um louco dizendo que o sangue dos judeus é maldito. De um dia para o outro a vida perde todo o seu valor. Os inocentes passam a nascer sem inocência. O corpo do homem vale menos do que a matéria de que é feito. A pessoa não tem valor algum. Os judeus que conseguem escapar com vida estão condenados a viver a dor da lembrança para sempre. Então o que pode Iákov Bok fazer? Só o que pode fazer é não tornar a situação pior. Ele nem sequer compartilha a fé judaica. É um judeu pela metade, porém o suficiente para protegê-los. Afinal, ele sabe o que é ser judeu e acredita no direito que eles têm de viver neste mundo como quaisquer outras pessoas. Ele é contra aqueles que são contra eles. Ele os protegerá até onde lhe for possível. É essa a aliança que faz consigo mesmo. Se Deus não é homem, ele, Iákov é. Por isso terá que resistir até o julgamento para que sua inocência seja confirmada e a perfídia de seus acusadores seja exposta. Seu único plano é resistir — fora isso, não existe futuro para ele.

Iákov Bok é um homem cheio de rancor pelo que lhe aconteceu — pelo que lhe está acontecendo. Toda uma sociedade está contra ele, um homem pobre que pouco pôde estudar e que é inocente do crime do qual o acusam. Que coisa extraordinária essa que lhe ocorreu: um homem simples, um faz-tudo de ofício, que jamais em sua vida fez algo de errado contra os russos a não ser morar por alguns meses em um distrito proibido, acabou sendo o grande inimigo do Estado russo. Era o próprio Czar e as autoridades que assim o consideravam, apesar de, na verdade, ele não ter sido inimigo de ninguém a não ser de si mesmo.

Onde está a razão? Onde está a justiça? Diz Spinoza que a razão de ser do Estado é preservar a paz e a segurança do indivíduo para que ele possa fazer seu trabalho. É ajudá-lo a viver os poucos anos que passa neste mundo lutando contra as circunstâncias, contra as doenças, os temores do universo. O Estado, pelo menos, deve abster-se de tornar a vida mais penosa do que já é. Mas o Estado russo nega a Iákov Bok a justiça mais elementar e, para demonstrar o medo e o desprezo que tem pela espécie humana, acorrenta-o a uma parede como a um animal.

— Cães — grita ele.

Ele bate com as correntes na parede e as veias de seu pescoço parecem querer saltar. Está tendo um ataque de nervos, querendo libertar-se. Mas ataques como esse alternam-se com momentos de pálida esperança criados pela imaginação, como se algo estivesse prestes a acontecer se ele pensasse a coisa certa, se respirasse direito. Talvez uma parede se desmoronasse ou o sol a atravessasse fazendo nela um buraco do tamanho de um homem. Ou quiçá se lembrasse de onde escondeu um livro que ensina como atravessar facilmente uma porta trancada por uma chave e doze ferrolhos.

— Eu vou viver! — grita ele em sua cela. — Vou esperar e comparecer ao meu julgamento!

Berejinski abre o visor, enfia a ponta do cano do rifle, faz pontaria nos genitais do prisioneiro e depois dá um suspiro.

Iákov está sentado na latrina. Uma voz angelical o chama pelo nome, mas ele não tem certeza de ter ouvido bem; sua audição do lado direito ficou ruim desde que Berejinski o atingiu naquele lado da cabeça. Chuva e neve caem do céu sobre ele. Ou talvez sejam pedacinhos de madeira ou de tempo congelado. Ele não responde. Seus cabelos estão longos e desgrenhados. Suas unhas crescem até que se quebram por si. Ele tem disenteria, suja-se, fede.

Berejinski atira sobre ele um balde de água fria. — Não é à toa que os judeus não comem porco. Vocês são irmãos de sangue e vivem no meio da merda.

Ele se senta na grama sob uma árvore frondosa. O campo está coberto de flores. Ele fala consigo mesmo para não esquecer de como se fala. Algumas de suas lembranças são surpreendentes. Seriam lembranças ou pensamentos de coisas que ele gostaria de ter feito? Ele está envolto em espessa neblina amarela. Outras vezes vê-se envolto em dolorosos raios de luz. As recordações vão se apagando e acabam por desaparecer. Ele tem dificuldade em se lembrar de acontecimentos do passado. Lembrava-se de ter enlouquecido uma vez. Para onde pode ir uma pessoa que perde a razão? Esse é o fim da linha. Ele ficará trancado para sempre em uma prisão sem saber por que está ali. Estará trancado em seu destino final sem sequer ter noção disso.

— Morra de uma vez — diz Berejinski. — Pelo amor de Cristo, morra logo!

Ele está morrendo. Está morrendo.

Kogin diz que recebeu uma carta comunicando que seu filho estava morto. Afogou-se em um rio em Irkutsk a caminho de Novorosiisk.

# 3

— Tire o gorro da cabeça — disse o diretor do presídio de pé na cela.

Ele tirou o gorro e o diretor entregou-lhe uma pilha de papéis.

— É seu indiciamento, Bok, mas isso não significa que seu julgamento esteja a caminho.

Depois que o diretor se foi, Iákov sentou-se no banquinho e, muito lentamente, pôs-se a ler os papéis. Seu coração disparou enquanto ele lia, mas sua mente ia à frente do coração; aquele judeu de quem falavam ali havia cometido um crime hediondo e depois se deixara pegar em uma armadilha. O prisioneiro viu-o morto e enterrado em uma cova rasa. Às vezes as palavras naqueles papéis ficavam ilegíveis e desapareciam como que submergindo em água. Quando voltavam à superfície, ele as lia em voz alta sem entender-lhes o significado. Ao final de três folhas, ele já não teve forças para concentrar-se. Os papéis pesavam em suas mãos como se fossem madeira de carvalho e ele teve que desistir da leitura. Pouco depois, apesar de haver ainda alguma luz lá fora, ali ficou escuro demais para que ele voltasse a ler. Acordou no meio da noite com um desejo terrível de devorar aquelas palavras. Pensou em suplicar a Kogin que lhe desse uma vela, mas foi acometido por visões daqueles papéis se incendiando. Decidiu então esperar que amanhecesse. Dormiu e sonhou que tentava ler seu indiciamento, mas que ele estava escrito em turco. Acordou e procurou, aflito, seus papéis. Encontrou-os no bolso do casaco. Esperou então, impacientemente, pela luz da manhã. Tão logo a cela ficou clara o bastante, ele leu, ávido, todo o documento. Pareceu-lhe que a história era diferente da que ele havia lido na véspera, mas logo se deu conta de que ela estava diferente da história que ele compusera a partir das perguntas e das acusações que lhe haviam feito. O crime era o mesmo, mas havia detalhes até então desconhecidos, alguns dos quais eram fantásticos; e alguns dos antigos haviam sido modificados, criando um novo mistério. Iákov leu, tentando encontrar uma combinação de fatos que os tornasse mais plausíveis. Procurava entender a história como eles a viam para poder provar sua inocência. Tão logo ele a provasse, eles seriam obrigados a soltá-lo de suas correntes e abrir as portas da prisão para que ele saísse.

O "Indiciamento", datilografado em longas folhas de papel azul, relatava o assassinato de Jênia Gólov de maneira semelhante à história que ele conhecia, mas agora, sem mais nem menos, a quantidade dos ferimentos passava a ser quarenta e cinco, "três grupos de treze, mais dois grupos de três". Eram ferimentos, dizia o documento, no peito do menino, na garganta, no rosto e no crânio — por volta das orelhas; e a autópsia feita pelo professor Zagreb, da Faculdade de Medicina da Universidade de Kiev, indicava que todos os ferimentos haviam sido infligidos no corpo do menino enquanto seu coração ainda pulsava. "Porém aquele localizado nas principais artérias do pescoço haviam sido infligidos quando o coração já estava enfraquecendo."

No dia em que o corpo do menino foi encontrado na caverna, sua mãe, ao receber a notícia, desmaiou. Isso consta do registro policial do caso. Seguiram-se outros pormenores que Iákov leu rapidamente mas que precisou reler com mais vagar. O colapso de Marfa Gólov, segundo o indiciamento, "é mencionado aqui com particular interesse" porque posteriormente foi observado que ela estava contida nos funerais e não chorou quando o filho foi enterrado, enquanto outros, "meros espectadores", haviam chorado copiosamente. Alguns dos espectadores "bem-intencionados" e outros "talvez não tão bem-intencionados" ficaram perturbados com aquilo, dando origem a "rumores inopinados" que começaram a circular "relativos ao possível envolvimento da boa senhora, através de um ex-amigo seriamente incapacitado, no assassinato de seu próprio filho". Por causa dessa maledicência sem qualquer justificativa, mas com o intuito de se chegar à verdade, ela foi presa e minuciosamente investigada pela polícia. Mais de uma vez sua casa foi inspecionada e "nada ali que fosse minimamente incriminante foi encontrado". Assim sendo, após vários dias de exaustivas investigações, ela foi solta com pedidos de desculpas da polícia e de outros oficiais que investigavam o caso. O chefe de polícia concluiu que os rumores acima citados eram falsos e infundados, "provavelmente invenção dos inimigos de Marfa Gólov, ou quiçá de certas forças sinistras", posto que Marfa Gólov era uma mãe dedicada, "inocente de qualquer crime contra seu filho". As suspeitas levantadas contra ela eram merecedoras de indignação. Seu comportamento sereno nos funerais do filho era "o de uma pessoa digna e capaz de controlar suas emoções apesar de envolvida em profunda perda pessoal", pois "nem toda pessoa que está triste chora" e "a culpa não é uma questão de expressão facial, mas de evidências". "Ninguém se interessou em saber como essa desafortunada mulher havia sofrido e suportado *antes* do enterro do filho." Entretanto testemunhas atestaram que Marfa Gólov sempre foi uma mãe conscienciosa e "uma mulher trabalhadora e virtuosa de caráter impoluto que, praticamente sem qualquer ajuda, havia cuidado do seu filho desde a deserção e a morte do seu irresponsável pai". Chegou-se, pois, à conclusão de que as tentativas de difamação contra ela eram "obra de grupos desconhecidos subversivos e alheios à nossa cultura" com o propósito de "esconder a culpa de um de seus membros, o verdadeiro assassino de Jênia Gólov, um homem sem profissão definida chamado Iákov Bok".

— Vey is mir — disse Iákov.

Suspeitou-se do faz-tudo desde o início. Até mesmo antes de o menino ser enterrado já se espalhavam por toda a cidade rumores de que "o verdadeiro culpado pelo assassinato do menino era membro da religião hebraica". Em seguida vinha um resumo dos motivos que chamaram a atenção da polícia para Bok "como uma pessoa suspeita": primeiramente, porque se descobriu que ele era um hebreu que usava nome falso e que vivia no distrito de Lukianovski, distrito interditado por lei especial a todos os membros de sua religião à exceção de comerciantes da Primeira Guilda e alguns profissionais liberais. Em segundo lugar, porque, se apresentando como russo com o nome de Iákov Ivanovitch Dologuchev, o mesmo Iákov Bok havia feito assédios impróprios e até mesmo investidas físicas contra Zinaida Nikoláievna, filha do empregador de Bok, Nikolai Maximovitch Lebedev. "Por sorte ela conseguiu frustrar seus nefandos propósitos." Em terceiro lugar, Iákov Bok foi objeto de suspeita por parte de alguns de seus companheiros de trabalho na olaria, em especial pelo "vigilante capataz Prochko", de apropriar-se sistematicamente de recursos financeiros da empresa de Nikolai Maximovitch Lebedev. Em quarto lugar, ele foi visto algumas vezes pelo vigia da empresa Skobeliev, pelo capataz Prochko e por "outras testemunhas" a perseguir meninos no pátio da olaria, perto dos fornos. Esses meninos eram Vássia Chiskovski, Andrei Khototov, o falecido Jênia Gólov e outras crianças ainda mais jovens, todas do sexo masculino. E em quinto lugar havia o fato de que Jênia Gólov ter sido perseguido certa noite por entre os túmulos do cemitério próximo à olaria pelo mesmo Iákov Bok, que "levava na mão um instrumento longo e perfurante de carpinteiro". O menino, assustado, havia contado aquilo à mãe. Nos aposentos de Bok acima do estábulo, a polícia tinha encontrado sua sacola de ferramentas, dentre as quais havia "certos furadores e facas manchados de sangue". Alguns trapos ensangüentados também foram encontrados no quarto.

O faz-tudo suspirou e continuou a ler.

"Além das evidências acima relacionadas, Marfa Gólov declarou que Jênia havia se queixado de ser sexualmente molestado por ele e temia pela segurança do menino se este levasse o caso ao conhecimento das autoridades." "Jênia, um menino esperto", havia, "em certas ocasiões", seguido Bok e descoberto que ele costumava reunir-se "a um grupo de hebreus suspeitos de contrabando, de furtos e de outros crimes, no porão da sinagoga". O menino, segundo informou a mãe, ameaçou delatar aquelas atividades à polícia. Além disso, Vássia Chiskovski e Jênia Gólov haviam, uma ou duas vezes, "como meninos costumam fazer", irritado Bok, atirando-lhe pedras e fazendo zombarias acerca de sua raça e o hebreu estava decidido a vingar-se. "Jênia Gólov, por azar seu, foi o que caiu nas mãos perversas de Bok, mas por sorte Vássia Chiskovski conseguiu escapar de ter o destino do pobre amigo."

Iákov leu rapidamente a parte relativa à maneira como ele havia assassinado o menino. ("Skobeliev testemunhou ter visto Bok carregando para seu quarto algo pesado nos braços, um volume grande que parecia conter um corpo humano a se retorcer. Lá — as evidências são inequívocas — o menino foi torturado e depois assassinado por Iákov Bok, provavelmente com o auxílio de um ou dois de seus correligionários.") "Quando já preso", prosseguiu a acusação, "o referido Iákov tentou convencer o falsificador Gronfein, amigo e correligionário, a subornar Marfa Gólov para que ela não depusesse contra ele.

A quantia destinada a esse fim seria obtida junto às comunidades hebraicas do Pale. Uma outra proposta de suborno foi feita a Marfa Gólov pessoalmente, em data posterior, para que ela fugisse para a Áustria, e ela, indignada, recusou os 40 mil rublos que lhe ofereceram para isso."

O último parágrafo dizia: "Portanto, após cuidadoso e exaustivo estudo do acima exposto, o Magistrado de Investigações, o Promotor-Chefe e o Presidente da Corte Superior de Justiça da Província de Kiev, onde este indiciamento é lavrado na presente data, são da opinião que Iákov Bok, hebreu confesso, agindo com premeditação e com o propósito de torturar e matar, esfaqueou até a morte Ievguêni Gólov, de 12 anos de idade, filho de Marfa Vladímirovna Gólov, pelos motivos supracitados; em suma, um desejo exagerado e anormal de vingança contra uma criança inocente que havia descoberto sua participação em atividades criminosas. Entretanto o crime foi de natureza tão hedionda e vil que é possível se supor ainda um outro elemento presente. Somente um criminoso de instintos profundamente sádicos poderia ter cometido um ato tão desumano de hostilidade gratuita e de bestialidade tão degradante."

O indiciamento estava assinado por Iefim Balik, Magistrado de Investigações; V. G. Grubechov, Promotor-Chefe; e P. F. Furmanov.

Iákov comprimiu sua cabeça latejante ao terminar a leitura do documento. Apesar de seus olhos doerem — era como se as palavras lhe entrassem pelos olhos, feitas de areia e cola —, ele prontamente releu tudo várias vezes, cada vez mais perplexo. Que fim levara a acusação de assassinato ritual? Iákov ergueu cada folha de papel para captar uma luz melhor, mas procurou em vão, pois essa acusação havia desaparecido. Toda e qualquer referência a um crime de natureza religiosa, conquanto sugerida no decorrer de todo o documento, havia sido omitida no final. Os judeus haviam se tornado hebreus. Por quê? O único motivo que lhe ocorria era eles não terem conseguido provar que o assassinato era parte de um ritual. E, se não eram capazes de provar isso, o que poderiam provar? Não seriam aquelas mentiras estúpidas, vis e ridículas, algumas das quais extraídas literalmente da carta tresloucada de Marfa. Não podem provar coisa alguma, pensou ele, e é por isso que me mantêm na solitária há quase dois anos. Eles sabem que a mãe e seu amante assassinaram o menino. Iákov lutou contra uma depressão que se fazia sentir cada vez mais intensamente. Com "evidências" assim jamais me levarão a julgamento. A falta de consistência do indiciamento deixava claro que eles não tinham a menor intenção de levar o caso à Corte de Justiça.

Ainda assim, era um indiciamento e ele se perguntava se agora lhe permitiriam falar com um advogado quando o diretor entrou na cela e deu ordem para que ele lhe entregasse os papéis.

— Você pode não acreditar no que vou lhe dizer, Bok, mas houve um erro administrativo. O documento foi enviado para que eu o examinasse, mas não para que o entregasse a você.

Eles estão com medo do julgamento, pensou amargurado o homem que consertava coisas depois que o diretor saiu. Talvez as pessoas já estejam perguntando quando será. Talvez isso os deixe preocupados. Se eu continuar vivo, mais cedo ou mais tarde terão que me levar a julgamento. Se não for Nicolau II, será Nicolau III.

# 4

Quando suas correntes foram retiradas e lhe foi permitido deitar-se em seu estrado o tempo que quisesse com as pernas livres e caminhar à vontade pela cela, ele não compreendeu o que estava acontecendo e foi tomado de uma excitação desconfortável. Iákov caminhava, claudicante, de um lado para o outro, mas passava a maior parte do tempo deitado, respirando pela boca, em sua cama de madeira. — Será que vão mandar um outro indiciamento? Será que o julgamento está próximo? — perguntava ele a Berejinski, mas o guarda nada dizia. Um dia lhe apararam um pouco os cabelos e pentearam sua barba. O barbeiro, consultando disfarçadamente uma fotografia amarelada que guardava no bolso da túnica, enrolou mechas de cabelo em cachos que lhe caíam sobre as orelhas. Deram-lhe uma nova muda de roupas, permitiram que lavasse as mãos e o rosto com sabão e conduziram-no ao gabinete do diretor.

Berejinski empurrou-o para o corredor e mandou que ele fosse à frente, mas o prisioneiro movia-se lentamente, claudicando, parando a cada instante para recuperar o fôlego. O guarda o cutucava com o cabo do rifle e o faz-tudo tentou apressar-se, correndo um passo e claudicando dois. Perguntava-se, aflito, como faria para voltar para a cela depois.

— Sua esposa está aqui — disse o diretor Grizitskoi em seu gabinete. — Poderá vê-la na sala de visitação. Haverá um guarda presente, portanto não pense que terá algum privilégio.

Perplexo, ele achou que aquilo não era verdade. Agora o enganavam para o torturarem ainda mais. Mas quando, ao perscrutar a fisionomia do diretor e do guarda, ele acreditou que fosse verdade, o faz-tudo perdeu o fôlego. Ao tentar respirar, sentiu como se uma labareda lhe queimasse os pulmões. Quando conseguiu respirar, estava assustado.

— Minha esposa?
— Raisl Bok?
— É.
— Terá permissão para falar com ela por alguns minutos na sala de visitação, mas veja lá como se comporta.
— Por favor, agora não — disse Iákov sem forças. — Um outro dia.
— Chega de conversa — disse o diretor.

O faz-tudo, trêmulo, constrangido, sem conseguir organizar os pensamentos, foi levado por Berejinski, em um trote claudicante, por uma série de corredores estreitos até o pequeno cercado destinado aos prisioneiros na sala de visitação. Já na porta, antes de entrar, Iákov procurou empertigar-se um pouco. Entrou e foi trancado. É algum golpe que estão tramando contra mim, pensou. Não é ela. É alguém que vai me espionar. Preciso ser cauteloso.

Ela estava sentada em um banco, separada dele por uma grossa tela de arame. No fundo da sala, que parecia uma caixa, sem qualquer outro móvel ou objeto, um guarda, de pé, tinha o rifle apoiado na parede e enrolava lentamente um cigarro.

Iákov sentou-se empertigado diante dela. Sentia um frio insuportável, a garganta a lhe sufocar e as palmas das mãos suadas. Sentia um medo terrível de desabar diante dela, de enlouquecer ali mesmo. Teve medo de não conseguir se controlar tão logo começassem a falar. E depois, como seria?

— Resolvam logo o que têm a resolver — disse o guarda.

Embora a sala fosse mal iluminada, era bem mais clara que sua cela e a luz ofuscou-lhe a visão até que seus olhos se acostumassem a ela. A mulher estava imóvel ali sentada, com seu casaco puído, um xale de lã a lhe cobrir os cabelos, os dedos firmemente entrelaçados sobre as coxas. Ela o observava em silêncio, com os olhos fixos. Ele pensava encontrar uma mulher gasta pela vida de infortúnios, mas, apesar da aparência cansada, tensa e constrangida, ela parecia a mesma de sempre, sem a peruca que detestava usar. Pareceu-lhe surpreendentemente jovem, apesar de seus trinta anos, e uma mulher atraente. À minha custa, pensou ele amargurado.

— Iákov?
— Raisl?
— Sim.

Quando ela retirou o xale da cabeça — tinha os cabelos escuros cortados curtos e o suor lhe brotava da testa — e ele pôde ver bem o seu rosto, seu longo pescoço nu, seus olhos tristes, viu que ela o olhava com emoção. Por duas vezes tentou falar com ela, mas não conseguiu. Sua boca tremia e os músculos do seu rosto doíam.

— Eu sei, Iákov — disse Raisl. — Que mais posso dizer? Eu sei.

A emoção tomou-o por completo.

Meu Deus, do que foi que eu me esqueci? Não me esqueci de coisa alguma. Uma profunda sensação de perda e de vergonha impediu que ele falasse. Como podem as emoções do passado estar ainda vivas depois de tanto tempo de sofrimento naquela prisão? As dores mais profundas recusam-se a desaparecer.

— Iákov, é você mesmo?

Ele enxugou as lágrimas que insistiam em lhe brotar dos olhos e aproximou dela seu ouvido são.

— Sou eu. Quem mais poderia ser?
— Como você fica estranho com esses cachos sobre as orelhas e essa barba comprida!

— Essa é a prova que têm contra mim. Estou magro — disse ele — e definhado. E você, o que quer de mim?

— Eles me proibiram de fazer qualquer pergunta sobre suas condições de vida na prisão — disse Raisl em ídiche —, e eu prometi que não faria, mas quem precisaria perguntar? Tenho olhos e posso ver. Gostaria de não poder. Oh, Iákov, o que foi que fizeram com você? O que foi que você fez a si mesmo? Como uma coisa terrível dessas foi acontecer?

— E você, sua vagabunda, o que foi que *você* fez comigo? Não bastava sermos tão pobres e sem filhos e você ainda tinha que se tornar uma vagabunda?

A resposta veio em um tom de voz seco, e contido. — Não se trata de saber o que eu fiz, mas o que nós nos fizemos um ao outro. Você me amou? Eu o amei? A resposta é ao mesmo tempo sim e não. Quanto a ser uma vagabunda, se eu fui já não sou mais. Tive meus altos e baixos como você, Iákov, mas, se você vai me julgar, terá que julgar-me como sou.

— E como é você?

— Seja como eu for, não sou o que era.

— Por que você se casou comigo? Isso eu gostaria de saber. Ora, "amor", diz você. Se você não me amava, por que não me deixou em paz?

— Eu tive medo de me casar com você. Pode acreditar no que digo. Mas você era carinhoso naquela época e, quando uma pessoa é solitária, procura uma palavra de ternura. Também pensei que você me amasse, embora você tivesse dificuldade em dizer isso.

— O que pode um homem dizer quando ele tem medo de cair em uma armadilha? Eu tinha medo de você. Eu nunca havia conhecido uma pessoa tão revoltada. Sou um homem limitado. Que tinha eu para oferecer a você? Além disso, seu pai estava às minhas costas a me empurrar com ambas as mãos..

se eu me casasse com você, o mundo seria diferente, haveria arco-íris todos os dias.

— Nós fizemos amor no mato mais de uma vez. Você queria o mesmo que eu queria. São necessários dois para se deitarem juntos.

— E assim nos casamos — disse ele com tristeza. — Mas ainda tínhamos alguma possibilidade. Já que casamos, você deveria ter sido fiel. Contrato é contrato. Esposa é esposa. Casado é casado.

— E você, foi um bom marido? — retrucou Raisl. — Não nego que tenha sempre tentado ganhar a vida, apesar de nunca ter conseguido. E, se você queria ficar acordado a noite inteira lendo Spinoza, eu não tinha nada contra, ainda que não fosse a Torá. Mas só não gostava quando se esquecia da minha existência, e você sabe a que estou me referindo. O que mais me incomodava era quando você me ofendia. Só porque eu me deitei com você antes de nos casarmos, você estava convencido de que eu me deitava com todo mundo. Nunca dormi com outro homem além de você até você parar de dormir comigo. Aos vinte e oito anos eu era jovem demais para o túmulo. Portanto, segui seu conselho. Deixei de ser tão supersticiosa e por fim decidi me arriscar. Se eu não fizesse aquilo, seria melhor morrer de uma vez. Eu era uma mulher estéril. Ia de um lado para outro como uma desesperada. Eu me atirava contra árvores. Arranhava meus seios secos e amaldiçoava meu ventre vazio. Quer eu ficasse ou partisse, seria uma inútil para você, por isso decidi partir. Você não partia, portanto decidi eu mesma ir embora. Você não queria ir, por isso tive que ir. Parti desesperada para mudar de vida. Aquela era a única maneira que eu tinha de partir. A alternativa era a morte, que seria um pecado mais grave. Escolhi o pecado menor. Se quiser saber a verdade Iákov, um dos motivos por que parti foi para forçá-lo a fazer alguma coisa. Quem poderia imaginar que resultasse nisso?

Ela se pôs a socar o peito com suas mãos muito brancas.
— Iákov, eu não vim aqui brigar pelo passado. Perdoe-me, perdoe o passado.

— Por que você veio?

— Papai disse que o viu na prisão e não fala em outra coisa. Voltei para o shtetl em novembro do ano passado. Estive primeiro em Cracóvia e depois em Moscou, mas não agüentei mais e tive que voltar. Quando descobri que você estava na Penitenciária de Kiev, vim até aqui mas não me deixaram entrar. Então fui procurar o Promotor-Chefe e mostrei a ele o papel que diz que sou sua esposa. Ele disse que eu não poderia vê-lo a não ser em circunstâncias muito excepcionais e eu disse a ele que as circunstâncias são suficientemente excepcionais quando se mantém preso um inocente. Fui procurá-lo pelo menos cinco vezes e ele por fim disse que permitiria minha entrada aqui se eu trouxesse um papel para você assinar. Disse-me que insistisse com você para assiná-lo.

— Eu amaldiçôo esse papel e amaldiçôo você também por trazê-lo aqui.

— Iákov, se você assinar, estará livre amanhã. Pense bem.

— Eu já pensei bem — gritou ele. — Não há nada mais a pensar. Eu sou inocente.

Raisl olhou-o fixamente em silêncio.

O guarda se aproximou com seu rifle. — Ninguém pode ficar falando ídiche aqui — disse ele. — Vocês têm que falar em russo. Este lugar aqui é uma instituição russa.

— É que em russo vai demorar mais — disse ela. — Eu falo muito devagar em russo.

— Então entregue logo o papel que veio entregar a ele.

— O documento tem que ser explicado. Há vantagens e desvantagens para ele. Eu tenho que dizer tudo que o Promotor-Chefe me mandou dizer.

— Então diga de uma vez e acabe logo com isso.

O guarda tirou do bolso da calça uma pequena chave e abriu uma portinha na grade que os separava.

— Não tente passar para ele qualquer outra coisa além do tal papel que ele tem que assinar, senão os dois vão se dar mal. Estou de olhos bem abertos.

Raisl abriu sua bolsa de pano acinzentado e de dentro dela tirou um envelope dobrado.

— Aqui está o papel que prometi entregar a você — disse ela em russo. — O Promotor-Chefe diz que esta é a sua última oportunidade.

— Então foi por isso que você veio — disse ele irritado, falando em ídiche —, para me fazer confessar as mentiras contra as quais resisto há dois anos. Você veio para trair-me novamente.

— Esta foi a única maneira que eu tive para entrar aqui — disse Raisl. — Mas não foi por isso que eu vim. Eu vim chorar.
— Ela conteve o choro por alguns instantes, mas sua boca se abriu e seus lábios se contorceram; ela chorou. As lágrimas passaram-lhe por entre os dedos com os quais ela apertava os olhos.

Ele sentiu, ao vê-la assim, o coração lhe pesar no peito.

O guarda enrolou outro cigarro, acendeu-o e pôs-se a fumá-lo lentamente.

Foi assim mesmo na última vez, pensou Iákov. Ela chorava mesmo assim e agora está aqui a chorar de novo. Nesse meio-tempo passei dois anos na prisão injustamente, em uma solitária, preso a correntes. Sofri com o frio extremo, com a imundície, com os piolhos, com a degradação das inspeções, e aqui está ela, sempre a chorar.

— Por que você está chorando? — perguntou ele.

— Choro por você, por mim, pelo mundo todo.

Ali à sua frente Iákov viu uma mulher frágil, magra, de seios pequenos, abatida e triste. Quem a teria imaginado tão frágil assim? O choro dela deixou-o comovido. Naqueles dois anos ele havia aprendido sobre sofrimento.

— Que outra coisa se pode fazer aqui a não ser pensar? Por isso pensei — disse Iákov depois de alguns instantes. — Pensei sobre nossas vidas desde o início até o fim e não posso culpá-la mais do que a mim mesmo. Quando se dá pouco na vida, recebe-se menos ainda, apesar de algumas coisas eu ter recebido mais do que mereça. Um outro problema é que eu custo muito a aprender. Certas pessoas têm que cometer o mesmo erro sete vezes até descobrirem que estão errando. Eu sou desse tipo de pessoa e sinto muito por isso. Sinto muito também por ter deixado de me deitar com você. Que outra pessoa era tão próxima a mim? Mas tenho sofrido muito nesta prisão e já não sou mais o mesmo homem que fui. Que mais posso dizer-lhe, Raisl? Se eu pudesse recomeçar tudo novamente, você teria menos motivos para chorar. Não chore, Raisl.

— Iákov — disse ela enxugando as lágrimas com as pontas dos dedos —, eu trouxe esse papel de confissão para que eles me deixassem falar com você, não porque eu queira que você assine. E não quero. Mas, se você quisesse assinar, o que eu deveria dizer? Que ficasse na prisão? A outra coisa que vim lhe dizer tampouco é uma notícia boa. Vim dizer que tive um filho. Depois que eu fugi, descobri que estava grávida. Fiquei envergonhada e assustada, mas ao mesmo tempo fiquei feliz por não ser mais uma mulher estéril e poder ter um bebê.

A minha dor parece não ter fim, pensou ele.

Ele se pôs a socar com ambas as mãos as paredes de madeira da cabine onde estava. O guarda ordenou-lhe rispiramente que parasse e ele passou a dar socos em si mesmo — no rosto, na cabeça. Ela ficou impassível diante dele, com os olhos fechados.

Passada a fúria, ficou somente a angústia. — Então se você não era estéril, qual era o problema?

Ela olhou em outra direção e depois voltou os olhos para ele. — Quem sabe? Algumas mulheres só concebem tarde. Para conceber é preciso ter sorte.

Sorte sempre foi o que me faltou e por isso eu a culpei, pensou ele.

— Menino ou menina? — quis saber Iákov.

Ela sorriu olhando para as mãos. — Um menino. Chaiml, em homenagem a meu avô.

— Que idade tem?

— Quase um ano e meio.

— Não poderia ser meu filho?

— Como seria possível?

— Que pena — suspirou ele. — Onde está ele agora?

— Com papai. Foi por isso que voltei. Já não podia mais cuidar dele sozinha. Ah, Iákov, a vida não é só feita de passas e amêndoas. Voltei para o shtetl mas lá me culpam pelo que lhe aconteceu. Tentei retomar meu pequeno comércio de leite, mas foi o mesmo que se tentasse vender carne de porco. O rabino me chama de pária sem desviar os olhos. O menino vai crescer pensando que o nome dele é "bastardo".

— E então o que é que você quer de mim?

— Iákov — disse ela —, eu sinto muito por tudo que você está sofrendo. Quando ouvi dizer que era você, arranquei os meus cabelos em desespero. Mas pensei também que você pudesse ter pena de mim. Por favor, as coisas ficarão bem mais fáceis para mim se você não se importar em dizer que é o pai de meu filho. Mas, se você não puder dizer isso, eu vou saber entender. Não quero aumentar ainda mais o peso que você carrega.

— Quem é o pai? Aposto que é um gói qualquer.

— O pai é judeu, se é que faz alguma diferença. Um músico. Ele passou pela minha vida e já me esqueci dele. Ele fez um filho, mas nem sabe disso. Quem assumir o papel de pai será o pai. Meu pai tem sido um pai para ele, mas já está a dois passos da morte.

— O que é que seu pai tem?

— Diabetes, apesar de ele não se entregar à doença. Ele se preocupa com você, se preocupa comigo e com o menino. Mal se levanta de manhã e já começa a se amaldiçoar por não ter nascido rico. Está sempre a rezar. Cuido dele da melhor maneira que posso. Ele dorme em um saco de trapos encostado à parede. Precisa de comida, de descanso e de remédios. O pouco que conseguimos é graças à caridade. Um ou dois dos ricos mandam seus empregados, mas quando me vêem, torcem seus narizes ostensivamente.

— Ele falou com alguém a meu respeito?

— Com todo mundo. Vai sempre de um lugar a outro falando sobre você, doente como está.

— E o que dizem as pessoas?

— Ficam desesperadas também. Arrancam os cabelos, socam os peitos e dão graças a Deus por isso não ter acontecido com elas. Alguns arrecadam dinheiro. Outros dizem que vão organizar manifestações de protesto. Outros têm medo de fazer qualquer coisa que possa desagradar os cristãos e piorar a situação. Alguns estão pessimistas mas uns poucos têm esperanças. Há muito mais coisa acontecendo sobre as quais não sei.

— Se não agirem mais depressa, eu não estarei mais vivo para saber.

— Não fale assim, Iákov. Eu mesma fui procurar alguns advogados em Kiev. Dois deles juraram ajudá-lo, mas ninguém pode fazer coisa alguma sem um indiciamento.

— Então eu vou esperar — disse Iákov. Diante dela estava um homem que havia encolhido de tamanho.

— Eu lhe trouxe um pouco de haleh e de queijo e uma maçã em um pacotinho — disse Raisl —, mas me obrigaram a deixá-lo no gabinete do diretor. Não se esqueça de perguntar por ele. É queijo de cabra, mas acho que você não vai notar.

— Obrigado — disse ele triste. Depois de um suspiro, continuou a falar. — Escute, Raisl, vou escrever em um papel que o filho é meu.

Os olhos dela brilharam. — Que Deus o abençoe.

— Deixe Deus fora disso. Você tem um pedaço de papel? Vou escrever uma coisa. Depois você mostra ao pai do rabino, o velho melamed. Ele conhece a minha caligrafia e é um homem mais bondoso que o filho.

— Eu tenho papel e lápis — sussurrou ela, aflita —, mas tenho medo de dá-los a você diante deste guarda aqui na sala. Recomendaram-me que não lhe entregasse coisa alguma além do papel de confissão e que tampouco recebesse qualquer coisa de você, ou me prenderiam por ajuda a tentativa de fuga.

O guarda estava impaciente e aproximou-se de novo. — Vamos acabar com essa conversa. Assine logo o papel ou volte para sua cela.

— O senhor tem um lápis? — perguntou o faz-tudo.

O guarda tirou uma caneta-tinteiro grossa do bolso da túnica e entregou-a a ele pela abertura da grade.

Ele ficou observando, mas Iákov esperou que o guarda se afastasse.

— Entregue-me a confissão — disse ele a Raisl em russo.

Raisl entregou-lhe o envelope. Iákov tirou o papel, desdobrou-o e leu: "Eu, Iákov Bok, confesso que fui testemunha do assassinato de Jênia Gólov, filho de Marfa Gólov, cometido por um grupo de judeus meus compatriotas. Eles o mataram na noite de 20 de março de 1911, no cômodo acima do estábulo da olaria pertencente a Nikolai Maximovitch Lebedev, industrial do distrito de Lukianovski."

Abaixo desse texto havia uma linha onde Iákov deveria assinar.

Iákov apoiou o papel no pequeno espaço junto à grade e escreveu em russo na linha destinada à sua assinatura: "Tudo que está escrito acima é mentira."

No envelope, pausando entre uma palavra e outra para se lembrar da grafia, ele escreveu em ídiche: "Declaro que sou o pai de Chaiml, filho de minha esposa, Raisl Bok. Ele foi concebido antes de ela me deixar. Por favor, ajudem a mãe e a criança e por isso, apesar de tudo por que estou passando, ser-lhes-ei muito grato. Iákov Bok."

Ela disse a data em que estavam e ele escreveu: 27 de fevereiro de 1913. Iákov entregou o papel e o envelope a ela pela pequena abertura da grade.

Raisl enfiou rapidamente o envelope na manga do seu casaco e entregou o papel da confissão ao guarda. Ele o dobrou no mesmo instante e colocou-o no bolso da túnica. Depois de examinar o conteúdo da bolsa de Raisl e de revistar os bolsos de seu casaco, disse-lhe que se fosse.

— Iákov — disse ela chorosa —, volte para casa.

## PARTE NOVE

## 1

Ele foi acorrentado à parede novamente. Sua vida ficou ainda pior. Melhor seria se não tivesse sido solto para ser de novo preso às correntes. Iákov batia com as correntes contra a parede, deixando-a toda marcada no lugar onde ele era obrigado a ficar de pé. Deixaram que ele batesse à vontade na parede. Quando não estava fazendo isso, dormia. Se não fossem as revistas que lhe faziam, ele seria capaz de dormir o dia todo. Dormia o sono dos mortos com os tornozelos presos. Dormiu enquanto o inverno chegava ao fim e a primavera começava. Certo dia Kogin lhe disse que estavam em abril. Dois anos. As revistas continuavam a ser feitas, exceto quando ele adoecia com disenteria. O subdiretor não se aproximava dele nessas ocasiões, mas Berejinski às vezes o revistava sozinho. Um dia, mal o faz-tudo se recuperara de uma crise de disenteria, a cela foi lavada com uma mangueira e acenderam novamente a lenha da estufa. Um velho de rosto intensamente rosado entrou na cela com roupas invernais. Usava uma capa e botas pretas e carregava uma bengala elegante. Berejinski entrou atrás dele com uma cadeirinha leve de encosto gracioso onde o velho se sentou empertigado, a uma distância segura do faz-tudo, segurando a bengala com ambas as mãos enluvadas. Seus olhos lacrimosos moviam-se incessantemente. O velho disse a Iákov que era um jurista aposentado que, em seu tempo, gozara de grande prestígio. Era portador de boas notícias. A excitação foi tão intensa que o faz-tudo sentiu ânsias de vômito. Quis então saber logo quais eram as boas notícias. O jurista aposentado disse que, como naquele ano estava sendo comemorado o tricentésimo aniversário da dinastia dos Romanov, o Czar promulgaria uma lei concedendo anistia a certas classes de criminosos. O nome de Iákov estava incluído entre os que deveriam ser anistiados. Ele receberia um indulto e teria permissão para retornar à sua aldeia. Seria perdoado. O rosto do velho ruborizou-se de prazer. O prisioneiro, acorrentado, estava perplexo demais para falar. Depois perguntou: — Perdoado como criminoso, ou perdoado como inocente? — O antigo jurista, irritado, perguntou que diferença faria desde que ele fosse libertado da prisão. Seria impossível apagar os erros do passado, mas não era impossível para um governante generoso, um gentleman cristão, perdoar um ato criminoso. O velho pôs-se a espirrar sem ter usado rapé e consultou seu relógio de prata. Iákov disse que queria um julgamento justo, não um perdão. Se lhe dessem ordem de sair da prisão sem ser julgado, teriam que lhe dar um tiro, pois não sairia. — Não seja idiota — disse o antigo jurista. — Como pode continuar a sofrer desta maneira, sob esta crosta de imundície? — O faz-tudo sacudia as correntes sem cessar. — Não tenho escolha — disse ele. — Mas acabo de oferecer-lhe uma. — Isso não é escolha — disse Iákov. O jurista aposentado tentou convencer o prisioneiro, mas acabou desistindo, irritado. — É mais fácil levar um camponês a raciocinar — disse. Pôs-se então de pé e brandiu sua bengala na direção do prisioneiro. — Como podemos ajudá-lo — gritou ele —, se sua cabeça é mais dura que a de um jumento? — Berejinski, que estivera espiando pelo visor, abriu a porta e o velho saiu da cela. O guarda voltou para pegar a cadeira, mas antes de sair deixou que Iákov urinasse na lata e depois verteu o conteúdo sobre a cabeça dele. O faz-tudo passou aquela noite acorrentado à parede, pensando que, quando julgava que sua situação não pudesse mais piorar, ela continuava piorando.

Um dia, já no terceiro verão de Iákov na prisão, seus braços e pernas foram libertados das correntes. Seu coração pôs-se a bater apressado e, quando ele pôs a mão sobre o peito, sentiu-a pulsar também. Uma hora depois o diretor da Penitenciária, que tinha envelhecido desde a última vez em que Iákov o vira, e que andava agora com passos mais curtos, trouxe-lhe um novo indiciamento em um envelope pardo. A quantidade de folhas era o dobro daquela do indiciamento anterior. O faz-tudo pegou os papéis e leu-os lentamente, tenso, temendo não conseguir chegar ao fim; mas percebeu, de imediato, o que esperava encontrar ali: a acusação do crime hediondo havia sido retomada violentamente. Haviam se tornado sérias de novo. As referências às experiências sexuais com o menino e às suas atividades com uma quadrilha de judeus assaltantes e contrabandistas que se reunia no porão da sinagoga de Kiev — todas aquelas mentiras enlouquecidas da carta de Marfa Gólov — haviam sido omitidas. Novamente Iákov Bok era acusado de ter assassinado um menino inocente com o propósito de retirar o sangue necessário para a confecção de matzos e bolos para a Páscoa judaica.

Isso foi afirmado pelo professor Manilius Zagreb, que, com seu ilustre colega, o cirurgião dr. Serguei Bul, havia feito por duas vezes a autópsia do cadáver de Jênia. Ambos declararam categoricamente que os cruéis ferimentos haviam sido infligidos em áreas previamente definidas e com um intervalo de tempo entre cada área a fim de prolongar a tortura e facilitar a coleta do sangue. Foi estimado que um litro de sangue pode ter sido retirado de cada uma dessas áreas e coletado em garrafas. Essa foi também a conclusão a que chegou o padre Anastássi, conhecido especialista em assuntos judaicos, após minucioso estudo do Talmude. Em oito páginas escritas em espaço simples, ele explicou suas conclusões. Foram também essas as conclusões de Iéfim Balik, o Magistrado de Investigações. Este analisou cuidadosamente todas as provas e opinou por sua "justeza".

O crime foi descrito de maneira bem semelhante à de Grubechov na caverna muito tempo atrás, "com especial atenção para o fanático tsadik hasside visto na olaria pelo capataz Prochko, que certamente teria ajudado o acusado a retirar a quantidade de sangue necessária do corpo ainda vivo do menino, e que também o teria auxiliado a transportar o cadáver para a caverna onde os dois meninos aterrorizados o encontraram". Provas correlatas ausentes do primeiro indiciamento foram incluídas no segundo. Foi declarado que meio saco de farinha de matzo havia sido "escondido" no quarto de Iákov Bok acima do estábulo, juntamente com alguns pedaços duros de matzo já assado, certamente contendo o sangue do inocente, que os dois judeus "com toda certeza" teriam comido. O tal trapo de pano manchado de sangue, "que o acusado admitiu ser um pedaço de camisa sua", havia sido descoberto no mesmo quarto. De acordo com o testemunho de Vássia Chiskovski, uma garrafa contendo sangue vermelho vivo foi vista por ele e por Jênia sobre uma mesa no quarto de Bok acima do estábulo, mas havia desaparecido quando a polícia procurou por ela. Um saco de ferramentas de carpinteiro contendo furadores e facas manchados de sangue havia sido encontrado no referido quarto depois da prisão do faz-tudo, "apesar da tentativa de um grupo de judeus de destruir esta e outras evidências incendiando o estábulo da olaria, tentativa essa que acabou por ter sucesso".

Já quase no fim do documento terrível e cansativo, um novo assunto foi introduzido: "a questão do ateísmo proclamado pelo próprio Iákov Bok." Foi observado que, apesar de o acusado, quando inicialmente examinado pelas autoridades, ter se confessado "judeu de nascimento e naturalidade", haver reclamado para si "a condição de ateu, ou seja, de livre-pensador e não de membro da religião judaica". O motivo de ele ter feito "uma descrição tão desabonadora de si mesmo" seria facilmente percebido por quem refletisse um pouco sobre a questão. Ele a fez para criar "circunstâncias atenuantes" e "pormenores obnubilantes" a fim de "desviar as investigações legais escondendo o motivo desse pérfido crime". Entretanto esse seu proclamado ateísmo não se sustentava, posto ter sido observado por testemunhas confiáveis, inclusive por funcionários graduados e guardas da prisão, que Iákov Bok, encarcerado para aguardar julgamento, "apesar de persistir em sua afirmação falsa de ateísmo, orava secretamente em sua cela todos os dias à maneira ortodoxa, enrolado em um xale de orações, com filactérios negros enrolados na testa e no braço esquerdo". Ele também foi visto lendo com devoção uma Bíblia do Antigo Testamento "que, assim como os objetos religiosos acima mencionados, foi sorrateiramente introduzida em sua cela por companheiros judeus da sinagoga". Era evidente para todos que o observavam que ele estava devotamente engajado no cumprimento de um ato religioso. Ele continuou a usar o xale de orações até que este se desfizesse e "ainda agora guarda no bolso do casaco o que resta dessa peça de vestuário religioso".

Era opinião dos investigadores e de outras autoridades que esse autoproclamado ateísmo constituía "uma invenção de Iákov Bok a fim de esconder das autoridades legais o fato de ele haver cometido um crime vil de motivação religiosa ao assassinar uma criança com o único e malévolo propósito de prover seus compatriotas hassides do sangue humano e imaculado que estes necessitavam para preparar seus matzos e biscoitos para a Páscoa judaica."

Ao acabar de ler o documento o faz-tudo, exausto, teve a certeza de que não poderia mais se livrar daquela acusação relativa ao sangue do menino. Ela manchava cada palavra do indiciamento e não havia como limpar tal mancha. Quando me julgarem, será para me crucificarem.

O faz-tudo ficou ainda mais apreensivo. Será que eles ainda substituiriam aquele documento por outro? Seria aquela sua nova forma de tortura? Passariam a apresentar-lhe novos indiciamentos, de tempos em tempos, nos próximos vinte anos? Ele os leria até morrer de frustração ou até enlouquecer? Ou será que eles, depois daquele indiciamento, ou do terceiro, ou do sétimo, ou do décimo terceiro, *por fim* o levariam a julgamento? Seriam eles capazes de construir um conjunto de evidências circunstanciais capazes de condená-lo à morte? Ele esperava que sim. Pelo menos de alguma forma, esperava. Caso contrário, o manteriam acorrentado para sempre? Ou estariam planejando para ele algo ainda pior? Certo dia ele ia se limpar com um pedaço de papel de jornal quando deparou com o título "O JUDEU NÃO TEM ESCAPATÓRIA". Iákov, aflito, tentou ler o resto do artigo para descobrir a razão, mas aquela parte do jornal havia sido retirada.

## 2

Disseram-lhe que um advogado estava a caminho da prisão, mas quando a porta da cela se abriu em uma noite quente de julho, não foi para o advogado e sim para Grubechov entrar, em trajes sociais de noite. O faz-tudo acordou quando Kogin, segurando uma vela que pingou sobre ele, desacorrentou-lhe os pés. — Acorde — disse o guarda a sacudi-lo —, sua excelência está aqui. — Iákov acordou como se emergisse de águas profundas e turvas. Olhou para a cara gorda e suada de Grubechov, com suas costeletas ralas e seus olhos injetados e inquietos. O peito do Promotor-Chefe arfava. Ele se pôs a andar de um lado a outro da cela ligeiramente desequilibrado e depois sentou-se na banqueta, com uma das mãos sobre a mesa, projetando uma enorme sombra na parede atrás de si. Olhou fixamente para a vela por alguns instantes, piscou repetidamente e voltou os olhos para Iákov. Quando falou, o cheiro de comida gordurosa e de bebida em seu hálito chegou até Iákov e o deixou nauseado.

— Estou a caminho de casa, vindo de um banquete cívico em homenagem ao Czar — disse Grubechov ao prisioneiro. Sua respiração era pesada e sibilante. — Como coincidiu de meu carro passar por este distrito, dei ordem ao motorista que seguisse até a penitenciária. Ocorreu-me vir falar com você. Você é um homem teimoso, Bok, mas talvez ainda possa ser chamado à razão. Decidi falar-lhe uma última vez. Queira permanecer de pé enquanto eu estou falando.

Iákov, que havia se sentado em seu estrado de madeira e tinha os pés descalços no chão pegajoso, levantou-se lentamente. Ao ver seu rosto, Grubechov estremeceu. O faz-tudo sentiu-se tomado de um violento ódio àquele homem.

— Para início de conversa — disse Grubechov tocando repetidamente a nuca suada com um grande lenço já úmido —, você não deve se permitir grandes expectativas, Iákov Bok. Se as tiver, terá também grandes decepções. Não pense que o fato de seu indiciamento ter sido proferido significa que seus problemas terminaram. Ao contrário — é agora que seus piores problemas começam. Previno-o de que será publicamente desmascarado e visto como de fato é.

— O que é que o senhor deseja de mim para vir aqui, sr. Grubechov? É tarde da noite. Preciso desse pouco descanso que tenho para agüentar o dia todo de pé, acorrentado.

— Quanto às correntes, isso é culpa sua. Aprenda a cumprir ordens. Isso não me diz respeito e vim aqui tratar de outro assunto. Marfa Gólov, a mãe da vítima, esteve em meu gabinete hoje. Ela se ajoelhou diante de mim e, com lágrimas sinceras a lhe rolar dos olhos, jurou por Deus que disse a mais pura verdade em relação a Jênia e às experiências que o menino teve com você, que culminaram no brutal assassinato. Ela é uma mulher absolutamente sincera e impressionou-me profundamente. Mais do que nunca, estou convencido de que o corpo de jurados acreditará no que ela disser. Pior para você. O testemunho daquela mulher e a sinceridade que ela transmite derrubarão qualquer defesa que você pense ter.

— Então que ela preste seu testemunho — disse Iákov. — Por que o senhor não dá início logo ao meu julgamento?

Grubechov, que se mexia no banquinho como se estivesse sentado sobre uma chapa quente, respondeu: — Não tenho a menor intenção de bater boca com um criminoso. Vim aqui para dizer-lhe que, se você e seus camaradas judeus continuarem a me pressionar para levá-lo a julgamento antes que eu tenha acabado de colher tudo que há de provas contra você, ou que tenha analisado todas as alternativas de ação de que disponho, vocês não sabem do risco que estão criando para si mesmos. As coisas que parecem boas demais podem resultar exatamente no oposto, Bok, se você sabe a que me refiro. A água da chaleira pode estar fervendo, mas se ferver demais não se surpreenda ao descobrir que ela evaporou.

— Sr. Grubechov — disse Iákov —, não consigo mais ficar de pé. Estou cansado e preciso me sentar. Se quiser me dar um tiro, chame o guarda. Ele tem uma arma.

Iákov sentou-se em seu estrado.

— Você é mesmo um atrevido — disse Grubechov sem conseguir conter sua ira. — O povo russo já não agüenta mais essa desfaçatez e essa velhacaria de vocês, judeus. E isso se aplica também a todas essas suas denúncias, queixas e acusações que vêm de toda parte. O que está acontecendo, Bok, deixa claro o envolvimento sub-reptício dos judeus em uma conspiração contra o regime russo. Preste atenção ao que digo: tudo indica que haverá uma violenta represália contra os inimigos do Estado. Mesmo se por alguma trapaça vocês conseguirem levar o júri a decidir contrariamente ao peso das evidências, o povo russo, em uma reação de ódio justificada, vingará o pobre Jênia pela dor e pela tortura que você lhe infligiu. Você pode agora desejar o julgamento, mas lembre-se disso: até mesmo a sua condenação deflagrará um banho de sangue nesta cidade que superará em muito a ferocidade dos tais massacres de Kichinev. Um julgamento não será o suficiente para salvar você nem toda a cambada de judeus. Melhor para vocês seria sua confissão. Passado algum tempo, quando a opinião pública tivesse se acalmado, nós poderíamos anunciar sua morte na prisão, ou alguma coisa assim, e mandá-lo secretamente para fora da Rússia. Se você insistir no julgamento, não se surpreenda ao saber que cabeças barbudas rolaram pelas ruas. Será uma reação natural. O aço dos cossacos penetrará facilmente na carne tenra dos jovens judeus.

Grubechov levantou-se do banco incômodo e pôs-se a andar novamente para um lado e para o outro da cela acompanhado por sua grande sombra projetada na parede.

— Todo governo precisa proteger-se da subversão da ordem e deve usar da força quando se esgotam as possibilidades de persuasão.

Iákov continuou a olhar fixamente para os próprios pés, brancos e deformados.

O Promotor-Chefe, arrebatado pela excitação, continuou a falar: — Meu pai certa vez me relatou um incidente que se passou no porão de uma sinagoga cheia de judeus, homens e mulheres, que procuravam esconder-se dos cossacos em uma batida de surpresa na cidade onde ele morava. O sargento ordenou-lhes que subissem um a um e a princípio ninguém saiu de lá. Aos poucos, porém, alguns foram subindo com os braços sobre as cabeças. Isso de nada lhes valeu, porque foram mortos ali mesmo a coronhadas de rifles. O resto deles, apinhados como arenques em um barril fedorento, permaneceu lá embaixo apesar de terem sido avisados de que seria pior para eles. E foi. Os cossacos perderam a paciência, desceram ao porão e acabaram com a corja a tiros e à ponta de baioneta. Não sobrou um só judeu para contar a história. Alguns dos que foram arrastados de lá ainda com vida foram lançados de um trem em alta velocidade. Outros foram queimados vivos com as barbas encharcadas de benzina. Algumas mulheres, depois de despidas, foram afogadas em um poço d'água. Você pode acreditar no que lhe digo: menos de uma semana depois do seu julgamento haverá um quarto de milhão de judeus a menos no Pale.

Grubechov fez uma pausa para recuperar o fôlego e depois continuou a falar com uma voz pastosa de bêbado. — Não pense que não sabemos que vocês querem mesmo é provocar um pogrom. Temos informações da Polícia Secreta de que vocês querem provocar uma reação violenta para dar início a uma revolução — querem estimular a subversão entre os revolucionários socialistas. O Czar está informado disso, você pode estar certo, e está preparado para dar a vocês doses ainda maiores do remédio do qual lhe falei se vocês insistirem em tentar destruir sua autoridade. Previno-o que um destacamento de cossacos do Ural já está aquartelado em Kiev.

Iákov cuspiu no chão.

Grubechov não viu ou fingiu não ter visto. Como se já tivesse esgotado sua raiva, ele subitamente passou a falar com uma voz calma. — Eu vim lhe dizer isso para o seu próprio bem, Iákov Bok, e, em última análise, para o bem de seus compatriotas judeus. Isso é tudo que tenho a dizer agora, absolutamente tudo. Deixo o resto para sua apreciação e seu juízo. Você tem alguma sugestão para que se evite tragédia tão terrível, tão catastrófica — e francamente — tão inútil? Eu apelo a seus impulsos humanitários. É possível imaginar várias possibilidades de acordo que uma pessoa em sua situação pode aceitar a fim de nos desviarmos da rota de desastre. Estou lhe falando seriamente. O que me diz? Se tiver alguma proposta, diga logo.

— Sr. Grubechov, leve-me a julgamento. Esperarei pelo julgamento até a morte.

— E morte é mesmo o que terá. Ela é uma espada suspensa acima de sua cabeça, Bok.

— Sobre a sua — disse Iákov. — Pelo que fez a Bibikov.

Grubechov fixou um olhar de espanto no faz-tudo. Em seguida a sombra do enorme pássaro desapareceu da parede. A vela foi apagada e a porta da cela, fechada.

Kogin, irritado, acorrentou novamente os pés do homem que consertava coisas.

# 3

Julius Ostrovski, o advogado, apareceu na cela um dia, sem qualquer aviso.

Passadas algumas semanas da visita noturna do Promotor-Chefe, ele surgiu e passou uma hora com o prisioneiro falando em voz baixa, despejando em seus ouvidos um relato do que estava acontecendo. De algumas coisas o faz-tudo suspeitava, mas outras deixaram-no perplexo. Surpreendeu-se com o fato de estranhos conhecerem melhor do que ele os motivos de seus sofrimentos e com as fantásticas e infindáveis complicações do que lhe acontecera.

— Seja absolutamente sincero comigo ainda que a resposta seja a pior — pediu-lhe Iákov. — O senhor acha que algum dia conseguirei sair daqui?

— O pior é que não sabemos o que será o pior — respondeu Ostrovski. — Nós sabemos que você não cometeu o crime e o pior é que eles sabem também mas dizem que foi você. É isso o pior.

— O senhor sabe quando será meu julgamento — se é que haverá?

— Que posso responder-lhe? Eles não dizem o que está se passando hoje, portanto como esperar que nos digam o que acontecerá amanhã? O amanhã é uma incógnita para nós. Eles se negam a nos dar as informações mais elementares. Temem que qualquer coisa que fiquemos sabendo seja usada em um ardil judeu. O que mais se pode esperar quando se está tramando uma guerra de vida ou morte e todos fingem que não estão? Trata-se de uma guerra, creia-me.

O advogado havia se posto de pé à entrada de Iákov na sala, claudicante. Daquela vez nenhuma tela separava o prisioneiro de sua visita. Ostrovski de imediato fez um gesto indicando que ele tivesse cuidado e em seguida sussurrou em seu ouvido: — Fale baixo — fale para o chão. Eles dizem que não há guardas do lado de fora da porta, mas fale como se Grubechov estivesse lá, ou o próprio demônio.

Tinha mais de sessenta anos, era um homem corpulento com rugas profundas no rosto e de cuja cabeça quase calva surgiam, como que espetados, alguns fios de cabelos cortados rente. Suas pernas eram curvadas, usava sapatos de duas cores, tinha uma gravata preta e uma barba curta.

Quando o prisioneiro surgiu, ele o olhou fixamente como se não acreditasse que aquele fosse Iákov. Por fim, convenceu-se e a expressão de seus olhos passou da surpresa à preocupação. Falou-lhe então em ídiche, sussurrando, tomado de várias emoções ao mesmo tempo. — Permita-me que me apresente, sr. Bok. Julius Ostrovski, da Ordem dos Advogados de Kiev. Fico feliz em estar finalmente aqui, mas não se permita alegrar-se ainda. Temos um longo caminho a percorrer. Seja como for, alguns amigos me mandaram aqui.

— Fico muito grato.

— O senhor tem amigos, embora nem todos os judeus, lamento dizer isso, estejam do seu lado. O que quero dizer é que se um homem esconde a cabeça em um balde para não se comprometer, não pode ser considerado amigo. Para grande tristeza minha, alguns dos nossos vivem temerosos. Organizamos um comitê para ajudá-lo, porém a cautela deles é excessiva. Temem "intrometer-se" para não provocar uma nova calamidade. Esses temem as próprias sombras. Seja como for, quem pode dizer que só tem amigos?

— Então quem são os meus amigos?

— Eu sou um deles e há outros. Pode acreditar em mim, o senhor não está sozinho.

— O senhor pode fazer alguma coisa por mim? Já não agüento mais estar preso.

— O que estiver a nosso alcance fazer, será feito. A luta é longa, não preciso lhe dizer, e estamos em desvantagem. Seja como for, a palavra é calma, calma, calma. Como dizem os sábios, há sempre duas possibilidades. Uma delas já conhecemos de muito tempo; quanto à outra — o milagre —, só nos resta esperar. Ter esperanças é fácil; o problema é o tempo de espera. Mas, quando se tem duas possibilidades, uma sempre anula a outra. Agora basta de filosofia. No momento atual as notícias boas não são muitas; por fim conseguimos forçá-los a produzir um indiciamento, o que significa que agora serão obrigados a agendar um julgamento. Essa parte vou deixar para Rashi. Porém, se me permite, começo pela má notícia. — Ostrovski deu um profundo suspiro. — Sinto dizer-lhe que seu sogro, Shmuel Rabinovitch, que tive o prazer de conhecer e com quem conversei no verão passado — um homem admirável — faleceu, vítima de diabetes. Soube disso por uma carta que sua esposa me escreveu.

— Ah — suspirou Iákov.

A morte havia chegado antes que eles pudessem se encontrar novamente. Pobre Shmuel, pensou o faz-tudo, agora não poderei mais vê-lo. É isso o que acontece quando a pessoa diz adeus a um amigo e parte pelo mundo.

— Ele era um homem bom. Tentou me educar.

— O problema com a vida é que ela passa rápido demais — disse Ostrovski.

— É rápida como um estalar de dedos.

— O senhor está sofrendo por todos nós — disse o advogado com a voz embargada. — Eu me sentiria honrado de estar em seu lugar.

— Não há honra alguma aqui — disse Iákov enxugando as lágrimas com os dedos e depois esfregando as mãos. — É um sofrimento indigno.

— O senhor tem todo o meu respeito.

— Gostaria que o senhor me dissesse exatamente como está a minha situação. Diga-me a verdade.

— A verdade é que as coisas vão mal, embora eu não tenha como saber até que ponto. O caso é bastante claro — é uma farsa do princípio ao fim —, mas está enredado da pior maneira possível com a situação política. Kiev, como você sabe, é uma cidade medieval cheia de superstições e de misticismo. Sempre foi a caixa de ressonância da Rússia. As Centúrias Negras — malditas sejam! — incitaram a ira da população mais ignorante e rude contra você. Essa gente tem um pavor mortal a judeus e ao mesmo tempo provoca em nós um medo mortal. Isso revela algo sobre a condição humana. Ricos ou pobres, os nossos irmãos que podem fugir daqui estão fugindo. Os que não podem, já sentem no ar o cheiro terrível de um pogrom. O que está acontecendo, como já disse, ninguém sabe ao certo. Há, por um lado, rumores de que tudo que está acontecendo, inclusive seu indiciamento, tem por objetivo adiar seu julgamento, que, se me permite a franqueza, jamais se realizaria. Por outro lado, fala-se que você poderá ser levado a julgamento logo depois das eleições de setembro. Seja como for, eles não conseguiram provar coisa alguma contra o senhor. Todo o mundo civilizado está a par do seu caso, inclusive o Papa e seus cardeais. Se Grubechov conseguir "provar" alguma coisa, será com base nas mentiras dos "estudiosos do judaísmo". Mas temos também nossos estudiosos para se oporem aos deles. Já contamos com um professor russo de teologia e eu escrevi a Pavlov, o cirurgião do Czar, pedindo-lhe que desse um parecer sobre o relatório médico da autópsia do menino. Até o presente momento ele ainda não se negou a isso. Grubechov sabe quem são os verdadeiros assassinos, mas fecha os olhos para eles e os fixa em você. Ele foi colega do meu filho mais velho na escola de direito e lá se destacava por suas meias e seus coletes. Agora se destaca por seu anti-semitismo. Está tentando criar para Marfa Gólov, aquele ser humano desprezível, a imagem, se não de uma santa, pelo menos a de uma heroína perseguida. Na semana passada seu amante cego tentou o suicídio, mas graças a Deus ainda está vivo. Há também um jornalista sagaz — que Deus nos mande mais outros como ele! —, Pitinim Mirski, que descobriu recentemente que o pai de Jênia deixou para ele um seguro de vida de quinhentos rublos, que os dois assassinos cobiçavam, receberam e gastaram prontamente. Dois porcos fazem mais porcaria que um, como o povo diz. Mirski publicou sua descoberta na semana passada no *Poslednie Novosti*, e por isso o jornal foi multado e fechado pela polícia por três meses. Ao ser reaberto, estará impedido de fazer qualquer referência a Gólov. Essa foi uma reação assustadora, mas não vim aqui para assustá-lo. O senhor já tem motivos de preocupação suficientes.

— Que mais pode assustar-me?

— Se estiver se sentindo muito mal, pense em Dreyfus. Ele passou por essa mesma história com script francês. Somos perseguidos nas línguas mais civilizadas.

— Penso nele. Não me ajuda em coisa alguma.

— Ele ficou preso muitos anos, muito mais tempo que o senhor.

— Até agora.

Ostrovski, parecendo distraído, sacudiu a cabeça olhando para a porta. Depois falou em uma voz mais sussurrada ainda. — Temos também um depoimento formal de Sofia Chiskovski. Certa noite ela estava na casa de Marfa e foi ao banheiro inadvertidamente. Na banheira estava o cadáver do menino, nu e coberto de feridas. Ela se pôs a gritar e saiu da casa correndo. Marfa, que tinha ido ao andar de cima pegar alguma coisa, correu atrás dela e alcançou-a na rua. A mãe do menino — uma louca que vivia na Primeira Guilda — ameaçou assassinar toda a família Chiskovski se algum de seus membros dissesse o que quer que fosse sobre o que Sofia vira. Eles ficaram com medo por causa de Vássia, por isso pegaram tudo que tinham e se mudaram da cidade. Quando finalmente os localizamos, em um casebre de madeira em uma rua afastada de Moscou, ela ameaçou suicidar-se se nós a envolvêssemos naquela história, mas por sorte conseguimos que nos fizesse um breve depoimento. Ela não permitiu que fizéssemos pergunta alguma a Vássia, mas tentaremos levar os dois para depor diante da corte quando o julgamento começar. Isto se a essa altura eles já não estiverem na Ásia. Portanto, este é mais um motivo para a promotoria empurrar o processo com a barriga: não conseguem provar que se trata de um assassinato com motivação religiosa, mas não desistem de tentar. E, quanto mais eles demoram, mais perigosa se torna a situação para nós. É perigosa porque é irracional, complexa, secreta. E vai ficando mais perigosa à medida que o desespero deles cresce.

— Então o que me resta fazer? — perguntou Iákov aflito. — Por quanto tempo ainda serei capaz de suportar esta agonia, se já estou meio morto?

— Paciência. Calma, calma, calma — aconselhou Ostrovski apertando as mãos postas em súplica. Em seguida, olhou para o faz-tudo e espalmou a mão na cabeça, tendo se dado conta da situação dos dois ali em pé.

— Pelo amor de Deus, por que ainda estamos de pé? Venha sentar-se. Perdoe-me. Que falta de atenção a minha!

Sentaram-se ambos no estreito estrado, que ficava no canto mais afastado da porta. O advogado continuou a falar em sussurros. — O seu caso está ligado aos recentes reveses da história da Rússia. A Guerra Russo-Japonesa, não preciso dizer-lhe, foi um terrível desastre, mas desencadeou a Revolução de 1905, que acabaria sendo deflagrada de qualquer maneira. "A guerra", diz Marx, "é a locomotiva da história." Isso foi bom para a Rússia, porém foi mau para os judeus. O governo, como de costume, culpou-nos por seus problemas. Tão logo o Czar foi obrigado a fazer concessões, um pogrom teve início simultaneamente em trezentas cidades. Não preciso dizer-lhe isso, pois não há judeu que desconheça essa história.

— Quero ouvi-la mesmo assim.

— O Czar ficou assustado com as manifestações que começaram por toda parte — greves, quebra-quebras, assassinatos. O país ficou paralisado. Depois do massacre no Palácio de Inverno, ele, a contragosto, assinou um ucasse assegurando as liberdades básicas ao povo. Ele promulgou uma Constituição, a Duma Imperial foi criada e por um certo período de tempo se teve a impressão de que — para a Rússia, é claro — aquele era o começo de um período de tolerância. Os judeus deram vivas ao Czar e lhe desejaram boa sorte. Imagine só, na primeira Duma tivemos doze deputados! Logo em seguida levantou-se a questão da igualdade de direitos para todos e a abolição dos guetos para os judeus. Parecia até um novo mundo, não?

— Sim. Prossiga.

— Prossigo, mas vou dizer-lhe o quê? Em um país doente, qualquer passo em direção à saúde é um insulto àqueles que vivem de sua doença. Os absolutistas imperiais, os elementos de direita, puseram-se a dizer ao Czar que sua coroa estava ameaçada. Àquela altura ele já estava arrependido das concessões que fizera e começou a tentar cancelá-las. Em outras palavras, por um breve período ele permitiu que se fizessem as luzes, porém o que viu assustou-o tanto que desde então está tentando apagá-las, uma a uma, para que ninguém perceba. Até onde pôde, ele retornou a um regime autocrata. Os grupos reacionários — a União do Povo Russo, a Sociedade da Águia de Duas Cabeças, a União do Arcanjo Miguel — opõem-se a todo e qualquer movimento de trabalhadores e de camponeses, ao liberalismo, ao socialismo e às reformas de qualquer natureza. Isso significa, naturalmente, que seus inimigos comuns são os judeus. A simples idéia de um monarca constitucional deixa-os fora de si. Eles se juntaram para formar as Centúrias Negras, grupos organizados cujo propósito o senhor conhece muito bem. Agem como ratos para destruir a independência das cortes de justiça, a imprensa livre, o prestígio da Duma. Para desviar a atenção do povo dos desrespeitos à Constituição Russa, eles incitam o nacionalismo contra os russos não ortodoxos. Perseguem todas as minorias — polacos, finlandeses, alemães —, mas principalmente a nós. Os descontentamentos populares são canalizados para se tornarem manifestações anti-semitas. É uma solução fácil para seus problemas. E com o auxílio do governo muitos ainda saem lucrando, porque matar judeus pode ser um bom negócio.

— Eu sou um homem apenas. O que querem que eu faça?

— Eles só precisam de um homem desde que possam mantê-lo preso como exemplo da natureza criminosa e sanguinária dos judeus. Prova-se melhor uma acusação quando se tem uma vítima. Em 1905 e 1906, milhares de pessoas inocentes foram massacradas e as perdas materiais chegaram a milhões de rublos. Aqueles pogroms foram planejados no gabinete do ministro do Interior. Sabemos que a propaganda anti-semita era impressa no próprio Departamento de Polícia. Diz-se que o Czar contribuiu com recursos do tesouro real para a publicação de livros e panfletos anti-semitas. Dispomos de fatos suficientes para ficarmos amedrontados, mas tememos também os rumores que circulam por aí.

— São carregados pelo vento — disse Iákov.

— Quando se está amedrontado, qualquer coisa serve para amedrontar ainda mais — disse Ostrovski. — Bem, a história é longa, mas aí foi, resumida. Entro agora na parte que lhe diz respeito diretamente. Quando o premiê Stolipin, que está entre seus maiores inimigos, desejou, pouco antes das eleições para a segunda Duma, atirar alguns ossos aos judeus para calar-lhe a boca — uns poucos direitos de menor importância —, os reacionários correram para o Czar e modificaram a Lei Eleitoral. Com isso, retiraram de grande parte da população o direito ao voto para reduzir a representação judaica e liberal da Duma e a oposição ao governo. Agora dispomos de três deputados para três e meio milhões de judeus, e até desses eles querem se livrar. No ano passado, assassinaram um deles em plena rua. Mas agora chegamos à sua parte nisso tudo. Um clima de histeria espalhou-se por todo o país. Ainda assim houve algum progresso, não me pergunte como, e a Duma Imperial pôs-se novamente a discutir se acabaria ou não com o gueto dos judeus em Kiev. Exatamente nessa ocasião, quando as Centúrias Negras estavam agitadíssimas, o cadáver de um menino cristão é encontrado em uma caverna e surge em cena Iákov Bok

O faz-tudo ouvia, pensativo. Pensou que Ostrovski tivesse feito uma pausa para cuspir e aguardou, mas este apenas deu um suspiro e continuou a falar. — De onde o senhor surgiu, ninguém sabia, ou quem era, mas o senhor chegou na hora exata. Pelo que sei, chegou aqui a cavalo. Quando eles puseram os olhos no senhor, saltaram-lhe em cima. É por isso que estamos sentados aqui agora. Mas, se não fosse o senhor, algum outro judeu estaria aqui agora em seu lugar.

— Sim — disse Iákov. — Alguém como eu. Isso já estava claro para mim.

— Então o senhor já sabe qual é a sua história — disse Ostrovski.

— Mas, sendo assim, que diferença faz se me levarem a julgamento ou não?

Ostrovski pôs-se de pé, caminhou na ponta dos pés até a porta e abriu-a abruptamente. Depois voltou e sentou-se de novo no estrado. — Não havia ninguém junto à porta, mas assim ficam sabendo que estamos atentos. Bem, do pior eu já lhe falei; agora vou dizer-lhe o melhor: o senhor tem uma possibilidade de se sair bem dessa situação. Que tipo de possibilidade? É apenas uma possibilidade. Melhor do que nada. Seja como for, ouça até o fim o que tenho a lhe dizer. Para começar, nem todos os russos estão contra você. Ainda bem. Muitos dos intelectuais estão indignados com o seu caso. Muitos dos luminares da literatura, das ciências e das profissões liberais rejeitam a tal história de ritual sangrento. Não faz muito tempo que a Sociedade Médica da Cracóvia lançou um protesto contra sua prisão, e o resultado imediato disso foi a dissolução da sociedade pelo governo. Eu já lhe falei do *Poslednie Novosti*. Muitos jornais já foram multados por seus artigos investigativos e por seus editoriais. Conheço membros da Ordem dos Advogados que dizem abertamente terem sido Marfa e seu amante os verdadeiros assassinos. Há quem diga que foi ela quem escreveu a carta original para as Centúrias Negras acusando judeus de haverem cometido o crime. A meu ver, foram eles que a procuraram para que ela escrevesse a tal carta. Seja como for, uma oposição existe, o que é bom e mau. Onde há oposição há reação, há também repressão; mas é preferível a repressão à sanção pública de uma injustiça. Isso significa que o senhor tem uma possibilidade.

— Não mais que uma?

— Mais. A liberdade existe nas brechas do Estado. Até mesmo na Rússia é possível encontrar um pouco de justiça. O mundo é muito estranho. Por um lado, temos a mais severa das autocracias; pelo outro, estamos próximos da anarquia. Entre um lado e outro existem os tribunais, onde a justiça ainda é possível. A lei continua viva na mente das pessoas. Se o juiz for honesto, ela será protegida. Se assim for, o senhor estará protegido também. Além do mais, um júri é sempre um júri — seres humanos —, e ele pode libertá-lo em cinco minutos.

— Devo ter esperanças? — perguntou o faz-tudo.

— Se não lhe doer demais, tenha. Mas já que estou dizendo a verdade, permita-me que lhe diga toda ela. Durante o julgamento algumas testemunhas mentirão porque estão amedrontadas, e outras, porque são mentirosas mesmo. Além disso, o ministro da Justiça deve indicar para presidir o júri alguém que seja favorável à sua condenação. Um veredicto de "culpado" será bom para a carreira dele. E também suspeitamos que intelectuais e pessoas de tendências liberais venham a ser eliminadas das listas de jurados. Quanto a isso, nada poderemos fazer. Teremos que enfrentar os que permanecerem nas listas. Portanto, se for para ter esperanças, que as tenha. Tenho certeza de que Grubechov não está muito confiante neste caso. Mais importante ainda: ele não está confiante em si mesmo. O Promotor-Chefe tem grandes ambições, mas tem também grandes limitações e sabe que precisará de mais provas do que as que tem agora. O problema de confiar na qualidade da defesa é que também a acusação dispõe de pessoas altamente qualificadas. Portanto, volto a falar dos jurados. A seu favor temos o fato de, apesar de serem em sua maioria pessoas ignorantes — camponeses e pequenos negociantes, gente simples —, de um modo geral não morrem de amores pelo governo e seus burocratas. Além disso, quando se trata de fatos, eles sabem identificar o mau cheiro das empulhações. Ninguém os convenceria, por exemplo, de que galos judeus põem ovos. Se Grubechov for longe demais, estará cometendo um grande erro e seu advogado de defesa saberá tirar vantagem disso. Ele é um homem brilhante, de Moscou — Suslov-Smirnov — ucraniano de nascimento.

— Não será o senhor? — perguntou Iákov surpreso. — O senhor não é o meu advogado?

— Eu era — disse Ostrovski com um sorriso de quem se desculpa —, porém não sou mais. Agora estou arrolado como testemunha.

— Que espécie de testemunha?

— Acusam-me de tentar subornar Marfa Gólov para que ela não deponha contra você. É claro que ela jura que fiz isso. Falei com ela, naturalmente, mas a acusação é ridícula. Foi feita para me impedirem de defender o senhor. Não sei se já teria ouvido meu nome antes, sr. Bok. Provavelmente não. — Depois de uma breve pausa para um suspiro, continuou. — Mas eu tenho um certo prestígio como advogado criminal. Não quero, porém, que se preocupe. Suslov-Smirnov seria a minha escolha se eu estivesse em seu lugar. Ele é quem coordenará sua defesa. Quando jovem, ele foi anti-semita, mas veio a tornar-se um vigoroso defensor dos direitos dos judeus.

Iákov não gostou daquela informação. — De que nos vale um ex-anti-semita?

— O senhor pode acreditar na minha palavra — apressou-se Ostrovski em dizer. — Trata-se de um advogado brilhante e sua conversão é sincera. Na próxima vez em que eu vier, trago-o também para que o senhor o conheça. Creia-me, ele saberá como lidar com aquela gente.

Ostrovski consultou rapidamente seu relógio e enfiou-o no bolso do colete. Em seguida, encaminhou-se rapidamente até a porta e abriu-a. Um guarda com um rifle estava junto à porta. Sem parecer surpreender-se, o advogado fechou novamente a porta e voltou para junto do prisioneiro.

— Vou ser sincero com o senhor, sr. Bok — disse ele em russo. — Gostaria de não ter que lhe dizer isso, e o faço com o coração apertado. O senhor já sofreu muito e não me apraz aumentar ainda mais seu sofrimento, mas a acusação está desesperada e isso faz com que eu tema por sua vida. Se o senhor morrer, é claro, será mais fácil para o governo. Um caso inconcluso será melhor para eles do que um veredicto contra eles, por mais que se suspeite deles e que os critiquem por sua morte. Creio que saiba do que estou falando. Portanto só tenho a dizer-lhe que tome cuidado. Não aceite provocações. E lembre-se: paciência, calma, o senhor pode contar com alguns amigos.

Iákov disse que queria viver.

— Faça-me este favor — disse Ostrovski.

# 4

Ao retornar à cela, ele não foi acorrentado. As correntes haviam sido arrancadas da parede e os furos, cimentados. O faz-tudo, ainda atônito, sentou-se na beirada de seu estrado de madeira, com a sensação de ter a cabeça oca e o corpo febril de excitação. Por cerca de meia hora ficou ouvindo um ruído indescritível até se dar conta de que era produzido por sua própria mente agitada. Shmuel estava morto. Que descansasse em paz. Ele merecia da vida algo melhor do que ela lhe dera. Um advogado, Ostrovski, tinha ido falar com ele. Tinha lhe falado sobre o julgamento; havia uma possibilidade. Um outro advogado, um ucraniano que havia sido anti-semita, o defenderia na corte de Justiça ante um juiz preconceituoso e um corpo de jurados ignorante. Mas tudo isso aconteceria em um futuro que ninguém sabia precisar. Ele agora, pelo menos, não era anônimo para todos aqueles que o acusavam e os que o mantinham preso. Não, ele já não era mais desconhecido. Surgida, sabe-se lá de onde, havia agora uma opinião pública. Nem todos os russos o julgavam culpado. O denso nevoeiro estava se dissipando um pouco. Havia jornais com artigos que lançavam dúvidas sobre a acusação. Alguns advogados culpavam abertamente Marfa Gólov. Uma sociedade médica havia se manifestado contra sua prisão. Ele se tornara — quem poderia imaginar isso? — uma pessoa pública. Iákov riu e chorou um pouco. Era uma coisa fantástica de se acreditar. Ele tentou ter esperanças, porém foi tomado pelo medo de tudo que ainda estava por vir.

— Por que eu? — perguntou-se ele pela décima milésima vez. Por que aquilo acontecera a um faz-tudo pobre e semi-ignorante? Por que uma pessoa precisaria passar por tudo aquilo para aprender? Aprender coisas em livros era tudo o que ele queria. A cada vez que ele respondia a suas próprias perguntas, a resposta era diferente. Ele via tudo aquilo como parte de seu destino pessoal — de seus vários problemas e erros —, mas também como algo provocado pelas circunstâncias. Separar essas duas coisas — se é que fosse possível — estava além de sua capacidade. Por que, por exemplo, ele *teve* que encontrar Nikolai Maximovitch caído, bêbado, na neve e arrastá-lo para casa e assim dar início a uma seqüência interminável de acontecimentos desafortunados? Teria sido por vontade divina, pela inexorável Necessidade? Saia em busca do seu destino — tente primeiro aquele russo gordo com a cara enterrada na neve. Seja caridoso com aquele anti-semita e sofra por causa disso. E passar dele para a filha de perna aleijada foi um passo em falso, logo seguido por outro, que foi trabalhar na olaria. De lá para a prisão, foi só mais um passo. Se ele tivesse ficado no shtetl, nada teria acontecido. Pelo menos nada daquilo. Alguma outra coisa teria acontecido, mas era melhor nem pensar no que teria sido.

Quando uma pessoa parte de casa, encontra-se a céu aberto, sujeito a chuvas e a nevascas. É assim que a história se dá. O que acontece a uma pessoa tem início em uma teia de acontecimentos fora dessa pessoa. Ela tem início, é claro, antes que a pessoa chegue lá. Todos fazemos parte da história, isso é certo, mas alguns estão mais presentes que outros. Os judeus estão mais presentes que outros. Quando a neve cai, nem todos estão fora de casa se molhando. Ele se encharcara. Para surpresa sua, uma surpresa dolorosa, ele se descobria mais profundamente imerso na história do que outros — aconteceu de ser assim. Por quê, ele jamais saberia. Foi porque começou a ler Spinoza? Talvez, quem sabe? Fosse como fosse, se ele não se chamasse Iákov Bok, se não tivesse nascido judeu, ele não seria, para início de conversa, um fora-da-lei em Lukianovski quando se estava à procura de um; jamais teria sido preso. Talvez ainda estivessem à procura de um. Aquilo era, pode-se dizer, algo atribuível à história — todas aquelas barreiras e limitações, como se as portas de uma casa estivessem interditadas e para se sair de dentro dela fosse necessário pular por uma janela. Se a pessoa pulasse, poderia cair de cabeça. Na história acontecem coisas demais, e às vezes de maneira mais concentrada que em outras. Ostrovski lhe explicara isso. Se as coisas estivessem maduras o suficiente, o que quer que estivesse por acontecer aguardava apenas a chegada de alguém para acontecer. Com a história se fazendo menos intensamente à sua volta, seria possível a uma pessoa fazer o mesmo percurso sem que lhe acontecesse coisa alguma: poderia até haver ameaça de chuva, mas o sol estaria brilhando. Em uma nevasca ele havia encontrado Nikolai Maximovitch Lebedev por acaso, usando seu broche das Centúrias Negras. Ninguém mais habitava o Éden.

Entretanto seus jovens pais haviam passado no shtetl suas pobres vidas, e a crueldade histórica ainda assim foi a galope até lá para assassiná-los. Portanto, "a céu aberto" era qualquer lugar. Do lado de dentro ou do lado de fora, era a história que prevalecia — a triste memória do mundo. Eram as coisas ruins que ficavam na memória. Portanto, para um judeu não fazia diferença onde ele estivesse. Carregava sempre às costas uma carga de memórias: a condição de servidão, de oportunidades reduzidas, de vulnerabilidade. Não, não era necessário ir a Kiev, a Moscou ou a qualquer outro lugar. Podia-se permanecer no shtetl, negociar com feijão ou outra coisa qualquer, dançar nos casamentos ou nos funerais, passar a vida inteira indo à sinagoga, morrer na cama ou fingir que se tinha morrido em paz, mas um judeu nunca era livre. O governo destruía sua liberdade ao reduzir seu valor. Assim, onde quer que ele estivesse ou aonde fosse, tudo que acontecesse era perigoso para ele. Uma porta se abrira à sua chegada. A mão que se estendeu para ele puxou-o violentamente pela barba de judeu — Iákov Bok, um judeu livre-pensador em uma fábrica de tijolos em Kiev. Mas qualquer judeu teria servido — qualquer judeu plausível — para ser o adversário do Czar e sua vítima; escolhido para assassinar o cadáver que Sua Majestade fornecera gratuitamente; para ser aprisionado, degradado, subalimentado, acorrentado à parede como um animal apesar de ser inocente. Por quê? Porque nenhum judeu é inocente em um Estado corrupto cujo sinal mais visível da corrupção é o medo àqueles a quem persegue e o ódio que lhes devotam. Ostrovski lhe recordara que havia muito mais coisas erradas na Rússia além do anti-semitismo. Aqueles que perseguem os mais fracos tampouco serão livres. Jamais conseguem livrar-se do ódio que lhes aprisiona o coração.

Tudo aquilo lhe acontecera — essa idéia lhe voltava repetidamente — porque ele era Iákov Bok e tinha uma extraordinária quantidade de coisas a aprender. Ele havia aprendido muito, e não tinha sido fácil. A experiência era dele. Pior que isso, a experiência era ele. Era ele a experiência. Isso também significava que ele se tornara uma outra pessoa, diferente daquela que havia sido. Quem poderia imaginar uma coisa daquelas? Então eu aprendi, pensou ele. Aprendi, mas de que vai me valer? Meu novo saber me abrirá as portas da prisão? Permitirá que eu saia daqui e recomece minha pobre vida novamente? Assegurará a mim um pouco de liberdade quando eu estiver livre? Ou será que eu aprendi acerca da minha situação, como alguém que descobre que a água do mar é salgada ao se afogar? Ainda assim, é melhor do que não saber. Um homem precisa saber. Isso é de sua natureza.

O fato de não estar acorrentado instigava sua impaciência. O que fazer comigo mesmo? O tempo voltou a passar, como uma locomotiva com dois vagões, três vagões, quatro vagões, uma enfiada de dias. As semanas se passaram e, horrorizado, ele viu terminar outra estação do ano. Chegou o outono e ele tremia ao pensar no inverno. A idéia do frio gelava-lhe a cabeça. Suslov-Smirnov, um homem animado, esguio e ossudo, com óculos de lentes grossas apoiadas no nariz fino e uma cabeleira loura eriçada, havia ido lá quatro vezes para perguntar-lhe coisas e fazer extensas anotações em folhas de papel fino. Ostrovski fora impedido de voltar. O advogado tinha abraçado o prisioneiro e prometido — "Apesar de estarmos sendo prejudicados por estúpidos funcionários do governo que agem com extrema lentidão e má vontade" — fazer tudo o mais rapidamente possível. — Mas nesse meio-tempo o senhor precisa tomar o máximo cuidado a cada passo que der. Caminhe, como dizem, sobre ovos, sr. Bok. Sobre ovos. — Ele balançou a cabeça, piscou ambos os olhos e encostou quatro dedos nos lábios.

— O senhor sabe — perguntou Iákov — que eles mataram Bibikov?

— Nós sabemos — sussurrou Suslov-Smirnov, olhando à sua volta assustado —, mas não temos como provar. Não fale disso a pessoa alguma, ou tornará sua situação ainda pior.

— Eu já falei disso — disse o faz-tudo — a Grubechov.

Suslov-Smirnov anotou rapidamente a informação, mas logo a apagou e partiu. Ele disse que voltaria, mas não voltou e ninguém explicava ao faz-tudo por quê. Será que cometi mais um erro? Teriam retirado o indiciamento de novo? Iákov pôs-se a arrancar lentamente pedaços de sua pele com as unhas. Mais um mês arrastou-se até o fim. Ele voltara a controlar a passagem dos dias, agora com pedacinhos de papel. A tristeza lhe pesava como se fosse uma tonelada. A pouca esperança que tivera — a esperança que havia sido tolo o suficiente para ousar ter — foi se apagando até desaparecer por completo. Suas pernas estavam inchadas e seus dentes posteriores ameaçavam cair. Ele se encontrava no mais profundo desespero de sua vida quando um dia o diretor surgiu segurando um papel muito branco, cumprimentou-o e disse que seu julgamento ia começar.

## 5

Ao longo de toda aquela noite sua cela foi se enchendo de prisioneiros que lá haviam vivido e morrido. Eram homens de expressões abatidas, olhos angustiados e cor acinzentada com as cabeças raspadas e cobertas de cicatrizes que iam enchendo a cela. Muitos o olhavam fixamente sem dizer uma única palavra e ele tampouco lhes falava. Todos traziam nos olhos a vontade desesperada de viver. Como era possível haver tantos prisioneiros? Os servos, no passado, haviam sido libertados, mas não os prisioneiros inocentes. Iákov viu extensas filas daqueles homens de olhos fundos e bocas famintas, filas que se estendiam atravessando as grossas paredes e chegavam aos bairros pobres das cidades, continuavam pelas vastas estepes desertas, pelas grandes florestas virgens cobertas de neve, e chegavam aos campos de trabalhos forçados da Sibéria, com suas construções decadentes de madeira. Trofim Kogin estava entre eles. Tinha quebrado a perna e jazia em um campo de neve enquanto longas filas de presidiários passavam lentamente por ele. Ele ficou ali deitado, com os olhos fechados e a boca a se contorcer, mas sem pedir socorro.

— Socorro — gritou Iákov na escuridão.

Naquela noite que antecedeu o julgamento, o faz-tudo estava oprimido pelo medo da morte e, apesar de exausto, não conseguia dormir. Quando suas pálpebras pesadas se fechavam momentaneamente, ele via alguém acima dele com um punhal erguido para rasgar-lhe a garganta. Por isso o faz-tudo esforçava-se por ficar acordado. Atirou de lado o cobertor para que o frio não o deixasse dormir. Iákov passou a beliscar seus lábios e coxas. Se alguém tentasse entrar sorrateiramente na cela, ele gritaria tão logo a porta se abrisse. Gritar era sua única defesa. Talvez seus gritos pudessem assustar o assassino, pois os outros prisioneiros daquele corredor poderiam ouvi-los e suspeitar que o judeu estivesse sendo assassinado. Se eles ouvissem, mais cedo ou mais tarde ultrapassaria os muros da prisão a história de as autoridades governamentais terem preferido assassiná-lo a levá-lo a julgamento.

O vento gemia e se lamuriava no pátio do presídio. O coração de Iákov era como uma corrente enferrujada, seus músculos estavam tensos como se tivessem sido enrolados com arame. Com todo o frio que fazia, ele suava. Em meio aos fantasmas de prisioneiros que surgiam na escuridão, ele viu também espiões que esperavam para matá-lo. Um deles era o diretor do presídio, com seus cabelos brancos e uma reluzente picareta de duas lâminas. Ele tentava esconder os olhos vesgos com a mão, mas eles brilhavam como pedras preciosas por entre os dedos. O subdiretor, com a braguilha da calça aberta, escondia às costas uma chibata negra. E, apesar de o Czar estar usando uma máscara branca no rosto e outra, preta, atrás da cabeça, Iákov foi capaz de reconhecê-lo em um canto da cela, pingando umas gotas verdes em uma taça de leite quente.

— Isso o fará dormir, Iákov Chepsovitch.

— Sirva-se primeiro, Majestade.

O Czar desapareceu na escuridão. Os espiões desapareceram também, mas as filas de prisioneiros eram intermináveis.

O que acontecerá a seguir?, perguntou-se o prisioneiro. E quando? Será que o julgamento vai começar ou eles o cancelarão no último minuto? E se anularem o indiciamento de manhã, esperando que eu tenha um colapso ou enlouqueça antes que apresentem outro? Muitos homens já passaram mais tempo na prisão do que eu e alguns em condições até piores, mas, se eu tiver que passar mais um ano nesta cela, prefiro morrer.

Então os prisioneiros de olhos tristes que se aglomeravam na cela começaram a desaparecer. Primeiramente foram-se os que estavam mais próximos, ao redor do estrado de madeira. Em seguida desapareceram os que se espremiam no centro da cela. Depois os que estavam encostados às paredes e, por fim, as longas filas de homens amargurados, de mulheres que gemiam, de crianças fantasmagóricas com olhos sem brilho e olheiras arroxeadas. Essas filas estendiam-se do interior da prisão até desaparecerem na paisagem de neve.

— Vocês são judeus? — quis saber o faz-tudo.
— Somos prisioneiros russos.
— Parecem judeus — disse ele.

Iákov adormeceu. Consciente de que adormecia, esforçou-se freneticamente por permanecer acordado. Ouvia a si mesmo chorar baixinho enquanto adormecia. Mas logo a cela foi ficando mais clara e ele viu Bibikov sentado à mesa, vestido em seu terno de verão e mexendo com uma colherzinha um pouco de geléia de morango que adicionara ao chá.

— É bem pouco provável que o matem agora, Iákov Chepsovitch — disse ele. — Qualquer um seria capaz de perceber que isso é uma farsa montada por razões políticas e haveria protestos. O que você precisa cuidar é de perigos súbitos e inesperados, aparentemente acidentais. Portanto durma agora, sem temer por sua vida, e se algum dia conseguir sair da prisão, lembre-se sempre de que a razão de ser da liberdade é fazê-la possível para outros.

— Sim, excelência — disse Iákov —, acabo de descobrir algo extraordinário.

— É mesmo? De que se trata?

— Algo em mim se transformou. Não sou mais o mesmo homem que era. Agora tenho menos medo e mais ódio.

Antes do amanhecer, Jênia foi ao seu encontro. Com o rosto todo esfaqueado e o peito sangrando, suplicou-lhe que o deixasse voltar a viver. Iákov segurou o menino com ambas as mãos e tentou tirá-lo do reino dos mortos, mas em vão.

Quando o dia raiou, o faz-tudo ainda estava vivo. Sentiu-se perplexo ao acordar, tomado por sentimentos conflitantes de esperança e desespero. Era final de outubro, dois anos e meio haviam se passado desde a prisão na olaria de Nikolai Maximovitch. Kogin disse-lhe em que dia estavam quando chegou com seu desjejum, que naquela manhã consistia de arroz cozido em leite, uma quantidade razoável de pão preto, um pouco de manteiga e uma chaleira de chá bem quente e cheiroso, com um naco de limão e dois cubinhos de açúcar. Havia também um pepino e uma pequena cebola para fortalecer seus dentes e reduzir o inchaço das pernas. Kogin parecia pouco à vontade. Suas mãos tremiam quando ele colocou a comida na mesa. Tinha a aparência constrangida e disse que tentara ir para casa mais cedo, mas recebera ordens do diretor para permanecer lá até que o prisioneiro saísse para o tribunal.

— Segurança máxima — disse o diretor.

Iákov não tocou na comida.

— Acho bom você comer — disse Kogin.

— Não tenho fome.

— Coma, mesmo assim. Terá um dia longo no tribunal.

— Estou tenso demais. Se comesse, vomitaria.

Berejinski entrou na cela. Parecia também pouco à vontade, sem saber se sorria ou se demonstrava aflição. Forçou um sorriso.

— Bem, seu dia chegou. Chegou o dia do julgamento.

— Que roupas vou usar? — perguntou Iákov. — Terei que usar roupa da prisão, ou posso vestir minhas próprias roupas?

O prisioneiro perguntou a si mesmo se o fariam usar um cafetã de seda e um chapéu de pele redondo como o dos hassides.

— Na hora você vai ficar sabendo — disse Berejinski.

Os dois guardas escoltaram o prisioneiro até a casa de banhos. Ele se despiu e pôde ensaboar-se e lavar-se com um balde de água morna. O contato com água morna fez com que seus olhos se enchessem de lágrimas. Ele se lavou lentamente usando as mãos em concha para pegar a água do balde. Seu corpo ficou livre do mau cheiro e da sujeira.

Deram-lhe um pente e Iákov penteou cuidadosamente seus longos cabelos e sua barba, porém mal terminara surgiu o barbeiro da prisão com ordens para raspar-lhe a cabeça.

— Não! — gritou Iákov. — Por que vou parecer um prisioneiro qualquer agora, se não me rasparam os cabelos antes?

— Porque você é um prisioneiro qualquer — disse Berejinski. — Os portões da prisão ainda estão fechados para você.

— Por que querem me raspar a cabeça agora, se antes não queriam?

— São ordens — disse o barbeiro. — Então sente-se quieto e cale a boca.

— Por que é que ele está cortando o meu cabelo? — perguntou Iákov, irritado, a Kogin. Àquela altura, já sentia o estômago doer-lhe de fome.

— Ordens são ordens — disse o guarda. — Isso é para mostrar que você não teve privilégios aqui e que foi tratado como qualquer outro prisioneiro.

— Fui tratado pior que os outros.

— Se você sabe todas as respostas, então não faça perguntas — disse Kogin irritado.

— É isso mesmo — acrescentou Berejinski. — Cale essa boca.

Quando o barbeiro acabou de cortar seus cabelos bem curtos, Kogin foi buscar as roupas do próprio Iákov e ordenou-lhe que as vestisse.

Iákov vestiu-se na casa de banhos. Teve prazer ao vestir aquelas roupas, embora estivessem grandes demais para o seu corpo extremamente magro. As calças frouxas foram amarradas por uma corda fina. O agasalho surrado de pêlo de ovelha chegava até quase seus joelhos. As botas, porém, apesar de ressecadas, estavam confortáveis.

De volta à cela, que a Iákov pareceu estranha com os dois lampiões ali colocados na sua ausência, Kogin voltou a insistir.

— Escute aqui, Bok, eu o aconselho a comer. Dou-lhe minha palavra de honra que não há nada de que você possa ter medo nessa comida. É melhor você comer.

— É isso mesmo — disse Berejinski. — Obedeça.

— Eu não quero comer — disse Iákov. — Quero jejuar.

— Jejuar para quê? — perguntou Kogin.

— Em homenagem a Deus.

— Eu pensava que você não acreditava em Deus.

— Não acredito.

— Então vá para o diabo que o carregue — disse Kogin.

— Bem, boa sorte e não nos queira mal — disse Berejinski sem jeito. — Dever é dever. Prisioneiro é prisioneiro e guarda é guarda.

Pela janela chegaram sons de patas de cavalos no pátio da prisão.

— São os cossacos — disse Berejinski.

— Vou ter que ir caminhando pelo meio da rua?

— Na hora você fica sabendo. O diretor está esperando, portanto ande logo ou será pior para você.

Quando Iákov saiu da cela, uma escolta de seis guardas cossacos com talabartes cruzados estava enfileirada no corredor. O capitão, um homem corpulento de bigodes pretos, deu ordem à guarda para cercar o prisioneiro.

— Em frente, marche! — ordenou o comandante da escolta.

Os cossacos seguiram marchando a levar o prisioneiro pelo corredor em direção ao gabinete do diretor. Apesar de Iákov tentar esticar a perna machucada, não pôde deixar de mancar. Caminhava o mais rápido que podia para acompanhar o deslocamento da guarda. Kogin e Berejinski ficaram para trás.

No gabinete, o comandante da escolta revistou cuidadosamente o prisioneiro e entregou-o ao diretor.

— Espere um minuto, meu jovem — disse o diretor. — Quero ter uma palavra com o prisioneiro.

O capitão fez continência. — Partimos às oito da manhã, senhor. — Foi então aguardar na ante-sala do gabinete.

O velho limpou os cantos da boca com um lenço. Seus olhos lacrimejavam e ele os enxugou também. Tirou então do bolso sua caixinha de rapé, mas deixou-a de lado.

Iákov o observava, nervoso. Se ele retirar o indiciamento agora, eu o sufoco com as mãos até matá-lo.

— Bem, Bok — disse o diretor Grizitskoi —, se você tivesse tido juízo e seguido o conselho do Promotor-Chefe, a esta altura já seria um homem livre, vivendo em outro país. Da maneira como as coisas estão agora, provavelmente será condenado com base nas provas existentes e passará o resto da vida no mais estrito confinamento.

O faz-tudo enterrou as unhas nas palmas das próprias mãos para conter-se.

O diretor tirou os óculos de uma gaveta, ajustou-os no nariz e leu em voz alta um artigo do jornal que estava sobre sua mesa. Era sobre um alfaiate de Odessa, Markovitch, judeu, pai de cinco crianças, acusado pela polícia do assassinato de um menino de nove anos em uma rua costeira a altas horas da noite. Em seguida ele havia levado o cadáver do menino para sua alfaiataria e drenado todo o sangue do corpo ainda morno. A polícia, que suspeitava do alfaiate por seu hábito de caminhar pelas ruas tarde da noite, havia descoberto manchas de sangue no chão e o prendera imediatamente.

O diretor colocou o jornal de volta na mesa e tirou os óculos.

— Fique sabendo de uma coisa, Bok: se não conseguirmos condenar um de vocês dois, o outro não escapará. Vamos dar uma lição a vocês.

O faz-tudo continuou em silêncio.

O diretor, com a boca úmida retorcida pelo ódio, abriu violentamente a porta e fez sinal para o comandante da escolta.

Mas, nesse mesmo instante, entrou o subdiretor, vindo do corredor. Chegou apressado, sem sequer se dar conta da presença do capitão.

— Senhor diretor — disse ele —, tenho aqui um telegrama proibindo que sejam dados privilégios especiais ao prisioneiro judeu Bok pelo simples fato de ele estar sendo levado a julgamento. Ele não foi revistado esta manhã, mas não foi por culpa minha. Por favor mande-o de volta para sua cela para que seja revistado como de costume.

O faz-tudo sentiu uma súbita pressão no peito.

— Por que me revistariam agora? O que poderão encontrar na revista? Somente meus sofrimentos. Este homem não sabe a hora de parar.

— Eu já o revistei — disse o capitão cossaco ao subdiretor. — O prisioneiro agora está sob minha custódia. Já entreguei ao diretor meu recibo pessoal.

— Está na minha mesa — disse o diretor.

O subdiretor retirou do bolso da túnica uma folha de papel branco dobrada. — Este telegrama é de Sua Majestade Imperial, de São Petersburgo. Contém ordens para que o judeu seja minuciosamente revistado a fim de evitar algum possível incidente perigoso.

— Por que o telegrama não foi enviado a mim? — quis saber o diretor.

— Eu o notifiquei de que ele poderia ser enviado — disse o subdiretor.

— Isso é verdade — disse o diretor, enrubescido.

— Por que devo ser insultado novamente? — gritou Iákov com o rosto esfogueado pelo ódio. — Os guardas me viram despido na casa de banhos e ficaram observando enquanto eu me vestia. Além disso, este capitão me revistou poucos minutos atrás diante do diretor. Por que devo ser humilhado ainda mais no dia do meu julgamento?

O diretor deu um soco na mesa. — Basta! Fique calado! Isto é uma ordem!

— Ninguém aqui quer sua opinião — disse o capitão de bigodes negros com desdém. — De volta à cela. Em frente, marche!

Isso que está acontecendo não está relacionado apenas ao que o telegrama possa dizer, pensou Iákov. Se eles estão tentando provocar-me, é melhor que eu tenha cuidado.

Tomado da mais profunda revolta, ele mancou de volta para a cela, escoltado pela guarda de cossacos.

— Seja bem-vindo de volta — disse Berejinski rindo.

Kogin olhou surpreso e assustado para o subdiretor.

— Seja rápido — disse o capitão cossaco ao subdiretor.

— Faça-me o favor, amigo, de não vir me dizer como devo fazer meu trabalho e eu não lhe direi como fazer o seu — disse o subdiretor secamente. Suas botas fediam como se ele tivesse acabado de pisar em excrementos.

— Entre e dispa-se — ordenou ele a Iákov.

O prisioneiro, o subdiretor e os dois guardas entraram na cela, deixando o capitão e a escolta no corredor. O subdiretor fechou a porta violentamente.

No interior da cela, Kogin persignou-se discretamente.

Iákov despiu-se sem pressa, com o corpo todo a tremer. Nu, mantendo apenas a camiseta de baixo, ele ficou de pé aguardando. Devo ter cuidado, pensou ele, ou será pior para mim. Ostrovski avisou-me. Mas, apesar de repetir isso para si mesmo, sentia que seu ódio era cada vez maior. O sangue parecia ferver em sua cabeça. Era como se ele tivesse cavado um buraco e posto de lado a pá, mas ainda assim o buraco continuasse a crescer e logo se transformasse em uma cova à espera de um cadáver. Ele se imaginou rasgando a cara do subdiretor com seus próprios dedos e depois caindo sobre ele para matá-lo.

— Abra essa boca! — Berejinski enfiou um dedo sujo por baixo da língua de Iákov.

— Agora abra essa bunda!

Kogin tinha os olhos fixos na parede.

— Tire essa camiseta asquerosa! — ordenou o subdiretor.

Preciso me conter, pensou o faz-tudo, já cego de ódio. Mas seu sentimento de ultraje era cada vez mais intenso.

— Por que isso agora? Nunca me mandaram tirar a camiseta até hoje. Por que devo tirá-la agora? Por que insistem tanto em me insultar?

— Tire antes que eu arranque essa porcaria de você.

Iákov sentiu que as coisas giravam à sua volta. Eu deveria ter me alimentado, pensou ele. Foi um erro não ter comido. Ele viu uma cena na qual um homem magro, sem cabelos e nu rasgava a camiseta que usava e a atirava na cara do subdiretor.

Fez-se um silêncio na cela.

Apesar do ódio que seus olhos lacrimejantes exibiam, o subdiretor falou calmamente. — Tenho todo o direito de puni-lo por interferir no trabalho de uma autoridade penitenciária e por insultá-la no exercício de suas funções.

O subdiretor puxou sua arma.

Então acaba tudo aqui. Em uma fração de segundo Iákov pensou na vida que o destino lhe havia reservado. Agora Shmuel está morto e Raisl não tem o que comer. Nunca fui útil a pessoa alguma e jamais serei.

— Espere um minuto, excelência — disse Kogin ao subdiretor. Sua voz grave estava entrecortada pela emoção. — Noite após noite ouvi este homem falar e sei de suas desgraças. Mas tudo tem um limite e, seja como for, está na hora de começar o julgamento dele.

— Não se intrometa em meu trabalho, seu filho da puta, e saiba que vou citá-lo por insubordinação!

Kogin apertou o cano de seu revólver de encontro à nuca do subdiretor.

Berejinski já ia sacando sua arma quando Kogin disparou a dele.

Disparou para o alto e a caliça do teto foi cobrindo lentamente o chão.

Um apito soou, estridente, no corredor. O alarme da prisão disparou logo em seguida. A pesada porta de ferro foi aberta violentamente e o capitão, lívido, entrou na cela com seus cossacos.

— Ele está sob minha custódia! — exclamou ele, enraivecido.

— Minha cabeça está doendo — murmurou Kogin. Em seguida caiu de joelhos com o rosto coberto de sangue. O subdiretor havia atirado nele.

# 6

O sino de uma igreja começou a tocar.

Um pássaro negro surgiu no céu e vinha em direção ao coche. Uma gralha? Um gavião? Ou seria um ovo negro de uma águia negra que caía sobre o coche? Se não for isso, o que será? Se for uma bomba, pensou Iákov, o que posso fazer? Tento desviar-me dela, que mais posso fazer? Se for uma bomba, qual terá sido o sentido de minha vida?

O prisioneiro, sob o olhar silencioso de uma multidão de altos funcionários do governo, de convidados e de uma tropa de cossacos a cavalo no pátio da prisão, havia caminhado, claudicante, cercado por uma guarda de escolta, da porta da prisão até um enorme coche negro blindado, puxado por quatro cavalos de grande porte e pescoços grossos. Na boléia estava um cocheiro de olhos de águia que vestia um casaco longo, usava um quepe com viseira e levava às mãos um chicote.

O faz-tudo, auxiliado com um empurrão por dois guardas cossacos, havia subido no estribo e logo tinha sido trancado no grande coche pelo chefe de polícia e por seu assistente.

O interior do veículo era escuro e cheirava a mofo. De um canto do teto pendia um lampião apagado; as janelas eram circulares e pequenas. Iákov tinha olhado por uma delas e logo desistira, pois o que vira foi o diretor Grizitskoi de quepe e túnica militares a esfregar um olho injetado. Havia então se recostado em seu assento na semi-escuridão.

O cocheiro gritou para os cavalos; um chicote estalou e a enorme carruagem tinha partido com a escolta de cavaleiros cossacos com seus gorros de pele e suas túnicas cinzentas. À sua frente ia um destacamento de lanceiros com suas lanças reluzentes e atrás dela seguia um outro, com espadas desembainhadas. Tinham atravessado o portão do presídio e partido, ruidosos, com os cascos dos cavalos a estalar pela rua de paralelepípedos. Seguiram apressados rua acima, dobraram uma esquina e chegaram a uma avenida ao longo da qual se viam campos de um lado e, do outro, esparsas fábricas e residências.

Seja como for, pensou o faz-tudo, minha vida agora será decidida — para melhor ou para pior.

Por algum tempo ele continuou recostado, recolhido à sua solidão, mas então viu um pássaro no céu e ficou a observá-lo com emoção até vê-lo desaparecer ao longe. A luz tíbia do sol tingia suavemente as nuvens esgarçadas que passavam e por alguns minutos uns flocos muito leves de neve bailaram, rodopiando, em diferentes direções. Em um bosque próximo à estrada os carvalhos retinham suas folhas cor de bronze, mas as grandes castanheiras erguiam seus galhos negros e desfolhados. Iákov, imaginando-as cheias de folhas, pensou com tristeza nas estações e nos anos de juventude que havia perdido na prisão.

Apesar de ainda chocado com a morte de Kogin, ele sentia um certo alívio pelo fato de alguma coisa, finalmente, estar se movimentando. Em que sentido, porém, ele não sabia. Estava, por fim, a caminho do tribunal, três anos após ter deixado seu shtetl e partido para Kiev. Quando passavam ao longo das paredes de tijolo de uma fábrica, cujas chaminés lançavam uma fumaça negra que era logo carregada pelo vento, ele viu, por um breve instante, refletido na janela, o rosto de um judeu aflito, e recostou-se no banco para não o ver. Veio-lhe à memória o rosto que já tivera, sua barba comprida, a face emaciada estava branca ao redor da boca amargurada. Não, pensou ele, não vou chorar por mim. Ao passar as palmas das mãos sobre os olhos, porém, deu-se conta de que estavam molhadas.

Cinco ou seis operários à entrada da fábrica voltaram-se para ver o cortejo; porém, quando haviam percorrido cerca de uma versta do distrito comercial, o faz-tudo viu, perplexo, que multidões se aglomeravam de ambos os lados da rua. Apesar de ser ainda muito cedo, as pessoas se apinhavam para ver passar a carruagem. Eram trabalhadores e funcionários públicos a caminho do trabalho, comerciantes, camponeses com seus casacos de pele de ovelha, mulheres enroladas em xales e algumas de chapéu, soldados e cadetes aqui e ali, e ainda alguns padres e monges em suas batas cinzentas. Os bondes foram parados e os passageiros levantaram-se para ver pela janela a passagem dos cavaleiros cossacos e do coche que se dirigia pesadamente a seu destino. Nas ruas transversais a polícia havia parado o trânsito de carruagens, carros a motor e carroças puxadas a boi que chegavam do interior carregadas de verduras e de grãos ou de latões de leite. Ao longo do trajeto para o tribunal, a polícia montada espalhava-se em intervalos regulares a fim de manter a ordem. Iákov movia-se de uma janela para a outra a fim de ver a multidão.

— Iákov Bok! — gritou um rapaz. — Iákov Bok!

O cossaco que seguia a cavalo pelo lado esquerdo da carruagem, um homem corpulento com espessas sobrancelhas e bigodes já um pouco grisalhos, olhava sempre em frente, impassível; porém o rapaz que ia do lado da porta da carruagem a meio galope, um jovem de uns vinte anos de idade, montado em uma égua cinzenta, olhava furtivamente o prisioneiro sempre que este se aproximava da janela. Parecia avaliar se Iákov era inocente ou culpado.

— Inocente! — gritou-lhe o faz-tudo. — Inocente! — E, apesar de não ter motivos para tanto, sorriu um pouco para o cossaco, talvez por ser ele jovem, de boa aparência e, de certa maneira, um homem livre. O cossaco então apressou o meiogalope e a égua, seguindo adiante, ergueu a cauda, deixando cair um bolo fumegante na rua, para o qual um menino pequeno apontou.

Em meio à multidão, havia uns poucos judeus que observavam a cena com comiseração e temor. A maioria dos rostos russos era impassível, apesar de alguns demonstrarem hostilidade e até mesmo ódio. Um pequeno comerciante usando um guarda-pó cuspiu no coche. Dois meninos ensaiaram uma vaia. Alguns dos homens da multidão usavam distintivos das Centúrias Negras e quando Iákov, olhando rapidamente por uma janela e outra, viu que havia uma grande quantidade deles naquele local, ficou apreensivo. Onde havia um, poderia haver centenas deles. Um homem com o rosto tenso e olhos furiosos ergueu uma das mãos subitamente como que para lançar alguma coisa. O saco escrotal do faz-tudo encolheu-se dolorosamente e seus dedos pareciam tentar arrancar-lhe o coração enquanto o pássaro negro se desprendia da mão branca erguida no ar.

Iákov, apavorado, tentou desviar-se. Se isto for a minha morte, terei sofrido em vão, pensou ele.

— O senhor poderia ter aguardado um pouco mais, Iákov Bok — disse o presidente do júri. — Nenhum de nós é aristocrata ou tem muito estudo, mas todos nós aqui temos alguma experiência de vida. Um homem aprende a reconhecer a verdade, mesmo quando só há mentiras à sua volta. Às vezes ele deseja a verdade e não há quem o demova. As autoridades do governo podem não querer que conheçamos a verdade, mas ela chega assim mesmo, pelas frestas dos muros, como se diz. Eles podem tentar nos enganar, e o fazem com freqüência, mas nós saberemos garimpar as evidências e, se os fatos não são como eles dizem, o problema é deles. Eles que enfrentem suas consciências.

— Eles não têm consciência.

— Então pior para eles. Não se nasce humano à toa, isso lhe asseguro.

— Eu sou inocente — disse Iákov. — Basta olhar para mim e ver. Olhe bem para meu rosto e diga se um homem como eu, faça lá o que fizer, seria capaz de matar um menino para lhe tirar o sangue do corpo. Se vocês são humanos saberão reconhecer o que há de humano em meu coração. Digam-me, eu pareço ser um assassino?

O presidente do júri não teve tempo de responder porque uma violenta explosão sacudiu a carruagem.

Iákov ficou aguardando a morte. Vagou por algum tempo em um cemitério lendo nomes nas lápides. Ia de túmulo em túmulo procurando, aflito, um após outro, mas não conseguiu encontrar seu nome. Depois de algum tempo, parou de procurar. Ele já havia esperado muito, mas talvez estivesse destinado a continuar esperando. Há certos tipos de pessoas de quem a morte mantém distância. Seus sofrimentos vêm mesmo da vida — uma vida infeliz, plena de equívocos e golpes da má sorte. Vive-se. O homem sofre mas continua a viver.

Ele ouviu gritos, muitos gritos, relinchar de cavalos — uma comoção. A carruagem sacudiu-se violentamente e deu um salto no ar. Caiu de volta ao chão, estremeceu e parou, mas manteve-se de pé. O cheiro forte de pólvora entrou por suas narinas. A porta do coche abriu-se, arrebentada. Ele sentiu um desejo avassalador de estar de volta em casa, de ver Raisl e acertar tudo com ela, de decidirem o que fazer. "Raisl, vista o menino e embrulhe algumas coisas de que vamos precisar. Precisamos nos esconder." Ele esteve a ponto de chutar o que restava da porta, mas aconselhou a si mesmo a não fazer aquilo. Pela janela rachada do lado direito, viu a multidão fugindo. Uma tropa de cossacos com as lanças erguidas afastava-se a galope. Outra tropa, com espadas em riste, galopava em direção a ela, os soldados erguidos de suas selas. A égua cinzenta jazia morta no chão de paralelepípedos. Três policiais erguiam o jovem cavaleiro cossaco. Seu pé havia sido arrancado pela bomba. A bota voara longe e sua perna estava estraçalhada, sangrando muito. Quando passaram junto à carruagem, ele abriu os olhos e olhou, cheio de terror e angústia, para Iákov. Parecia perguntar: "O que é que meu pé tem a ver com tudo isso?"

O faz-tudo desviou o olhar daquela cena. O cossaco havia desmaiado, mas sua perna dilacerada continuava a sacudir-se, espalhando sangue nos policiais que o carregavam. Um coronel cossaco aproximou-se a galope da carruagem com a espada em riste e gritando para o cocheiro: — Siga, siga, siga! — Ele apeou do cavalo e tentou em vão fechar a porta com força. — Siga, siga! — gritava ele. A carruagem seguiu aos trancos. Os cavalos foram tomando velocidade e passaram a um trote ligeiro. O coronel, em um cavalo branco, saiu trotando ao lado do coche, no lugar do cossaco ferido.

No interior escuro do coche, Iákov sentia um ódio tão intenso que seu peito arfava como se lhe faltasse ar. Passado algum tempo, ele se viu sentado a uma mesa em algum lugar tendo à sua frente o Czar. Havia uma vela acesa entre eles naquela cela, ou naquele porão, ou fosse qual fosse aquele lugar. Nicolau II, de altura mediana, com olhos azuis parecendo francos e uma barba cuidadosamente aparada, um pouco longa demais para o feitio de seu rosto, estava sentado nu, tendo à mão um pequeno ícone de prata da Virgem Maria. Apesar de abatido e pálido, afligido por uma forte tosse recém-adquirida, ele falava com uma voz gentil e eloqüência comovedora.

— Apesar de estar em desvantagem diante do senhor, Iákov Chepsovitch, vou falar-lhe a verdade. O problema não é apenas o fato de os judeus serem maçons e revolucionários que desprezam nossas leis e desmoralizam nossa polícia, subornando-a sistematicamente para conseguir vantagens especiais — isso eu posso até relevar um pouco. Mas não as outras coisas, especialmente o terrível crime do qual o senhor é acusado e que pessoalmente me causa grande revolta. Refiro-me à retirada do sangue do corpo de Jênia Gólov. Não sei se o senhor tem conhecimento de que meu próprio filho, o Czaréviche Alexis, é hemofílico. Os jornais, em deferência à família real e à Czarina em particular, não fazem menção ao fato, naturalmente. Temos sorte de ter quatro filhas saudáveis: a princesa Olga, que é a estudiosa; Tatiana, a mais bonitinha e um tanto coquete; Mária, a tímida e dedicada Mária; e Anastássia, a mais jovem e mais cheia de vida. Mas quando, depois de muitas preces, um herdeiro para o trono finalmente nasceu, quis Deus que nossa maior alegria fosse também nossa maior provação — seu sangue, infelizmente, tinha deficiência daquela substância necessária à coagulação. Basta um pequeno corte, até mesmo o mais trivial, e ele pode sangrar até a morte. Temos com ele, como se pode imaginar, o maior cuidado. Ficamos atentos todo o tempo porque até mesmo um tombo comum pode representar um perigo extremo. As veias de Alexei são frágeis, rompem-se facilmente, e qualquer descuido pode causar sangramento interno com dores insuportáveis. Minha amada esposa e eu — e posso incluir também as meninas — vivemos sempre a temer a morte dessa criança. Permita-me perguntar-lhe, Iákov Chepsovitch, o senhor é pai?

— De todo o coração.

— Então pode imaginar a nossa angústia — suspirou o Czar com os olhos tristes.

Suas mãos tremiam um pouco quando ele acendeu um cigarro turco enrolado em papel verde que tirou de uma caixa esmaltada sobre a mesa. Ofereceu a caixa aberta a Iákov, mas o faz-tudo sacudiu a cabeça.

— Eu nunca desejei a coroa. Ela não me permitiu ser como realmente sou, mas não me foi dado recusá-la. Governar é carregar uma pesada cruz. Cometi erros, mas nunca, posso assegurar-lhe, por maldade contra alguém. Não tenho a natureza decidida de meu falecido pai — vivíamos aterrorizados, com medo dele —, mas o que mais pode um homem fazer além de dar o melhor de si? As pessoas nascem como são e nada pode mudá-las. Eu sou grato a Deus pelas virtudes que me deu. Para falar a verdade, Iákov Chepsovitch, não gosto de falar sobre essas coisas. Mas eu sou — posso assegurar-lhe — um homem bom e que ama seu povo. Apesar de os judeus me darem tanto trabalho e de às vezes precisarmos reprimi-los para manter a ordem, eu lhes quero bem, creia-me. Quanto ao senhor, se me permite dizer, eu o considero um homem decente, porém equivocado. Insisto em ser sincero e peço-lhe que considere as obrigações e os encargos que me cabem. O senhor, afinal, sabe o que é o sofrimento. Não teria o sofrimento lhe ensinado o sentido da misericórdia?

O Czar teve um acesso de tosse e sua voz, quando ele terminou, estava trêmula.

Iákov movia-se pouco à vontade na cadeira. — Queira desculpar-me, Majestade, mas o que o sofrimento me ensinou foi a inutilidade do sofrimento. Seja como for, já existe sofrimento suficiente no mundo para que se crie ainda mais. E injustiça também. Rachmones, como dizemos em hebraico, é misericórdia e não devemos esquecê-la, mas devemos também pensar como a maioria deste país é de oprimidos, ignorantes e miseráveis, judeus e não judeus, sob seu governo. Afinal de contas o que interessa é o fato de que o senhor — quer desejasse ou não o poder — teve oportunidade de melhorar a situação do povo e não o fez. Apesar das suas proclamadas boas intenções, conseguiu apenas fazer de nós o país mais pobre e mais reacionário de toda a Europa. Em outras palavras, o senhor transformou este país em um vale de ossadas. Teve muitas oportunidades, mas desperdiçou-as todas. Quanto a isso, não há dúvida alguma. Não é fácil modificar a realidade, mas o senhor poderia ter feito alguma coisa por uma vida melhor para todos nós, pelo futuro da Rússia, e não o fez.

O Czar pôs-se de pé, deixando à vista seu falo murcho. Tossia muito, perturbado e aborrecido. — Eu sou apenas um homem, apesar de ser governante, porém o senhor me culpa por toda a nossa história.

— Por tudo que não sabe, Majestade, e pelo que não aprendeu. Seu pobre menino é hemofílico, algo lhe falta no sangue. Ao senhor, apesar de certo sentimentalismo, falta uma outra coisa. Falta-lhe alguma espécie de percepção, por assim dizer, que gera em um homem a caridade e o respeito pelos mais miseráveis. O senhor diz que é bom e prova o contrário com os pogroms.

— Quanto a isso — disse o Czar —, não me culpe. Não se pode impedir que um curso d'água flua. Os pogroms são a expressão genuína da vontade do povo.

— Neste caso, nada nos resta dizer. — Sobre a mesa, junto à mão do faz-tudo, está um revólver. Iákov enfiou uma bala no tambor enferrujado.

O Czar sentou-se e ficou observando sem demonstrar emoção a não ser pela palidez de seu rosto que contrastava ainda mais com a barba escura. — Eu sou uma vítima, sou sacrificado pelo bem do meu povo. O que tem que ser, será. — Ele amassou seu cigarro no prato da vela. A pequena brasa piscou e logo se apagou.

— Não espere que eu lhe suplique por minha vida.

— Isso também é pela prisão, pelo veneno, pelas seis revistas diárias que me faziam. É por Bibikov e por Kogin e por muito mais que não vou sequer mencionar.

Iákov fez pontaria no coração do Czar (apesar de Bibikov, fazendo-lhe sinais com os braços brancos, gritar não, não, não) e puxou o gatilho. Nicolau, no ato de persignar-se, tombou derrubando a cadeira e pareceu surpreso ao se ver no chão com o sangue a se espalhar pelo peito.

Os cavalos continuavam a trotar ruidosamente pelo calçamento de pedras.

Quanto à história, pensou Iákov, pode-se mudar seu curso. O que o Czar merece é uma bala atravessando-lhe os intestinos. Melhor que seja ele do que nós.

A roda traseira esquerda parecia estar frouxa.

Uma coisa eu aprendi, pensou ele: não existe homem não-político, principalmente judeu. Não se pode ser uma coisa sem ser a outra. Isso está claro. Um homem não pode ficar parado vendo a própria destruição.

Algum tempo depois ele chegou a outra conclusão: onde não há luta não há liberdade. Como é mesmo que Spinoza diz? Se o Estado atua de maneira contrária à natureza humana, destruí-lo é o mal menor. Morte aos anti-semitas! Viva a revolução! Viva a liberdade!

As multidões já se aglomeravam novamente em ambos os lados da rua, comprimindo-se entre as casas e as beiradas das calçadas. Havia rostos em todas as janelas e pessoas nos telhados ao longo do caminho. Entre essas pessoas havia judeus do distrito de Plosski. Alguns deles tentavam ver, por breves instantes, o prisioneiro. Choravam abertamente, apertando-se as mãos. Um homem de barba rala feria-se no rosto com as próprias unhas. Alguns gritavam seu nome.

# POSFÁCIO

## *Malamud revisitado*

Há nomes e sobrenomes que condicionam destinos. O sobrenome do escritor Bernard Malamud pode ser um deles. Trata-se de uma corruptela de "melamed", palavra hebraica significando aquele que ensina, professor. O "melamed" do passado não tinha qualquer formação profissional. Era uma pessoa com natural vocação que transmitia às crianças e aos jovens o conteúdo dos textos religiosos judaicos, a Torá, o Talmude, e fazia-o em sua própria e humilde casa.

Bernard Malamud não era professor, mas, através de sua literatura, ensinou-nos muita coisa, deu-nos várias lições de sabedoria — uma delas sintetizada na frase: "Aqueles que escrevem sobre a vida, refletem sobre a vida: você vê nos outros aquilo que você é." Entre outras coisas, esta sentença remete a um problema que é crucial em nosso mundo e que foi particularmente sentido pela geração de escritores a que Malamud pertenceu: o problema da identidade.

Malamud era filho de imigrantes judeus vindos da Rússia. Nos séculos XIX e XX uma grande população judaica vivia na Europa Oriental, na região dominada pelo império czarista. Era uma existência miserável, confinada no *shtetl*, a pequena aldeia da qual os judeus não podiam sair e onde os judeus exerciam profissões humildes: camponeses, artesãos, pequenos comerciantes. Falavam o ídiche, idioma que misturava hebraico com alemão e termos eslavos. Neste idioma nasceu uma literatura de forte inspiração popular, cujos expoentes foram Mendele Mocher Sforim (o pseudônimo, que significa "vendedor de livros", era usado por Scholem Abramovitch, 1836-1916), Isaac Leib Peretz (1852-1915) e, sobretudo, Scholem Aleichem (também um pseudônimo, usando a tradicional saudação judaica "A paz esteja convosco", de Scholem Rabinovitch, 1859-1916). Este último retratou com humor e ternura os personagens do *shtetl*, o mais famoso dos quais é Tevie, o leiteiro, conhecido do público em geral através do filme O *violinista no telhado*.

A situação política, social e econômica da Rússia czarista deteriorou-se rapidamente em fins do século XIX e começos do XX, desencadeando a onda de agitações que culminaria com a revolução de 1917. Nesta triste história, 1881 foi um marco. Naquele ano foi assassinado o czar Alexandre II. Seu filho e sucessor, Alexandre III, tratou de arranjar bodes expiatórios para a inconformidade da população; os judeus eram um alvo favorito dos pogroms, os massacres organizados. A sobrevivência dos judeus estava seriamente ameaçada. Começou então um processo de emigração em massa; cerca de dois milhões de judeus atravessaram o oceano nos precários navios de emigrantes tão bem retratados por Lasar Segall. Seu destino era a América — a América do Sul, onde havia projetos de colonização agrícola na Argentina e no Rio Grande do Sul, e principalmente os Estados Unidos, onde a presença judaica datava do século XVII. À costa leste americana havia chegado então um pequeno grupo de judeus vindos do Brasil, de onde tinham saído quando os portugueses expulsaram os holandeses do Nordeste.

Os judeus da Europa Oriental seguiam principalmente para Nova York. No pedestal da Estátua da Liberdade, os versos da poeta judia (de ascendência portuguesa) Emma Lazarus saudavam "as massas que ansiavam por respirar liberdade". Entre os imigrantes havia muitos escritores, e assim Nova York começou a se tornar um centro de literatura judaica. Mas este processo se fez lentamente. Porque a literatura de imigração segue uma história natural, abrangendo três períodos ou, grosso modo, três gerações. A primeira geração é aquela que chega ao país. Sua prioridade maior é sobreviver, encontrar um lugar ao sol. Além disso, não domina o idioma local; quando faz literatura, é ainda em seu idioma nativo, o que reduz obrigatoriamente o seu público. Nos Estados Unidos, os escritores emigrados, como Abraham Cahan, escreviam em ídiche. Seu prestígio na comunidade judaica era bastante grande. Tratava-se, em geral, de ativistas políticos, influenciados pelas idéias socialistas que encontravam eco nas massas judaicas. Para a maioria o sonho de "fazer a América" revelou-se, de início, decepcionante. Os imigrantes eram vendedores ambulantes (*peddlers*), ou então trabalhavam na indústria da confecção, nas condições precárias dos *sweatshops*. Ganhavam pouco, viviam mal, nos *tenements*, os cortiços do Lower East Side, distrito judaico de Nova York. Ler era, para estas pessoas, um ato de conforto e esperança, que remetia à tradicional veneração judaica pelo texto escrito. Outros povos da Antigüidade deixaram gigantescos monumentos, obras de arte; os hebreus legaram ao mundo um livro, a Bíblia — mas este livro atravessou séculos e milênios, e constitui-se numa das bases da cultura ocidental.

O primeiro livro de poesia em ídiche foi publicado nos Estados Unidos em 1877; mas os escritores comunicavam-se com o público também através de livros de ficção, de peças de teatro, de jornais, dos quais o *Forwerts* (*Para a Frente*) era o mais famoso.

A segunda geração, a geração dos filhos dos imigrantes, é a que vai se tornar a grande geração literária. A essa altura, as famílias já superaram o desafio da sobrevivência. Os filhos foram à escola, aprenderam a ler e a escrever corretamente. Em casa, ouvem um certo tipo de idioma, comem um certo tipo de alimento, adotam certo tipo de costumes; na rua, na escola, na universidade é outro idioma, outros alimentos, outros costumes. Quem sou eu — pergunta-se o jovem —, aquele lá de casa, ou este, da rua, da escola, da universidade? Trata-se de um conflito cultural, que para muitos é motivo de sofrimento, mas que para os escritores é fonte de inspiração. As obras dos escritores da segunda geração chamam a atenção não apenas pela autenticidade como também pelo extraordinário domínio do idioma, um domínio de idioma que chega facilmente ao virtuosismo (e que não raro lhes garante importantes prêmios literários). É como se esses escritores quisessem dizer à aristocracia intelectual do país que os adotou: nós também podemos escrever no idioma de vocês.

Nos Estados Unidos esta segunda geração, que emerge quando a maciça imigração judaica já tinha terminado, é formada por um grande número de escritores. O crítico Irving Howe chegou a dizer que se tratava de um novo regionalismo, que substituía o regionalismo do sul (William Faulkner e outros) por um regionalismo étnico. O Lower East Side ainda é o cenário de *Judeus sem dinheiro* (*Jews without money*), de Michael Gold, um romance de denúncia, mas os escritores já não residem só em Nova York, começam a se espalhar pelos Estados Unidos. Já não escrevem em ídiche; a exceção é Isaac Bashevis Singer, vencedor do prêmio Nobel, que viveu nos Estados Unidos mas era nascido na Polônia. O processo de assimilação da cultura americana foi rápido; um subproduto disso foi o aumento de casamentos mistos, entre judeus e não-judeus. Surgiam assim escritores que eram "meio-judeus"; um exemplo é J. D. Salinger, filho de pai judeu e mãe católica. Nos livros de Salinger aparecem personagens judeus, mas a temática judaica não é importante em sua literatura.

Outros escritores voltaram-se para o passado de pobreza do Lower East Side. O que parece paradoxal, mas é fácil de entender. Os imigrantes judeus compensavam a carência familiar com um forte senso de família, de comunidade. O bairro judeu (e não só em Nova York; o mesmo acontecia no Bom Retiro de São Paulo, no Bom Fim de Porto Alegre) era um verdadeiro cadinho de emoções e portanto uma fonte literária inesgotável.

Entre os escritores da segunda geração há grandes nomes: Norman Mailer, Joseph Heller, Herbert Gold, Nelson Algren, Howard Fast, E.L. Doctorow, Cynthia Ozick, Grace Paley, Tillie Olsen; os poetas Karl Shapiro, Allen Ginsberg, Adrienne Rich; os dramaturgos Arthur Miller e Lillian Hellman. Mas os mais celebrados são Saul Bellow (prêmio Nobel), Philip Roth e, é claro, Bernard Malamud. É uma geração que emerge depois da Segunda Guerra (na qual muitos judeus americanos lutaram); uma geração marcada pelo Holocausto, pela progressiva desilusão com o comunismo e pela difusão da psicanálise; uma geração que viu a ascensão social dos judeus na América, grandemente favorecida pela condenação ao anti-semitismo, agora associado ao nazismo. Mas esta geração não perdeu o espírito crítico. Como os profetas bíblicos, não hesita em apontar as contradições sociais, inclusive na própria comunidade judaica. Disso é um exemplo Philip Roth. Ele era tão cáustico em relação a personagens como a mãe judia, que despertou indignação dos seus contemporâneos: O *Complexo de Portnoy (Portnoy's Complaint)* foi visto como um clássico exemplo de auto-ódio judaico.

E aí chegamos a Bernard Malamud (1914-1986). Mais que qualquer outro escritor judeu-americano do século XX, ele trouxe a atmosfera do *shtetl* para a América. E o fez através de uma grande literatura. Uma literatura que encanta e que faz pensar; Malamud é um escritor moral, mas não um moralista. Através de seus contos e romances ele nos relembra a responsabilidade que temos como seres humanos. Como I. L. Peretz e Scholem Aleichem, recorre ao mito, à lenda, à fantasia e também à História para iluminar os mais íntimos detalhes da existência.

Disto é um exemplo O *faz-tudo* que é, talvez, a sua obra mais conhecida, inclusive por ter sido levada à tela. Malamud volta à Rússia de seus pais (e sobre a qual certamente ouvira muitas histórias) para construir uma pungente narrativa que, recusando o tom panfletário de outros escritores, configura-se como um verdadeiro libelo contra a intolerância. Ao construir esta ponte literária, histórica e emocional entre o passado e o presente judaicos, Malamud dá-nos um magnífico exemplo do que é a literatura dessa segunda geração de ficcionistas judeus-americanos.

Uma nova geração (a terceira) de escritores judeus agora aparece. Sustenta-se pelo fenômeno daquilo que é denominado "cultura com hífen". Nos Estados Unidos, ninguém é só americano, mas sim ítalo-americano, nipo-americano, judeu-americano. Não se trata mais de etnia, e sim de tradição cultural. Para esses escritores, em sua maioria ainda jovens e levando uma existência confortável, o conflito já não é mais o fator motivador; sua adesão ao judaísmo é voluntária e consciente. Neste sentido, Bernard Malamud é um modelo. E, para os leitores como um todo, é um grande escritor. Que, graças a O *faz-tudo (The Fixer)*, o público brasileiro vai descobrir ou redescobrir.

Moacyr Scliar

Este livro foi composto na tipologia Revival 565 BT,
em corpo 11/15, e impresso em papel off-white
80g/m², no Sistema Cameron da Divisão Gráfica
da Distribuidora Record.

Seja um Leitor Preferencial Record
e receba informações sobre nossos lançamentos.
Escreva para
**RP Record
Caixa Postal 23.052
Rio de Janeiro, RJ – CEP 20922-970**
dando seu nome e endereço
e tenha acesso a nossas ofertas especiais.

Válido somente no Brasil.

Ou visite a nossa *home page*:
http://www.record.com.br